PIERRE EMME
Diamantenschmaus

ASCHE ZU ASCHE Panik unter Wiens Promis! Eine Reihe rätselhafter Morde an bekannten Persönlichkeiten hält die Stadt in Atem. Unter den Opfern sind ein belgischer Entertainer und ein berühmter Kammersänger. Und die nächste Schreckensnachricht lässt nicht lange auf sich warten: Volksmusiksternchen Hildi Forderberg, die 22-jährige »Prinzessin der Herzen«, wurde entführt. Wird sie das nächste Opfer sein? Wohin verschwanden in den vergangenen Monaten zahlreiche Leichen und Urnen zumindest regional bekannter Persönlichkeiten? Und was hat es mit den »Promi-Diamanten« auf sich, die im Internet meistbietend versteigert werden? Fragen über Fragen, auf die nur einer Antworten weiß: Kriminologe Mario Palinski – Wiens bester Ermittler!

Pierre Emme, geboren 1943, lebte bis zu seinem Tod im Juli 2008 als freier Autor bei Wien. Der promovierte Jurist konnte auf ein abwechslungsreiches Berufsleben zurückblicken und damit aus einem aus den unterschiedlichsten Quellen gespeisten Fundus an Erfahrungen und Erlebnissen schöpfen. Im Februar 2005 erschien mit »Pastetenlust« der erste Band seiner erfolgreichen Krimiserie um Mario Palinski, den Wiener Kult-Kriminologen mit der Vorliebe für kulinarische Genüsse.

Bisherige Veröffentlichungen im Gmeiner-Verlag:
Pizza Letale (2010)
Pasta Mortale (2009)
Schneenockerleklat (2009)
Florentinerpakt (2008)
Ballsaison (2008)
Tortenkomplott (2007)
Killerspiele (2007)
Würstelmassaker (2006)
Heurigenpassion (2006)
Schnitzelfarce (2005)
Pastetenlust (2005)

PIERRE EMME

Diamanten-schmaus

Kriminalroman

Original

GMEINER

Besuchen Sie uns im Internet:
www.gmeiner-verlag.de

© 2010 – Gmeiner-Verlag GmbH
Im Ehnried 5, 88605 Meßkirch
Telefon 0 75 75/20 95-0
info@gmeiner-verlag.de
Alle Rechte vorbehalten
2. Auflage 2010

Lektorat: Claudia Senghaas, Kirchardt
Korrekturen: Doreen Fröhlich / Sven Lang
Umschlaggestaltung: U.O.R.G. Lutz Eberle, Stuttgart
unter Verwendung eines Fotos von: © Christian Wagner / sxc.hu
Foto: Lutz Eberle, Stuttgart
Druck: Fuldaer Verlagsanstalt, Fulda
Printed in Germany
ISBN 978-3-8392-1079-6

*Personen und Handlung sind frei erfunden.
Ähnlichkeiten mit lebenden oder toten Personen
sind rein zufällig und nicht beabsichtigt.*

1.

Sonntag, 7. März, vormittags

Es war offenbar wirklich ein ungeschriebenes Gesetz, dass unangenehme Dinge immer dann passierten, wenn man am wenigsten etwas dagegen unternehmen konnte, oder rasche Maßnahmen zu ihrer Abhilfe am teuersten kamen. Und je unangenehmer diese Dinge waren, je unvorhergesehener sie einen trafen, desto stärker war das Gefühl, dem Geschehen hilflos ausgesetzt zu sein.

Daran musste Palinski denken, als sein treuer, uralter PC ausgerechnet am ersten Sonntag im März seinen Geist aufgab. Kurz vor Mittag, um 11.23 Uhr, um ganz genau zu sein.

Damit kein Missverständnis entsteht, nicht der Computer des Instituts für Krimiliteranalogie, dem Palinski vorstand, war total im Eimer und dadurch möglicherweise auch die wertvolle Datenbank CAI (Crimes and Ideas). Nein, diese moderne Anlage war in alle Richtungen hin mehrfach abgesichert und wurde ständig auf dem aktuellen technischen Stand gehalten. Darauf achtete Florian, der über die Anlage wachte wie seinerzeit Zerberus am Tor zur Unterwelt.

Florian Nowotny, ein Virtuose der Datenbank, war seit rund zweieinhalb Jahren Palinskis Assistent. Der karenzierte Polizist studierte nebenbei Jus und würde wohl noch vier Semester bis zu seinem Magister benötigen.

Das gute Stück, um das es an diesem Sonntag ging, war Palinskis privater, acht Jahre alter PC, auf dem er bisher seine persönliche Korrespondenz erledigt hatte und, exakt hier war das eigentliche Problem, auf dem seine Manuskripte abgespeichert waren. Er war ja inzwischen unter anderem auch ein durchaus respektierter Autor von Kriminalromanen. Zwei davon waren bereits erschienen, den dritten mit dem Titel ›Zum Morden verurteilt‹ hatte er eben erst fertiggestellt.

Und genau da lag der Hund begraben.

In dem überschäumenden Glücksgefühl, es endlich geschafft zu haben, und der nachfolgenden postnatalen Depression, die ihn immer wieder überfiel, nachdem er einen Roman beendet hatte, hatte er gestern Abend völlig vergessen, eine externe Sicherungskopie des fertigen Manuskripts zu erstellen. Falls sich also bewahrheiten sollte, dass die Festplatte im Arsch war, dann … aber daran wollte Palinski gar nicht denken. Mehr als vier Monate vergebens gearbeitet, und obendrein umsonst, und der ganze schöne Roman wäre einfach weg. Futsch, unwiederbringlich dahin. Der Gedanke allein war schon zum Heulen.

Ausgerechnet an diesem Wochenende war Florian, sein Mann für solche Probleme, nicht greifbar. Er war mit seiner Freundin Inez zum Skilaufen irgendwo in Tirol und wurde erst morgen Abend wieder in der Stadt erwartet.

Da seine Tochter Tina in London und sein Sohn Harry in Konstanz waren, fiel Palinski niemand ein, den er privat um Rat hätte fragen können. Es war wie verhext.

Millionen junger Menschen wuchsen mit dem Computer auf und kannten sich dementsprechend hervorragend aus. Mindestens eine weitere Million ärgerte den Rest der Community, indem ständig neue Viren, Würmer, Trojaner oder ähnliche Ärgernisse auf den Rechner geschickt wurden. Bei dieser gewaltigen Menge an Fachleuten müsste Palinski eigentlich mindestens eine Person in seinem Bekanntenkreis haben, die ihm bei seinem Problem helfen konnte. Hatte er aber nicht. Oder er wusste zumindest nichts davon.

Resigniert gestand er sich daher ein, dass ihm nur die Wahl blieb, sich entweder bis morgen zu gedulden oder im Telefonbuch einen dieser sündteuren Spezialisten ausfindig zu machen, die sich für den Gegenwert eines Hightech-Mountainbikes bereit erklärten, ausnahmsweise am Sonntag einen Blick auf das Problem zu werfen. Natürlich ohne eine Garantie dafür zu geben, dass das Ganze positiv ausging.

Palinski war unentschlossen. Wie meistens, wenn er den Rat Wilmas brauchte, war sie gerade nicht erreichbar. Sie befand sich auf einem Seminar ihrer Grünen Freunde am Semmering, das sicher nicht vor dem Abend zu Ende war. Na bitte, dann würde er eben bei Mamma Maria auf eine Lasagne verde und ein Glas Barolo vorbeischauen und sich während des Essens überlegen, wie es weitergehen sollte.

Als er die Institutstüre hinter sich versperrte, hörte er zwei Menschen die Stiege im Haus herunterkommen. Und sah sie gleich darauf.

Es war das junge Pärchen, das vergangene Woche in die Wohnung über seinem Büro eingezogen war. Die neuen … Nachbarn halt. Wie sollte man Menschen sonst nennen, die über einem wohnten? Oberbarn?

*

Während Palinski in seinem Büro auf Stiege 4 des Hauses Döblinger Hauptstraße 15–17 den Schock über den plötzlichen und dennoch zu erwarten gewesenen Tod seines PCs zu bewältigen versuchte, verließ die 71-jährige

9

Pensionistin Hermine Wurminzer mit ihrem dreijährigen Rauhaardackel Drafi ihre Wohnung auf Stiege 3 im zweiten Stock, um das liebe Tier Gassi zu führen. Dabei summte sie gut gelaunt die Melodie ihres Lieblingsschlagers ›Marmor, Stein und Eisen bricht‹ vor sich hin.

Statt jedoch den Aufzug zu besteigen und nach unten ins Erdgeschoss zu fahren, schleppte sich die alte Dame mühsam die beiden Stockwerke zum Dachboden hinauf. Später sollte sie auf Befragen angeben, keine andere Chance gehabt zu haben, da Drafi winselnd und immer wieder bellend nach oben gezogen und sie quasi zum Hinaufgehen gezwungen hatte.

Das um 1900 gebaute Zinshaus mit seinen vier Stiegen verfügte über ebenso viele Waschküchen, also Räume, in welchen die Bewohner ihre Wäsche schrubben, kochen und danach spülen konnten. Im Gegensatz zur landläufigen Erwartung und allgemeinen Übung befanden sich diese Waschküchen im Hause 15–17 nicht im Erdgeschoss oder im Keller, sondern auf dem Dachboden.

Ein Zeichen für die praktische Intelligenz des Bauherrn, der berücksichtigt hatte, dass nasse Wäsche immer schwerer war als trockene und dass es sich nach unten leichter schleppen ließ als in die Gegenrichtung.

Inzwischen hatte sich Drafi losgerissen und war nach oben gestürmt. Hermine brauchte natürlich etwas länger, bis sie endlich schwer atmend am Dachboden anlangte und sich zum Verschnaufen auf dem Sessel in der Waschküche niederlassen wollte. Doch der war bereits besetzt, wie Frau Wurminzer auf den ersten Blick erkennen musste. Gleich darauf begann sie, gellend um Hilfe zu rufen.

*

Ehe Palinski etwas sagen konnte, hatte der junge Mann die Initiative ergriffen. »Hi«, meinte er und deutete auf das Mädchen neben ihm, »das ist Maja Angeli und ich bin Jan Kröger. Wir sind die Neuen von …«, er deutete nach oben. »Ich hoffe, unser Einzug hat Sie nicht allzu sehr belästigt.«

»Mario Palinski«, stellte sich der Leiter des Instituts für Krimiliteranalogie vor. »Freut mich. Ich hoffe, Sie fühlen sich wohl hier. Und bis auf das grässliche ›Brrrrrr‹ eines Schlagbohrers gestern Mittag habe ich eigentlich gar nichts mitbekommen.« Er lachte. »Dieses ›Brrrrr‹ hat es allerdings in sich gehabt, mein Herz ist fast stehen geblieben.«

Die beiden machten ein leicht betretenes Gesicht, sie kannten Palinskis Hang zu derlei Übertreibungen noch nicht. Als sie ihn jedoch lächelnd mit dem von ihnen aus gesehen linken Auge zwinkern sahen, entspannten sie sich wieder.

»Darf ich Sie etwas fragen?«, wollte die junge Frau wissen. »Etwas, das mich vom ersten Moment an interessiert hat, seit ich das Haus betreten habe.«

»Nur zu«, ermunterte Palinski sie, »ich habe keine Geheimnisse.«

»Mich würde interessieren, worum es sich bei Krimiliteranalogie eigentlich handelt«, erkundigte sich Maja. »Ich habe diesen Begriff nie zuvor gehört. Und in meinem Fremdwörter-Duden ist er leider nicht zu finden.«

Die Frage imponierte Palinski. Seit er das Institut vor nunmehr über drei Jahren gegründet hatte, hatte er in seiner Funktion als Leiter mit mehreren Hundert Menschen zu tun gehabt. Alte und junge, gescheite und dumme, gebildete und ungebildete. Und dazu vielleicht auch ein paar wirklich Intelligente, die sich etwas darunter vorstellen konnten.

Aber nur ganz wenige hatten den Mut gehabt zu fragen, was unter der Wortschöpfung Krimiliteranalogie eigentlich zu verstehen war. Lieber hatten sie aus Angst, sich durch ihre Unwissenheit möglicherweise zu blamieren, den Mund gehalten und waren im Status der Ignoranz verharrt.

So viel Offenheit verdiente auf jeden Fall Anerkennung.

»Das ist eine lange Geschichte«, winkte er Maja gegenüber ab. »Wenn Sie und Jan etwas Zeit haben«, er deutete auf den Eingang zum Institut, »dann erzähle ich Ihnen das Ganze bei einem exquisiten Cappuccino.«

Er drehte sich um und öffnete die Türe. Maja blickte Jan fragend an, doch der hatte seine Antwort bereits mit einem ersten Schritt hin zum Eingang, also zum Kaffee mit der geschäumten Milch obendrauf, deutlich gemacht.

Eine Viertelstunde später wussten die beiden Neuen, welche Bewandtnis es mit der Krimiliteranalogie hatte und bewiesen mit ihren Fragen und Kommentaren, dass sie verstanden, welche Ziele damit verfolgt wurden.

Palinski fand die beiden Studenten, sie aus Salzburg, er aus der Steiermark, die sich in Wien gefunden hatten, sehr sympathisch und freute sich, mit den höchstens halb so alten jungen Menschen eine gute Gesprächsbasis gefunden zu haben.

Inzwischen hatte Maja ein Foto entdeckt, das Palinski mit Max und Moritz zeigte, seinen beiden Hunden. »Ach, Sie haben Haustiere«, freute sie sich, doch Palinski musste relativieren.

»Ja und nein«, meinte er kryptisch. »Ja, die beiden gehören mir, sind aber seit fast zwei Jahren nicht mehr in Wien, sondern im Waldviertel am Bauernhof vom Onkel Alois zu Hause. Da geht es ihnen viel besser als hier in der Großstadt. Und ich besuche sie zweimal im Monat.«

Manchmal gingen ihm die Hunde schon ab, aber »das war auf jeden Fall die beste Lösung für uns alle.«

Majas Blick ließ den Schluss zu, dass sie aus Prinzip nicht dieser Meinung war. Sie reduzierte ihren Protest gegen Palinskis Einstellung auf ein leicht trotzig klingendes »Wir bekommen nächste Woche einen kleinen schwarzen Kater« und ein unausgesprochenes »Und der kommt mir nicht aufs Land. Nie.«

»Dass es so etwas auch noch gibt«, wunderte sich Jan inzwischen über Palinskis Problem-PC. »Ich habe gedacht, so alte Stücke sind nur noch im Museum zu besichtigen.«

Jetzt war es am Hausherrn, leicht beleidigt zu sein. Wie der junge Dutter* von seinem treuen Kastl sprach, war schlimm. Allerdings …

»Wissen Sie vielleicht jemanden, der sich mit Computern gut auskennt?« Palinski hatte die Frage an niemanden speziell gerichtet, sie ungezielt einfach so in den Raum gestellt. Um der latenten Angst um sein jüngstes Werk ein wenig Luft zu verschaffen.

»Ja«, antworteten seine beiden Gäste nahezu unisono und zielten damit auf sich selbst bzw. den jeweils anderen ab. Und daraufhin wurde der bis dahin schöne Tag nahezu genial. Auf einen fast nur angedeuteten Hinweis Palinskis auf sein Problem hin machten sich die beiden

---

* junger, unreifer Mensch

wie zwei hochkarätige Chirurgen über den alten, zumindest scheintoten PC her.

Nach der raschen und gleichsam gründlichen Erstuntersuchung folgte prompt die Diagnose: »Kastl total im Eimer, an Altersschwäche eingegangen.« Aber dadurch waren die beiden Spezialisten anscheinend nicht aus der Ruhe zu bringen.

Das alles wirkte äußerst professionell und machte Palinski echt Hoffnung. Maja überlegte halblaut, ob nicht Benny vielleicht … was, konnte er nicht verstehen, da sich plötzlich die Türglocke am Ausgang zur Stiege 3 meldete. Draußen stand Herr Mayerbeer, ein Mieter aus dem dritten Stock, und war sehr aufgeregt.

»Herr Palinski, I bitt Ihna«, brach es aus ihm heraus, »bei uns in da Woschkuchl sitzt da Herr Lesonic von da Zwarer-Stiagn und is tot. Die Frau Wurminzer hod eam entdeckt und is si sicher, doss a umbrocht wurn is. Wos soi ma denn jetzt mochn, Herr Palinski? Sie kenann si do aus mit soiche Sochn. Ned woar?«

*

Inspektor Markus Heidenreich, der stellvertretende Leiter der Kriminalpolizei am Kommissariat Döbling, hatte gerade das imposante Gebäude auf der Hohen Warte verlassen wollen, als ihn der Anruf erreichte.

»Hallo, Markus«, meldete sich Palinski, »ich fürchte, ich muss deine Sonntagsruhe stören, wir haben hier im Haus wahrscheinlich einen Mord oder zumindest einen Totschlag vorliegen.« Er holte hörbar Luft. »Aussehen lässt der Täter oder die Täterin es allerdings wie einen besonders törichten Suizid oder einen ebensolchen

Unfall. Was es zumindest theoretisch sogar sein könnte. Obwohl ich das nicht glaube. Wie auch immer, kannst du dringend hierherkommen? Stiege 3, Dachgeschoss, die Adresse kennst du ja.«

Nachdem das erledigt war, wandte sich Palinski dem Tatort zu. Oder zumindest dem Fundort der Leiche. Worum es sich bei der kleinen Waschkuchl wirklich handelte, das würde erst die Untersuchung der Spezialisten von der Spurensicherung zeigen.

In dem kleinen Raum unterm Dach stank es widerlich nach kaltem Rauch, zusätzlich noch nach kaltem Schweiß. Alles in allem eine wahrhaft teuflische Mischung, echt zum Abgewöhnen.

Karl Lesonic war jedoch nicht nur hier im Hause bekannt wie ... Pardon, inzwischen musste man ja korrekterweise bekannt gewesen sagen. Also, der Mann war nicht nur ein Wiener Original gewesen, sondern darüber hinaus eine Galionsfigur der sich auch in diesem Lande immer mehr zuspitzenden Auseinandersetzung zwischen Rauchern und Nichtrauchern.

Lesonic, der sich immer wieder stolz dazu bekannt hatte, an keinem Tag der letzten 55 Jahre weniger als mindestens 40 filterlose Zigaretten gepofelt zu haben, der im Wachzustand seinen Raucherhusten nie länger als höchstens zehn Minuten unterbrochen und sich angeblich jede Nacht den Wecker gestellt hatte, um eingeplante Rauchpausen ja nicht zu versäumen, war die Inkarnation des ›Schlimmen Rauchers‹ schlechthin gewesen.

Dieser zweifelhafte Ruf und der damit verbundene ›Ruhm‹ hatten den streitbaren, relativ eloquenten Mann mit zunehmender Intensität der Auseinandersetzung um das Passivrauchen und die daraus resultierenden gesellschaftlichen Konsequenzen innerhalb der letzten beiden Jahre in die vorderste Reihe heimischer Medienstars katapultiert.

Mit einem Wort: Der Lesonic Karl war nicht irgendwer gewesen, nein, also wirklich nicht. Nach Ansicht gar nicht so weniger Traditionalisten war er vielmehr einer der letzten Kämpfer für die Freiheit und Selbstbestimmung des Menschen gewesen, zumindest des rauchenden.

Aus der Sicht dieser militanten Gesundheitsapostel dagegen war er ein Umweltverpester ersten Ranges. Je nach Perspektive war er entweder einer der letzten Individualisten im Kampf gegen die Gleichmacherei oder einer der unverantwortlichsten Idioten unter der Sonne.

Jedenfalls war der Tote ein Mann gewesen, der die Leute polarisiert, niemanden kaltgelassen und jeden gezwungen hatte, Position zu beziehen.

Und dieser Mann war jetzt tot. Hing mit halb eingeschlagenem Schädel auf dem unbequemen Stuhl, den irgendjemand vor vielen Jahren einmal hier heraufgebracht und anschließend vergessen hatte. Wie so viele andere Dinge, die nach der Erfindung der Waschmaschine in diesem zum Abstellraum mutierten Kammerl Aufnahme gefunden hatten.

Palinskis pseudophilosophische Gedanken wurden durch das unerbittliche Rütteln seines Handys in der Hosentasche abgelenkt.

Es war Jan Kröger, der ihn wieder zu seinen eigenen Problemen zurückführte.

»Ein Freund von mir hat einen drei Jahre alten, aber mangels Benützung fast noch neuwertigen Tower übrig.« Der junge Mann ließ eine technische Spezifikation folgen, die Palinski nichts sagte, außer dass er sie nicht wirklich verstand, die jedoch sehr bedeutend klang. »Der wäre gut für Sie geeignet«, versicherte Jan, »und wir könnten das Ding in 15 Minuten hier haben.« Allerdings: »Hartmut möchte 80 Euro dafür«. Das klang mehr als fair für Palinski und er wollte gerade Zustimmung signalisieren, da kam es noch weitaus besser. »Ich habe ihn auf 50 heruntergehandelt. Geht das in Ordnung?«

Und wie das in Ordnung ging, das war Musik in Palinskis Ohren und ein tiefes Gefühl der Zufriedenheit überfiel ihn. Daran konnte selbst der traurige Anblick Lesonics nichts ändern.

*

Lange hatte Österreich aus Sicht der Raucher als Insel der Seligen gegolten. Die immer strikteren Einschränkungen, denen die vom blauen Dunst Abhängigen in den USA, dem viel gepriesenen ›Land of the Free‹, mit der Zeit ausgesetzt waren, wurden zunächst sogar von einer konzilianten Mehrheit der Nichtraucher in diesem Lande milde belächelt.

In Europa war die erste Phase, der Anspruch der Arbeitnehmer auf einen rauchfreien Arbeitsplatz, noch relativ wenig umstritten gewesen. Als Nächstes waren die öffentlichen Gebäude und Plätze per Gesetz zu rauchfreien Zonen erklärt und die Raucher somit immer mehr in die Defensive gedrängt worden.

Bereits diese Maßnahmen hatten zu einer teilweise immer absurderen Diskussion darüber geführt, ob es sich beim Qualmen nicht vielleicht doch um ein grund-

legendes Menschenrecht handelte. Gleichrangig etwa mit
der Meinungsfreiheit oder gar ein Ausfluss des Rechts
auf Selbstbestimmung, wie erstaunlich viele Befürworter meinten.

Das war allerdings bei Weitem nichts gegen die Schärfe,
die die Auseinandersetzung angenommen hatte, nachdem die Nichtraucher mit dem Sturm auf die Gastronomie, der letzten Bastion der Raucher im öffentlichen
Raum, begonnen hatten. Das Spektrum der veröffentlich-
ten Meinungen spannte sich vom Appell nach mehr Toleranz über Unkenrufe zur angeblichen Gefahr faschistoi-
der Gleichschalterei bis hin zur Forderung eines totalen
Verbotes des Qualmens.

Allein wie der Begriff der Toleranz von den Verfech-
tern der These ›Freie Bürger rauchen, wo sie wollen‹ ver-
bogen wurde, war atemberaubend. Sinngemäß hieß es da:
Mich stören die Nichtraucher ja auch nicht, daher kann
ich ja wohl erwarten, dass ich die Nichtraucher ebenfalls nicht störe.

Ja, sogar einzelne sonst durchaus ernst zu nehmende,
im öffentlichen Leben stehende Personen entblödeten
sich nicht, das Laster, von dem sie nicht lassen konnten,
in Artikeln und Broschüren mit Argumenten zu vertei-
digen, die ihre Intelligenz nachhaltig beleidigten.

Palinski hatte vor mehr als 20 Jahren selbst eine Zeit
gehabt, in der er täglich mindestens 40 Zigaretten konsumiert hatte, an Tagen mit langen Nächten deutlich mehr.
Sein Glück waren seine relativ empfindlichen Atemwege
gewesen, die sich diese Behandlung einfach nicht gefallen
lassen wollten. Nach wenigen Monaten hatte er bereits
jeden Morgen mindestens zwei Stunden damit zu tun
gehabt, seine Bronchien auf höchst ungustiöse Art und

Weise wieder freizuhusten und dabei darauf zu achten, sich nicht gleichzeitig anzuspeien.

Diese auf Dauer sozial unverträglichen Morgenauftritte sowie ein äußerst abschreckender Artikel in einem Wochenmagazin hatten ihn in der dem Erscheinungstermin folgenden lauen Augustnacht vor knapp 20 Jahren seinen letzten Lungenzug tun und anschließend mit dem Tschicken* aufhören lassen.

Das Rezept war denkbar simpel gewesen: Einfach die nächste Zigarette nicht mehr anzünden. Als zusätzliche Motivationshilfe hatte er das bisherige Zigarettengeld tagtäglich in eine Sparbüchse geworfen und damit im folgenden Februar einen 14-tägigen Skiurlaub für Wilma und sich finanziert. Mit allen Schikanen und schon wieder völlig hustenfrei, verstand sich.

Einige Jahre später hatte er zwar wieder mit dem Rauchen begonnen, diesmal allerdings mit Zigarillos. Zigarette hatte er seither keine einzige mehr angerührt.

Inzwischen war Palinski seit Langem wieder von den kleinen Zigarren weg. Das Einzige, das er sich nun gelegentlich gönnte, war ein Pfeiferl in Ehren, das er in einer ruhigen Stunde in seinem Rauchsalon, und nur da und sonst nirgendwo, vor sich hinpaffte. Dementsprechend betrachtete er sich auch nicht als Raucher, bestenfalls als Paffer, dessen Sympathien in der immer beherrschender werdenden Diskussion eindeutig auf der Seite der zum passiven Mitrauchen Verdammten lagen. Denn im Gegensatz zu der von Selbstmitleid und gelegentlichem Verfolgungswahn geprägten Attitüde der ›letzten Individualisten‹, die ihr ›Recht‹ auf uneingeschränktes Pofeln, wann und wo immer sie wollten, in Gefahr sahen und

---

* Rauchen

mit einer Intensität verteidigten, als gelte es, die Werte der Französischen Revolution zu schützen, wusste und anerkannte Palinski, dass es bei dieser Auseinandersetzung nicht um das Rauchen an sich ging, sondern um den Schutz der Nichtraucher. Also darum, sicherzustellen, dass durchs Qualmen niemand außer dem Verursacher selbst, dessen Recht auf Selbstbeschädigung natürlich außer Zweifel stand, in Mitleidenschaft gezogen wurde. Exakt das war der Punkt. Nicht um mehr, aber auch nicht um weniger ging es bei diesem mitunter sehr hitzigen Diskurs.

Eine völlig andere Sache war hingegen der Brief, den die Polizei in der linken Gesäßtasche Karl Lesonics finden sollte.

*

Kurz nach 13 Uhr bog ein aus der Stadt kommender, schwarz lackierter Kleintransporter von der Grinzinger Allee in die Straße mit dem markanten Namen An den Langen Lüssen ein und fuhr hinauf, bis es nicht mehr weiterging. Nachdem der Wagen geparkt worden war, betraten zwei mit dunklen Anzügen bekleidete Männer den Grinzinger Friedhof, eine der schönsten und nobelsten Adressen der speziellen Art in Wien.

Hier hatte eine Menge Prominenter ihre letzte Ruhestätte gefunden, darunter so bekannte Künstler wie Gustav Mahler, Alma Mahler-Werfel, Heimito von Doderer, Paula Wessely und Attila Hörbiger und Thomas Bernhard.

Neugierig blickten die wenigen an diesem Tag anwesenden Standler von ihrem aus Kerzerln, Gestecken und

Kränzen bestehenden Angebot auf und beobachteten die mit ihren dunklen Brillen etwas sonderbar wirkenden Fremden, die einen Metallsarg zur Aufbahrungshalle trugen.

Maria ›Mitzi‹ Wallasch, die ihr kleines, neben dem Haupteingang liegendes Blumengeschäft schon seit 30 Jahren betrieb, kamen die beiden irgendwie seltsam vor. Die Art, wie sie sich bewegten, sagte ihr, dass sich im Sarg niemand befand, außer höchstens ein kleines Kind. Oder vielleicht ein Liliputaner? Die jedoch wurden in der Regel nicht in zwei Meter langen Särgen transportiert.

Das beiläufige Winken des größeren der beiden Männer, das Mitzi als Gruß interpretierte, beruhigte die grundsätzlich misstrauische Standlerin allerdings wieder. Schließlich konnte sie ja nicht sämtliche Mitarbeiter der Städtischen Bestattung kennen.

Kurze Zeit später kamen die beiden, die Mitzi rein äußerlich irgendwie an Mafiosi erinnerten, die sie einmal in einem Film gesehen hatte, wieder mit dem Sarg durch den Haupteingang.

Instinktiv erkannte Maria Wallasch einen entscheidenden Unterschied. Die Art, wie die Männer schleppen mussten, ließ nur einen Schluss zu, dass der Sarg im Gegensatz zu vorhin nun belegt war, und zwar mit einer anscheinend recht gewichtigen Leiche.

Jetzt kam von den beiden auch kein beruhigendes Zuwinken mehr, denn die Hände wurden definitiv zum Schleppen gebraucht. Das größere der beiden Mannsbilder ließ es daher bei einem angedeuteten Nicken des Kopfes bewenden. Das war allerdings nicht geeignet, Mitzis Argwohn zu besänftigen. Ehe sie dazu kam, weiter darüber nachzudenken, bemerkte sie, dass der Nachmittagsfilm mit Peter Alexander in ihrem kleinen Fernseher im Eck bereits begonnen hatte. Und obwohl sie sich noch fragte, seit wann die Wiener Bestattung Fahrzeuge ohne Aufschrift und mit niederösterreichischem Kennzeichen verwendete, schaffte es der große Entertainer rasch, Mitzi wieder auf andere Gedanken zu bringen.

*

Trotz seiner relativen Jugend, Inspektor Markus Heidenreich hatte erst knapp 35 Lenze auf den wohltrainierten Schultern, hatte der Stellvertreter von Franka Wallner bereits eine ganze Menge höchst seltsamer, ja skurriler Kriminalfälle erlebt. Demzufolge konnte ihn auch nicht so rasch etwas aus der Fassung bringen. Was sich ihm allerdings in der kleinen ehemaligen Waschküche im vierten Stock der Dreierstiege bot, raubte ihm zunächst einmal die Fassung und gleich anschließend die Sprache.

»Was soll denn das hier bedeuten?« Der Inspektor gab die rhetorisch gemeinte Frage so verstört von sich, dass Palinski Schwierigkeiten hatte, das Gestammel überhaupt zu verstehen.

Aber Markus Heidenreichs Reaktion war nur zu verständlich.

Da hing ein alter, total zerknittert wirkender toter ehemaliger Kettenraucher mit einer schweren Kopfwunde in einem Sessel. Auf der Ablage an der Wand hinter der Leiche standen zwei leere und eine noch halb volle Bierflasche neben einer ebenfalls fast leeren Packung eines handelsüblichen rezeptfreien Schmerzmittels.

Unter dem und in einem Umkreis von etwa einem halben Meter um den Sessel herum lagen zahlreiche Tschicks in einer übel riechenden, offenbar aus einem Gemisch von Urin und Blut bestehenden Lache. Und darin, nicht zu übersehen, die deutlich erkennbare vordere Hälfte eines Schuhabdruckes. Eines großen, ja sehr großen Schuhs, wie man mit bloßem Auge erkennen konnte. Also mindestens Größe 46, eher aufwärts, so gegen 48, schätzte Palinski.

Weitaus verräterischer war das ganz besondere Profil der offenbar aus Gummi bestehenden Sohle eines Sportschuhs. Im Karree verlaufende Linien, mit einem großen X genau in der Mitte. Sicher würde die Polizei schon bald die genaue Marke dieses Schuhs eruiert haben. Und wenig später – hoffentlich – auch seinen Träger.

Zu allem Überfluss, sozusagen als Krönung des Ganzen, lag eine schwere, alte, etwa zwei Meter hohe und aus massivem Holz bestehende Standuhr quasi auf dem Leichnam, die dem Mann mit einer ihrer scharfen Kanten die schwere Kopfverletzung zugefügt hatte.

»Das ist ja schlimmer als der ärgste Albtraum, den sich ein gemütskranker Drehbuchautor für einen Horrorfilm ausdenken kann«, versuchte Palinski zu witzeln, aber niemand lachte. Obwohl Mario damit das absurd Monströse der gespenstischen Szene durchaus treffend charakterisiert hatte.

Und tatsächlich, der Fundort der Leiche war für die Kollegen von der Spurensicherung so etwas wie das Disneyland bei Paris für alle europäischen Kids zwischen acht und 80 Jahren. Zumindest einmal im Leben sollte man so etwas erlebt haben. Dass es sich bei der Waschküche nicht um den Tatort handelte, war sowohl Heidenreich als auch Palinski beim ersten näheren Hinschauen klar geworden.

Denn die schwere Verletzung am Kopf des Herrn Lesonic hatte so gut wie nicht geblutet, wenngleich die Blutlache am Boden etwas anderes vortäuschen sollte. Das bedeutete, dass der Mann bereits tot gewesen sein musste, als er hier in den Sessel gesetzt worden war.

»Da hat sich jemand überaus viel Mühe gegeben, uns Sand in die Augen zu streuen«, konstatierte der Inspektor, »und sich dabei saublöd angestellt. Bemerkenswert, wirklich bemerkenswert.« Er schüttelte den Kopf. »So was sieht man wirklich nicht alle Tage.«

Zehn Minuten später war Palinski wieder auf dem Weg zurück in sein Büro. Nachdem er Heidenreich versprochen hatte, am späteren Nachmittag wegen des Protokolls im Kommissariat vorbeizukommen, war ihm sein maroder PC wieder siedend heiß in den Sinn gekommen. Und dass sich zwei neu zugezogene barmherzige Samariter um den offensichtlichen Totalschaden kümmerten. Obwohl, Jan hatte vorhin etwas von einem gebrauchten, aber neuwertigen Tower gesagt, den er beschaffen konnte. Wer weiß, vielleicht bekam der junge Mann das Graffelwerk* bis morgen doch wieder zum Laufen. Zumindest erst mal ohne Internet, obwohl Palinski dieses ebenso dringend benötigte. Allerdings konnte sich darum wieder Florian kümmern, der kannte sich in diesen Dingen ebenfalls sehr gut aus.

Sein zwischen Bangen und Hoffen schwankender Gemütszustand pendelte sich rasch bei deutlichem Wohlbehagen ein, als er Maja und Jan in voller Aktion an seinem offenbar wieder völlig genesenen PC agieren sah.

---

* wertloses Zeug

Mit der höflichen Erkundigung »Darf ich schnell einen Blick auf meinen E-Mail-Account werfen« lieferte ihm die junge Frau dazu passend gleich die Antwort auf die letzte noch offene Frage.

Es war fantastisch. Die trüben, durch den dahingegangenen Computer verursachten Gedanken verflüchtigten sich schlagartig und ein behagliches Gefühl der Zufriedenheit überkam ihn.

Was für ein Tag, dachte Palinski. Die Familie war gesund, der Computer ging wieder und die Sonne schien. Tja, und der Mord, in den er hineingestolpert war, war auch nicht von schlechten Eltern.

»Kinder, wisst ihr was«, meinte er gönnerhaft zu seinen neuen Nachbarn. »Was haltet ihr davon, wenn ich euch jetzt ins Mamma Maria zur besten Lasagne verde nördlich der Alpen einlade?«

*

Bereits kurz nach 14 Uhr waren die ersten Trauergäste zur feierlichen Verabschiedung Konstantin Boreskovs erschienen, dem weltberühmten bulgarischen Tenor mit österreichischem Pass. Der erst vor einem halben Jahr zum Kammersänger ernannte ›beste Rudolf, den Wien in den letzten Jahren gesehen hatte‹, wie einer der bekanntesten Kulturkritiker kürzlich noch geschwärmt hatte, war mit erst 49 Jahren nach einem schweren Autounfall viel zu früh von der Bühne des Lebens abgetreten.

Der Tod des nicht nur in Wien, sondern darüber hinaus in Mailand, New York, London, Sydney, St. Petersburg, Paris und Berlin, Salzburg und Glyndebourne umjubelten Stars, um nur die wichtigsten Wirkungsstätten zu nennen, war mindestens ebenso mysteriös und geheimnisumwoben, wie es sein Leben über weite Strecken gewesen war.

Kammersänger Boreskov war an jenem Morgen im Februar nach der umjubelten Neuaufnahme der Carmen an der Münchner Oper gegen 10 Uhr in seinen Porsche gestiegen und Richtung Salzburg losgefahren. In der Nähe von Felden hatte der an sich äußerst routinierte Fahrer aus nach wie vor ungeklärten Gründen die Herrschaft über sein Geschoss auf Rädern verloren. Nachdem sich der Wagen mehrmals überschlagen hatte und dabei auf die Gegenfahrbahn geschleudert worden war, wurde das Wrack von einem entgegenkommenden Laster erfasst und mehrere Meter mitgeschleift. Boreskov, entgegen seiner sonstigen Gewohnheit nicht angeschnallt, war zu diesem Zeitpunkt mit Sicherheit schon tot gewesen. Genickbruch und damit – rien ne va plus.

Gerüchteweise wurde nicht ausgeschlossen, dass der Mann, selbst Kontaktlinsenträger, irrtümlich die – etwas schwächeren – Sehbehelfe seiner Frau Natascha erwischt und anschließend aus Nachlässigkeit nicht mehr ausgetauscht hatte.

Boreskov, der im Leben ein sehr extravaganter, auf Exklusivität bedachter Mensch gewesen war, hätte seine Freude an der heutigen Inszenierung gehabt. Immerhin war es die erste Beerdigung seit 71 Jahren, die auf diesem Friedhof an einem Sonntag stattfinden durfte, und die erste innerhalb der letzten 62 Jahre auf einem Wiener Friedhof überhaupt.

Sonntags wurde zwar auch gestorben, jedoch in der Regel nicht beerdigt. Die äußerst seltenen Ausnahmen waren, wie meistens im Leben, den ehemals Reichen und Schönen vorbehalten.

Und deshalb waren kurz vor 15 Uhr, dem Beginn der offiziellen Trauerfeierlichkeiten, bereits mehr als 500 Personen des öffentlichen Lebens, aus Politik, Kultur und Wirtschaft sowie der Wiener Operngemeinde erschienen. Allen voran der Bürgermeister und einer seiner auch heute noch omnipräsenten Vorgänger, der regierende und vier ehemalige Operndirektoren sowie einige Regierungsmitglieder. Dazu zahllose Vertreter der internationalen Kultur- und sonstigen Schickeria. Und überhaupt drängten sich die Massen der mehr oder weniger prominenten Trauernden, die dieses Event nicht versäumen wollten.

Der relativ kleine, im Nordwesten Wiens gelegene Friedhof musste im Moment aus der Luft aussehen wie ein Ameisenhaufen am ersten langen Einkaufssamstag im Advent. Die Drängelei war enorm und wurde immer beängstigender, je mehr man sich der viel zu kleinen Aufbahrungshalle näherte.

Kurz nach 15 Uhr begann die stilvolle Verabschiedung, die über Lautsprecher auch auf den Bereich vor der Halle übertragen wurde. Zunächst eröffnete ein aus Mitgliedern des Opernorchesters gebildetes Sextett mit Mozart. Dem folgten zwölf Angehörige des Staatsopernchors mit dem Ave Maria von Schubert.

Nun war es so weit, die Stunde der Redner und damit die der Simultandolmetscherin hatte geschlagen. Während sich die aus Sofia eingeflogenen Eltern und Geschwister des Kammersängers erwartungsvoll die Kopfhörer aufsetzten, schritt Dr. Kaspar Godfrey, internationaler Musikagent, Manager und enger Freund Konstantin Boreskovs, würdevoll ans Rednerpult.

Während dieser wichtige Mann des weltumspannenden Kulturbetriebs seine Brille richtig positionierte und zum Entsetzen nicht weniger Anwesender umständlich das Manuskript seiner Rede aus der Innentasche seines Sakkos holte, um es vor sich auf das Pult zu legen, geschah das Unerhörte und völlig Unerwartete.

»Im Prater blühn wieder die Bäume«, tönte da plötzlich die unsterbliche Stimme des toten Kammersängers aus dem sehr teuren Mahagonisarg, »in Sievering grünt schon der Wein.«

Natascha, die Witwe, war bei ›Sievering‹ bereits schreiend aufgesprungen, zum Sarg gewankt und an selbigem zusammengebrochen. »Da kommen die seligen Träume, es muss wieder Frühlingszeit sein« – es war unverkennbar die Stimme des teuren Verblichenen, die da kraftvoll wie eh und je und erstaunlicherweise mit Robert Stolz und Orchesterbegleitung aus dem ultimativen Möbel tönte.

Wie erstarrt verharrten die meisten Anwesenden in ungläubiger temporärer Paralyse, lediglich Dr. Godfrey und der dynamische Wiener Bürgermeister Dr. Lattuga waren zum Sarg geeilt und herrschten die beiden daneben postierten Bediensteten des Bestattungsunternehmens an, das Behältnis ehestens zu öffnen.

Boreskov hatte sich offenbar vorgenommen, ein letztes Mal mit einem Potpourri zu glänzen, da er inzwischen bei ›La donna è mobile‹ angelangt war. Kurz darauf war nun endlich der Verschluss des Sarges geöffnet worden und die beiden Friedhofsbüttel machten sich daran, den schweren Deckel zu entfernen.

Die Witwe war mittlerweile mithilfe des galanten Bürgermeisters wieder auf die Beine gekommen und gerade dabei, vorsichtig einen verheulten Blick ins Innere des

Sarges zu riskieren, als ein honigmelonengroßer, bunter und auf einer Sprungfeder sitzender Clownskopf aus dem Sarg hochschnellte. Mit der Wirkung, dass die bedauernswerte Natascha sofort wieder schreiend zusammenbrach und selbst der sonst eher kühle Dr. Godfrey einen überraschten Aufschrei nicht unterdrücken konnte. So ein ›Oh God‹ etwa, oder vielleicht auch ein ›Ooooooh good‹, so genau konnte sich nachher niemand mehr daran erinnern.

In der Zwischenzeit war der orthodoxe Priester herangetreten, hatte in den Sarg gegriffen und das darin befindliche Hi-Fi-Abspielgerät einfach abgestellt. Mitten im ›Nessun dor…‹, mit dem der Kammersänger gerade beginnen wollte. Dann riskierte Hochwürden einen weiteren Blick – und noch einen – ehe er sich aufrichtete und direkt in die laufende Kamera des inzwischen näher gekommenen Teams des österreichischen Fernsehens die folgenschweren Worte sprach: »Sarg leer, Kammersänger futsch, nur der liebe Gott weiß, wo.«

20 Minuten später traf Inspektor Heidenreich am Ort des Verschwindens ein, weitere 45 Minuten danach ging bereits die Sensationsmeldung ›Leiche des Kammersängers verschwunden‹ in einer Sondernachrichtensendung der TV Austria in die Welt hinaus.

Die Geschäftskarte mit dem Aufdruck ›Diamonds4eva‹, die klein und verschämt unter dem CD-Player auf ihr Auffinden wartete, blieb zunächst unentdeckt.

*

Mario Palinski war noch keine fünf Minuten in Heidenreichs Büro gewesen und daher weit davon entfernt, vom

Inspektor auf den aktuellen Ermittlungsstand gebracht worden zu sein, als die Meldung eintraf, dass die Leiche eines Opernsängers in Verlust geraten war. »Am Grinzinger Friedhof gestohlen worden ist«, hatte Bürgermeister Lattuga dezidiert erklärt, der es sich nicht hatte nehmen lassen, die Polizei höchstpersönlich anzurufen.

An und für sich hätte in einer solchen Situation die Chefin der Döblinger Kriminalpolizei, demnach Franka Wallner, selbst ausrücken müssen. Da die Frau von Chefinspektor Helmut Wallner allerdings bereits am Freitag einen mehrtägigen Urlaub angetreten hatte und nach Luzern gereist war, um der Hochzeit einer ihrer zahlreichen Cousinen mit einem Schweizer Steuerberater beizuwohnen, blieb das an Heidenreich hängen.

»Tut mir leid«, der Inspektor zuckte bedauernd mit den Schultern, »aber da muss ich wohl hin.« Er schob seinem Gegenüber ein Stück Papier hin. »Könntest du mir einen Gefallen tun und mit der alten Dame sprechen? Sie wohnt ohnehin bei dir im Haus. Vorhin war sie noch zu aufgeregt für eine vernünftige Befragung.«

Palinski nahm das Blatt an sich und las: ›Wurminzer, Hermine, Döblinger Hauptstraße 15 A, Stiege 3, zweiter Stock‹. »Na klar«, bestätigte er den Auftrag des Inspektors. »Das mache ich doch gerne. Ich werde gleich mit ihr sprechen. Ich bin sowieso neugierig, was da eigentlich los war.« Er stand auf und wandte sich zum Gehen. »Ich melde mich am Abend telefonisch«, meinte er im Hinausgehen.

Unabhängig von Bürgermeister Lattuga hatte ein opernnärrischer und deswegen ebenfalls am Grinzinger Friedhof anwesender Ministerialrat aus dem Innenministerium seinen zukünftigen Sektionschef und derzeitigen obersten Boss, den Minister, über das aktuelle Geschehen informiert.

Die nicht nur etwas widersprüchlich klingende Situation war dem Umstand zu verdanken, dass es die beiden großen Parteien nach den Wahlen vom 10. November des Vorjahres nach 16 Wochen noch immer nicht geschafft hatten, eine tragfähige Koalitionsvereinbarung auszuhandeln. Was nur zum geringeren Teil an echten inhaltlichen Stolpersteinen, sondern hauptsächlich an einer demokratischen Unreife einiger der handelnden Personen lag.

Aus diesem Grund war der als reine Übergangslösung gedachte Innenminister Dr. Michael ›Miki‹ Schneckenburger nach wie vor Mitglied der vom Bundespräsidenten mit der vorläufigen Weiterführung der Geschäfte provisorisch beauftragten Regierung.

Es handelte sich sozusagen um eine doppelte Übergangslösung, um ein Provisorium innerhalb eines zweiten. Egal, Palinskis Freund Miki fand immer mehr Gefallen an dem neuen Job und den damit verbundenen Möglichkeiten.

Daher hatte er sich als für Leichenraub zumindest mittelbar zuständiger Ressortchef sofort mit dem Bundeskriminalamt in Verbindung gesetzt und nach Chefinspektor Helmut Wallner verlangt. Der war allerdings dermaßen unverantwortlich gewesen und hatte sich einige Tage freigenommen und wollte diese im Ausland verbringen.

In diesem Fall musste sich Schneckenburger mit Hauptmann Bachmayer zufriedengeben, dem Stellvertreter Wallners. Aber bitte, soweit dem Minister geläufig war, sollte das auch ein recht tüchtiger Mann sein.

31

Und so kam es, dass sich eine knappe halbe Stunde später sogar der Innenminister in Begleitung einiger Experten aus dem BK unter die ratlose Menge am Grinzinger Friedhof mischte und dem Fernsehen einige tolle Statements für die Abendnachrichten lieferte.

Von den sterblichen Überresten des Kammersängers Konstantin Boreskov fehlte allerdings nach wie vor jede Spur.

2.

Sonntag, 7. März, nachmittags

Falls Hermine Wurminzer durch das Auffinden einer männlichen Leiche in der ehemaligen Waschküche zwei Stockwerke über ihrer Wohnung auf irgendeine Art und Weise Schaden genommen hatte, so merkte man ihr nichts mehr davon an. Und für den Fall, dass sich die alte Dame jemals sonderlich über diesen überraschenden Fund aufgeregt hatte, so hatte sie sich unterdessen wieder völlig abgeregt.

Als sie Palinski ihre Wohnungstüre öffnete, strahlte sie ihn an wie den Geldbriefträger, der ihr vor Weihnachten die doppelte Pension brachte.

»Sind Sie net der Herr Palinski von der Viererstiegen?«, wollte sie wissen, allerdings mehr rhetorisch als tatsächlich. »Sie waren doch auch oben in der Waschkuchl, wie die Polizei kommen ist.« Damit hatte Frau Wurminzer den Besucher eindeutig identifiziert.

»Entschuldigen Sie die Störung am Sonntagnachmittag«, baute Palinski vor. »Ich soll im Auftrag der Polizei noch ein paar Sachen klären. Zur Leiche«, er deutete mit dem Kinn nach oben. »Das muss ja ein schrecklicher Schock für Sie gewesen sein«, fügte er hinzu.

»Na ja«, Frau Wurminzer schien zu überlegen. »Schon, aber so arg war's gar net. Wie ich vor, na, des ist jetzt auch fünf Jahr her, die Pippi sterben hab sehen, bin ich mehr erschrocken. Wolln S' net reinkommen, ich hab grad an frischen Kaffee gemacht?«

Wer um Himmels willen war Pippi gewesen, schoss es

Palinski durch den Kopf, während er die Wohnung betrat und im Wohnzimmer Platz nahm.

Immerhin war er bereits fast ... ja, wie viele Jahre waren es eigentlich? Auf jeden Fall hatte er sein Büro auf der Stiege 4 erheblich länger als fünf Jahre. Doch ein Todesfall namens Pippi war ihm nicht geläufig. Davon hatte er noch nie etwas gehört.

Die Hausfrau, die ihm inzwischen Kaffee eingeschenkt hatte, deutete seinen offenbar leicht irritierten Blick richtig. »Gell, Sie wissen net, wer die Pippi war«, stellte sie fest. »Hab ich recht oder hab ich recht?« Sie lachte, aber das Lachen klang verdächtig wie ein Versuch, eine plötzlich aufkommende Traurigkeit zu überdecken.

»Hier«, sie stand auf, nahm eine gerahmte Fotografie von der Kommode an der Wand und hielt sie Palinski hin, »das ist Pippi gewesen.«

Das Bild zeigte die Frau mit einer schwarz-braunen Sofarolle, die mit heraushängender Zunge freundlich ins Objektiv hechelte und eine entfernte Ähnlichkeit mit einem Rauhaardackel hatte. Ein schwarzer Trauerflor, der quer über die linke obere Ecke des Bilderrahmens ging, ließ keinen Zweifel offen, dass das Vieh nicht mehr unter den Lebenden weilte.

»Pippi ist vor fast fünf Jahren von mir gegangen«, bei diesen Worten hatte Frau Wurminzer einen Knödel im Hals und Tränen in den Augen. »Mit nur vier Jahren elendiglich krepiert«, sie schüttelte verzweifelt den Kopf, bevor sie sich geräuschvoll die Nase putzte. »Der Arzt hat Krebs diagnostiziert, aber nicht mehr helfen können.« Wieder schluchzte sie. »Ich mache mir heute noch Vorwürfe, dass ich nicht früher zum Dr. Hubarsky gangen bin mit der Pippi.«

Palinski überlegte, was er gegen die aufsteigende Peinlichkeit der Situation unternehmen konnte, als plötzlich ein Ruck durch die alte Dame ging. »Wollen S' vielleicht einen Gugelhupf? Ich hab grade einen frischen gmacht. Backen beruhigt meine Nerven. Er ist sogar noch ein bisserl warm.«

Sie stand auf, ohne die Stellungnahme ihres Gastes auf ihr Angebot abzuwarten. »Ich hol Ihnen ein Stückerl, meinen Marmorgugelhupf müssen S' unbedingt kosten.«

Während Frau Wurminzer in der Küche herumrumorte, nahm Palinski das Foto mit Pippi und stellte es wieder auf seinen Platz auf der Kommode. Direkt neben einer kleinen unscheinbaren Vase, die mit einem Deckel verschlossen war.

Das vasenförmige Ding erinnerte Palinski an etwas, was ihm jedoch im Moment nicht einzufallen vermochte. Es stand direkt auf einem dicken Brief mit dem Absender ›Diamonds are Memory Inc., Rotterdam, NL‹, beschwerte ihn sozusagen.

Ehe er seiner aufkeimenden Neugierde weiter nachgeben konnte, war die Hausfrau wieder zurückgekehrt.

»Ja, ja«, seufzte sie leise, »das ist alles, was mir von meinem Liebling geblieben ist. Ein Häferl voller Asche.« Sie schniefte wieder, dass es zum Gotterbarmen war. »Aber ich hab eine Möglichkeit gefunden, der Pippi zu einer Art ewigem Leben zu verhelfen.«

Palinski verstand zunächst nicht, was die Alte meinte. Dann dämmerte es ihm – die Vase in dem Regal schien eine Urne zu sein. Ein Gefäß voller Asche, der Asche von Pippi? Ehe sich sein Verdacht allerdings zu einer echten Erkenntnis verdichten konnte, machte sich sein

Handy auf die typisch widerlich-aufdringliche Art bemerkbar.

Palinski ärgerte sich jedes Mal wieder über dieses stupide Gedudel seines neuen Mobiltelefons, diesmal so sehr, dass ihm das kryptische Getue der Wurminzer mit dem ›ewigen Leben‹ völlig aus dem Sinn kam. Vorläufig zumindest.

Am anderen Ende der Verbindung meldete sich Heidenreich, bei dem es noch einige Zeit dauern würde, da »sich der Herr Minister persönlich in die Amtshandlung eingebracht hat.«

O Gott, dachte Palinski, welch geschwollener Euphemismus für Mikis Angewohnheit, seine Nase überall hineinstecken zu müssen. Je länger sein alter Freund Schneckenburger Übergangsminister war, desto seltsamer wurde er offenbar. Er stimmte zu, den Inspektor um 21 Uhr im Restaurant Mamma Maria zu treffen. Dem besten Italiener der Stadt, direkt gegenüber von Palinskis Institut für Krimiliteranalogie.

*

Während Hermine Wurminzer den netten Mann von der Viererstiege mit Kaffee und ganz frischem, noch ein bisserl warmem Marmorgugelhupf verwöhnte, hatte am Grinzinger Friedhof eine andere ältere Dame ihren großen Auftritt. Auf der Suche nach Zeugen, die etwas beobachtet hatten, was mit dem Verschwinden der Leiche des Kammersängers zu tun haben könnte, waren Inspektor Heidenreich und Hauptmann Bachmayer, die der Einfachheit halber beschlossen hatten, fürs Erste einmal zusammenzuarbeiten, rasch auf Maria ›Mitzi‹

Wallasch gestoßen. Na klar, denn sonst hatte niemand was gesehen oder gehört. Was sich vor allem aus dem Umstand erklärte, dass zu dem fraglichen Zeitpunkt die Mitzi der einzige anwesende Mensch weit und breit gewesen war.

Als die beiden Kriminalisten den kleinen Laden betreten hatten und daraufhin auch noch der Herr Innenminister gekommen war, mit dem Fernsehteam im Schlepptau, da hatte die alte Standlerin nicht nur den Hauch der Geschichte auf ihrer faltigen Gesichtshaut verspürt. Nein, sie hatte endlich verstanden, warum der liebe Gott es zugelassen hatte, dass ihre wiederholten Anträge auf vorzeitige Versetzung in den Ruhestand trotz erschreckender ärztlicher Atteste bisher immer abgelehnt worden waren. Zuletzt im Oktober vergangenen Jahres. Jetzt erst erkannte sie, dass System dahintersteckte. Der Herr hatte in seiner Güte und Weisheit noch etwas mit ihr vorgehabt. Er hatte gewollt, dass sie, Mitzi Wallasch, einmal in ihrem Leben im Fernsehen zu sehen war. Er hatte gewusst, dass das ihr größter Wunsch war. Und weil sie allzeit ein guter Mensch gewesen war, wollte er ihr diesen Wunsch sogar erfüllen, und das nicht nur als Fallstudie im Rahmen der aktuellen Diskussion um den Altenpflegenotstand. Das Ganze hier war eigentlich ihre Show, ihre ganz allein. Bereitwillig berichtete sie den Kriminalbeamten von den beiden Männern, die knapp zwei Stunden vor Beginn der Trauerfeierlichkeiten für Boreskov den Friedhof mit einem offensichtlich leeren Transportsarg betreten und ihn einige Minuten später wieder verlassen hatten.

»Do woar oba sicha was Schwars in dem Sorg, denn die beiden ham ganz schö schleppn miassn«, bekräftigte

Frau Wallasch. »Des woar sicha dem Herrn Kammersänga sei Leich.« Die Beschreibung der beiden Akteure brachte den Polizisten keine neuen Erkenntnisse, die des Wagens ebenfalls nicht. »Joa ans no«, erinnerte sich die Frau schließlich noch, »des Auto hod a niederösterreichisches Kennzeichn ghabt. So ans mit an blaun Woppn und göbe Vicha drauf, i was net, wos des fia Vicha san. Und i glaub, doss die Numma mit BL begonnan hod.« Die Wallasch schloss kurz die Augen. »Jo, i bin gonz sicha, des woar a BL am Aufang.«

Na bitte, fand Inspektor Heidenreich, das war zwar nicht viel, jedoch immerhin ein erster Ansatzpunkt für Ermittlungen. Und sein Kollege vom BK stimmte ihm zu. Flugs waren Mitzi Wallaschs fünf Minuten im Rampenlicht auch wieder vorbei und die Karawane zog weiter. Zur Villa des Verstorbenen in der Himmelstraße, in die sich die nach den letzten Ereignissen völlig entnervte Witwe mit einem Tross aus Verwandten, Freunden und Bekannten zurückgezogen hatte und wartete, in der Hoffnung darauf, Antworten zu geben und vor allem welche zu bekommen.

Das würde zweifellos ein langer Tag werden, war sich Heidenreich sicher. Deshalb rief er Palinski an, um den Termin für den späteren Abend zu bestätigen.

*

Der Gugelhupf war wirklich erstklassig gewesen. Früher hatte Wilma, die Frau, die Palinski nach dem im letzten Herbst fulminant gescheiterten Versuch nun wohl nie heiraten würde, von Zeit zu Zeit auch gebacken. Vor allem Kekse in der Adventszeit, hin und wieder den einen oder anderen Kuchen. Komisch, ein Marmorgugelhupf war nie darunter gewesen, obwohl er gerade diesen so besonders mochte.

Doch seit die Kinder erwachsen waren und vor allem seit Wilma in die Politik gegangen war, bekam er nicht einmal mehr einen Kaffee zu Hause. Gut, sie hatte als Bezirksrätin eine Menge zu tun und nahm ihr Mandat sehr ernst. So weit war das in Ordnung.

Dass Wilma, falls sie doch den Herd aufdrehte, um etwas zuzubereiten, grundsätzlich nur den Empfehlungen eines ihrer Kollegen, einer Art Grünkern-Guru, folgte, war allerdings mehr als ernüchternd. Dazu kam auch noch, dass fast immer Tee serviert wurde. Richtig, vor allem grüner, gelegentlich auch Jasmin, Brennnessel oder, wenn man Glück hatte, sogar Kamille.

Zum Glück gab es Mamma Maria, sodass diesen kulinarischen Perversionen zumindest keinerlei praktische Bedeutung zukam. Aber die damit zum Ausdruck gebrachte Gedankenlosigkeit, um nicht zu sagen Lieblosigkeit, war schwer zu ertragen. Irgendetwas lief derzeit schief im privaten Bereich und Palinski litt darunter. Im Augenblick noch schweigend.

»Wolln S' ein weiteres Stückerl Kuchen, junger Mann?«, wollte Frau Wurminzer wissen, die mit Wohlgefallen beobachtet hatte, mit welcher, ja, man konnte es fast als Wollust bezeichnen, mit welcher Wollust also ihr Besucher die ersten drei Portionen Marmorgugelhupf verdrückt hatte.

Die Versuchung war groß, doch Palinski winkte ab. »Nein danke, gnädige Frau ...«, er klopfte sich vielsagend auf seine tatsächlich nicht mehr zu übersehende Wampe. »Obwohl, Ihr Gugelhupf ist wirklich einsame Klasse«, gurrte er mit hörbarem Wohlbehagen. »Darf ich Ihnen nun einige Fragen stellen?«

Die alte Dame reagierte zunächst nicht auf Palinskis Frage, sondern wickelte die Hälfte der noch vorhandenen drei Viertel der edlen Mehlspeise in eine Serviette und schob sie dem Gast hin. »Da, zum Mitnehmen für Ihre Gattin. Sie grüßt mich immer so lieb, wenn wir uns sehn.« Dabei zwinkerte sie vielsagend mit dem linken Auge. So, als wollte sie zum Ausdruck bringen, dass es für sie durchaus in Ordnung wäre, wenn er selbst auch noch einmal zuschlug.

»Danke, das kann ich eigentlich nicht annehmen«, heuchelte Palinski ungeniert, während er das kleine Paket zu sich herholte. »Aber meiner Frau … also Wilma kann ich das nicht vorenthalten. So was von köstlich.«

»Na, jetzt übertreiben S' nicht, junger Mann!« Auch Hermine Wurminzer merkte, wenn jemand zu dick auftrug. »Ich freu mich, wenn's Ihnen gschmeckt hat.«

Satt und relativ zufrieden, wie Palinski war, stand ihm der Sinn eigentlich gar nicht danach, die liebe alte Frau inquisitorisch zu belästigen. Andererseits hatte er es Heidenreich versprochen und was man versprach, musste man halten. Allerdings hatte er sich nicht festgelegt, was die Intensität dieser Befragung betraf. Deshalb würde er es so kurz und schmerzlos machen wie nur möglich.

»Können Sie mir bitte erzählen, was Sie eigentlich in die Waschküche geführt hat?«, begann er. »Wollten Sie nicht ursprünglich mit Ihrem Hunderl zum Äußerln* hinuntergehen? Stattdessen sind Sie zwei Stockwerke nach oben geklettert.«

»Komisch, gell«, räumte Frau Wurminzer ein, »ich

---

* Gassi gehen

wollte ja gar nicht hinauf. Aber der Drafi hat zogen wie ein Wilder. Der muss gerochen haben, dass da was nicht in Ordnung war. Ich hab gar keine Chance gehabt, außer ihm nachzugehen. Braves Viecherl«, sie kraulte das mühsam aufrecht neben ihr hockende Tier, einen bemitleidenswert dicken Dackel, liebevoll hinter den Ohren.

Nein, sie hatte in der Waschküche nichts angerührt, sondern sofort um Hilfe gerufen. »Der Herr Mayerbeer aus dem dritten Stock war gleich da und hat mich ein bisserl beruhigt.«

Frau Wurminzer hatte Lesonic natürlich schon jahrelang gekannt. »Wir sind 1973 einzogen, nein, stimmt net, 1974, im Mai«, erklärte sie, »und der Karl, also der Tote, ist, glaub ich, anfangs der 80er-Jahre herkommen. Am Anfang sind er und mein Fritzi die besten Freunde gwesn. Was die zwei zusammenqualmt haben, ist auf keine Kuhhaut gangen.« Sie lachte nervös. »1987 ist der Fritzi gestorben, es war schrecklich. Ein Lungenödem, weil er ...«, sie ließ den Satz unvollendet und kämpfte gegen die Tränen an.

Sie hatte bis dahin selbst geraucht, nicht viel und nur gelegentlich. »Damals hab ich von heut auf morgen mit der Scheißraucherei aufgehört. Und gut ist es gewesen.«

Stattdessen und wohl auch, um die Leere an ihrer Seite zu beseitigen, hatte sich Frau Wurminzer gleichzeitig ihren ersten Hund zugelegt.

»Einen kleinen Schäfermischling, den Pluto, das war ein ganz ein Lieber. Ich kann mich noch erinnern ...«

Wenn das in dem Tempo weiterging, würde Palinski noch morgen früh hier sitzen und sich Anekdoten über Haustiere anhorchen. Er musste sich dringend etwas einfallen lassen, um die ganze Chose ein wenig zu beschleunigen.

Ein zunächst beiläufiger, dann auf besorgt umschlagender Blick auf seine Armbanduhr leitete Palinskis Ablenkungsmanöver ein.

»Mein Gott, wie die Zeit vergeht«, gab er vor und »ich muss nur schnell einen Anruf machen. Sie entschuldigen mich kurz, gnädige Frau.«

Rasch holte er sich Wilmas Handynummer aufs Display und stellte die Verbindung her. Erwartungsgemäß meldete sich nur die Mailbox, dennoch täuschte er ein Gespräch vor, in dessen Verlauf er die Frau in seinem Leben für den späteren Abend ins Mamma Maria bat. Ihm sei dringend danach, wieder einmal mit ihr zu sprechen. Besonders nach so einem durchwachsenen Tag.

Anschließend wandte sich Palinski wieder seiner Gastgeberin zu: »Nachdem Ihr Mann und der Tote befreundet waren, werden Sie Herrn Lesonic ja sicher ganz gut gekannt haben. Oder? Was für ein Mensch war er eigentlich? Ich meine, abgesehen davon, dass er ein Nikotinsüchtiger, ein Kettenraucher war, dessen auch nur entfernte Gegenwart man einen Kilometer gegen den Wind riechen konnte.«

»Na, am Anfang war der Karl kein schlechter Mensch«, versicherte Frau Wurminzer. »Im Gegenteil, er hat mir nach dem Tod vom Fritzi sehr geholfen. Ja, ich hätt ihn sogar genommen, so nach zwei, drei Trauerjahren. Aber er hat immer mehr tschickt und wollt nicht und nicht aufhören. Und das hab ich net ausghalten. Weder den Gstanken noch die Angst, dass mir der zweite Mann auch noch stirbt.« Sie schüttelte den Kopf. »Was ich auf den alten Trottel eingeredet hab wie auf eine kranke Kuh. Aber nein, er hat tschicken müssen wie ein Einser. Das hat uns schließlich wieder auseinandergebracht.«

Fast hatte es den Anschein, als ob diese Entwicklung der alten Frau heute noch ein wenig leidtat.

»Aber dann habn mich meine Hunderln so in Anspruch gnommen, dass ich mit einem Mann eh nix mehr hätt anfangen können.« Wieder kraulte sie Drafi, diesmal den Bauch des sich wohlig am Boden rekelnden Hundes.

Palinski gingen langsam die Fragen aus. Nachdem noch keinerlei Ergebnisse der Spurensicherung vorlagen, ebenso wenig Verdachtsmomente oder Hinweise auf Täter, Tathergang und Motive, gab es zudem kaum Anhaltspunkte, was er diese reizende alte Dame noch fragen sollte.

Ach ja, das eine vielleicht: »Haben Sie irgendeine Idee, wie es zum Tod Lesonics gekommen sein kann?«

»Ich glaub, dass er sich selber umbracht hat. Weil was der immer zusammengehustet hat, muss seine Lunge schon total hin gwesn sein«, meinte Frau Wurminzer nach kurzem Nachdenken.

»Aber die Kopfwunde, durch die umgestürzte Standuhr, die passt eigentlich gar nicht zu Ihrer Theorie«, warf Palinski ein.

»Aber geh«, die Frau machte eine wegwerfende Handbewegung, »der Karl war derart boshaft, ein richtiger Bosnigl*. Der hat das selbst so arrangiert, dass es wie ein Mord ausschaut. Nur um irgendjemandem eins auszuwischen und alle andern zum Narren zu halten. So war der Karl nun einmal. Für einen guten Gag hätt er sich die Uhr auch selbst am Schädel fallen lassen. So ein Gfrast** war er, der Karl.«

---

* boshafter, neidischer Mensch
** Nichtsnutz, Flegel

Heftig nickte sie mit dem Kopf und ihr Kichern klang boshaft. »Sie werden sehn, dass ich recht hab. Sie werden es noch sehn.«

Auf dem Weg zurück ins Büro stellte Palinski zu seinem größten Erstaunen fest, dass er sich die letzte halbe Stunde ausgesprochen wohl gefühlt hatte. Die alte Dame hatte ihn mit ihrer betulichen Fürsorge irgendwie an seine Omi erinnert. Die Mutter seiner Mutter, die er ganz besonders geliebt hatte.

Ihm fiel die Urne mit Pippis Asche wieder ein. Das war schon seltsam, einmal, das Tier verbrennen zu lassen, und zweitens, sich die Asche ins Wohnzimmer zu stellen. Omi Wurminzer musste diesen Hund abgöttisch geliebt haben.

Was war da noch gewesen? Ach ja, dieser seltsame Brief. Der hatte beim ersten Hinsehen ausgesehen wie ein Angebot. Oder eine Rechnung? Das Offert einer Firma, die irgendetwas mit Edelsteinen zu tun haben musste. Aber was?

Na, wie auch immer, mit dem Tod Karl Lesonics hatte das ohnehin nichts zu tun.

*

Die Meldung vom verschwundenen Leichnam des Herrn Kammersänger wurde das erste Mal um 19 Uhr über Rundfunk und Fernsehen ausgestrahlt und löste im ganzen Land höchst unterschiedliche Reaktionen aus.

Da waren auf der einen Seite die Opernfans, für die das Verschwinden der sterblichen Hülle ihres Idols an Blasphemie grenzte und aus deren aufkommenden Zurufen immer häufiger das Wort Schande zu vernehmen war.

Für die gläubigen Katholiken war allein die Vorstellung der Situation in der Aufbahrungshalle derart krank, dass sie die Inszenierung für schieres Teufelswerk hielten.

Nicht zuletzt war da eine gar nicht so kleine Gruppe von Menschen, denen nichts heilig war, die sich schamlos über alle Konventionen hinwegsetzten und sich über alles und jedes lustig machten.

Jetzt eben und ganz besonders über die Vorstellung, wie die pathetische Verabschiedung des Lieblings des Wiener Opernpublikums ab dem Moment aus dem Ruder gelaufen war, als der Verblichene plötzlich aus dem Jenseits sein letztes Ständchen angestimmt hatte. ›Im Prater blühn wieder die Bäume‹ und so weiter und so fort.

Und bei der Vorstellung sollte jemand ernst bleiben?

Wilma Bachler, die vor Kurzem das Grandhotel Panhans verlassen hatte und sich auf dem Weg vom Semmering nach Wien befand, hatte die unfassbare Nachricht eben übers Autoradio erfahren. Ihre Reaktion darauf vereinte alle drei beschriebenen Verhaltensmuster in sich.

Sie fand das Geschehen einerseits hart an der Grenze des Tolerierbaren, vor allem der des guten Geschmacks. Nein, eigentlich bereits meilenweit davon entfernt. Gleichzeitig brachte sie die Vorstellung eines von Trauernden umrundeten Sarges, aus dem plötzlich Musik von Robert Stolz erklang, hellauf zum Lachen. Das wiederum veranlasste ihre noch in homöopathischen Dosen vorhandene katholische Prägung dazu, sich zusätzlich schuldig zu fühlen.

Und das ganz ohne Chance auf Absolution auf den nächsten 90 Kilometern.

Die beiden hinter ihr liegenden Seminartage waren sehr interessant, wenngleich ziemlich anstrengend gewesen.

Trotz oder gerade wegen der ausgiebigen Diskussionsrunden im Vital Club, im sprudelnden Elixier des Whirlpools, der feuchten Schwüle in der Sauna oder unter den kundigen Händen einer exotischen Masseuse.

Am liebsten wäre Wilma direttamente nach Hause gefahren, in die Badewanne gehüpft und danach ins Bett. Jedoch hatte Marios Nachricht auf ihrer Mailbox mehr nach einem Hilferuf geklungen als nach Höflichkeit.

Seit sie ihn vor etwas mehr als vier Monaten allein vor der Standesbeamtin hatte sitzen lassen, das ist durchaus im wortwörtlichen Sinn zu verstehen, brach gelegentlich ein Stück seines sonstigen Selbstbewusstseins weg und ließ einen mehr oder weniger verunsicherten Mann in der Krise seiner Lebensmitte erkennen.

Einerseits hatte sie so etwas damals irgendwie beabsichtigt oder zumindest in Kauf genommen. Denn genau seine bis dahin unverwüstliche Egozentrik, dieses unausgesprochene ›I am the greatest‹, das er allerdings sehr geschickt hinter einer freundlichen, chevaleresken Art versteckte, war es gewesen, die ihr auf die Nerven gegangen war und sie schließlich zu ihrer Entscheidung gegen eine Heirat veranlasst hatte.

Andererseits war Palinski seither immer öfter in einem Maße verletzlich, dass sie Angst bekam, damals möglicherweise doch übers Ziel hinaus geschossen zu haben. Wie die meisten Menschen wollte er nicht mehr und nicht weniger, als geliebt zu werden. In diesem Punkt hatte sie ihn in letzter Zeit möglicherweise ein wenig vernachlässigt. Dass sie jede Menge vor allem beruflicher Gründe und damit Entschuldigungen dafür fand, war der Lösung des Problems in keinster Weise dienlich. Im Gegenteil.

Gut, sie würde Mario bei Mamma Maria treffen, mit ihm zu Abend essen und sein Selbstwertgefühl wieder ein bisschen aufmöbeln. Ob das allerdings auch gegen funktionelle Mängel, die bei ihm auftraten und, wie sie annahm, psychosomatischer Natur waren, helfen würde?

Der Sex mit Mario war vom ersten Begegnen an toll gewesen. Und trotz, oder vor allem wegen der in einem Vierteljahrhundert Gemeinsamkeit unweigerlich eintretenden Modifikationen war ihrer beider Liebesleben bis zuletzt durchaus befriedigend gewesen.

Bis fast zuletzt. Da seit nunmehr acht, neun Wochen sich die Fälle mehrten, in denen sie wach dalag und sich nach ihm sehnte, während der tumbe Sack neben ihr leise vor sich hinsägte. Gut, er hatte viel um die Ohren, doch diese Erkenntnis war in solchen Augenblicken nicht wirklich tröstlich.

War es ihr dann einmal gelungen, sein Interesse rechtzeitig auf sie und ihren Körper zu lenken, so hatte sie sich regelmäßig allerhand einfallen lassen müssen, um seine funktionelle Schwäche zu überwinden und das ›beste Stück‹, wie unsinnig dieser Begriff in dem Zusammenhang eigentlich war, auch nur annähernd einsatzfähig zu machen. Sie hatte sich bereits mehrmals vorgenommen, bei nächster Gelegenheit das Thema ›Medikamentös unterstützte Standfestigkeit‹ ernsthaft anzusprechen.

Irgendwie kam sich Wilma bei diesen Gedanken schlecht und vor allem schmutzig vor. So, als ob sie Verrat an ihrem Lebenspartner betriebe. Das war Unsinn, schalt sie sich gleich darauf. Sie war eine Frau Mitte 40 mit einem gesunden, ganz normalen Appetit auf Sex. Das bedeutete bei ihr zwar nicht fünf Mal am Tag, jedoch ebenso wenig nur einmal im Monat. Nein, sie wollte das, was Mario und sie bis vor wenigen Wochen praktiziert hatten.

Klar, er hatte fast nie Zeit gehabt, war nur selten abends bereits daheim, wenn sie zu Bett ging. Jedoch wenn er einmal da war, dann ist er auch wirklich da gewesen, und das hundertprozentig. Bis vor Kurzem eben. Und jetzt das.

Wahrscheinlich war es nur eine schlechte Phase ihres Mannes, tröstete sie sich. Möglicherweise auch eine Reaktion darauf, dass sie ihn vor der Standesbeamtin versetzt hatte, schoss es ihr durch den Kopf und sie erschrak. Um Himmels willen, hatte sie durch ihr Verhalten Mario vielleicht vergrault?

Wie auch immer, er verdiente Geduld und jede Hilfe von ihr, die sie ihm geben konnte. Eventuell sollte sie sich als Erstes dieses schwarze Nichts von Spitzenunterwäsche zulegen, das ihr letzte Woche zu gewagt erschienen war?

Wilma musste bei dem Gedanken, vor Mario einen Strip im schwarzen Stringtanga hinzulegen, lächeln. Im Moment verspürte sie zwar nicht die geringste Lust dazu, allerdings konnte sich das rasch ändern.

Wie hieß es doch so schön: Der Appetit kommt mit dem Essen. Da war sie sich sicher, ziemlich zumindest.

*

Wieder zurück im Büro, stellte Palinski fest, dass seine älteste Tochter in seiner Abwesenheit angerufen und eine Nachricht auf Band hinterlassen hatte.

Obwohl die in der Nähe von Bozen lebende Silvana bereits ihrem 29. Geburtstag entgegensah, kannten Vater und Tochter einander erst seit etwa zweieinhalb Jahren. Und dass er bereits acht Monate später das erste Mal Großvater geworden war, wäre wohl eine Eintragung ins Buch der Rekorde wert gewesen.

Für den April, also ungefähr in fünf Wochen, erwartete der kleine Luigi ein Schwesterl, das nach aktuellem Wissensstand des werdenden Opas auf den Namen Carina getauft werden sollte.

Palinski wurde ganz warm ums Herz, wenn er an den ihm wie beiläufig zugewachsenen Südtiroler Teil der Familie dachte. Er nahm sich fest vor, im kommenden Monat ein paar Tage in Bozen und Umgebung einzuplanen, um zumindest bei der Geburt dieses Enkels präsent zu sein. Bei der Ankunft Luigis war ihm das leider nicht möglich gewesen. Aus besonders wichtigen Gründen, wie er sich ganz genau erinnerte, die er heute nicht einmal mehr benennen konnte.

So war sein bisheriges Leben eben gelaufen, aber das sollte sich ändern. Es war entscheidend, die Prioritäten neu zu setzen und die Dinge zu tun, die wirklich wichtig waren. Immerhin ging er rasant auf die 50 zu und da wurde Zeit immer kostbarer.

Apropos Zeit. Es war jetzt kurz vor 19.30 Uhr und damit hatte er ausreichend Gelegenheit, um vor seinem Restauranttermin mit Heidenreich noch ein wenig mit seinem ›neuen‹ PC herumzutun. Palinski freute sich wie ein kleines Kind, dass seine persönliche Krücke zur Umwelt nunmehr wieder funktionierte. Und das mit allen Funktionen.

Er war Maja und Jan wirklich dankbar und überrascht, wie glücklich man sein konnte, wenn etwas scheinbar Alltägliches, das plötzlich seinen Geist aufgegeben hatte, wieder klaglos funktionierte und damit aufs Neue etwas ganz Besonderes geworden war, für einige Weile zumindest. Schade nur, dass man die erhellenden Erkenntnisse solcher Momente nicht länger bewahren konnte, sondern rasch wieder unzufrieden wurde.

Palinski schaltete den Fernsehapparat ein, um die ersten Abendnachrichten der TV Austria nicht zu versäumen. Er war baff. Zwar hatte er mitbekommen, dass etwas und was da am Grinzinger Friedhof passiert war, doch dass eine in Verlust geratene Leiche die seit Monaten die Schlagzeilen beherrschenden gravierenden Meinungsverschiedenheiten der beiden großen Parteien bei der Bildung einer neuen Regierung so locker aus der ersten Reihe der Schlagzeilen boxen konnte, hätte er sich nie und nimmer gedacht.

Das war wirklich eine Geschichte aus dem prallen Leben, mit Saft und Kraft, die alles aufwies, was eine echte Sensation ausmachte.

Palinski war zunächst gar nicht bewusst, wie pervers es klang, den wie auch immer eingetretenen Verlust eines prominenten Toten auf einem Friedhof als besonders vitale Angelegenheit zu bezeichnen, aber irgendwie stimmte es. Denn was die vielen Lebenden, die da zu Wort kamen, so über den Toten und seine verlustig gegangene Hülle von sich gaben, war teilweise von einer morbiden Komik, die gleichzeitig erfreulich lebensbejahend wirkte.

Irgendwann nach mindestens fünf Minuten posthumer Fernsehpräsenz des Kammersängers und der trotz des inzwischen eingetretenen Gewöhnungseffektes unverzichtbaren Berichterstattung über die täglichen Querelen bei den Koalitionsverhandlungen fand auch der Mord an Karl Lesonic seine Erwähnung. Dieser Beitrag dauerte exakt zwölf Sekunden und war ein hervorragendes Beispiel für eine knappe und dennoch bemerkenswert unpräzise Meldung.

Etwas Neues erfuhr Palinski allerdings, dass nämlich das Wiener Original Lesonic, das schon seit Jahren den ›hässlichen Raucher‹ in den Medien repräsentierte, auf Grund seines Ablebens an der heutigen Diskussion um das Rauchverbot in der Gastronomie nicht mehr teilnehmen konnte. Na nett, was für eine Neuigkeit. Wer nun stattdessen diese Position im Rahmen der beliebten Sendung ›Mit scharfer Zunge‹ um 22.30 Uhr vertreten würde, war derzeit noch nicht bekannt. Der Sender war auf jeden Fall um vollwertigen Ersatz bemüht.

Dann wurde rasch der Programmhinweis wiederholt, ehe man zum Sport schaltete, wo die österreichischen Skifahrer beim Weltcupfinale in Sotschi auf den steilen Hängen des Kaukasus nach wie vor um den ersten Stockerlplatz der Saison zitterten.

Na ja, es war immer die Hoffnung, die als Letztes starb.

*

Wilma betrat das Mamma Maria und sah, wie Inspektor Markus Heidenreich gerade an dem Tisch Platz nahm, an dem ihr Mario bereits saß. Als sie herangekommen war, standen die beiden wieder auf, um sie zu begrüßen. Heidenreich, indem er ihr die Hand schüttelte, und der Ihrige mit einem Busserl auf die Stirn.

Giorgio, Mamma Marias ältester Sohn, nahm ihr galant den Mantel ab und erkundigte sich nach dem Aperitifwunsch mit einem vertraulichen »Wie immer?«

Wilma nickte nur und damit war alles klar. Zumindest für den Ober. Keine zwei Minuten später war er wieder zurück und stellte ein Glas, das mit einer roten Flüssigkeit auf Eis gefüllt war, vor sie hin.

»Erlauben Sie mir die Frage, liebe Frau Bachler«, warf Heidenreich ein, »was für ein Getränk ist das eigentlich, das man Ihnen eben serviert hat?«

»Fragen Sie doch bitte Mario«, entgegnete Wilma und lachte verschmitzt. Wohl wissend, was gleich kommen würde.

»Ich weiß, es wird für den Moment ein wenig dumm klingen«, räumte Palinski nach ein paar peinlichen Sekunden des Schweigens ein, »und es ist absolut unentschuldbar. Aber ich habe trotz gemeinsamer 28 Jahre keine Ahnung, was meine ... Wilma ›wie immer‹ in so einer Situation zu sich nimmt.« Er lachte verlegen. »Rein optisch würde ich auf eine Art Campari mit Soda tippen. Wäre da nicht diese Orangenscheibe als Dekoration.«

»Die Schlussfolgerung ist gar nicht übel«, anerkannte Wilma. »Der Drink ist früher sogar unter der Bezeichnung Camparinete angeboten worden. Heute wird er Negroni genannt und besteht aus Gin, Campari und Martini Rosso. Und«, damit richtete sie sich direkt an Mario, »es ist eigentlich traurig, dass du das nach so langer Zeit noch immer nicht weißt.«

Ihr Lächeln verriet Palinski, dass der Vorwurf zwar berechtigt, jedoch nicht ganz so böse gemeint war.

»Na ja«, fügte er dem selbstkritisch-ironisch hinzu, »wie du gesagt hast, ›wie immer‹ halt. Und was hat sich am Friedhof abgespielt?« Rasch hatte sich Palinski an den Inspektor gewandt, wohl um sein peinliches Unwissen zu überspielen.

»Um es auf den Punkt zu bringen: Die Leiche scheint tatsächlich gezielt und äußerst professionell knapp zwei Stunden vor der Trauerfeier entführt worden zu sein.« Heidenreich kratzte sich am linken Ohr. »Völlig im Dunkeln tappen wir noch hinsichtlich des Motivs. Was macht man mit einer prominenten Leiche? Man kann sie doch kaum verkaufen. Oder gibt es einen Markt dafür? Dazu diese spektakuläre Inszenierung, wie in einer rabenschwarzen Komödie. Nicht zuletzt haben die Täter eine Visitkarte hinterlassen, glaube ich zumindest.«

Er holte ein Sofortbild heraus und hielt es Palinski hin. Auf dem Foto war eine Art Geschäftskarte mit der Aufschrift ›Diamonds4eva‹. Der Kriminaliteranologe ließ nur »aha« und »seltsam« verlauten und konnte sich auch keinen Reim darauf machen.

Im Anschluss kam Inspektor Heidenreich auf den Fall Lesonic zu sprechen. »Nach einem ersten Bericht der Spurensicherung haben wir es hier mit einem ganz außergewöhnlichen Fall zu tun. Erstens war das Opfer bereits tot, als es in diese Waschküche gebracht worden ist. Die Verletzung am Kopf hat fast nicht geblutet und ist dem Mann mit Sicherheit erst nach Eintritt des Todes zugefügt worden.«

»Und die riesige Blutlache am Fundort«, warf Palinski ein. »Wie erklärst du dir die?«

»Da kommen wir zur nächsten Kuriosität dieses Falles.« Es war nicht zu übersehen, wie sehr der gegenständliche Fall Heidenreich zu faszinieren schien. »Bei der roten Flüssigkeit am Boden handelt es sich um kein menschliches, sondern um tierisches Blut. Das Labor meint, es stammt von einem Schwein. Und die acht Tschicks, die wir in und neben der Lache gefunden haben, stammen von einer rumänischen Billigmarke, die der Herr Lesonic nach unseren bisherigen Erkenntnissen gar nicht angerührt hätte. Soweit wir wissen, hat er ausschließlich diese französischen Filterlosen geraucht, ich glaube, die Marke heißt Gipsy.«

Der Inspektor nahm einen Schluck Mineralwasser, ehe er fortfuhr.

»Das Beste ist aber, dass die Kippen am Boden nicht wirklich geraucht, sondern lediglich zum Verbrennen gebracht waren. Und das von zwei Personen, von denen wir jetzt astreines DNS-fähiges Material haben.« Er grinste zufrieden. »Bloß, die beiden müssen wir erst noch finden.«

»Na bumm«, meinte Palinski, »da tut sich ja wahrlich einiges. Leider kann ich nach meinem Gespräch mit Frau Wurminzer nichts Spektakuläres …«

»Wart einmal ab«, fiel ihm der Inspektor ins Wort, »ich bin noch lange nicht fertig.«

Wilma, die sich normalerweise nicht allzu sehr für die Kriminalfälle interessierte, mit denen Palinski zu tun hatte, fand diese spezielle Geschichte immer interessanter. Sie beinhaltete sämtliche Ingredienzien, die der Story eine Bandbreite von der Tragödie bis hin zum absurden Spektakel verliehen.

»Die Kopfverletzung wurde Lesonic durch zwei Schläge mit einem stumpfen Gegenstand beigefügt«, führte Heidenreich seine Erzählung aus. »Die schwere Standuhr dagegen ist nicht auf den Mann gestürzt, sondern wurde auf ihn draufgelegt. Sie fügte der Leiche lediglich einen blauen Fleck im Bereich der Stirn hin zur Schläfe zu. Es kommt noch besser. Von dem Medikament, von dem die fast leere Verpackung herumgelegen ist, wurde nichts im

Körper gefunden. Absolut gar nichts. Lediglich Spuren von K.-o.-Tropfen, mit denen er offenbar betäubt worden ist. Also Suizid war's definitiv keiner. Obwohl Selbstmord an sich durchaus plausibel gewesen wäre, denn Lesonic hatte nur mehr einige Monate zu leben. Lungenkrebs im Endstadium. Aber woran er jetzt wirklich gestorben ist, ist noch nicht ganz klar. Professor Hallwang vermutet, dass eine Luftembolie zum Herzstillstand geführt hat.«

»Was bedeutet das konkret?«, wollte Palinski wissen.

»Das würde heißen, dass Lesonic aller Wahrscheinlichkeit nach von jemandem eine oder mehrere Luftblasen injiziert erhalten hat. Dazu passt, dass einige relativ frische Einstichstellen gefunden wurden.« Der Inspektor blickte prüfend auf seinen kleinen Notizblock. »Ja, eines noch. Nach dem ersten Bericht des Labors war Lesonic bereits mindestens 36 Stunden tot, ehe man seine Leiche fand. Es könnten durchaus auch 48 Stunden sein. Die niedrige Temperatur in der Waschküche macht die zeitliche Eingrenzung etwas schwierig.«

»Wusch«, entfuhr es Palinski unfreiwillig. »Wenn man das alles so betrachtet, scheint der Mörder etwas einfältig vorgegangen zu sein. Oder versucht, uns das zumindest weiszumachen.«

»Das würde wiederum bedeuten, dass wir es mit einer besonders raffinierten Person zu tun haben«, ergänzte Heidenreich. Er griff in die Brusttasche seines Sakkos, holte ein mehrfach gefaltetes Blatt Papier heraus und legte es vor Palinski auf den Tisch. »Und dann ist da dieser Brief, den wir in der Gesäßtasche des Toten gefunden haben. Was hältst du davon?«

Das Schreiben war auf den 4. Januar datiert und damit rund zwei Monate alt. Darin beschimpfte der oder die

Schreiberin Lesonic auf das Schlimmste und das, abgesehen vom etwas zu deftigen Ton, völlig zu Recht, wie Palinski fand. Angeblich hatte der miese Kinderverzahrer* wiederholt Jugendliche im Park zum Rauchen motiviert und den 12- bis 13-Jährigen sogar Zigaretten spendiert. Für den Fall, dass er dieses Verhalten nicht sofort völlig und für immer einstellte, wurden Lesonic nachhaltige Konsequenzen angedroht.

»Ich appelliere ein letztes Mal an Ihre Vernunft. Falls Sie diesen Appell nicht ernst nehmen, werden wir nicht zögern, unsererseits Maßnahmen in die Wege zu leiten, die Sie Drecksau für alle Zeiten aus dem Verkehr ziehen.‹«

Unterfertigt war das zornige Schreiben von einer Helene Brandl, Vizepräsidentin des VSPR (Verein zum Schutz vor Passivrauchen) e. V.

»Ich kann die Aufregung ja verstehen«, konzidierte Heidenreich. »Andererseits kommen wir nicht darum herum, dass dieser Brief eine handfeste Drohung beinhaltet. Oder zumindest einen Passus, der so verstanden werden könnte. Ich habe jemanden zu Frau Brandl geschickt, um sie zur Einvernahme abzuholen, aber sie war leider nicht zu Hause.«

Wo hatte er diesen Namen heute gehört oder gelesen, überlegte Palinski. Ach ja, in der Zeitung, auf der Seite mit der Programmvorschau.

»Ich glaube, ich weiß, wo du die energische Dame in den nächsten ein, zwei Stunden antreffen kannst«, verriet er dem Inspektor und blickte dabei auf seine Armbanduhr.

*

---

* jemand, der Kinder verschleppt und (sexuell) missbraucht

Die heutige Ausgabe der beliebten Diskussionssendung ›Mit spitzer Zunge‹, die sich mit dem Thema ›Rauchverbot in der Gastronomie – Gesundheitspolitisches Muss oder wirtschaftliche Katastrophe?‹ auseinandersetzte, hatte wegen der Überlänge der vorangegangenen zweiten Abendnachrichten mit einigen Minuten Verspätung begonnen.

Nach Vorstellung der fünf anwesenden TeilnehmerInnen an der sehr kontroversiell erwarteten Diskussion kam der Moderator, Chefredakteur Helge Buchreiter von den Wiener Zeiten, auf den sechsten, nicht erschienenen Diskutanten zu sprechen.

»Heute gegen Mittag hat die Polizei die Leiche von Karl Lesonic entdeckt. Von jenem Karl Lesonic, der jetzt eigentlich hier unter uns sitzen und über das Rauchen«, er korrigierte sich rasch, »besser, über das Nichtrauchen diskutieren sollte.«

Anschließend begann Buchreiter, den ›Raucher der Nation‹, wie er den an der Teilnahme Verhinderten halb scherzhaft apostrophierte, zu würdigen. Soweit es am Leben eines Menschen, dessen einziges Ziel es war, Tag für Tag mindestens 40 starke, filterlose Zigaretten zu pofeln, etwas zu würdigen gab.

Wie auch immer, Lesonic hatte auch hier eine überraschend starke Lobby, wie der rege Applaus nach Buchreiters Ausführungen schließen ließ.

»Leider gibt es für einen Gast wie Karl Lesonic keinen adäquaten Ersatz. Wie haben uns dennoch bemüht, ein so gleichwertiges Äquivalent wie möglich zu ermitteln«, tönte Buchreiter. »Aus diesem Grund haben wir uns entschlossen, die Journalistin Monika Drishofen von Effektiv, die mehrere Interviews mit Herrn Lesonic geführt hat und allgemein als gute Kennerin des Mannes gilt, einzuladen, um die Positionen des ›Rauchers der Nation‹ so originalgetreu wie möglich in die Diskussion mit einzubringen.«

Das war zwar nicht unseriös, aber der Tod jeder lebendigen Diskussion, dachte Palinski, der mit Wilma bei einer guten Flasche Wein im Büro saß, um das Unvermeidliche nicht zu versäumen. Wie konnte selbst das engagierteste Argument gegen die in Form und Inhalt feststehenden Zitate, noch dazu eines toten Pseudohelden, durchdringen und nachhaltigen Eindruck hinterlassen? Da bestand vielmehr die Gefahr, dass sich die Sendung in ein Lesonic-Memorial verwandelte. Vielleicht, ja hoffentlich lag er damit falsch, allerdings ... Er sah zu Wilma und zuckte bedauernd mit den Achseln. Die hatte sich inzwischen zurückgelehnt und die Augen geschlossen. Es hatte den Anschein, dass sie den Anstrengungen der beiden letzten Tage Tribut zollte und sich eine kurze Auszeit genommen hatte.

Auch gut, dachte Palinski leicht verstimmt und wandte sich wieder dem Bildschirm zu. Somit konnte er sich wenigstens mehr auf das Geschehen im Fernsehstudio konzentrieren.

Die grundlegenden Statements, mit welchen die einzelnen Teilnehmer ihre ohnehin längst bekannten Standpunkte darlegten, waren gerade vorüber und Frau Drishofen gerade dabei, einige Plattheiten Lesonics ins Bewusstsein der Zuseher zu verpflanzen, als plötzlich Unruhe im hinteren Teil des Studios entstand.

»Halt, Sie können da nicht herein, das ist eine Livesendung«, protestierte ein Mann der Securitytruppe des Senders, hatte jedoch nicht den Mut, gegen Inspektor Heidenreich und die beiden uniformierten Beamten in seiner Begleitung handgreiflich aufzutreten.

Helge Buchreiter dagegen fühlte die Zeit für zivilen Ungehorsam und die Chance gekommen, sich endlich einmal im Fernsehen zu profilieren, und beschloss, sich der Staatsgewalt zu widersetzen.

Unerschrocken trat er Heidenreich entgegen, der ihn mit seiner Dienstmarke zu beeindrucken versuchte. »Meine Herren, das ist Hausfriedensbruch und demzufolge unzulässig«, herrschte er den Inspektor an. »Was immer Sie zu tun beabsichtigen, wird bis nach dem Ende dieser Veranstaltung warten müssen.«

»Ich fürchte, das stimmt nicht ganz«, widersprach Heidenreich, obwohl er gar nicht so sicher war, ob er mit seinem forschen Auftreten nicht wirklich etwas über das Ziel hinaus schoss. Zweifel zeigen oder gar ein Fehlverhalten zugeben, nein, das kam für ihn nicht infrage. Daher lautete sein Motto: Angriff ist die beste Verteidigung.

»Hier geht es um Mord und konkret ist Gefahr in Verzug«, bellte der Inspektor vor laufender Kamera los. »Wenn Sie mir nicht aus dem Weg gehen, machen Sie sich der Behinderung einer Amtshandlung schuldig.«

Diese Kartoffel wurde Helge Buchreiter schließlich etwas zu heiß, sodass er sich entschied, vorsorglich den Schwanz einzuziehen. Natürlich nur im übertragenen Sinn des Wortes.

»Ich weiche der Gewalt«, meinte er darum theatralisch und machte einen Schritt zur Seite. Das alles wurde wohl dokumentiert von dem über die Entwicklung der Sendung ganz begeisterten Kamerateam. Endlich gab es einmal Television verité zu sehen und nicht diesen ewigen Alltags-Einheitsscheiß.

Da sich außer der für den Ermordeten eingesprungenen Journalistin nur noch eine weitere Frau auf dem Podium befand und der Inspektor wusste, dass Helene Brandl 56 Jahre alt war, war es nicht schwer für ihn, das Objekt der Amtshandlung korrekt auszumachen. Er stellte sich vor der wie zu einer Salzsäure erstarrten Frau auf und sagte mit fester Stimme: »Frau Helene Brandl, ich muss Sie wegen des Verdachtes, etwas mit der Ermordung des Karl Lesonic zu tun zu haben, vorläufig festnehmen. Bitte folgen Sie mir ohne weiteres Aufsehen, so ersparen wir uns die Handschellen.«

»D… das ist doch Wahnsinn«, brach es aus der total verstörten Frau heraus. »Ich habe nichts damit zu tun. Ich habe zwar ständig mit diesem … Menschen gestritten, aber ich habe ihn doch nicht ermordet.«

Sie brach in Tränen aus und legte die Hände vor ihre Augen. Nach einigen Sekunden tupfte sie sich mit einem Taschentuch die Augenwinkel, danach stand sie auf und folgte dem Beamten.

Während der Amtshandlung war es in dem Teil des Saales, in dem die Nichtraucherlobby ihre Plätze hatte, unruhig geworden. Einzelne für die Polizei bestimmte Schmährufe waren nicht mehr zu überhören und steigerten sich schließlich zu einem ausgewachsenen Proteststurm, dem sich außerdem immer mehr Zuhörer aus dem Rauchereck anschlossen.

Helge Buchreiter hatte das dringende Verlangen, die Gelegenheit zu nutzen und sich erneut heldenhaft in Szene zu setzen.

»Das ist ein Anschlag gegen die Pressefreiheit, Hausfriedensbruch und noch einiges mehr«, brüllte er dem abgehenden Heidenreich nach, »das wird sich der Sender nicht ohne Weiteres gefallen lassen.«

Der Inspektor drehte sich nochmals um, streckte seinen rechten Arm aus, deutete damit auf den Moderator und sagte mit eiskalter Stimme: »Und Sie sind sofort ruhig, sonst …« Instinktiv nahm sich der Moderator zurück, was Heidenreich recht war, weil er nicht genau wusste, was er dem Fernsehmenschen eigentlich einigermaßen glaubhaft hätte androhen können.

Buchreiter wartete vorsichtshalber, bis die Polizei aus dem Studio war, dann wandte er sich wieder seinem Publikum zu und begann loszulegen. Er versuchte, das Beste aus der Situation zu machen.

»Ja, sehen Sie, meine Damen und Herren, so ist das bei einer Livesendung. Da kann man nichts dazu- und auch nichts wegschwindeln. Das sind einzigartige Geschichten, die das Leben selbst schreibt. Sie alle waren Zeugen, wie heute bei uns Fernsehgeschichte geschrieben wurde. Bei der Verhaftung einer Mörderin im Studio.«

Tosender Applaus belohnte nun auf einmal diese kühne, zu Herzen gehende Analyse. Vor seinem Fernseher wischte sich Palinski allerdings den Schweiß von der Stirn. Da war zunächst diese klassische Vorverurteilung einer Person, für die selbstverständlich die Unschuldsvermutung galt. Bis zu einer rechtskräftigen Verurteilung, aber das war das Problem des Senders. Was den Krimiliteranalogen mehr bekümmerte, war die etwas forsche Art des Inspektors, solche Probleme anzugehen.

Er fand Heidenreich dennoch sehr kompetent, tüchtig und effektiv. Und er war auch durchaus ein sympathischer Zeitgenosse. Bloß, der junge Kollege hatte gelegentlich etwas von einem Elefanten an sich. Ja, genau, an den in dem besonderen Laden dachte Palinski.

Er nahm sich vor, bei nächster Gelegenheit mit Franka Wallner darüber zu sprechen. Vielleicht musste man den

Rohdiamanten Heidenreich nur etwas zurechtschleifen, um ihn vollendet zum Glitzern zu bringen. Denn dass jemand die Nerven für einen weiteren Cowboy-Auftritt Heidenreichs wie den heutigen haben würde, bezweifelte er.

3.

Montag, 8. März, vormittags

Palinski wollte gerade in Boxershorts vom Gästezimmer des Instituts für Krimiliteranalogie, in dem er mit Wilma die Nacht verbracht hatte, zum Häusl* huschen, als sich plötzlich die Eingangstüre öffnete. Da es erst knapp vor 7 Uhr war und Margit Waismeier, die Bürochefin, nie vor 8 Uhr kam, wurde er dadurch ziemlich überrascht und zog sich rasch wieder ins Zimmer zurück, um seinen Aufzug zu komplettieren.

»Eben ist jemand gekommen«, flüsterte er Wilma zu, die ihn fragend aus dem Bett anblickte. »Keine Ahnung, wer. Florian kann es nicht sein, der kommt erst heute Abend zurück.«

In Hemd und Hose wagte er sich schließlich wieder hinaus. Vorsichtig schlich er über den Gang zu jenem Zimmer, aus dem er verhaltene Geräusche hörte. Palinski überlegte gerade, ob er es riskieren sollte, einfach hineinzugehen und nachzusehen, wer sich da Zugang verschafft hatte, oder ob er nicht besser gleich die Polizei anrufen sollte.

Doch der unbekannte Einschleicher kam ihm zuvor und trat von sich aus der Türe.

»Was machst du denn schon hier?«, entfuhr es einem sichtlich erleichterten Palinski. »Ich dachte …«

»Ja, das hab ich ursprünglich auch«, entfuhr es einem grantigen Florian, »aber die Weiber sind so etwas von unberechenbar.« Er schüttelte den Kopf und schien ernsthaft zu leiden.

---

* Toilette

»Was ist passiert?« Neugierde war nicht erst seit gestern eine von Palinskis herausragenden Eigenschaften. »Ist Inez krank geworden?«

»So würde ich das nicht nennen«, brummte der junge Kollege sauer. »Eher schwach, oder vielleicht ...«, Florian schluckte schwer und ließ den Satz unvollendet.

Wie sich herausstellte, hatte Inez' auf ewig geschworene Liebe bis gestern Abend gegen 23 Uhr gehalten, ehe sie in der mit Florian besuchten Disco Sandro aus Mailand begegnet war.

»Von da an war ich für sie gestorben«, bekannte der junge Mann mit belegter Stimme, »ihr Verhalten war beleidigend, verletzend und letztendlich nicht mehr auszuhalten.«

Daher hatte er irgendwann die Disco einfach verlassen, sein Gepäck geholt, die Hotelrechnung bezahlt und war nach Wien aufgebrochen. »Auf einem Autobahnparkplatz bei Amstetten habe ich ein paar Stunden geschlafen«, erklärte er, »und jetzt bin ich hier.«

Palinski konnte sich noch gut an eine ähnliche Szene in seiner Vergangenheit erinnern. So was war überaus geeignet, einem verdammt unangenehme Schmerzen zuzufügen. Und dann dieses Gefühl, keinem Menschen oder zumindest keiner Frau mehr trauen zu können. Das gab sich – hoffentlich – wieder, aber bis dahin musste man mit diesem Scheißgefühl leben.

Mitfühlend legte er seinem Assistenten einen Arm um die Schulter und fuhr ihm mit der Hand des anderen durch die Haare. »Nicht alle Frauen sind so. Das wirst du sicher schon sehr bald selbst erfahren.« Er umarmte Florian.

Das war die Situation, die sich Wilma bot, als sie in diesem Moment auf der Szene erschien. Sie erkannte sofort, dass da irgendetwas mit dem jungen Mitarbeiter nicht in Ordnung war, und benötigte den vielsagenden Blick ihres Mannes gar nicht, um sich rasch wieder zurückzuziehen.

»Was hältst du von einem besonders anspruchsvollen Auftrag?«, meinte Palinski zu Florian. »Es hat sich einiges getan, während du weg warst, und ich bin auf deine Hilfe angewiesen.«

Was scheinbar völlig unsensibel und herzlos klang, war in dieser Situation genau die richtige Medizin für Florian. Ein Ruck ging durch den karenzierten Polizisten.

»Worum geht es?«, wollte er sofort wissen und seine Stimme hatte wieder den gewohnt tatendurstigen Klang angenommen. Beinahe zumindest.

Da die Sache mit Lesonic keine sonderlichen Probleme zu bereiten schien, entschloss sich Palinski, seinem Assistenten die reichlich verworrene und wesentlich anspruchsvollere Geschichte mit dem verschwundenen Leichnam Konstantin Boreskovs zum Kiefeln* vorzuwerfen. Obwohl er nichts mit dem Fall zu tun hatte, bisher zumindest, beauftragte er Florian, den Vorfall auf allfällige Zusammenhänge mit Diamanten, konkret mit ›Diamonds4eva‹, der Aufschrift auf der vorgefundenen Karte, abzuklopfen.

Nachdem er den Kollegen mit den erforderlichen Informationen versorgt hatte, ging es dem jungen Mann bereits wieder besser. »Alles klar«, bestätigte er optimistisch und setzte sich an seinen Computer. Konzentriert und dynamisch wie eh und je. Das war ein gutes Zeichen.

*

---

* Abnagen, hier: über eine Sache nachdenken

65

Nach mehr als zwei Wochen hatten sich die Entführer Jean Claude Martinovs endlich wieder gemeldet. Oder besser, ein weiteres Lebenszeichen von sich gegeben. Wenngleich nur in Form eines Videobandes, das der Redaktion eines bekannten Wochenmagazins an diesem Morgen zugegangen war.

Kaum hatte Udo Walter, der Chef vom Dienst, mit dem Abspielen des Bilddokumentes begonnen, da erkannte er die Brisanz der Aufzeichnung und informierte unverzüglich die Polizei.

Der berühmte belgische Entertainer, Schauspieler und Sänger war nach der Aufzeichnung der großen Charity-Show in der Wiener Hofburg, auf der er mit der griechischen Operndiva Adriana Georgides und anderen internationalen Stars für die Internationale Kinderhilfe aufgetreten war, plötzlich verschwunden. Der als Eigenbrötler bekannte Künstler hatte die Hofburg nach seinem Auftritt verlassen, um kurz etwas frische Luft zu schnappen und eine Runde um den Heldenplatz zu drehen. Zum großen Finale mit allen Stars, bei dem seine Anwesenheit unbedingt erforderlich gewesen wäre, war der Sänger nicht mehr erschienen. Nachdem Jean Claude bis zum nächsten Morgen nicht in seinem Hotel eingetroffen war, hatte sein Manager die Polizei eingeschaltet.

Trotz intensivster Suche fehlte von dem belgischen Star nach wie vor jede Spur. Im Gegensatz zu üblichen Verbrechen unter diesen Vorzeichen meldete sich jedoch niemand und erhob Forderungen, welcher Art diese auch immer sein mochten. Die Polizei war schließlich fast schon geneigt, die zunächst vermutete Entführungstheorie zum Zweck der Gelderpressung zu verwerfen. Ja, einige Beobachter gingen sogar so weit anzudenken, dass

Martinov sein bisheriges Leben ganz einfach satthaben könnte und daher ausgestiegen war.

Nach mehr als einer Woche war die Polizei endlich auf eine erste Spur gestoßen. Durch ein anonymes Schreiben war die Aufmerksamkeit auf eine Badehütte in Kritzendorf* gelenkt worden, in der nacheinander einige Kleidungsstücke des Verschollenen gefunden worden waren. Sorgfältig zusammengelegt und ohne Blutflecken oder sonstige Verschmutzungen hatten sie der Kriminalpolizei allerdings so gut wie keine Aufschlüsse ermöglicht. Für die Medien war das Auftauchen der Kleider hingegen ein gefundenes Fressen gewesen. Die bereits äußerst pessimistische Stimmung war umgeschlagen und hatte einen gedämpften Optimismus erreicht.

Und jetzt das. Hauptmann Bachmayer atmete tief durch, als er den Startknopf des Abspielgerätes drückte. Auf dem Band war der wie aufgebahrt wirkende Körper des Entführten zu sehen, der mit weit aufgerissenen Augen völlig verängstigt in die Kamera blickte. Untermalt war das Ganze vom Trauermarsch, also dem Marche funèbre, dem 3. Satz aus der Klaviersonate Nr. 2 b-Moll op. 35 von Frédéric Chopin. Es folgte ein scharfer Schnitt. In der nächsten Einstellung war zu sehen, wie die Brust des Entertainers förmlich in Blut schwamm und seine Augen nur mehr leer vor sich hin starrten. Es sah ganz so aus, als ob der Belgier zwischen den beiden Aufnahmen ermordet worden wäre. Dazu verkündete eine verfremdete Stimme in getragenem Ton, dass »Jean Claude Martinov tot ist, für seine größten Fans aber immer leben wird.« Und die wüssten schon, wie. Der

_____
* Ort bei Wien

Hinweis, dass das Video auf YouTube ins Netz gestellt worden war, beendete die Botschaft.

Selbst Hauptmann Bachmayer, der bisher einiges erlebt hatte, stand angesichts dieser Bilder leicht unter Schock. Dennoch reagierte er sofort höchst professionell, beschlagnahmte das Band und ließ es zwecks Überprüfung seiner Echtheit sowie für alle weiteren Untersuchungen umgehend ins Labor bringen.

Udo Walter wiederum, der Redaktionschef, jubelte innerlich, hatte er doch rechtzeitig vorher eine Kopie des Bandes anfertigen lassen. Er sah bereits die nächsten Schlagzeilen vor sich. Zuerst das Titelbild, brrr, schrecklich schön und für eine mindestens 30.000 Exemplare größere Auflage gut.

Das war das Wunderbare, ja Tröstliche des Lebens. Es gab kaum eine Grauslichkeit, über die nicht irgendjemand gleichzeitig auch erfreut gewesen wäre und einen Vorteil gezogen hätte.

*

Auch Palinski hatte heute Post der besonderen Art erhalten. Schon wieder, insgesamt bereits zum neunten Mal innerhalb der vergangenen sieben Wochen. Diesmal war es eine Strafverfügung der Wiener Polizei wegen ›Ungebührlicher nächtlicher Lärmerregung und Verschmutzung des Gehsteiges‹. Angeblich sollte er in der Nacht vom 6. auf den 7. Februar zwischen 2.33 und 2.46 Uhr vor dem Wohnhaus in Wien 3, Weyrgasse 32, mindestens eine Viertelstunde lautstark ›I like to be in America‹, ›Coconut women‹ und ›Aquarius‹ gesungen und danach vor den Augen einiger aus dem Schlaf gerissener Hausbewohner gegen die aus schwerem Holz bestehende Eingangstüre uriniert haben.

Nun sollte er entweder innerhalb einer Frist von 14 Tagen eine Verwaltungsgebühr von 280 Euro bezahlen oder eine entsprechende Ersatzfreiheitsstrafe antreten.

Palinski, der keine Ahnung hatte, wo diese Weyrgasse überhaupt sein sollte und vor allem zu dem besagten Zeitpunkt mit der Familie in Ottenschlag* gewesen war, und zwar das gesamte Wochenende über, ging dieses permanente Fehlverhalten seines Doppelgängers inzwischen ganz schön auf den Wecker.

Begonnen hatte das Ganze irgendwann Mitte September letzten Jahres, als Palinski spät in der Nacht von einem Taxi nach Hause gebracht worden war. Wie sich bei Bekanntgabe des Fuhrlohns herausstellte, musste Mario seine Geldbörse in dem Restaurant liegen gelassen haben, in dem er mit einem Journalisten zu Abend gegessen hatte.

Um den um sein Geld besorgten Taxler nicht weiter zu beunruhigen, hatte Palinski ihm seinen nach einer Auslandsreise zufällig noch immer in der Jackentasche steckenden Reisepass übergeben, quasi als Pfand dafür, dass er wirklich zurückkam. Das Geld aus dem Büro oder gegebenenfalls aus der Wohnung zu besorgen, konnte immerhin bis zu einer Viertelstunde in Anspruch nehmen. Vielleicht auch länger.

Da sich aber genügend Münzen in der Portokasse des Instituts für Krimiliteranalogie befunden hatten und der Fahrer nichts gegen den fast ein Viertelkilogramm schweren Fuhrlohn hatte, war die Angelegenheit rasch erledigt gewesen und man hatte sich in aller Freundschaft getrennt.

---

* Ort in Niederösterreich

Bei der Freude und Erleichterung, das Geld bekommen zu haben bzw. deswegen nicht extra in den dritten Stock klettern und wieder hinunter gemusst zu haben, hatten beide Seiten allerdings völlig die Rückgabe des Reisepasses vergessen.

Das hatte Palinski eine ganze Weile lang gar nicht bemerkt, obwohl ihm die beiden Anrufe etwa eine Woche danach etwas seltsam vorgekommen sind. Da war einmal eine Lily gewesen, die von der letzten Nacht und irgendeinem unvergesslichen Ritt schwärmte.

Zwei Tage später hatte sich eine Dixie gemeldet (»ich bin die mit den Monstertitten«), sich für die Spompanadeln* ihrer Freundin Mary entschuldigt und bei dieser Gelegenheit angeregt, es doch bei Gelegenheit mit ihr allein zu treiben.

»Du wirst es nicht bereuen, Tiger«, hatte sie geschnurrt, denn sie würde nicht so viele Zicken machen. Versprochen.

Waren diese offensichtlichen Verwechslungen noch auf irgendeine verquere Machoart durchaus schmeichelhaft und wurden vom echten Palinski milde belächelt, so war ihm der Ernst der Lage und der Grund dafür mit dem Schreiben eines Wiener Rechtsanwaltes endlich klar geworden.

Der Anwalt forderte Herrn Mario Palinski im Auftrag einer namhaften Leihwagengesellschaft auf, innerhalb einer Frist von drei Tagen für die Rückgabe des für seine Nichte Brigitte N. am 24. Jänner für zwei Tage gemieteten Jaguar 420S Sorge zu tragen. Andernfalls …

Zu diesem Zeitpunkt war auch bei dem in diesem Fall bisher offenbar an hartnäckiger Gehirnverstopfung lei-

---

* (kleine) Dummheiten

denden Palinski der Groschen gefallen. Wo war eigentlich sein Reisepass und was hatte das Mistviech von Taxler damit angestellt?

Er hatte sich damals nicht einmal eine Quittung geben lassen, mit der man die Taxigesellschaft und den Lenker hätte feststellen können.

Ein Glück, dass der Mann, der sich zum Zweck des Nachweises so schamlos Palinskis Namen und seines Reisepasses bediente, ihm rein äußerlich nicht ähnlich sah. So gestaltete es sich recht einfach, der Leihwagenfirma klarzumachen, dass sie einem Betrüger aufgesessen war. Allerdings einem mit seinem, nämlich Palinskis, Ausweisdokument.

Die Angelegenheit gestaltete sich zunehmend zeitintensiv, weil er sich immer höchstpersönlich zeigen hatte müssen, um jeglichen Verdacht zu beseitigen.

Darüber hinaus war das alles natürlich sehr peinlich. Allein die Gesichter der Mitarbeiter am Kommissariat, als er den Vorfall angezeigt und einen neuen Pass beantragt hatte. Selbst sein Freund Helmut Wallner konnte sich ein leichtes, von Schadenfreude geprägtes Lächeln nicht verkneifen.

Inzwischen hatte er bereits den neuen Pass und der gestohlene war für ungültig erklärt worden. In der Praxis bedeutete das jedoch gar nichts. Denn in seiner unerschöpflichen Fantasie fielen dem derzeitigen Besitzer des gesperrten Dokuments immer neue Möglichkeiten ein, Unfug und Ärgeres damit anzustellen.

Na, wenigstens die neueste Strafverfügung würde er wohl ohne persönliches Vorstelligwerden erledigen können. Sicher würde Oberinspektor Wallner die ärgerliche Angelegenheit auf kurzem Wege aus der Welt schaffen können, aber erst, sobald er aus seinem Urlaub zurück war.

Damit blieb das eigentliche Problem weiterhin ungelöst. Die Beschreibung der Menschen, die den Benützer von Palinskis Reisepass zu Gesicht bekommen hatten, lieferten lediglich das vage Bild eines Durchschnittsmenschen. Durchschnittlich groß, dabei eher klein, durchschnittliches Alter, durchschnittliches Übergewicht, unauffälliges Aussehen, keine unveränderlichen Merkmale, Haarfarbe, falls überhaupt, unauffällig, mit Glatze, Halbglatze, dunkelblond, brünett, braun, und so weiter und so fort. Ja, ein Zeuge hatte sich sogar nicht entblödet, in diesem Punkt hellschwarz anzugeben.

Mit diesen Angaben sollte die Polizei etwas anfangen können, das war wirklich ein bisschen viel verlangt.

Aber möglicherweise würde Palinski, wie des Öfteren auch, Kommissar Zufall helfen.

*

Der Anruf hatte Wilma kurz vor Mittag in ihrem Direktionsbüro in der Schule in der Klostergasse erreicht. Zunächst hatte sie keine Ahnung gehabt, wer der Anrufer war, dessen männlich sympathische Stimme ihr allerdings irgendwie bekannt vorkam.

Er stellte sich als Oliver Beckmann von den Wiener Zeiten, innenpolitisches Ressort, vor und outete sich als einer der Journalisten, die gestern an der nach der Klausur der Grünen im Hotel Panhans abgehaltenen Pressekonferenz teilgenommen hatten.

»Wir haben danach kurz in der Halle gesprochen, sehr geehrte Frau Bezirksrat«, rief er Wilma politisch nicht völlig korrekt in Erinnerung. »Ich bin der ungeschickte Mensch, der sich den Orangensaft über das Hemd geschüttet hat.«

Jetzt wusste Wilma genau, um wen es sich handelte. Sah den fast zwei Meter großen, höchstens 35 Jahre jungen Mann mit dem schüchternen und gleichzeitig doch so frechen Grinsen vor sich. Er war ihr gleich aufgefallen, weil er sie an Rudi Wocharek erinnerte. Jenen ›Rodolfo, le Beau‹, in den sie und alle ihre Freundinnen in der Tanzschule kurz, heftig und erfolglos verliebt gewesen waren.

Ja, ja, der Rudi, bei dem waren sie alle abgeblitzt. Der hatte nur Augen für Sylvia gehabt, die allerdings wiederum nichts von ihm hatte wissen wollen, weil sie unsterblich in einen Dr. Thalbert verschossen gewesen war, den Assistenten ihres Vaters.

Wie es von da an weitergegangen war, daran konnte sich Wilma nicht mehr so richtig erinnern. Aber Schnitzlers ›Reigen‹ war ein Dreck gewesen gegen die Liebesdramen, die sich in ihrer Jugend mit ihr und um sie herum abgespielt hatten. Wie auch immer, es war eine wunderschöne Zeit gewesen.

»… dieser Gelegenheit würde ich gerne ein Interview mit Ihnen machen, liebe gnädige Frau. Was meinen Sie dazu?«

Oh weh, jetzt hatte er Wilma erwischt. Der gedankliche Ausflug in ihre Teenagerjahre hatte ihre Konzentration und ihre Aufnahmefähigkeit entscheidend beeinflusst. Sie hatte den Journalisten zwar sprechen gehört, allerdings nicht verstanden, was er gesagt hatte. Daher hatte sie nicht die geringste Ahnung, welchen Zusammenhang er meinte.

73

»Das klingt nicht uninteressant«, erwiderte sie vorsichtig nach einer Schrecksekunde und hoffte, ihre Chancen damit gewahrt zu haben, ohne sich gleichzeitig zu viel zu vergeben. »Sie müssen mir nur noch genauer erklären, wie Sie sich das Ganze vorstellen.«

*

Nachdem Palinski die Ergebnisse seiner gestrigen Befragung Hermine Wurminzers protokolliert hatte, musste er sich selbstkritisch eingestehen, dass er bisher eigentlich so gut wie nichts herausgefunden hatte. Bei dem, was er da zu Papier gebracht hatte, handelte es sich um kein wirkliches Resultat, sondern lediglich um astreines Blabla. Bloß heiße Luft und nicht einmal allzu viel davon.

Die alte Dame war außerordentlich nett, ja geradezu lieb und erinnerte ihn immer mehr an die Kirchner-Omi. Was war das für eine liebe Frau gewesen. Und der Gugelhupf von der Wurminzer war fast so gut wie der von der Omi, vielleicht sogar genauso gut. Das musste man schon sagen. Ehre, wem Ehre gebührte.

Für Palinski stand fest, dass die Frau Wurminzer die Leiche entdeckt, doch sonst nichts mit dem Mord zu tun hatte. Dazu war diese Frau gar nicht imstande. Da war sich Palinski ganz sicher.

Was er gestern allerdings total versäumt hatte, war, die alte Dame und die anderen Hausbewohner nach möglichen Beobachtungen zu fragen. Ganz gegen seine Gewohnheit hatte er sich durch den köstlichen Gugelhupf von seiner üblichen Exaktheit und professionellen Neugierde abbringen lassen. Was war ihm da eigentlich eingefallen?

Auf dem Weg zur Dreierstiege begegnete ihm im Innenhof Frau Pitzal, die heimliche Chefin des Hauses. Als Hausbesorgerin war sie zwar nicht allwissend und hatte bestimmt nicht alles gesehen, aber mit Gewissheit war sie besser informiert als die übrigen Hausbewohner.

»Sis a Waunsinn, Hea Palinski«, begrüßte sie ihn von Weitem. »Seit se fia die Kriminesa oabeitn, is des schon die dritte Leich im Haus. Und des in knopp vier Joar. Na Bumm sog i do, na bumm und nix ondas.«

Lettenberg, Lesonic und …, wo nahm die Pitzal bloß einen dritten Toten her? Ach ja, vielleicht meinte sie diese verrückte Tatjana von Weihnachten vor einem Jahr. Die Frau war damals liegend und bewusstlos zum Rettungswagen gebracht worden. Möglich, dass der gute Geist des Hauses sie für tot gehalten hatte.

»Falls Sie die junge Frau von den vorletzten Weihnachten meinen, muss ich Sie enttäuschen«, klärte Palinski die Pitzal auf. »Die war nicht tot, die war bloß bewusstlos. Darum ist sie auch weggetragen worden. Die wilde Tatjana sitzt noch gut fünf Jahre in Schwarzenau*.«

»Ah so, die lebt no«, wunderte sich die Hausmeisterin, »dabei hods ois Dode so richtig nett ausgeschaut, no, wia ma si däuschn kau«, sie schüttelte den Kopf. »Oba zwa san jo eigentli a gnua.«

»Liebe Frau Pitzal«, das Problem mit der Guten war es, sich von ihr nicht in eine Endlosschleife relativ wenig sinnvollen Schwätzens locken zu lassen, »wo wir gerade beim Thema sind. Haben Sie in den letzten Tagen auf der Dreierstiege oder überhaupt Leute gesehen, die etwas mit dem Mord zu tun gehabt haben könnten? Die Ihnen also irgendwie aufgefallen sind?«

---

* Frauengefängnis in Niederösterreich

»No jo«, die Herrin der Stiegen überlegte, »do woar amoi da Bernie, den kennans woarscheinlich eh. Oiso da Bernie woar in die letztn Tog zwa, na drei Moi do.«

»Und wer ist dieser Bernie?« Palinski hatte keine Ahnung, obwohl Frau Pitzal offenbar davon ausging, dass ihm diese Person ein Begriff war.

»No, da is des Enkerl von der Wurminzer«, die Hausbesorgerin lachte freundlich, »a netta Bua, hüfsbereit. A bissl bled vülleicht, oba wirkli a liaba Kerl.«

»Ach ja.« Palinski erinnerte sich, gelegentlich einen kleinen blonden Buben kommen und gehen gesehen zu haben. »So etwa acht bis zehn Jahre alt, ein freundliches Kind.«

»I glaub, Sie manan den Jörgi von der Frau Mader«, erwiderte Frau Pitzal, »wäu da Bernie is 32 Joa oid und guade 1,90 groß. Jo und daun woa do no a Dame, so um die fuffzig, kla, zierlich. Dies im Fernsehn zeigt hom, wias vahoftet wurn is.«

»Sie meinen Frau Brandl?« Palinski war überrascht, dass ihm die Wurminzer den Besuch der derzeit Hauptverdächtigen verschwiegen haben sollte. »Frau Helene Brandl, die gestern Abend verhaftet worden ist?«

»Jo, jo«, bestätigte Frau Pitzal. »Die woa am …«, sie überlegte, »Donnasdog oda Freidog do, so gegn fünfe am Nochmittog. Wia is im Fernsehn gsegn hob, hob i no zu mein Mau gsogt, Herbert schau, die Frau woa do bei uns im Haus. Auf da Dreierstiagn«, fügte sie hinzu.

Die Pitzal stellte ihre prall gefüllte Tasche auf den Boden, ein schlechtes Zeichen, bedeutete es, dass sie sich auf einen längeren Aufenthalt einrichtete. Für Palinski also definitiver Anlass, möglichst unverzüglich und rasch das Weite zu suchen.

»Ich danke Ihnen sehr, Frau Pitzal«, sprach er flugs und wollte gerade enteilen, als sie ihn mit einem beiläufig hingeworfenen »Jo und daun woar do no a Hea von da Versicherung, der nochm Lesonic gfrogt hod« wieder davon abbrachte, das Weite zu suchen.

»Und woher wissen Sie, dass dieser Herr von einer Versicherung war?«, interessierte sich Palinski. »Hat er vielleicht seinen Namen genannt? Oder gesagt, von welcher Firma er ist?«

»Na, des ned«, entgegnete die Pitzal, »oba i hob zerscht glaubt, i häd eam erkaunnt. Des woar so a Typn wia der, der im Fernsehn zum Segn is. Wira sogt ›Ihre Sicherheit ist unsere nobelste Pflicht‹ und da Famülie, der des Haus obrennt is, des Göd in die Haund druckt. Is eh fost jedn Omd zum Segn.«

Da war er wieder, der fatale Einfluss der Fernsehwerbung auf die undifferenzierte Wahrnehmung simpel gestrickter Zeitgenossen.

*

Das schreckliche Schicksal Jean Claude Martinovs erschütterte nicht nur Österreich, sondern rief in ganz Europa, nein, in der ganzen westlichen Welt Entsetzen und einen Sturm der Entrüstung hervor. Was den Sicherheitsbehörden rund um den Globus so zu schaffen machte, war, dass man hinsichtlich der Motive für diese scheinbar unsinnige Tat nichts wusste. Ja, nicht einmal eine einzige auch nur annähernd plausible Theorie hatte.

Entweder waren da einige Irre am Werk gewesen, die ihre krankhaften Zwänge und Vorstellungen auf diese Art und Weise abreagieren und damit unbedingt weltweites Aufsehen hatten erregen wollen. Oder diese Leute, über die man bisher so gut wie gar nichts wusste, verfolgten Pläne oder Ideen, die sich den Fachleuten bisher hartnäckig verschlossen. Dieses Mysterium irritierte die Spezialisten, vor allem die Psychologen und Profiler, die üblicherweise für jeden Huster mindestens drei plausible Theorien fanden, maßlos und machte sie so zornig.

Und genau in diese von Unsicherheit, Frustration und Angst geprägte Atmosphäre hinein war eben bekannt geworden, dass der Liebling der alpenländischen Musikszene, die Prinzessin der Herzen, die 22-jährige Hildi Forderberg, die seit Monaten uneingeschränkt die Volksmusik-Charts im deutschsprachigen Raum beherrschte, seit zwei Tagen spurlos verschwunden war.

Die bildschöne, langhaarige Blondine, die mit ihrem jüngsten Hit ›Mei Herzerl is am Gmainerfern verschütt‹ allein in Österreich innerhalb zweier Wochen viermal die Platin-CD ersungen hatte, hatte am frühen Samstagnachmittag, also vor fast zwei Tagen, die Wohnung ihres Freundes Gerd in Sievering verlassen und sich mit ihrem Pkw auf die Fahrt in die Oststeiermark gemacht, nach Hause, wo die Sängerin allerdings nie eingetroffen war.

Gegen Abend hatte Hildis Mutter begonnen, sich Sorgen zu machen. Sie hatte zunächst bei Gerd Robledal nachgefragt, der nicht nur der langjährige Freund ihrer Tochter, sondern so etwas wie ihr Privatsekretär, Manager oder eine Art Assistent war. Gerd befand sich bei Gesprächen in Offenbach und hatte keine Idee, wo sich Hildi aufhalten könnte.

Gegen 21 Uhr hatte sich Marga Forderberg mit der Polizei in Verbindung gesetzt. Die konnte ihr zu diesem

Zeitpunkt außer einigen mehr oder weniger gut gemeinten Floskeln noch keinerlei Hilfe anbieten.

Nachdem Hildis am Heck beschädigter BMW gegen Mitternacht von einem aufmerksamen Spaziergänger in der Nähe der Kreuzung Billrothstraße/Hardtgasse gefunden worden war, hatte sich die offizielle Maschinerie endlich langsam, aber immerhin in Bewegung gesetzt.

Die Befragung der Leute, die in den Häusern um die Kreuzung herum wohnten, führte schließlich am Sonntagmorgen zum ersten und bisher leider auch einzigen Hinweis. Der 77-jährige Pensionist Ferdinand Wimmerer war am Samstag gegen 14.30 Uhr durch einen Krach auf der Straße ans Fenster gelockt worden. An der Kreuzung hatte ein Rettungsfahrzeug ein an der roten Ampel stehendes Auto von hinten reichlich grob gerammt. Anschließend waren zwei Sanitäter aus ihrem Fahrzeug gesprungen und zur Lenkerin des verunfallten Wagens gelaufen. Während der eine der erkennbar verblüfften Frau etwas unter die Nase gehalten hatte, hatte ihr der andere »so einen Verband, nein, eher eine Halskrause« umgelegt, wie sich Wimmerer erinnerte. Wohl so eine Art Schanzkrawatte, die Menschen verpasst wurde, die an einem Peitschenschlagsyndrom litten.

Danach hatten die beiden Sanitäter die Lenkerin in die Mitte genommen, sie zur Rettung geschleppt und zum Einsteigen veranlasst.

Gleichzeitig hatte ein weiterer Mann, der das bisherige Geschehen vom Gehsteig aus scheinbar unbeteiligt verfolgt hatte, hinter dem Steuer des verunfallten Autos Platz genommen und es weggefahren.

»I hob ma no denkt, wos fia Glück, doss do glei a Rettung do gwesn is«, hatte der Pensionist, zweifellos ein aufmerksamer Beobachter, hinzugefügt. Sicher, ohne vorher lange über Ursache und Wirkung nachgedacht zu haben.

Die folgenden Nachfragen der Polizei bei den verschiedenen Rettungsorganisationen sowie den Krankenhäusern in Wien und in dem umliegenden Niederösterreich waren dagegen völlig ergebnislos geblieben. Von dem gefeierten Volksmusikstar fehlte nach wie vor jede Spur.

Genau das erfuhr die durch den eventuellen Tod Martinovs ohnehin bereits äußerst beunruhigte österreichische Bevölkerung in den Nachrichten um 11 Uhr.

*

Palinski hasste diese Stiegensteigerei. Früher war er die Stufen zu Wilmas Wohnung im dritten Stock, jeweils zwei auf einmal nehmend, förmlich hinaufgeflogen. Heute kämpfte er sich von Stockwerk zu Stockwerk hoch wie ein … na ja, eben wie ein alternder Mann mit Übergewicht und ohne jegliche Kondition, der er eben auch war.

Eigentlich war es eine Schande, dass ihn eine schlecht geschlossene Aufzugstüre, die die mechanische Aufstieghilfe im obersten Stockwerk blockierte und ihn zu dieser physischen Grenzerfahrung zwang, so außer Atem brachte. Aber Schande hin oder her, vor allem war er sauer auf die Leute, die nicht einmal imstande waren, einen Aufzug richtig zu schließen.

Hermine Wurminzer war offenbar auf der Lauer gelegen. Denn kaum hatte Palinski ihre Wohnungstüre passiert, als sich diese, wie von einer unsichtbaren Lichtschranke ausgelöst, öffnete.

»Ja, der junge Herr von der Viererstiege«, tönte es in seinem Rücken, »wie nett, dass Sie wieder bei uns vorbei-

schaun. Das trifft sich gut, ich hab grad an Kaffee aufg-
stellt. Wolln S' net hereinkommen?«

Palinski war fest entschlossen, dieses Angebot freundlich, aber bestimmt abzulehnen. Er konnte sich unmöglich aufs Neue von der Oma einladen lassen. Allerdings
blockierte irgendeine geheimnisvolle Macht seine Stimm-
bänder und machte es ihm unmöglich, nein danke zu
sagen. Dieselbe magische Kraft zwang ihn ganz gegen
seinen Willen, stante pede umzudrehen, die alte Dame
liebenswürdig, dankbar und leicht dümmlich anzugrin-
sen und in ihrer Wohnung zu verschwinden.

Da saß er nun, bei Kaffee und …, nein, bei keinem Marmorgugelhupf, obwohl er, wenn er ganz ehrlich war, insgeheim darauf gehofft hatte. Heute hatte ihm Oma Hermine einen sensationellen Mohnstrudel vorgesetzt, der
ebenfalls seinesgleichen suchte.

Wenn er schon da saß und die köstliche Mehlspeis
in sich hineinstopfte, als gäb's kein Morgen, konnte er
genauso gut auch etwas arbeiten, fand Palinski. Das wäre
vielleicht gar nicht übel, um etwas gegen sein schlechtes
Gewissen wegen dieser Situation zu unternehmen.

»Also, der Strudel ist ausgezeichnet, Frau Wurminzer.«
Er klopfte sich wieder einmal auf seine langsam beein-
druckende Wampe, um das Lob zu unterstreichen. »So
was Gutes habe ich seit Langem nicht mehr gegessen.
Nicht mehr, seit …«, er zögerte. »Wenn ich ehrlich bin,
seit dem Marmorgugelhupf gestern. Sie verwöhnen mich
ja richtig und ich werde noch blad* dabei.«

Was nicht ganz stimmte, denn das war Palinski längst.
Wieder klopfte er auf den respektablen Schwimmreifen
um seine Hüfte.

---

* dick

»Aber S', junger Herr«, der Wurminzer schien das Lob sehr zu gefallen, ihr höchst zufriedener Gesichtsausdruck war nicht zu übersehen. »Des is ja nix Bsonders. Oba ich freu mich, wenn's Ihnan schmeckt. Übrigens, Sie müssen dann wieder a Stückerl für Ihre Frau mitnehman.«

»Ich hab leider noch ein paar Fragen an Sie.« Endlich hatte Palinski es geschafft, das Thema zu wechseln. »Fragen zum Tod vom Herrn Lesonic. Keine Angst«, er versuchte, die alte Dame zu beruhigen, die auf den plötzlichen Themenwechsel etwas erschrocken reagierte, »nichts von Bedeutung. Es geht nur darum, dass nach wie vor einige Punkte ungeklärt sind.«

So ein Blödsinn, alles war zurzeit ungeklärt, der ganze Fall Lesonic ein einziges Rätsel. Obendrein die Behauptung, die Befragung wäre ohne Bedeutung. Wozu sollte denn diese Fragerei überhaupt gut sein? Für wie dumm hielt er die alte Dame eigentlich?

»Ich meine, natürlich sind die Fragen von Bedeutung«, korrigierte Palinski, »was ich vorhin gemeint habe, war, dass Sie persönlich nicht davon betroffen sind.«

Frau Wurminzer nahm's offenbar nicht weiter tragisch. »Schon gut«, meinte sie und lächelte wieder, »Sie tun ja auch nur Ihre Pflicht, junger Mann.« Sie stand auf und goss ihm etwas frischen Kaffee in seine Schale. »Nur zu, was wollen Sie von mir wissen?«

*

Florian Nowotny hatte sich, wie von Palinski richtig angenommen, mit ganzem Elan auf die ihm gestellte Aufgabe gestürzt. Zunächst allerdings ohne nennenswerten Erfolg.

Die Datenbank ›Crimes and Ideas‹ lieferte einige an sich bemerkenswerte Treffer in Bezug auf gestohlene oder verschwundene Leichen, in Verbindung mit zusätzlich spezifizierenden Suchworten wie Kammersänger, Clownskopf oder Prater blieb die Ausbeute jedoch absolut unbefriedigend.

Etwas interessanter erwies sich da die Suche im Internet. Florian war klar, dass auch jeder vernünftigen Erklärung scheinbar widersprechende Ereignisse wie verschwundene Leichen nun einmal vorkamen. Einfach deswegen, weil es doch Erklärungen dafür gab. Erklärungen, die wegen ihrer ganz speziellen, komplexen Art für den nur oberflächlichen Betrachter allerdings nicht oder nur schwer erkennbar waren.

Dass sich aber allein in den letzten acht Monaten 23 Fälle von verschwundenen Leichen sehr bekannter, ja prominenter Zeitgenossen unter ähnlichen Umständen zugetragen hatten, erschien Florian hingegen extrem bemerkenswert. Allein sieben dieser Fälle hatten sich im Bereich der Europäischen Union abgespielt und neun in Nordamerika. Der Rest verteilte sich etwa gleichmäßig auf die anderen Kontinente.

In 19 Fällen war die Leiche vor dem Begräbnis verschwunden, nur in vier Fällen wurde der Sarg nach der Beerdigung wieder ausgegraben und geleert.

Aber nicht nur Leichen waren aus mysteriösen Gründen ihrem ultimativen Schicksal entzogen worden.

Nein, im letzten Jahr waren zudem 33 Urnen mit der Asche zumindest regional sehr bekannter Persönlichkeiten, vor allem Künstler, Sportler und Wissenschaftler, aus ihrem bisherigen Umfeld verschwunden.

Die wirklich eindrucksvolle Gemeinsamkeit zwischen

den verschwundenen Leichen und Urnen war, dass trotz intensiver Bemühungen der Polizei nicht eine einzige davon wieder aufgetaucht war.

Hoppala, das stimmte so nicht ganz, korrigierte sich Florian. Vier Särge und sieben Urnen waren gefunden worden – in völlig leerem Zustand.

Welches Interesse konnte jemand an sterblichen Überresten haben? Im Ganzen kremiert, ja überhaupt. Gab es möglicherweise gar Menschen, Palinskis Assistent bekam allein beim Gedanken an diese Möglichkeit eine Gänsehaut, die krank genug waren, das, was von diesen Prominenten geblieben war, zu sammeln wie andere Briefmarken oder Gemälde?

Bekamen sie etwa ihren Kick beim Anblick des Skeletts eines Sportidols, der Asche einer Schauspielerin oder gar eines munter vor sich hin modernden Kammersängers? Na, vielleicht wurde der Leichnam des Tenors ja auch ausgestopft.

Daneben musste es, abgesehen von Wahnsinnigen, die sich so etwas zum vertraulichen Delektieren ins geheime Kellerstübchen stellten, eine Organisation geben, die das Ganze einfädelte und abwickelte, und die dafür sorgte, dass es für das Angebot ›Gut erhaltene, fast neuwertige Kammersänger-Leiche, garantiert Weltstar in den besten Jahren im Mahagonisarg‹ auch eine entsprechende Nachfrage gab. Diese musste eigentlich bereits vor der Beschaffung des nachgefragten Gutes vorhanden sein. Man konnte ja wohl schlecht mit dem Sarg hinten im Pick-up durchs Land fahren und für sein Sonderangebot werben.

Wie das wohl in der Praxis ablief? Florian hatte zwar keine Ahnung, aber ein ungutes Gefühl.

Was würde wohl sein, wenn er gleich noch ›Urnenraub‹ in die Suchmaschine eingab? Und ›Aschendiebstahl‹, oder wie sollte man diesen seltsamen Vorgang sonst nennen? Ja, und ›Diamanten‹ durfte er ebenfalls nicht vergessen.

Na, am besten, er versuchte einfach eines nach dem anderen, dann würde er schon sehen.

*

Das war die schlimmste Nacht gewesen, die Helene Brandl in ihrem immerhin schon 55 Jahre andauernden Leben hinter sich hatte bringen müssen. Diese endlos wirkenden neun Stunden mit drei weiteren Leuten in einer Zelle, die von einer einzigen, traurig von der Decke herunterbaumelnden 40-Watt-Birne in ewiges Zwielicht getaucht worden war. Diese Kulisse aus nicht immer zufälligen Rülpsern, Furzen und sonstigen ekligen Geräuschen hatten der Vizepräsidentin des VSPR mehr zu schaffen gemacht als die weit mehr als schmerzlich genug empfundene Freiheitsberaubung. Als krönender Höhepunkt war da noch diese einmalige Melange aus Schweiß, Urin und diversen Körpergasen gewesen, die über all dem lastete.

Der klassisch gebildeten Helene schien der Vergleich ihrer Situation in Polizeiarrest mit der Dantes in einem der Höllenkreise des Infernos durchaus angebracht, obwohl sie ›Die Göttliche Komödie‹ eigentlich nie ganz gelesen hatte. Wenn sie ehrlich war, kannte sie lediglich eine gut strukturierte Zusammenfassung, die jedoch durchaus ausreichte, um mitreden zu können. Wann immer über das Thema diskutiert wurde, im Kreis von Menschen, die genau wie sie nicht mehr als eine gute Inhaltsangabe studiert hatten.

Jetzt saß die streitbare Dame seit mehr als einer Stunde Inspektor Heidenreich gegenüber, der sich heute, ganz gegen ihren ersten Eindruck von gestern Abend, als ausgesprochen netter Mensch erwiesen und sie mit einem guten Kaffee begrüßt hatte. Wohl, um sein schlechtes Gewissen wegen seiner etwas burschikosen Art bei der Festnahme gestern Abend zu besänftigen.

So erfreulich die äußeren Umstände der Einvernahme sein mochten, in der Sache selbst war der Stellvertreter Franka Wallners ein hartnäckiger, ja unerbittlicher Fragesteller, der nur schwer zufriedengestellt und erst recht nicht mit auf Halbwahrheiten basierenden Wischiwaschi-Antworten abgespeist werden konnte.

Helene Brandl hatte das erst gar nicht versucht und offen über ihre mehrere Jahrzehnte zurückreichende Bekanntschaft mit dem Ermordeten erzählt. Sie hatte den ›schrecklichen Menschen‹, wie sie Lesonic unter konsequenter Vermeidung seines bürgerlichen Namens fast immer bezeichnete, wohl ein Zeichen gesellschaftlicher Ächtung ihrerseits, bereits vor 37 Jahren kennengelernt. »Eines Tages ist er plötzlich vor unserer Schule gestanden und hat an uns Schüler Zigaretten verkauft. Stangenweise aus dem Ostblock geschmuggelte Ware zu einem Spottpreis«, berichtete sie. »Jeden Dienstag ist er in dem Jahr gekommen, an den restlichen Tagen hat er das Dreckszeug vor anderen Schulen verhökert. Und das zu einem Preis, bei dem er selbst kaum etwas verdient haben konnte.« Sie schüttelte verständnislos den Kopf. »Seit damals habe ich den Eindruck gehabt, es geht ihm gar nicht ums Geschäft, sondern darum, uns Junge süchtig zu machen.«

»Und die Polizei hat nichts dagegen unternommen?«, wunderte sich Heidenreich. »Ich meine, ein Anruf hätte genügen müssen, um dem Spuk ein Ende zu bereiten.«

»Sind Sie wirklich so naiv?« Das Lachen der Brandl hatte etwas Spöttisches an sich. »Was glauben Sie, wie viele Polizisten seinerzeit geraucht haben?«

Die jetzt radikale Nichtraucherin hatte damals selbst geschickt, und das bis zu einem Schlüsselerlebnis etwa drei Jahre später. »Nicht sehr viel, nur so bei Partys und ähnlichen Anlässen«, erinnerte sie sich. »Im Schnitt aber doch so zehn Zigaretten am Tag. Also auch nicht gerade ganz wenig.«

Dann hatte plötzlich das Schicksal mit voller Wucht auf Helenes Familie eingeschlagen. Tante Gerda, die Schwester ihrer Mutter, war eines Tages von einer Routineuntersuchung mit dem entsetzlichen Befund Lungenkarzinom zurückgekommen. Die 41-jährige Nichtraucherin war nach weniger als einem Jahr gestorben. Das heißt, elendiglich zugrunde gegangen. Abgesehen von dem Schmerz über den Tod der lieben Verwandten, war Helene Brandl mit einer gut gemeinten ärztlichen Warnung vor einem erhöhten eigenen Krebsrisiko wegen entsprechender genetischer Disposition ziemlich geschockt allein gelassen worden.

Von diesem Tag an veränderte sich ihr Leben radikal. Helene hatte keine einzige Zigarette mehr angerührt und begonnen, sich intensiv mit der Problematik des ›unfreiwilligen Mitrauchens‹, wie sie das Passivrauchen zunächst genannt hatte, auseinanderzusetzen. Denn Tante Gerda war Opfer sowohl des stark rauchenden Vaters als auch ihres ebenso unvernünftig qualmenden Lebensgefährten Georg geworden. Das stand für die damals noch ganz junge Helene zweifelsfrei fest. Nachdem sich Schorschi, dieser Arsch von Partner, beim Leichenschmaus mit Tränen in den Augen eine Zigarette nach der anderen angezündet und dabei geschwafelt hatte, wie ungerecht das Leben doch sei, hatte Helene nicht anders gekonnt, als dem Fast-Onkel zwei Watschen zu verpassen. Eine links und eine rechts, jedoch nicht schlampig, sondern mit Wucht. Daraufhin hatte sie die heuchlerische Gesellschaft verlassen und seither mit Georg nie wieder ein Wort gewechselt.

»Jetzt werden Sie vielleicht verstehen, warum mich das Rauchen, ja allein die dazugehörigen Utensilien«, ihr Tonfall nahm einen drohenden Klang an und ihr Blick wurde finster, als er sich an einem auf dem Schreibtisch Heidenreichs stehenden Plastikbehältnis förmlich festkrallte, »so in Rage bringen.«

Gut, Heidenreichs Aschenbecher war leer und sauber, aber: »Sie wissen schon, dass das eigentlich ein Hinweis auf eine Gesetzesverletzung ist. Oder eine Aufforderung dazu. Immerhin befinden wir uns hier eindeutig in einem öffentlichen Gebäude.«

Scherzhaft drohte die Brandl dem Inspektor mit dem erhobenen Zeigefinger. Oder war das ernst gemeint? Heidenreich war sich nicht ganz sicher, hatte allerdings eine gute Replik auf Lager.

»Mit Verlaub«, entgegnete er und deutete zu dem halbhohen Aktenschrank an der Wand, auf dem das Miniaturmodell einer Guillotine stand, »da muss ich widersprechen. Nur weil dieses Gerät hier steht, bedeutet das ja auch nicht, dass wir hier Leute köpfen.«

Kein schlechtes Argument, fand der Inspektor nicht ohne Stolz. Auch wenn es ein wenig durch den Umstand entwertet wurde, dass es sich bei der kleinen Köpfungsmaschine eigentlich um einen Zigarrenschneider handelte.

Nachdem die Polizei Lesonic dann doch irgendwann einmal von den Schulen vertrieben hatte, verlegte »dieser wirklich schlechte Mensch seine Aktivitäten in die umliegenden Parks. Dort hat er Zigaretten an Halbwüchsige verteilt und ihnen gezeigt, wie man den maximalen Lungenzug schafft, ohne sich sofort übergeben zu müssen. ›Bis in die klane Zechn muaß ma den spian und wieder zruck‹, wie der Primitivling das Prozedere beschrieben hat. Dieses Schwein hat ganze Generationen junger Leute der Nikotinsucht zugeführt. Niemand hat zunächst etwas dagegen unternommen.« Frau Brandl korrigierte sich sofort. »Oder zumindest fast niemand. Über die zwei, drei Personen, die dagegen aufgetreten sind, hat man sich anfangs nur lustig gemacht.«

Mit den Jahren hatte sich Lesonic zur grotesk-grauslichen Karikatur des unverbesserlichen Rauchers entwickelt und war in dieser Rolle österreichweit auch medial gepusht worden. Es gab kein Klischee, das der an sich nicht unsympathische Mann nicht mit Begeisterung erfüllt hätte. Kein Vorurteil, das er nicht zumindest nachträglich bestätigte.

Mit der Zeit machte ihn das für die Befürworter des Nichtraucherschutzes zum ›Gottseibeiuns‹, zum Nikotinpropheten, der alles das verkörperte, was die Gesellschaft aus guten Gründen zunehmend kritischer betrachtete oder ganz ablehnte.

Für die Raucher wiederum, ihrem als kulturelle Errungenschaft und Ausdruck individueller Freiheit euphemisierten Laster bis in den Tod ergeben, war der Karl eine Lichtgestalt. So eine Art letzter Ritter der wahren Lebensart, ein, nein *der* Freiheitskämpfer wider die zunehmenden Pressionen einer regulierungswütigen, alles nivellieren wollenden Bürokratie.

»So komisch es klingen mag, ich war froh, dass es jemanden wie den Karl gegeben hat«, räumte Helene Brandl ein. »Ein so hervorragendes Beispiel dafür, was Nikotin alles anrichten kann, wird es kaum je wieder geben. Irgendwie wird mir dieser Mann direkt fehlen. Für die Argumentation, verstehen Sie?«

Nach und nach lieferte Helene Brandl ein dichtes, penibel genaues Bild von Lesonics Schandtaten, die zum größten Teil in einem zumindest quantitativ nicht unbeachtlichen Strafregisterauszug zusammengefasst waren.

»Mit einer einzigen Ausnahme alles nur Geldstrafen«, wie die Brandl ausdrücklich betonte, »obwohl er nachweisbar, und das wird in den verschiedenen Strafbegründungen sogar immer wieder ausdrücklich bestätigt, mit seinem Verhalten Kinder und Jugendliche wiederholt nicht nur abstrakt gefährdet hat. Leider war das Bewusstsein für derlei Verbrechen bis vor Kurzem noch relativ unterentwickelt«, beklagte sie. »Vor allem bei den Strafverfolgungsbehörden.«

Die einzige, allerdings nur bedingte Freiheitsstrafe hatte sich Lesonic eingehandelt, nachdem er wiederholt Hunde und Katzen in kleinen Räumen, ja sogar Behältnissen eingesperrt und intensivem Zigarettenrauch ausgesetzt hatte. »Der Karl hat versucht, dieses pervertierte Verhalten als wissenschaftlichen Versuch hinzustellen. Er wollte damit angeblich beweisen, dass das Rauchen gar nicht so schädlich war, wie immer behauptet wurde. Nach mehreren Geldstrafen hat er schließlich wegen Wiederholung endlich sechs Wochen

Arrest, bedingt auf fünf Jahre, erhalten. Zusätzlich zur obligaten Geldstrafe.«

Helene Brandl schüttelte angewidert den Kopf. »Es ist bezeichnend für den Zustand unserer Gesellschaft, dass eine Verurteilung dieses Monsters nur wegen Tierquälerei möglich gewesen ist.«

Irgendwie schlimm, bestätigte Heidenreich, der das noch nie von dieser Seite her betrachtet hatte. Andererseits hatte er immer das Gefühl gehabt, dass Tiere hierzulande eindeutig die bessere Lobby besaßen als beispielsweise Kinder.

»Das gibt Ihnen noch lange nicht das Recht, dieses Monster, wie Sie es genannt haben, selbst aus dem Verkehr zu ziehen«, herrschte der Inspektor die Brandl an. »Mord bleibt Mord, egal wie moralisch minderwertig das Opfer gewesen sein mag. Oder glauben Sie allen Ernstes, mit Selbstjustiz durchzukommen?«

»Ein letztes Mal, ich habe Karl Lesonic nicht angerührt.« Helene Brandl starrte den Inspektor wütend an. »Auch wenn es mir um diesen Mann nicht leidtut, ich habe mit seinem gewaltsamen Tod nichts zu tun.«

»Der Brief hier«, Heidenreich deutete auf das vor ihm liegende Schreiben, »sagt etwas anderes aus. Da steht eine astreine Morddrohung drinnen.«

»Was für ein Brief?«, erwiderte die Brandl völlig überrascht. »Ich habe nie einen Brief geschrieben, der als Morddrohung verstanden werden könnte. Falls Ihnen so etwas vorliegt, kann es sich nur um eine Fälschung handeln.«

Heidenreich schob der Frau eine Kopie des Schriftstückes hin.

Helene Brandl nahm das Blatt ohne zu zögern mit zwei spitzen Fingern auf, ganz so, als ob sie eine Pinzette verwendete. Die Körpersprache der Frau war eindeutig, sie empfand diesen Wisch als ärgerliche Belästigung, ganz offensichtlich jedoch nicht als Gefahr.

»Das ist ein Entwurf, den ich vor«, sie überlegte, »sieben, vielleicht acht Jahren angefertigt habe. Ich war damals nach Bekanntwerden neuer Schweinereien von Lesonic extrem böse auf ihn. Aber ich habe diesen Entwurf nie abgeschickt und erst recht nicht«, sie schaute wieder auf das Blatt, »am 4. Januar dieses Jahres. Das Datum muss jemand nachträglich eingefügt haben.«

»Sie geben demnach zu, dass dieser Brief«, Heidenreich korrigierte sich, »ich meine, dieser Schrieb von Ihnen stammt, bestreiten allerdings, das Datum notiert und den Wisch je abgeschickt zu haben. Wenn Sie das jetzt noch beweisen könnten«, er griente die Frau gönnerhaft an, was allerdings eher herablassend wirkte, »wären Sie aus dem Schneider.«

Helene Brandl lächelte breit zurück. In ihrem Blick lag mindestens ebenso viel Herablassung, wie sie gerade verspürt zu haben glaubte. »Doch, das kann ich, sehr geehrter Herr Inspektor Cleverly. Ich habe mir vor mehr als vier Jahren den Zeige- und den Mittelfinger der rechten Hand schwer verletzt. Seither kann ich die beiden Finger nicht mehr richtig beugen und habe meine Fingerhaltung beim Schreiben verändern müssen. Daher sieht meine Handschrift seit damals deutlich anders aus.« Sie sah dem Inspektor spöttisch in die Augen. »Das wird Ihnen nicht nur mein Arzt, sondern auch jeder Grafologe bestätigen.«

Damit stand Helene Brandl auf: »Ich nehme an, das war's dann auch.«

*

Also, die Leberknödelsuppe, zu der ihn Frau Wurminzer im Anschluss an die drei Stück Mohnstrudel überredet hatte, war wirklich sensationell. Palinski ging mit diesem Prädikat üblicherweise nicht gerade großzügig um, aber Geschmack und Konsistenz der beiden etwa pingpongballgroßen Knöderln waren einfach, na eben sensationell.

Es gab bekanntermaßen zwei grundsätzliche Arten von Leberknöderln.

Da war einmal die bayerische Variante: Zart flaumig, weil mit eingeweichter Semmel versetzt, und mit nur relativ dezentem Lebergeschmack traten die stattlichen Trümmer, gegart oder gebacken, meist als Einzelschicksale im Teller mit der köstlichen Rindsuppe in Erscheinung.

Dann die andere Version, diejenige, die auch Frau Wurminzer zu bevorzugen schien. Palinski wusste nicht, wie sie sich nannte, er bezeichnete sie als ›nach Wiener Art‹. Kleiner als ihre Kollegen aus Bayern und deutlich fester in ihrer Konsistenz, schmeckten sie in aller Regel viel kräftiger nach dem, das man aufgrund ihres Namens erwarten durfte. Ihrer Natur nach geselliger als die bayerische, trat die Wiener Variante des Leberknödels in der Regel paarweise auf.

Hermine Wurminzer lächelte ihren hingebungsvoll löffelnden Gast glücklich an. Das Leben konnte durchaus schön sein, dachte sie. Es brauchte lediglich einen Menschen, der ihre Kochkünste zu schätzen wusste. Wie hieß es bereits in der Bibel? Verwöhnst du auch nur einen einzigen Mann, so verwöhnst du die ganze Menschheit, oder so ähnlich.

»Und der Berm…«, Palinski hatte Mühe, mit vollem Mund den Namen von Frau Wurminzers Enkel richtig auszusprechen, und schluckte daher erst einmal hinunter, »der Bernie war vorgestern auch hier und kommt meistens zwei, manchmal drei Mal in der Woche zu Ihnen?«

»Ja, richtig«, bestätigte die alte Dame, »und die Irmi kommt nur alle 14 Tage, wenn überhaupt. Aber das hat damit zu tun, dass die Hermi Wechseldienst machen muss.« Palinski nickte nur, den Überblick über die komplizierten Verhältnisse in Frau Wurminzers Familie hatte er längst verloren. Nein, das stimmte so nicht. Um ehrlich zu sein, hatte er sich bisher überhaupt noch nicht ausgekannt.

Er wusste bloß, dass die Irmi erst vier Jahre zählte und Hermi ihre Mutter war. Bernie dagegen war bereits reife 32 und ein hilfsbereiter junger Mann.

Dieses Wissen genügte Palinski vollkommen.

Er legte den Löffel neben den nunmehr leeren Teller, schmatzte ein letztes Mal genussvoll vor sich hin und stand langsam auf.

»Sie werden doch jetzt noch nicht gehen wolln«, sofort begann Frau Wurminzer, um die Prolongation ihres heutigen Lebensglücks zu kämpfen. »Ich hätt da noch ein Szegediner Krautfleisch, mit einem Tupfen saurem Rahm drauf serviert.«

Doch Palinski konnte wirklich nicht mehr, und, um ehrlich zu sein, er wollte auch nicht mehr länger fressen. Diese Frau hatte durch ihre magische Fertigkeit, Nahrungsmittel, Gewürze und andere Zutaten durch virtuos angewandte praktische Chemie zu einzigartigen Geschmackserlebnissen zu veredeln, in einem Ausmaß Macht über ihn gewonnen, das ihn erschreckte. Dieser

Macht und dem schamlosen Versuch, sie zu missbrauchen, musste er ein für alle Mal entschieden entgegentreten.

»Nein danke«, meinte er aus vorsorglichen Gründen bestimmt. »Ich kann wirklich nicht mehr. Und übrigens, das grenzt fast an Beamtenbestechung.« Er schüttelte gespielt missbilligend den Kopf.

»Sie sind gar kein Beamter«, gab die Wurminzer fröhlich grinsend zurück und ermahnte ihn scherzhaft mit erhobenem Zeigefinger. »Wissen Sie was, ich gebe Ihnen einfach zwei Portionen Krautfleisch mit und den sauren Rahm extra. Das können Sie sich am Abend warm machen und mit Ihrer lieben Frau gemeinsam genießen.« Sie wartete Palinskis entrüstete Ablehnung erst gar nicht ab und enteilte in die Küche.

Der derart um seinen Auftritt Geprellte überlegte, was nun wohl zu tun war, und entschied sich schließlich dafür, den vorgeschlagenen Kompromiss für gut zu befinden. Man konnte ja die liebe alte Dame mit ihrem Cateringwahn schlecht vor den Kopf stoßen. Ob Wilma ungarische Spezialitäten zu schätzen wissen würde? Komisch, jetzt kannte er sie schon so lange und die Antwort auf derart elementare Fragen hatte er noch immer nicht.

Palinski machte einige Schritte, um sich etwas Bewegung zu verschaffen. Vor dem Behältnis im Wandregal, das er für die Urne mit Pippis Asche hielt, blieb er stehen und musterte wie bereits gestern das darunterliegende dicke Kuvert.

›Diamonds are Memory Inc., Rotterdam, NL‹, das war ein Absender, der durchaus einige Fragen aufwarf. Verstohlen griff er nach dem Umschlag im DIN-C4-Format,

95

zog den aus mehreren Seiten bestehenden Inhalt heraus und warf einen verschämten Blick auf …

»Gut, dass Sie sich das ansehen«, tönte Frau Wurminzer, die gerade wieder den Raum betreten hatte, »dazu wollte ich Sie ohnehin um Ihre Meinung bitten.«

Hastig schob Palinski, der nur einen vagen Eindruck der Betreff-Zeile des Schreibens hatte gewinnen können, den Inhalt wieder in das schützende Kuvert zurück.

Gott, war das eine peinliche Situation. So eine nette alte Frau, und er suchte in ihren Sachen herum, sobald sie das Zimmer nur für eine Minute verließ. Palinski, Palinski, was bist du nur für ein verdammter …

Während er noch nach einem einigermaßen zutreffenden Begriff für seine ethisch-moralischen Defekte suchte, hatte die Wurminzer längst zu erzählen begonnen.

»… die Pippi tot war, hab ich mich gefragt: Und das war jetzt alles? Dann haben mir Bekannte von dieser Firma in Holland erzählt, die aus der Asche …«, unverdrossen plapperte die alte Dame weiter, obwohl Palinski erkennbar nichts unversucht ließ, um sich diesen Schmarrn nicht länger anhören zu müssen. Das war halt die Rechnung, die er für Speis und Trank zu blechen hatte.

Er kam sich langsam vor wie Hänsel und Gretel, ja richtig, gleichwie beide zusammen, nachdem sie der bösen Hexe in die Falle gegangen waren. Den Verlockungen des Lebkuchens erlegen, der in seinem Falle aus köstlichen Mehlspeisen und Rindsuppen bestanden hatte. Und im Moment sollte er sich um die Beerdigung eines Hundes kümmern? Was heißt, eines Hundes, nein, seiner Asche.

Was war da auf dem einen Blatt gestanden? Irgendetwas wie ›Ihr teurer Verstorbener als ein Halb- oder

Ganzkaräter‹? Diese Holländer hatten wirklich ein uriges Deutsch. Fernöstliche Kampfsportarten fürs Jenseits, was sollte der Nonsens?

»Ich hab es zuerst auch nicht glauben wollen«, referierte die alte Dame unbeirrt weiter, »dass man aus …«, doch Palinski hörte nicht zu. Hörte einfach nicht hin, sondern überlegte fieberhaft, wie er aus der unangenehmen Situation so rasch wie möglich herauskam.

Und immer wenn die Not am größten war, schien Gott am nächsten, das hatte Palinskis Oma immer gesagt. Heute war es das Handy, dessen nervtötendes Didelidei, Didelidum von ihm ausnahmsweise einmal als reinster Schalmeienklang wahrgenommen wurde.

»Immerhin fast 5.000 Euro, aber ich hab mein Leben lang gespart und der Bernie …«, Frau Wurminzer war nicht zu bremsen und ließ sich auch von Palinskis Telefonat nicht unterbrechen.

Es war Florian, der ganz aufgeregt berichtete, etwas sehr Interessantes im Internet entdeckt zu haben. Natürlich war sein Chef nur zu gerne bereit, sofort ins Institut zu kommen, um sich diese Sache höchstpersönlich anzusehen.

Bei Frau Wurminzers Hinweis darauf, dass sie »auf diese Weise ein einzigartiges Erinnerungsstück …«, was immer auch das war, sah sich Palinski zu seinem größten Bedauern gezwungen, seiner Gastgeberin massiv ins Wort zu fallen.

»Das ist ja hochinteressant, Frau Wurminzer«, er trat auf die alte Dame zu und fuchtelte dabei mit dem Handy herum, als ob das allein alles erklärte, »bedauerlicherweise muss ich unbedingt sofort weg. Es tut mir sehr leid. Wissen Sie was?« Palinski versuchte, etwas Tröstliches zu sagen. »Wir sprechen über das ganze Thema mit dem ... Erinnerungsstück bei nächster Gelegenheit in aller Ruhe.«

»Na schön«, meinte die alte Dame unverdrossen, »was sein muss, muss sein. Vergessen Sie das Reindl* mit dem Krautfleisch nicht.« Sie deutete auf das Plastiksackerl am Tisch. »Und herzlichen Gruß an Ihre liebe Frau.«

---

* flacher Kochtopf, Kasserolle

4.

Montag, 8. März, nachmittags

Hildi Forderberg war bei Bewusstsein. Wieder einmal. Das dritte Mal, seit sie von den freundlichen Rettungsmännern in die Klinik gebracht worden war. Oder war es schon das vierte Mal? Sie wusste es nicht so genau, weil ihre wachen Momente, die vor allem der Befriedigung gewisser Bedürfnisse gedient hatten, nur ganz kurz gewesen und von intensiven Traumbildern überlagert worden waren. Überhaupt befand sie sich in einem Zustand unwirklicher Wahrnehmung und damit permanenter Verwirrung.

Sie hatte zudem jegliches Gefühl für Zeit verloren. Rein gefühlsmäßig schien der Unfall, der sie ins Krankenhaus gebracht hatte, nur wenige Stunden zurückzuliegen. Andererseits konnte sie wiederum Vögel zwitschern, die Meeresbrandung rauschen und in der Ferne einen Eisverkäufer sein ›Gelato, gelato‹ anbieten hören. Und rund um ihren offenbar nur in einem Badeanzug steckenden Körper spürte sie heißen Sand, während die warmen Strahlen der Sonne ihre ranken Glieder umschmeichelten.

Der Unfall war im kalten März gewesen, daran konnte sich Hildi noch ganz genau erinnern. Derzeit war sie irgendwo am Meer, wahrscheinlich an der italienischen Adria, und genoss das schöne Wetter. Der Lufttemperatur nach zu schließen war noch nicht Hochsommer, zumindest jedoch Ende Mai, wenn nicht sogar Mitte Juni. Das würde bedeuten, dass …

Sie hatte schrecklichen Durst und leichte Kopfschmerzen. Wenn sie nicht bald etwas Wasser bekäme, würde sie durchdrehen. Und dieses bamstige* Gefühl im Mund. Überhaupt fühlte sie sich, als ob sie in Watte gepackt wäre. Nicht unangenehm, aber fremd und daher irritierend.

Hildi versuchte krampfhaft, ihre Augen zu öffnen, um die verwirrenden Schlussfolgerungen durch einen optischen Eindruck zu verifizieren. Doch so sehr sie sich auch bemühte, etwas zu sehen, alles blieb dunkel. Nein, mehr als das, die Färbung war astreines Schwarz.

Sie bildete sich ein, einen leichten Druck um die Augen herum und an den Schläfen zu verspüren, möglicherweise von einer Schlafmaske oder etwas Ähnlichem. Als sie versuchte, sich mit der linken Hand ins Gesicht zu fahren, um diese Maske zu entfernen, musste sie feststellen, dass der Bewegungsspielraum ihrer Arme drastisch eingeschränkt war. Die Fesseln, die sie an ihren Armen feststellen musste, ermöglichten es ihr lediglich, ihre oberen Extremitäten maximal 10, 15 Zentimeter anzuheben und innerhalb dieses Radius hin und her zu bewegen. Da das nicht genügte, um ihre Augen zu erreichen, begann sich Panik in ihr breitzumachen. Kein Wunder bei der überwältigenden Vorstellung, quasi blind und im Bikini an einem Strandabschnitt der italienischen Adria angekettet zu sein. Möglicherweise sogar in Cesenatico, wo sie als kleines Kind sehr schöne Ferien verbracht hatte.

»Hilfe, Hilfeee«, begann Hildi hysterisch zu brüllen, und, nachdem sie sich ihrer rudimentären Kenntnisse der Landessprache wieder bewusst geworden war, auch noch »Aiuto, aiuto.«

---

* geschwollen, aufgedunsen, gefühllos

»Hoit's Mäu«, meldete sich fast unmittelbar eine unfreundliche Männerstimme, daraufhin verspürte die junge Frau einen Stich im Arm. Während Hildi Forderberg noch in einiger Entfernung den Allzeit-Evergreen ›Volare‹ zu hören glaubte, verlor sie wieder einmal das Bewusstsein. Oder zumindest das, was sie gerade dafür gehalten hatte.

*

Den Suchwörtern Urnenraub und Aschendiebstahl hatte Florian zwei unerwartete Aha-Erlebnisse zu verdanken. Erstens, dass nach wie vor hauptsächlich Wahlurnen Gegenstand gesetzesbrecherischer Interventionen waren. Und zweitens, dass einem einzelnen Buchstaben, im konkreten Fall dem T, eine enorme Bedeutung zukam. Vor allem, falls er wie im gegenständlichen Fall unterdrückt wurde.

Wie die rund 2,3 Millionen Seiten bewiesen hatten, auf denen das Wort ›T-Aschendiebstahl‹ vorkam und die Google innerhalb von nur 0,3 Sekunden ausgeforscht hatte.

Das war wirklich beeindruckend gewesen, jedoch keineswegs zielführend für den vorliegenden Fall.

Irgendwie musste sich die Suche nach dem, was von den Menschen nach ihrem Tod geblieben war, unbewusst auf Florians Gemüt geschlagen haben, und das heftig, denn anders konnte er sich nicht erklären, warum er, wie ihm eben bewusst geworden war, die Melodie von Pete Seegers melancholischem Welterfolg ›Where have all the flowers gone‹ vor sich hin trällerte. Allerdings mit der eher morbiden Textvariante ›Sag mir, wo die Leichen sind, wo sind sie geblieben, sag mir, wo die Urnen sind, was ist geschehn, wer wird das je verstehn?‹ Und das offenbar schon eine ganze Weile.

Höchste Zeit demnach, sich wieder etwas lebensbejahendere, diesseitigere Anregungen zu holen, ehe ihn noch eine latente Schwermut einholte, dachte Florian und gab als neue Suchwort-Kombination ›Prominente+Souvenirs‹ ein.

Und siehe da, auch zu diesem Thema fanden sich innerhalb weniger Sekunden fast 58.000 Seiten. Dabei waren das nur jene in deutscher Sprache. Aber die hatten es in sich und vermittelten ein erschreckendes, breit gefächertes Bild darüber, was alles zu sammeln die angebliche Krone der Schöpfung imstande war. Zumindest falls das begehrte Objekt sich irgendwann tatsächlich oder nur angeblich im Besitz oder wenigstens in der Nähe eines oder einer für prominent gehaltenen Zeitgenossen befunden hatte.

Die Skurrilitäten begannen mit Analabdrücken, und das war kein Witz; worum es sich dabei allerdings genau handelte, war in der Kürze der Zeit für Florian nicht zu ermitteln gewesen. Weiter ging es über verschiedene Kleidungsstücke bis hin zu Schuhsohlen und sogar Zahnspangen, von denen er nie gedacht hätte, dass sie hoch im Kurs standen. So wurde z. B. gerade die Zahnklammer eines alternden Popsängers zum Höchstgebot von immerhin 149 Dollar im Internet versteigert.

Dominiert wurden die Angebote und Nachfragen allerdings nicht von Kuriositäten, sondern von traditionellen Rennern wie Briefmarken, Bierdeckel, Erstausgaben wovon auch immer und vor allem von Bildern und Fotos.

Von Landschaften, Nackten und Angezogenen, Tieren, Blumen, Sonnenauf- und Sonnenuntergängen und was sonst der Menschheit abzubilden wert schien.

Das permanente Sichten langatmiger Nichtigkeiten im Internet machte mit der Zeit auch einem so präzisen Rechercheur wie Florian Nowotny zu schaffen. Diese Berge an Geringfügigkeiten, Binsenweisheiten und geistigem Müll mussten sich zwangsläufig auf die Konzentration von Palinskis Assistenten auswirken und seine Wahrnehmung beeinträchtigen. Oder war es das Urteilsvermögen? Wahrscheinlich wurde beides in Mitleidenschaft gezogen.

Auf jeden Fall hatte er die vermutlich einzige Perle in dem Haufen bereits gesichteten elektronischen Schrotts beinahe übersehen. Da es sich dabei in der Tat um keine Perle, sondern um einen Edelstein handelte, der sich beim flüchtigen Augenkontakt in Florians Unterbewusstsein eingeschlichen hatte, war der karenzierte Polizist von sich aus noch einmal zu dieser Seite zurückgekehrt.

Und bingo, das war ein guter Zug von dem jungen Mann gewesen. Denn bei genauerer Betrachtung schien sich eine echte Spur aufzutun.

Aufgeregt studierte Florian die Anzeige bereits zum dritten Mal. Eine Person aus Kleve, die Chiffre ließ keinen Rückschluss auf das Geschlecht zu, bot da unter dem Eyecatcher ›Einmalige Rarität für Fans des Boxsports – der Frank-Bielevetz-Diamant‹ ein Sammlerstück der besonderen Art an. Der Bestbieter einer Auktion, die noch zwölf Tage, 14 Stunden und 23 Minuten dauern sollte, durfte diesen anschließend sein Eigen nennen.

Das Gebot lag derzeit bei 1.288 Euro. Ob das viel, angemessen oder wenig war, konnte Florian nicht beurteilen, da er kein Boxfan war. Schon gar keiner aus Nordrhein-Westfalen.

Was den Wert eines Diamanten, also eines Edelsteines, betraf, soweit es sich unzweifelhaft um einen solchen und nicht nur um die euphemistische Beschreibung eines Bergkristalls oder Zirkons handelte, so hing dieser natürlich von Größe und Reinheit des Klunkers ab.

Immerhin konnte Florian in Erfahrung bringen, dass Frank Bielevetz kurz vor seinem traurigen Ende vor etwas mehr als 15 Jahren eine gewisse Popularität unter den Freunden des Faustkampfes im Nordwesten Deutschlands gehabt hatte. Nach dem überraschenden Tod des regionalen Champions hatte ihn ›die trauernde Witwe verbrennen und als ... Diamant wiederauferstehen lassen.‹

Das war doch krank, was da geschrieben stand, fand Florian, oder es musste sich um einen Irrtum handeln. Er las die Passage ein weiteres und ein drittes Mal durch.

Schließlich musste er widerwillig zur Kenntnis nehmen, dass es anscheinend wirklich mehr Dinge zwischen ... na, Sie kennen diese Worte des alten Shakespeare sicher ohnehin.

Es gab demzufolge offensichtlich eine Möglichkeit, aus menschlicher Asche einen künstlichen Diamanten herzustellen. Hannelore Bielevetz, die knapp vier Jahre später bei einem Autounfall ums Leben gekommen war, hatte sich nach dem Tod ihres Frank zu dieser Vorgangsweise entschlossen.

Zur ›Diamantbestattung‹, wie dieses auf Florian reichlich eigenartig wirkende Prozedere offiziell bezeichnet wurde.

In den Jahren nach dem Tod der Witwe war das auf knapp ein Karat geschrumpfte Box-Idol offenbar in die

Hände einer Person gelangt, die mehr Interesse an seinem finanziellen Wert denn an sentimentalen Erinnerungen an den ehemaligen Champ hatte.

Aufgeregt wählte Florian Palinskis Handy an. Nachdem sich sein Herr und Meister gemeldet hatte, bat er ihn ohne viel Herumgerede einfach, so rasch wie möglich ins Institut zu kommen. Es gäbe etwas äußerst Dringendes zu besprechen: »Ich habe etwas sehr, sehr Interessantes im Internet entdeckt.«

Sowie der Boss zugesagt hatte, ›sehr, sehr schnell‹ zu kommen, lehnte sich Florian schwer atmend in seinem Drehstuhl zurück. Wenn man die Sache mit dem menschlichen Diamanten emotionslos durchdachte, konnte einem einiges dazu einfallen. Na gute Nacht.

Der junge Polizist, der im Gegensatz zu seinem literarisch angehauchten Chef ein eher nüchtern denkender Typ war, besaß genügend Fantasie, um im Ansatz erkennen zu können, was sich mit diesem Konzept anstellen ließ.

Plötzlich ergab auch das Verschwinden der Urnen einen Sinn und damit natürlich auch das der Leiche des Kammersängers. Ja, angesichts der sich aufdrängenden Optionen musste man sich eigentlich fragen, warum derart prominente Leichen nicht viel häufiger verschwanden?

Inzwischen war Palinski erschienen und zum Computer getreten. Er blickte Florian fragend an.

»Was gibt es denn so Dringendes, das du mir sagen musst?«, wollte er wissen.

Florian war unhöflich und antwortete mit einer Gegenfrage: »Chef, hast du mal etwas von einer Diamantbestattung gehört?«

*

Der inzwischen bereits ›Langzeit-Interims‹-Innenminister Miki Schneckenburger schnaufte hörbar durch die leicht verschnupfte Nase, während er den Telefonhörer zurück auf die Gabel bugsierte. Der Anruf eben hatte den sonst nicht leicht aus der Ruhe geratenden Bürokraten im Ministerrang doch einigermaßen irritiert. Obwohl ihn nach dem, was sich in den vergangenen Stunden abgespielt hatte, eigentlich nichts mehr wundern sollte, war es durchaus unerwartet gewesen, dass sich in dieser Angelegenheit sogar ein Regierungschef mit ihm in Verbindung gesetzt hatte.

Nicht *der*, das wäre nicht weiter ungewöhnlich, mit *dem* Chef sprach er ja ohnehin jeden Tag mindestens einmal.

Nein, zu den Interventionen, die ihn in den letzten Stunden zum Fall dieser singenden Almliesl, die am Samstag entführt worden war, erreicht hatten, gesellte sich zuletzt auch noch die des Ministerpräsidenten eines deutschen Bundeslandes.

Dem gewichtigen Mann am anderen Ende der Verbindung war der Grund seines Anrufes eher peinlich gewesen. »Ich darf mich hoffentlich auf Ihre Diskretion verlassen, lieber Herr Kollege. Und ich möchte ausdrücklich darauf hinweisen, dass dies ein privater Anruf ist, so quasi von Haus zu Haus.«

Dazu hatte der deutsche Landesfürst ein leicht belämmert wirkendes Kichern hören lassen und Schneckenburger anvertraut, dass seine Frau und deren Mutter begeisterte Fans von dieser Hildi Forderberg seien. »Und seit die junge Frau entführt worden ist, liegen mir die beiden unentwegt in den Ohren. Jammern mich an, Ihnen alle Hilfe unserer Spezialisten anzubieten, damit dieses alpine Stimmwunder so rasch wie möglich wieder freikommt.«

Er hatte eine Pause eingelegt, dann verlegen gelacht. »Sie müssen wissen, am kommenden Wochenende findet im Sauerland irgend so ein ganz wichtiger ›Großer Preis‹ statt. Und da muss diese Hildi unbedingt auftreten. Behaupten zumindest Annegret und der alte Drachen. Daher muss sie so rasch wie möglich gefunden werden.« Der Mann hatte unüberhörbar in den Hörer geschnauft. »Sonst werde ich noch verrückt.«

Schneckenburger war sich noch nie zuvor seines Ministertums so bewusst geworden wie in diesem Moment. Die Kollegen in der Regierung und vor allem der Chef behandelten ihn mit einer Art freundlicher Überheblichkeit, die häufig in Respektlosigkeit ausartete und aus der Kenntnis der besonderen Umstände seiner Bestellung resultierte. Kein Wunder, dass er sich bisher bestenfalls geduldet gefühlt hatte.

Etwa so, wie ein … na ja, einer dieser malerisch wirkenden Gondoliere in Venedig. Man saß mit ihm im selben Boot, anerkannte durchaus seine Bedeutung für das Ganze und vor allem für den Augenblick, fühlte sich ihm dennoch überlegen.

Vor allem war man sich bewusst, ihn jederzeit loszuwerden zu können, sobald man ihn nicht mehr benötigte. Vielleicht war das kein ganz treffender Vergleich, aber ein besserer fiel Schneckenburger momentan nicht ein. In einem Punkt war sich der Innenminister jedoch sicher: dass ihn diese Politiker-Gfraster in ihrer Arroganz seine relative Entbehrlichkeit immer wieder spüren ließen.

Das vertrauliche Gespräch mit dem deutschen Spitzenpolitiker, der noch dazu als eher schwieriger Zeitgenosse verschrien war, hatte Schneckenburgers Selbstbewusstsein daher sehr gutgetan.

Noch bis gestern hatte dieser Mann für ihn die gleiche Bedeutung gehabt wie zum Beispiel ... na ja, wie der Halleysche Komet. Seine Existenz war dem Minister zwar bekannt, aber das war's dann auch schon gewesen. Und jetzt das. Das Leben konnte durchaus sehr schön sein.

Diese Hildi war offenbar wirklich bekannt. Immerhin hatten ihn seit gestern Mittag Anrufe von Monikas Oma, Monika war des Ministers Frau, aus dem Büro des Bürgermeisters, der Vorsitzenden der Grünen Landjugend Kärntens, der Stiefschwester des Obmanns der Aktion ›Pensionisten gegen das Zölibat‹, der Landesgruppe Oberösterreich und einigen weiteren Anhängern dieser singenden Frau erreicht.

Ja, sogar ein Pater Michaelis aus dem bischöflichen Ordinariat in Bozen war darunter gewesen und hatte sich Sorgen um die Interpretin von ›Hoamweh nochm Rosngartl‹ gemacht, jenes volkstümlichen Hits, der angeblich die letzten sieben Wochen lang die Musik-Charts in Südtirol beherrscht hatte.

Dieses breite Spektrum an Fans hatte den Minister schnell in seinem zunächst nur vagen Vorhaben bestärkt, dem Bundeskriminalamt die Einrichtung einer Sonderkommission nahezulegen. Spätestens nach der Intervention aus dem benachbarten Ausland stand für Schneckenburger fest, dass, wie hieß die Gute gleich, ach ja, Hildi Wieauchimmer so rasch wie möglich gefunden werden musste und er alles in seiner Macht Stehende dazu beitragen wollte.

Entschlossen griff er zum Telefon und ließ sich mit dem Bundeskriminalamt verbinden.

*

Palinski hatte nicht auf Anhieb mitbekommen, was ihm Florian mit seinem umfangreichen Vorbringen zum Thema Diamantbestattung eigentlich sagen wollte. Kaum hatte er das Büro betreten, als ihn sein Assistent schon mit einer Fülle von Informationen bombardierte, die alle eines gemein hatten. Nämlich dass Palinski sie zunächst nicht glauben konnte oder wollte. Wahrscheinlich beides.

Erst als ihm Florian ehrenwörtlich versichert hatte, dass es sich bei der Möglichkeit, aus der Asche eines oder einer Toten einen Diamanten wachsen zu lassen, um keinen verfrühten Aprilscherz, sondern ein ernst zu nehmendes Alternativoffert der Beerdigungsbranche zur herkömmlichen Urnenbestattung handelte, war er richtig neugierig geworden.

»Bitte eines nach dem anderen«, beruhigte er den aufgeregt plappernden Florian. »Erkläre mir das Ganze noch einmal. Und schön langsam, die Version für schwer Begriffsstutzige, o. k.?«

Mit einem Schlag beruhigte sich der junge Polizist. »Entschuldige«, meinte er nach einer kurzen Schweigephase, »aber die Geschichte hat mich so gepackt, dass ...«

»Ist ja gut«, Palinski winkte ab. »Du brauchst dich nicht zu entschuldigen.« Er legte dem jungen Kollegen begütigend die Hand auf die Schulter. »So, und jetzt möchte ich endlich erfahren, was da eigentlich los ist.«

Florian atmete zweimal tief durch und begann danach langsam, fast wie zum Mitschreiben, zu dozieren. »Ein Diamant besteht zu 100 Prozent aus Kohlenstoff. Klar?«

Offenbar wartete er auf irgendeine Art Zustimmung Palinskis, da er erst fortfuhr, nachdem sein Chef ein kurzes Kopfnicken angedeutet hatte.

»Die Asche eines Kremierten hat einen Anteil von rund 30 Prozent Kohlenstoff, aus dem sich auf synthetischem Weg ein Diamant herstellen lässt, der als Urnenersatz dienen oder zu einem Schmuckstück verarbeitet werden kann. Klar?«

Wie es schien, hielt ihn der hoffnungsvolle Jüngling für einen Idioten, sonst würde er wohl nicht dauernd dieses enervierende ›Klar?‹ von sich geben, ärgerte sich Palinski. Dennoch deutete er erneut mit einem knappen Nicken Verständnis an.

»Soweit ich dem Internet entnehmen konnte«, fuhr sein Adlatus fort, »gibt es mehrere Verfahren, die ein wenig voneinander abweichen. Die Amerikaner haben's erfunden, die Russen nachgemacht und die Schweizer und Deutschen irgendwie weiterentwickelt. Gemeinsame Grundlage aller Verfahren ist, dass sich das hexagonale Grafit der Kremationsasche bei sehr hohem Druck, etwa 50.000 bis 60.000 Bar, und einer Temperatur von 1.500 bis 1.700 Grad Celsius in die kubische Diamantenstruktur umwandelt.«

Palinski war vom Fachwissen Florians überwältigt und wollte eben fragen, woher ... als ihn das etwas verspätete ›Klar?‹ wie ein Keulenschlag traf.

»Jetzt ist aber genug«, fuhr er seinen Assistenten an, »wenn du nicht mit diesem blöden ›Klar?‹ aufhörst, sind wir geschiedene Leute. Ich bin doch nicht deppert. Schwer von Begriff vielleicht, manchmal, aber deppert nicht.«

»Entschuldige, Mario.« Florian schien echt erschrocken zu sein. »Das war nicht meine Absicht. Klar?«

Plötzlich mussten beide herzlich lachen und das wirkte ungemein befreiend.

»Woher weißt du das alles?«, wollte Palinski wissen. »Nur für den Fall, dass ich selbst einmal nachforschen möchte.«

»Die Quellen sind vor allem aus Wikipedia und die technischen Beschreibungen von den verschiedenen Anbietern, die man über die Suchmaschinen finden kann.«

»Und das funktioniert?«, so leicht war der Chef des Instituts für Krimiliteranalogie nicht zu überzeugen. »Gibt es irgendwelche Belege dafür?«

»Abgesehen davon, dass unter anderem auch das größte Bestattungsunternehmen in Wien die Diamantbestattung anbietet, wird dich vielleicht das hier überzeugen.«

Während er sprach, war Florian auf die Seite eines großen Internetversteigerungshauses gegangen und suchte nach der ›Einmaligen Rarität für den Fan des Boxsportes‹, über die er früher am Tage durch Zufall gestolpert war.

»Hier«, er deutete auf eine bestimmte Stelle am Monitor, »der Frank-Bielevetz-Diamant.« Das ›Schnäppchen‹ war inzwischen bei 1.412 Euro angelangt. Noch immer nicht gerade das Gelbe vom Ei. »Wenn das kein Beweis ist«, meinte Florian.

»Das ist ja ein Wahnsinn«, stöhnte Palinski auf, nachdem er sich selbst überzeugt hatte. »Das eröffnet einen völlig neuen Markt. Wenn man wirklich Diamanten aus der Asche seiner Lieben machen kann, wird wahrscheinlich der Markt für in der Natur gefundene Steine bald zusammenbrechen.«

»Das eher nicht«, widersprach Florian und klang dabei leicht keck. Ja, fast ein wenig überheblich. Ganz so wie jemand, der es besser wusste, weil er noch ein Ass im Ärmel hatte.

»Die Herstellung synthetischer Diamanten kostet wesentlich mehr als ein vergleichbares Stück aus der freien Wildbahn. Die Kosten liegen irgendwo zwischen 4.000 und 15.000 Euro.« Er schüttelte den Kopf. »Also die Gefahr sehe ich nicht. Noch dazu kann man angeblich feststellen, ob es sich um einen synthetischen Stein handelt oder nicht. Zumindest im Labor.«

»Da wird der derzeitige Besitzer des Frank-Bielevetz-Diamanten voraussichtlich kein tolles Geschäft machen«, schlussfolgerte Palinski. »Tja, wenn es sich um einen echten ›Rocky Balboa‹ handelte, oder es gäbe für die Opernfreunde einen ›Toscanini-Diamant‹, würde die Kasse mit Sicherheit wesentlich mehr klingeln.«

Während sich die verbale Ausformung dieses spontanen Gedankens noch über seine Lefzen quälte, blickte Palinski Florian wie elektrisiert an.

Genau das war's, das musste es sein. Das war die Antwort auf die Frage, warum die Leiche Konstantin Boreskovs entführt, nein, geraubt worden war.

»Jjja, that's it«, Florian grinste ihn triumphierend an, stolz darauf, dass Palinski die gleichen Schlussfolgerungen gezogen hatte, zu welchen er längst zuvor gelangt war.

Das plötzlich einsetzende Didelidei, Didelidum von Palinskis Handy unterbrach die befriedigende Stille. Am Rohr war Miki Schneckenburger. Der Herr Minister wünschte seinen Freund Mario dringend zu sprechen. Persönlich.

*

Wilma hatte die Halle des InterContinentals betreten und sah sich suchend um. Oliver Beckmann, der Journalist, der ein Interview mit ihr machen wollte, hatte bei ihrem gestrigen Telefonat das riesige Hotel am Stadtpark als Treffpunkt vorgeschlagen. Exakt um 17 Uhr.

Heute, kurz nach 15 Uhr, hatte er sich nochmals bei ihr gemeldet.

»Ich bin nach wie vor in Krems. Es kann sein, dass ich mich ein wenig verspäten werde«, hatte er befürchtet und sich vorsichtshalber entschuldigt. »Nehmen Sie doch bitte inzwischen Platz an der Bar, gnädige Frau. Ich werde mein Bestes geben, um so schnell wie möglich bei Ihnen zu sein.«

Wilma war ziemlich angetan von dem überaus kultiviert wirkenden jungen Mann, der auf eine angenehme Art und Weise ein wenig konservativ wirkte.

Der Journalist, der, na mindestens, zehn Jahre jünger war als sie, hatte ihr durch sein höfliches und dennoch bestimmtes Auftreten den Eindruck vermittelt, von kultivierter Lebensart zu sein. Dazu kam, dass der Mann extrem gut aussah und einen ausgesprochen gepflegten Eindruck machte. Nicht wie ihr Mario mit seinem chronisch schlampigen Äußeren: ein unfrisierter Schopf, der meistens struppig wirkende Bart, die sich über seinem immer fetter werdenden Äquator spannenden Leiberln und der schmuddelige Pullover mit der Speisekarte einer ganzen Woche vorne drauf. Bbbrrrr.

Mit einem Wort, einfach ungepflegt. Himmel, wie sie sich manchmal für ihn genierte. Jawohl, genierte.

Sie hatte zwar immer wieder versucht, ihn mit guten Worten dazu zu bewegen, mehr auf sich zu achten. Bemühungen dieser Art waren freilich regelmäßig wirkungslos an seiner ›Ich bin nun einmal, wie ich bin‹-Mentalität abgeprallt.

Aber auch ihre als Notwehr angesehenen Versuche, ihn durch Beschlagnahme seiner bei aller Toleranz wirklich nicht mehr akzeptablen Kleidungsstücke zu lenken, waren fehlgeschlagen. Mario hatte vor allem seine Lieblingspullis abends einfach versteckt, um am nächsten Morgen mit Frühstückseiflecken vorne drauf und einem Ausdruck boshaften Stolzes im Gesicht damit herumzustolzieren.

Und wenn er ihr wieder einmal unter den Händen weggeschlummert war wie gestern Nacht, hätte sie ihn am liebsten beim Frühstück erwürgt. Wie heute Morgen.

Wilma ertappte sich dabei, wie sie, zunächst wohl unbewusst, diesen Oliver Beckmann mit Mario verglich.

Es war leicht, sich vorzustellen, zu wessen Gunsten dieser Vergleich ganz deutlich ausging. Natürlich nur vordergründig, rein äußerlich, wie Wilma sofort ein wenig schuldbewusst einschränkte. Denn was vor allem zählte, waren ja wohl …

Komisch, Mario war nie auf Äußerlichkeiten fixiert gewesen. Sie erinnerte sich noch gut, wie er ihr vor – sie konnte sich beim besten Willen nicht mehr an das Jahr erinnern –, also, wie er ihr schon vor langer Zeit erklärt hatte, dass »wer nicht mit der Mode geht, auch nicht unmodern werden kann.«

Das leuchtete ein und war ganz gut und schön. Aber zwischen Modediktat und den Lederflecken auf den Sakkoärmeln, seinen ausgebeulten Schnürlsamthosen oder den Jeans mit eingeplanter Sollrissnaht musste es doch noch etwas anderes geben.

Manchmal kam es vor, dass sie ob Marios nonchalantem Umgang mit Dingen, die ihr wichtig waren, und dazu gehörte eben unter anderem ein adrettes Äußeres, verzweifelte und stinksauer auf ihn wurde. Vor allem deshalb, weil er sie mit seinem Verhalten angreifbar machte. Ihre Fantasie anregte, sich Dinge und Situationen vorzustellen, die sie in diesen Momenten genoss. Für die sie sich danach anfänglich sehr geniert hatte und das auch heute noch ein wenig tat.

Heute, hier, in dieser Hotelhalle auf einen attraktiven Mann zu warten, war so ein Moment. Und sie empfand das leichte Prickeln, das sich zunehmend in ihr ausbreitete, als durchaus anregend.

Was wohl Mario …? Ach verdammt, sie musste endlich aufhören, alles aus seiner Perspektive zu betrachten. Sie musste zur Abwechslung einmal an sich selbst denken.

*

Maja und Jan, Palinskis neue Freunde aus dem ersten Stock, saßen mit einigen Kommilitonen in einem Beisel in der Nähe der Universität. Um bei der Wahrheit zu bleiben, es waren vor allem seine Studienkollegen, die sich hier eingefunden hatten.

Maja, die zunächst ebenfalls Medizin inskribiert hatte, aus purer Liebe, denn sie war wohl der Meinung, keine Sekunde des Tages ohne ihren Jan sein zu können, hatte rasch erkannt, dass sie sich in ihrem erlernten Beruf als Kindergärtnerin wesentlich wohler fühlte. Und das trotz der bis zu sechs Stunden am Tag, die sie ihr Herzibinki nunmehr nicht zu Gesicht bekam.

Im Augenblick konzentrierte sich das Interesse der jungen Frau fast ausschließlich auf einen an einem Nebentisch sitzenden, etwa 50-jährigen Mann, der dem Vater einer ihrer guten Freundinnen aus den Kindestagen in

Werfenweng zum Verwechseln ähnlich sah. Als sie ihn vor einigen Minuten das erste Mal gesehen hatte, wollte sie ihm ganz spontan ›Ja hallo, Herr Rosner, wie geht es denn der Kathi?‹ zurufen. Gerade rechtzeitig hatte sie jedoch erkannt, dass diesem Rosner im Gegensatz zum echten eine etwa drei Zentimeter lange Narbe auf der Stirn über dem linken Auge, Erinnerung an eine juvenile Wirtshausrauferei, demzufolge ein unveränderliches Merkmal fehlte.

Trotzdem, diese Ähnlichkeit war gespenstisch, obwohl Maja inzwischen noch ein, zwei weitere Unterschiede entdeckt hatte. Gerade wollte sie Jan auf den Doppelgänger aufmerksam machen, natürlich ganz dezent, als ein anderer Mann vor dem Tisch des falschen Rosners stehenblieb.

Der fixierte den vielleicht 35-jährigen Ankömmling und meinte: »Sie müssen Baborek sein.«

Worauf dieser kurz nickte. »Dann sind Sie wohl Mario Palinski«, erwiderte er und nahm auf dem freien Sessel Platz.

Maja fand das richtig aufregend.

Da gab es doch tatsächlich einen Mann, der genau so aussah wie Kathis Vater und exakt so hieß wie der nette Herr aus dem Krimiliteralinstitut bei ihnen im Hause. Oder wie das Zeugs hieß. Das musste sie Herrn Palinski, also dem anderen Herrn Palinski, bei Gelegenheit unbedingt erzählen. Wenn sie ihn richtig einschätzte, würde der das sicher unheimlich lustig finden.

Maja wandte sich wieder der Runde an ihrem Tisch zu. Als einzige Nichtstudierende fühlte sie sich bei der laufenden Diskussion über die letzten Schnittmuster in Pathologie und den bevorstehenden Test in anorganischer Chemie irgendwie ausgeschlossen. Was man aus Liebe nicht alles über sich ergehen ließ.

Möglichst unauffällig richtete Maja aus diesem Grund ihr Interesse wieder auf den Nebentisch. Wo Palinski 2 eben den Inhalt einer kleinen, dennoch irgendwie protzig wirkenden Schachtel prüfte, die ihm sein Gegenüber zugeschoben hatte.

»Gut«, entgegnete der Rosner-Klon, »ein wunderschönes Stück. Was soll es kosten?«

»Es ist nicht ganz billig«, räumte Baborek ein. »Aber mit«, er senkte seine Stimme etwas, sodass Maja Schwierigkeiten hatte, 3.500 zu verstehen, »auf jeden Fall eine echte Okkasion.«

Man musste gar nicht so neugierig sein oder so eine ausgeprägte Fantasie haben wie die junge Salzburgerin, um von der sich am Nebentisch abspielenden Szene zu wilden Spekulationen angeregt zu werden. Was war es, was sich da vor ihren Augen abspielte? Schmuggelware, die gerade ihren Besitzer wechselte, Konterbande, Hehlerei?

Palinski 2 zögerte kurz, dann nickte er. »Gut, ich gebe Ihnen jetzt 1.500 als Anzahlung, die restlichen 2.000 holen Sie sich morgen bei mir im Büro ab.« Er kramte eine Visitkarte aus seiner Jackentasche und reichte sie Baborek. »Das gute Stück hier nehme ich gleich an mich, da ich es heute Abend benötige.«

Er merkte, wie sein Gegenüber die Augenbrauen runzelte. Deshalb setzte er ihm ein wenig das Messer an.

»Sie können mein Angebot annehmen oder es bleiben lassen. Verhandelt wird nicht.«

Maja konnte erkennen, dass Baborek zwar Zweifel, allerdings auch großes Interesse daran hatte, den Deal umgehend abzuschließen. Nach einer kurzen Überle-

117

gungspause nickte er zustimmend mit dem Kopf und blickte auf die in seiner Hand befindliche Karte.

»Döblinger Hauptstraße 15 A«, las er vor. »Nicht gerade *das* Döblinger Nobelviertel, aber immerhin eine recht gute Adresse. Also gut, ich bin morgen um 10 Uhr bei Ihnen. Nicht fünf Minuten früher oder später, sondern exakt um 10 Uhr. Dann will ich das restliche Geld, ist das klar? Sonst …«

Maja hatte nicht mehr mitbekommen, welche Alternativen Baborek Palinski 2 anzubieten hatte. Sofort nach Nennung der Adresse war es ihr eiskalt über den Rücken gehuscht. Immer exakt an der Wirbelsäule entlang, dort, wo der Reiz am intensivsten ist.

»Jan, Jan, da läuft irgendetwas völlig …«, doch es war sinnlos. Ihr Freund war so in die ihr nach wie vor völlig fremde Welt seines Studiums eingetaucht, dass er sie nur verständnislos ansah und ihr so zu verstehen gab, ihn biiiitte nicht zu stören. Also wirklich.

Abwesend drückte er ihr einen Kuss auf die Stirn und meinte wohl, damit das Universalmittel zur Ruhigstellung lästiger Freundinnen gefunden zu haben.

Männer, grollte Maja innerlich. Immer große Helden, wenn man keine brauchte und immer völlig daneben, wenn es einmal darauf ankam. Von diesem Musterexemplar neben ihr war im Moment keine Hilfe zu erwarten.

Wenn sie bloß die Handynummer von ihrem Palinski gekannt hätte. Sie erinnerte sich, in seinem Büro einen Festnetzanschluss gesehen zu haben. Na bitte, vielleicht hatte sie Glück und Mario der Erste saß noch an seinem Schreibtisch. Oder sollte sie gleich die Polizei alarmieren?

Egal, irgendetwas stimmte nicht. Stank gewaltig gegen den Himmel. Daher musste etwas geschehen. Dringend.

Sie löste sich aus Jans besitzergreifender Umarmung und stand auf, um ein Telefonbuch suchen zu gehen.

*

Palinski hatte seinen alten Freund Schneckenburger bereits einige Male in seinem Büro aufgesucht. Bei seinem heutigen Besuch machte er eine völlig neue Erfahrung. Kurz nach dem Eintreten in den riesigen Raum schoss es ihm durch den Kopf, dass der ›Ministerialrat auf Abwegen‹, wie er Miki insgeheim nannte, das erste Mal wie ein richtiger Minister und nicht wie ein verängstigter Bürokrat wirkte.

»Mannomann, du machst dich«, anerkannte er spontan und umarmte den Freund herzlich. »Oder darf ich das nicht mehr?«, erkundigte er sich nur zum Teil scherzhaft.

»Du darfst alles«, erwiderte der Interims-Innenminister lachend, »sofern keine dritte Person im Raum anwesend ist. Im Prinzip wär's mir auch dann egal, aber besser nicht. Wer weiß, ob die das nicht vielleicht missverstehen würden.«

Da der Diener des Staates in einer Stunde mit seinem Kollegen aus Finnland eine protokollarische Verabredung zum Abendessen hatte, eine »schrecklich offizielle Geschichte, kann ich dir verraten«, kam Schneckenburger folglich rasch zur Sache.

»Die Entführung dieser … Grittli Fodenburg, nein …«, er warf kurz einen Blick auf die vor ihm liegenden Notizen, »Hildi Forderberg hat sich, abgesehen von den polizeilichen und den Sicherheitsaspekten, zu einer langsam auch politisch höchst brisanten Angelegenheit ausgewachsen«, berichtete er und informierte Palinski über die zahlreichen Interventionen. Zu denen in der Zwischenzeit noch zwei Kollegen aus der eigenen, mit der Weiterführung der Geschäfte beauftragten provisorischen Regierung gekommen waren.

»Wir müssen da rasch zu einem Fahndungserfolg kommen«, schärfte er Palinski ein, denn »in ein paar Tagen steigt so ein Grand Prix und da muss das Mädel unbedingt dabei sein. Sagt zumindest die Schwiegermutter vom deutschen Ministerpräsidenten. Der arme Kollege ist völlig mit den Nerven fertig.«

»Gut und schön«, wunderte sich Palinski, der von dem Fall schon gehört hatte. »Aber was kann ich dazu beitragen?«

»Ach ja«, der Minister lachte auf, »das ist ja das Wichtigste. Ich habe den Auftrag gegeben, eine Sonderkommission zur Auffindung der jungen Frau zu bilden. Bis Chefinspektor Wallner von seiner Auslandsreise zurückgekehrt ist«, er vergewisserte sich wieder der Notizen auf seinem Block, »das wird voraussichtlich Mittwoch Abend sein. Hauptmann Bachmayer wird die SOKO leiten. Und dich, lieber Freund«, jetzt kam er ins Spiel, das spürte Palinski, »möchte ich als meinen ständigen Vertreter darin sehen.« Er blickte Mario ernst an. »Den Gefallen wirst du mir doch nicht ausschlagen, oder? Dein Beraterhonorar wird für diese Zeit natürlich verdoppelt.«

»Mindestens für die Dauer eines Monats«, entgegnete Palinski. »Denn wenn wir die junge Frau morgen gefunden haben, hieße das 40 Euro extra.« Er verdrehte scherzhaft die Augen.

»Das geht in Ordnung, alter Raubritter«, stimmte Schneckenburger zu und schlug in die angebotene Hand ein. »Vor allem, weil ich ganz genau weiß, dass du auch ohne Honorar mitgemacht hättest.«

Inzwischen war einer von Schneckenburgers guten Geistern fast lautlos ins Zimmer gekommen und hatte den kleinen Fernsehapparat angedreht, der sich in der Ecke hinter dem Schreibtisch befand.

»Dr. Wiesmeyer«, das war der Kabinettchef des Ministers, so viel wusste Palinski bereits, »hat angerufen und empfiehlt dringend, sich die aktuellen Nachrichten anzusehen.«

Fast folgsam nahm Schneckenburger wieder Platz und forderte Palinski auf, sich ebenfalls zu setzen.

Zweifellos hatte Wiesmeyer das in Kürze beginnende Interview mit dem Bundespräsidenten gemeint. Der Kabinettchef musste wegen einer hartnäckigen Grippe seit einigen Tagen das Bett hüten, jedoch ließ er es sich nicht nehmen, auch von zu Hause aus seine Unentbehrlichkeit unter Beweis zu stellen.

Ein Interview, das auf Wunsch des Staatsoberhauptes geführt wurde. Eine höchst seltene, wenn nicht überhaupt einmalige Vorgangsweise, die zweifellos durch die aktuelle politische Situation bedingt war. Eine Situation, die wohl ebenso einmalig in der Geschichte des Landes war, wie in diesem Moment der Anchorman des TVA, Bertram Novelsky, erläuterte.

Die Wahlen zum Nationalrat vor mehr als einem halben Jahr hatten zur allgemein größten Überraschung mit einem hauchdünnen Sieg der linken der beiden Kräfte

der Mitte geendet. Der von diesem Erfolg völlig überraschte Führer dieser und sein total frustrierter Kollege
von der anderen Partei, der bisherige und nur mehr provisorische Bundeskanzler, waren durch das Wahlergeb-
nis quasi dazu verdammt, in Zukunft eine Regierungs-
koalition einzugehen.

Diese Koalition wollte der mit einem Plus von 0,2 Prozent der abgegebenen Stimmen und dem Regierungs-
bildungsauftrag ausgestattete Leader der einen Partei
um jeden Preis erreichen, sein Gesprächspartner auf der
anderen Seite des Verhandlungstisches dagegen allem
Anschein nach verhindern oder zumindest so lange wie
nur möglich hinauszögern. Ein aus seiner Sicht verständ-
licher Wunsch, war er doch einige Zeit selbst Regierungschef gewesen. Zwar nur provisorisch, aber immer noch
besser als gar nicht. Beim Treffen der Regierungschefs
in Brüssel oder dem Staatsbesuch in Australien (Leader
of country without kangaroos meets leader of country
with) fragte kein Mensch danach.

Doch nun schien dem mit einer wahren Engelsgeduld
ausgestatteten Präsidenten der Republik endlich der Hut
hochgegangen zu sein.

»Falls die beiden Parteien bis Donnerstag Mittag zu
keiner tragfähigen Vereinbarung kommen«, kündigte er
mit leicht grollender Stimme an, »werde ich meine verfas-
sungsmäßig eingeräumten Kompetenzen voll ausschöp-
fen und sicherstellen, dass unser Staat spätestens innerhalb einer weiteren Woche eine funktionsfähige Regierung haben wird. Der gegenwärtige Zustand ist nicht
länger tragbar.«

Schlagartig machten sich leichte Turbulenzen im ganzen Lande bemerkbar, die zweifellos auf die in allen Nach-

richtenredaktionen Österreichs, aber auch in Europa und der restlichen Welt rotierenden Chefs und Mitarbeiter zurückzuführen waren.

Das war nicht nur ein Schuss vor den Bug sich ihrer Verantwortung offenbar nicht mehr bewusster Politiker gewesen, sondern eine ganze Breitseite. Mit einem Wort, eine Sensation, die erstklassige Schlagzeilen für mindestens eine weitere Woche versprach.

Das wirklich bemühte, zum Teil richtig listenreiche Nachfassen des erfahrenen Interviewers blieb allerdings beim ersten Mann im Staate, einem äußerst erfahrenen Politiker, völlig erfolglos. Auf die wiederholte Anfrage, mit welchen konkreten Maßnahmen gegebenenfalls zu rechnen war, teilte der Bundespräsident nur mit, dass man zur Beantwortung dieser Frage lediglich in der Bundesverfassung nachlesen müsste. Und damit basta, finito.

Diese finalen Worte sagte UHBP[*] nicht laut. Dennoch waren sie unüberhörbar.

»Irgendwie schade«, meinte Schneckenburger und drehte das Fernsehgerät wieder ab. »Gerade hat das Ministeramt begonnen, mir Spaß zu machen. Doch mit der Reaktion war zu rechnen. Also ich anstelle Dr. Schiefers hätte nicht so lange zugesehen, wie unsere beiden Chefkapazunder[**] das ganze Land pflanzen. Mich wundert …«

Das lästige Signal des Telefons auf dem ministeriellen Schreibtisch unterbrach Schneckenburgers Rede und führte dazu, dass die Frage, was ihn wunderte, bis auf Weiteres offenblieb.

---

[*] UHBP = gebr. inoff. Abkürzung für ›Unser Herr Bundespräsident‹
[**] Kapazität, besonders fähiger Mensch, hier: die beiden Parteichefs

»Gut«, versicherte der Minister dem Anrufer, »ich schicke Ihnen Herrn Palinski unverzüglich hinüber. Er wird mich persönlich vertreten und ist mit allen entsprechenden Vollmachten ausgestattet. Vergessen Sie nicht, die Angelegenheit hat höchste Priorität. Guten Abend.«

Er legte auf und wandte sich wieder an seinen Besucher. »Das war Hauptmann Bachmayer, er erwartet dich im Bundeskriminalamt zur ersten Sitzung der SOKO. Chefinspektor Wallner ist ebenfalls bereits informiert und wird früher als vorgesehen nach Wien zurückkehren. Er schätzt, dass er es bis morgen Nachmittag schaffen wird.« Schneckenburger machte eine entschuldigende Geste. »Ich hoffe, du hast nichts Wichtiges vor heute Abend und nimmst mir nicht übel, dass ich so einfach über deine Zeit verfüge.« Er wartete Palinskis Reaktion nicht ab, sondern blickte auf seine Uhr. »So, und jetzt muss ich los. Ich darf den Kollegen aus Finnland nicht zu lange warten lassen. Sonst ist der ganze Wodka weg.« Er lachte und das beinahe so präpotent wie seinerzeit Dr. Fuscheé.

Man konnte sagen, was man wollte, sein alter Freund Miki machte sich. Aus dem würde noch ein richtiger Minister werden. Da war sich Palinski fast sicher.

*

Das Interview war nach Wilmas Einschätzung gut gelaufen, wenngleich sie fand, dass Oliver sich ein wenig zu viel für ihr Privatleben und etwas zu wenig für ihr öffentliches Wirken interessiert hatte. Der junge Journalist hatte sie gebeten, ihn doch mit seinem Vornamen anzusprechen, und sie hatte ihm in der Folge das gleiche Privileg eingeräumt.

Inzwischen war es fast 8 Uhr abends geworden und Wilma fand, dass es langsam höchste Zeit wurde, nach Hause zu gehen. Sie wollte auf jeden Fall da sein, wenn Mario nach Hause kam. Um für ihn da zu sein, falls er Hilfe brauchte.

»Wilma, darf ich Ihnen vielleicht noch etwas bestellen?«, erkundigte sich Oliver eben und grinste sie mit seinem überwältigenden Lausbubenlächeln an, das im Laufe dieses Treffens bereits des Öfteren in ihrem Magen ganze Schmetterlingskolonien in Aufruhr versetzt hatte.

Na, einen letzten Drink konnte sie sich wohl noch genehmigen, um dieses wirklich nette ... Gespräch mit Oliver nicht zu abrupt zu beenden.

»In Ordnung«, meinte sie daher, »ich hätte gerne einen Negroni. Das ist ...«

Sie kam nicht dazu, die Zusammensetzung des Getränks zu erklären, denn der Journalist war ihr sofort ins Wort gefallen.

»Selbstverständlich, ein Negroni, früher als Camparinete bezeichnet. Besteht aus Campari, rotem Martini und Gin. Eine exzellente Wahl, Wilma«, musste er anerkennen.

Wilma war fasziniert, endlich einmal jemand, der ihren Lieblingsdrink kannte. Da konnte sich Mario ein Beispiel nehmen, der hatte sich das bis heute nicht gemerkt. Ein warmes, äußerst angenehmes Gefühl stieg in ihr hoch, nicht zum ersten Mal an diesem Tag übrigens.

»Wann wird denn das Interview erscheinen?« Verlegen versuchte sie, von ihrer hoffentlich nicht allzu offensichtlichen Sympathie für den jungen Journalisten abzulenken.

»Das steht noch nicht ganz fest«, erklärte ihr Oliver, »entweder in der kommenden Wochenendausgabe oder in der darauffolgenden. Übrigens, würden Sie mir die Ehre geben und mit mir zu Abend essen?«

Wilma hatte das spontane ›Ja, gerne‹ fast schon auf den Lippen, als sie sich gerade noch rechtzeitig Marios erinnerte und damit der daraus resultierenden Notwendigkeit, in den nächsten … 15, 20 Minuten endlich zu gehen.

»Das ist sehr freundlich und verlockend«, ihr war ganz heiß geworden und sie hoffte bloß, dass sie keinen roten Kopf bekommen hatte, »aber leider werde ich zu Hause erwartet. Ein andermal, sehr gerne.«

»Ach, wie schade.« Beckmann schien ihre Absage wahrhaftig leidzutun, wie Wilma mit Befriedigung feststellte. »Na, dann vielleicht …«

Wieder einmal und gewiss nicht zum ersten Mal an diesem Tag unterbrach das polyfone Gequengel eines Handys ein Gespräch. Diesmal das von Wilma, wie sich rasch herausstellte.

»Stell dir vor, Schatz«, brüllte ihr Palinski ins Ohr, »Miki hat mich zu seinem Vertreter in der ›SOKO Hildi Forderberg‹ bestimmt. Und doppelte Gage gibt es obendrein!« Im Gegensatz zu ihr war Wilmas Partner hellauf begeistert. »Jetzt muss ich ins Bundeskriminalamt. Warte nicht auf mich, es kann spät werden. Bussi, Tschüssi und Baba.«

Manchmal sprach Mario wirklich so idiotisch wie die seltsamen Subjekte, mit denen er ab und zu zu tun hatte, fand Wilma. Sie war richtig sauer über die Art, wie er ihr diese Information übermittelt hatte. Völlig unsensibel und ohne auch nur im Geringsten auf sie einzugehen. Der Zorn wollte ihr sogar Tränen in die Augen schicken, als ihr plötzlich etwas bewusst wurde und sie sich sofort viel besser fühlte.

Gut, wenn Mario es so wollte, heute konnte sie ganz gut mithalten beim Keine-Rücksicht-Nehmen. Wild entschlossen nahm sie einen ersten Schluck vom inzwischen servierten Negroni.

»Sagen Sie, Oliver«, säuselte sie plötzlich spitzbübisch lächelnd, »gilt Ihre Einladung zum Abendessen eigentlich noch?«

*

Florian Nowotny war erst eine halbe Stunde vor Mitternacht nach Hause gekommen. Er war im Kino gewesen, bei einer Retrospektive klassischer Kriminal- und Gerichtsfilme und hatte sich ›Zeugin der Anklage‹ angesehen. Die Verfilmung mit Marlene Dietrich, Charles Laughton und Billy Wilder als Regisseur, für ihn einer der besten Filme, die je gedreht worden waren.

Zu Hause, für den jungen Polizisten in Karenz war das in Wien das Institut für Krimiliteranalogie in der Döblinger Hauptstraße, wo ihm sein Chef Mario Palinski ein schönes Zimmer zur Verfügung gestellt hatte.

Wie immer vor dem Schlafengehen checkte Florian noch einmal alle eingegangenen Informationen, nach Wichtigkeit und Dringlichkeit und so. In den meisten Fällen war das zu dieser Tageszeit allerdings eine reine Fleißaufgabe.

Auch heute war nichts wirklich Wichtiges dabei und erst recht nichts, das nicht bis morgen aufgeschoben werden könnte.

Mit einer Ausnahme, die es jedoch in sich hatte. Wie elektrisiert spulte Florian den Anrufbeantworter zurück, um die Nachricht dieser Maja Angeli erneut anzuhören.

Na endlich, eine erste Spur zu diesem unseligen Menschen, der in Marios Namen so viel Unfug anrichtete. Morgen um 10 Uhr würde jemand kommen, um 2.000 Euro abzuholen. Nun, der gute Mann konnte ihnen sicher beim Aufspüren des falschen Palinski hilfreich sein. Was das Geld betraf, würde es allerdings eine herbe Enttäuschung setzen.

23.58 Uhr, im Augenblick war es etwas zu spät, um irgendwelche Anrufe zu tätigen und Vorbereitungen zu treffen. Dazu war am nächsten Morgen genug Zeit.

Ja, eines durfte er nicht vergessen. Er würde diese Maja, die, wenn er das richtig verstanden hatte, hier im Hause wohnte, um ein Foto des Vaters ihrer Freundin Kathi bitten. Falls die Ähnlichkeit wirklich so groß war, konnte sich ein solches als sehr hilfreich erweisen.

5.

Dienstag, 9. März, vormittags

Hildi Forderberg war aufgewacht und völlig desorientiert. Sie erinnerte sich dunkel, irgendwann irgendwo an einem Sandstrand angekettet gewesen zu sein. Bei angenehmen Temperaturen unter den wärmenden Strahlen der Sonne.

Jetzt war ihr kalt trotz der Decke, die sie bedeckte und nach Schweiß, Moder und mangelnder Hygiene roch. Angewidert rümpfte sie die Nase und wollte sich gerade von dem stinkenden Kotzen* befreien. Da bemerkte sie erst, dass sie nackt darunter war. Dafür nicht mehr gefesselt. Nein, das war nicht richtig, sie war vorher angekettet gewesen. Sie wusste ganz genau, dass sie an einem Strand angekettet gewesen war. Sie erinnerte sich wieder an den Unfall und die beiden netten Sanitäter. Und an den warmen Tag im Sand am Meer.

Wie lange war sie eigentlich schon in dieser unwürdigen Lage? Wie viele Stunden oder Tage waren seit dem Unfall vergangen?

Eigenartigerweise verspürte sie keinerlei Angst, hatte jedoch jegliches Gefühl für die Zeit verloren. Die Uhr hatte man ihr wahrscheinlich bei der Einlieferung ins Krankenhaus abgenommen. Obwohl: Das, wo sie sich derzeit befand, war alles, nur mit Sicherheit kein Krankenhaus.

Was hatte ihre Nacktheit zu bedeuten? War sie vielleicht gar operiert worden? Aber nein, das konnte nicht sein, sie befand sich doch schließlich in keinem Krankenhaus.

---
* grober Wollstoff, hier: Wolldecke

Ein schrecklicher Gedanke durchzuckte sie, ließ sie in plötzliche Panik verfallen. Konnte es sein, dass … Vorsichtig tastete sie sich am ganzen Körper ab, suchte nach Verletzungen, nach erkennbaren Zeichen einer möglichen Vergewaltigung.

Hildi – eigentlich hieß sie Susanne Hildegard, und wieso sie unter diesem idiotischen Hildi so berühmt geworden war, hatte sie bis heute nicht verstanden – wusste allerdings nicht, nach welchen Zeichen für Gewalt sie suchen musste.

Rein äußerlich schien ihr nichts zu fehlen. Vorsichtig ertastete sie auf dem Rücken ihrer linken Hand die kleine Schnittwunde, die sie sich kurz vor dem Verlassen ihrer Wohnung beim Brotschneiden zugefügt hatte. Die Verschorfung der Wunde fühlte sich noch relativ frisch an, war nicht mehr als ein, höchstens zwei Tage alt.

Instinktiv fuhr sie sich als Nächstes in die Haare. Am Morgen vor dem Unfall hatte ihr ihre Freundin Sigrid die Haare gemacht und irrtümlicherweise Tonnen von Haarspray darüber verteilt. Hildi hasste dieses stinkende Zeug und Sigrid wusste das. Trotzdem kam sie immer wieder mit dieser chemischen Keule daher.

Das Zeug konnte man nach wie vor in den klebrigen Haaren spüren und vor allem auf den Fingern riechen.

Also vergewaltigt schien sie nicht geworden zu sein. Zumindest gab es keinerlei äußere Anzeichen dafür. Und vor allem, Hildi fühlte sich nicht vergewaltigt. Sie wusste zwar nicht, wie man sich da fühlte, war sich dennoch sicher, dass sie es im Falle des Falles erkennen würde.

Sie war demzufolge, nun ja, seit mindestens 12 bis maximal 36 Stunden in dieser Situation und musste augenblicklich vor allem aufs Klo. Hildi wollte eben ihre Stimme erheben, um auf ihr natürliches Drängen aufmerksam zu machen, als sie die näher kommenden Stimmen hörte. Die eines Mannes, oder waren es zwei, der oder die mit einer Frau sprachen.

Hildi beschloss, den Ruf der Natur noch etwas zu unterdrücken und die unverhoffte Chance auf ungefilterte Informationen zu nützen.

»Die Frau in die Badewanne setzen und fertig machen für das Shooting. Dann können wir mit den ersten Bildern am Nachmittag ins Internet gehen«, stellte der eine Mann fest.

»Die Klane is Goid wert«, meinte die andere, wesentlich primitiver klingende männliche Stimme. Es waren demnach tatsächlich zwei Vertreter dieser Spezies anwesend. »Und a schorfe Kotz. Oba nachm Fotografiern derf i mas scho vurnehman. Oder?«

»Nichts wirst du«, fuhr ihm eine weibliche Stimme energisch in die Parade. »Wir machen linke Geschäfte, wir sind keine Triebtäter. Ist das klar, Adam?«

Mit Mühe konnte Hildi das aufsteigende Entsetzen derart unter Kontrolle halten, dass sie nicht einfach zu schreien begann. Aber, so seltsam es auch klingen mochte, die selbstbewusste Stimme der Frau hatte ihr in gewisser Weise etwas Ähnliches wie Vertrauen eingeflößt.

Angesichts der folgenden Äußerungen der Dame schien das allerdings etwas voreilig gewesen zu sein.

»Falls wir wirklich Aufnahmen beim Schnackseln machen sollten«, stellte die weibliche Stimme fest, »wird das der Vickerl übernehmen und nicht du, du übergewichtiges Ferkel. Übrigens sollten wir ihr die Brustwarzen schminken oder nicht?«

»Unbedingt«, begeisterte sich Hubsi. »Na geh, des is ungerecht. Bei dem, wos ihr ma zoids, müassad hin und wieda a Prämie drinnan sein. Oiso, warum i des Weib nochm Fotografieren net nogln dirfen soi, vasteh i ned. Wanns nocha eh vahatzt wern soi«, maulte er.

Jetzt fühlte Hildi kalte, schiere Angst in sich aufsteigen, was hieß aufsteigen, sie verschlang die junge Frau förmlich. Der kleine, spitze Schrei, der ihr unwillkürlich entfuhr, ging allerdings im Gespräch der drei Verbrecher unter.

»Na ja, wir werden sehen«, meinte der zweite Mann beruhigend, »ich will dir nichts versprechen, aber ...«

»Kommt überhaupt nicht infrage, Hubsi«, protestierte die Frau. »Zeig endlich Rückgrat und gib dem Schwein nicht immer nach. Nur weil er ein entfernter Verwandter deiner Frau ist.«

»Leck mich, Carmen«, entfuhr es Hubsi zornig. »Ich möchte wirklich wissen, warum du immer keifen musst. Es ist völlig egal, ob und von wem die Schlampe nachher noch gevögelt wird. Wen kratzt das schon?«

Na, mich auf jeden Fall, schoss es der schockierten Hildi durch den Kopf. Sie hoffte verzweifelt, dass sich Carmen gegen die beiden Männer würde durchsetzen können.

Die hatte allerdings gleichfalls einige Ideen auf Lager, die Hildis Erwartungen an sie erheblich relativierten.

»Übrigens, nehmen wir für die Aufnahmen den normalen Dildo oder dieses Kingsize-Trum aus Italien?«, wollte sie wissen. »Was haltet ihr davon, wenn wir nachher ein paar Bilder mit ihr und Archie machen?«

»Gute Idee, wir brauchen ohnehin etwas Neues für die Anhänger dieser sexuellen Spielart«, stellte Hubsi fest und lachte schmutzig.

Auch Adam schien von der Idee durchaus angetan.
»Klass«, jubelte die Drecksau, »derf i do zuaschaun?«

»Vielleicht, wer weiß«, lockte die Frau. »Aber nur, wenn du mit Archie vorher ausgiebig äußerln gehst.«

Das war zu viel für Hildi. Auf einmal konnte sie sich nicht mehr länger beherrschen. Sie begann, hysterisch zu schreien und sich wie in Krämpfen zu winden. Gleichzeitig bemerkte sie, wie sich der Inhalt ihrer nunmehr nicht weiter kontrollierbaren Blase angenehm wärmend über ihre Oberschenkel verteilte und langsam weiter seinen Weg suchte.

Diese an sich schrecklich peinliche, in hohem Maße entwürdigende Situation war der Sängerin allerdings egal. Hingegen begann sie, völlig enthemmt und so laut sie konnte um Hilfe zu brüllen.

In dieser Umgebung war das allerdings ein hoffnungsloses Unterfangen.

*

Maja Angeli hatte gleich in der Früh nochmals angerufen, um den richtigen hinsichtlich des falschen Palinski und seiner seltsamen Machenschaften zu informieren. Sie hatte das Gefühl, dass die Angelegenheit wichtig war, und wollte einfach sichergehen, dass der Nachbar unter ihnen wirklich Bescheid wusste.

Florian hatte seinen Chef noch im Laufe der Nacht über die interessante Entwicklung und den bevorstehenden Besuch eines Geschäftspartners des falschen Palinski in Kenntnis gesetzt und geeignete Maßnahmen getroffen. Dazu gehörte vor allem der eben im Institut für Krimiliteranalogie eingetroffene Kriminalbeamte vom Koat auf

der Hohen Warte, der dem Mann namens Baborek gegebenenfalls einige ganz offizielle Fragen stellen sollte.

Auf jeden Fall bedankte sich Palinski sehr, sehr herzlich bei der jungen Frau für ihre Aufmerksamkeit und
den wichtigen Hinweis. Ja, und er würde sich bei Gelegenheit dafür revanchieren. Ab sofort hatte Maja allemal
etwas bei ihm gut.

Zusätzlich fragte er, ob sie so nett sein könnte, sich
von ihrer Freundin Kathi ein Foto ihres Vaters zufaxen
zu lassen, damit er und die Polizei auch die Chance auf
einen optischen Eindruck von dem schlimmen Menschen
bekämen. Da endlich der Zufall dem echten Palinski half,
und eine derartige Ähnlichkeit zwischen den beiden Männern bestand, sollte man das unbedingt ausnutzen und
diese Chance ergreifen.

Der Einfachheit halber hatte er Maja gleich die Fax-
nummer des Instituts genannt.

Inzwischen war es bereits 10.02 Uhr und von Baborek
war weit und breit keine Spur zu sehen. Palinski saß wie
auf Nadeln, denn er hatte sich gestern Abend noch von
der Besprechung der ›SOKO Hildi Forderberg‹ aus für
heute Vormittag einen Termin ausgemacht. Nicht wissend, was um 10 Uhr alles los sein würde, hatte er sich
für exakt diese Zeit mit seinem … na ja, Freund war vielleicht zu viel gesagt, einem ausgesprochen eigenartigen
Bekannten verabredet, von dem er sich Antworten auf
einige dringende Fragen erwartete.

Dieser eigenwillige Bekannte namens Juri Malatschew
wurde leicht ärgerlich, wenn man ihn warten ließ.

Unter diesen Umständen begann er nämlich, alles zu
essen und zu trinken, was gut und teuer war. Und das auf
Kosten seines verspäteten Gesprächspartners.

Andererseits musste Palinski im vorliegenden Fall die Konsumationskosten wohl oder übel ohnehin übernehmen, schließlich war es ja er, der etwas von dem alten Journalisten und ehemaligen KGB-Oberst wollte. Noch dazu lief das im konkreten Fall eh unter ›Kosten der Informationsbeschaffung‹ und würde von der Polizei übernommen werden.

Nachdem Baborek 15 Minuten später noch immer nicht erschienen war, räumte Palinski das Büro und überließ die zu erwartende Konfrontation den bewährten Händen Florian Nowotnys.

Als er wenige Minuten später im Café Kaiser eintraf, saß Juri erwartungsgemäß bereits vor dem zweiten Kaffee Sibirsk, einer Eigenkreation des alten Russen, zu deren Herstellung er die Chefserviererin Sonja seinerzeit einer Art Gehirnwäsche unterzogen und zur Geheimhaltung verpflichtet hatte. Dazu hatte er ein großes Kaiserfrühstück kommen lassen, das mit den zwei kernweichen Eiern im Glas. Einfach köstlich.

*

Heute war endlich das Päckchen gekommen, auf das Hermine Wurminzer bereits so lange sehnsüchtig gewartet hatte. Mit dem Inhalt konnte sie ein besonders schmerzhaftes Kapitel ihres Lebens endgültig abschließen und bis ans Ende ihrer Tage glücklich und zufrieden sein. Man konnte ohnehin nicht wissen, wie lange ihr noch gegeben war auf dieser Welt.

Vor allem freute sie sich darauf, endlich auch dieses Fest veranstalten zu können, das ihr seit dem Tod Pippis vor nunmehr fünf Jahren vorschwebte. Eine würdige Feier,

um diesem geliebten Wesen jenen Abschied zu ermögli-
chen, den es verdiente.

Sie grübelte darüber nach, wann das Festl steigen sollte,
und entschied sich für Donnerstagabend, also übermorgen. Es blieb ihr genug Zeit, sich zu überlegen, wen sie
zu diesem ... na ja, man konnte wohl von einem späten
Leichenschmaus sprechen, einladen sollte.

Da war zunächst einmal Bernie als Fixstarter. Und
natürlich dieser nette junge Mann von der Stiege 4, der
bei dieser Frau auf Stiege 1 wohnte. Der musste unbedingt
kommen, er war so ein dankbarer Esser. Es war die reinste
Freude, ihm zuzusehen, wie er sich vollstopfte. Der arme
Kerl, die Frau, bei der er wohnte, schien diesbezüglich
überhaupt nicht auf ihn zu schauen. Bestimmt war sie eine
von diesen selbstsüchtigen Em..., En..., Enzymen, oder
wie man diese wild gewordenen Weiber heute nannte.

Na egal, nur gut für Oma Hermine, wenn er sich bei ihr
wohlfühlte. Das sicherte ihr seine häufige Gegenwart.

Nicht zuletzt musste sie natürlich überlegen, und das
war das Wichtigste überhaupt, was es aus diesem Anlass
alles zu essen geben sollte. Immerhin wollte sie sich nicht
blamieren, sondern sichergehen, dass es den Gästen bei
ihr gefiel. Pardon, bei ihr und Pippi.

Das mit der Einladung Bernies wollte sie sich nach
einigem Nachdenken noch einmal durch den Kopf gehen
lassen. Ob es gut war, diesen hochintelligenten Mann von
der Viererstiege mit ihm zusammenzubringen? Ihr Enkel
war schon ein lieber Kerl, aber sehr ... einfältig.

Voll Eifer und Vorfreude stürzte sich Hermine Wurminzer in die Planung dieses für sie so wichtigen Abends.

*

Nach Absolvierung des rituellen Smalltalks zwischen den beiden Männern meinte Juri Malatschew in eher ruppigem Ton: »Und wann kommst du endlich zur Sache? Du glaubst wohl auch, du chast die Uhr und ich die Zeit. Und deswegen sollten wir uns zusammentun.«

Er lachte dröhnend auf und schlug mit seiner Mehlspeisgabel eine dicke Schneise in die verängstigte Topfenschnitte auf dem Teller vor ihm.

»Was man in diesem Land alles aus *cyp* macht, köstlich«, anerkannte er voll des Lobes mit ebensolchem gefüllten Mund. »Dabei ist das«, er schmatzte leicht vor sich hin, »bloß Frischkäse, simpler Quark oder Topfen, wie man bei euch sagt. Schmeckt cherrlich. Wenn ich nur an den Strudel denke oder gar an diese Palatschinken. Fantastisch.«

Palinski, der diese rhetorisch-kulinarischen Exkurse seines Gegenübers gleichsam kannte und fürchtete, verzog das Gesicht.

Falls er Pech und der sture Juri Lust dazu hatte, konnte er sich jetzt auf stundenlange Tiraden des Mannes aus Kasan über die Vorzüge der Wiener Küche einstellen. Vielleicht sollte er den Russen einmal zum Essen zu Frau Wurminzer mitnehmen. Ja, das war eine gute Idee.

Aber Malatschew schien heute auf Kooperation setzen zu wollen und tat Palinski den Gefallen, von sich aus auf den Punkt zu kommen.

»Übrigens Gratulation, ich chabe gehört, dass man dich in die Sonderkommission berufen hat, die auf diese verschwundene Countrysängerin angesetzt wird«, lobte er nach einem kurzen, sehr befriedigt klingenden Rülpser, mit dem er wohl anzeigen wollte, die Nahrungsmittelaufnahme vorerst abgeschlossen zu haben.

»Diese ... Gitti, nein, Childe Forderberg ist das weibliche Pendant zu dem trällernden Weltmeister der Eisstockschützen, diesem Franzi Rückschauer. Oder? Wieso diese Menschen nicht singen lernen, wenn sie es schon unbedingt vor Zeugen tun müssen?«

Palinski verzichtete bewusst darauf, sich auf eine Diskussion zu diesem Thema einzulassen. Einerseits kannte er sich zu wenig mit der volkstümlichen Musik aus, andererseits hatte er weder Zeit noch Lust auf einen stundenlangen fruchtlosen Diskurs mit Juri. Er begnügte sich daher mit einem kurzen Nicken des Kopfes.

»Das Problem, das wir von der SOKO mit diesem Fall haben, ist, dass es kein plausibles Motiv für die Entführung Hildi Forderbergs gibt«, wagte sich Palinski nun forsch in medias res. »Oder besser ausgedrückt, es kommen eine ganze Menge Motive infrage. Die Bandbreite reicht von Entführung zwecks Erpressung bis hin zur Möglichkeit, dass sich die junge Frau einfach etwas Auszeit nehmen und das mit entsprechender Publicity verbinden wollte.« Gedankenverloren wollte er in der Nase bohren, nahm aber gerade noch rechtzeitig wieder davon Abstand. »Möglich wäre auch, dass sie am nächsten Wochenende strahlend bei diesem Grand Prix im Sauerland auftaucht. Einfach so aus dem Nichts. Wenn niemand mehr mit ihr rechnet. Stell dir dieses Medienecho vor.«

»Natürlich besteht ferner die Möglichkeit, dass es durchaus im Interesse irgendwelcher Leute liegt, wenn die junge Dame an dieser Veranstaltung nicht teilnimmt«, gab Malatschew zu bedenken und hatte nicht unrecht damit.

»Also was denkst du darüber, du altes russisches Schlitzohr?«, meinte Palinski und der Angesprochene wusste, dass diese Charakterisierung durchaus als Kom-

pliment gedacht war. Malatschew wiegte nachdenklich
sein graues Haupt, erinnerte sich, dass heute sein Gegenüber für die Rechnung zuständig war, und bestellte sich
die zweite Topfenschnitte.

»Eine Entführung, um Geld zu erpressen, würde ich
als Chypothese vorerst vernachlässigen. Da wäre inzwischen sicher eine Forderung bei der Familie oder beim
Management der jungen Frau eingetroffen.« Er schüttelte
den Kopf. »Nein, kein Kidnapping.«

»Nach Angaben ihres Managers hat Hildi nach dem
Grand Prix im Sauerland zehn Tage Pause bis zu ihrem
nächsten Auftritt«, wusste Palinski. »Vielleicht legt sie ein
paar Urlaubstage ein. Also eine Auszeit wegen Überarbei-
tung oder gar eine Sinnkrise sehe ich auch nicht.«

»Im Gegenteil«, bekräftigte Malatschew, der die Topfenschnitte inzwischen bis auf ein paar Krümel am Teller
ihrer Bestimmung zugeführt hatte. Sein trauriger Blick
ließ Palinski allerdings befürchten, dass auch bei seinem
russischen Freund aller guten Dinge drei waren. Mindestens.

Na, wenigstens war die Mehlspeise billiger als die
Unmengen kanadischen Lachses, die das Kasaner Fress-
monster erst unlängst vertilgt hatte. Auf Rechnung von …
erraten.

»Im Gegenteil«, begann der Russe den Satz nochmals,
»diese Childe steht erst am Anfang ihrer Karriere, die ist
noch weit davon entfernt, ausgebrannt zu sein. In dem
Alter ist man noch scharf auf jeden Auftritt, auf den Beifall und die Anerkennung des Publikums. Nein, nein,
ich befürchte, wir müssen uns von den konventionellen
Erklärungsversuchen verabschieden und das Geschehen
in einem größeren Zusammenchang sehen.«

139

»Wie meinst du das?« Palinski hatte keine Ahnung, was sein alter Freund konkret damit andeuten wollte.

»Na, dann lass uns einmal rekapitulieren, was sich in den letzten Tagen so alles getan chat«, erwiderte Juri Malatschew. »Da war einmal der Raub einer prominenten Leiche vom Grinzinger Friedchof.«

Je länger der alte Russe sprach und seine Vorstellung vom größeren Zusammenhang entwickelte, desto schwerer fiel es Palinski, das aufsteigende Entsetzen zu unterdrücken. Entweder über Juris grauenvolle Fantasie oder das Menetekel, das er an die Wand malte. Möglicherweise über beides.

*

Wie die Polizei später akribisch feststellen sollte, hatte der ungefähr 40 Jahre alte Mann das Finanzamt in der Nußdorferstraße exakt um 10.29 Uhr betreten und sich an der Information im Eingangsbereich nach einem Oberamtsrat Federbeis erkundigt, ehe er mit dem Lift in den dritten Stock gefahren war.

Dort hatte er geduldig Platz genommen und 14 Minuten gewartet, bis er um 10.44 Uhr endlich auf dem Besuchersessel am Schreibtisch des Leiters dieser Abteilung Platz nahm.

Oberamtsrat Federbeis war ein grundsätzlich freundlicher Beamter, dem sein spezieller Aufgabenbereich mitunter zu schaffen machte. War er doch Chef der aus rund 15 Damen und vor allem Herren bestehenden Truppe, die im 9., 18. und 19. Bezirk dafür zuständig waren, den berechtigten Forderungen Vater Staates an seine geliebten Steuerzahler den ultimativen Nachdruck zu verleihen.

Dies taten sie früher, indem sie auf all jene Gegenstände, deren Verkauf oder Versteigerung einen höheren Erlös erwarten ließen als die dadurch bedingten Kosten, eine kleine Marke mit dem Bundesadler darauf klebten. Im Volksmund war dieser Kleber als Kuckuck bekannt und besonders gerne auf neuen Fernsehgeräten zu finden.

Dann trugen sie das mit dem Kuckuck bepflasterte Kastl in eine Liste ein, die sie ›Pfändungsprotokoll‹ nannten. Damit war es auch bereits der weiteren rechtlichen Verfügung des Eigentümers entzogen. Gucken durfte man noch bis zur Versteigerung oder Bezahlung des Steuerrückstandes, verkaufen oder im Pfandl versetzen nicht mehr.

Ein zweifellos wertvoller Dienst an Staat und Gesellschaft, der heutzutage etwas schneller und ohne Kuckuck abläuft. Dennoch hielt sich die Beliebtheit dieser Truppe in der Öffentlichkeit in Grenzen, nach wie vor.

Sebastian Noselli, so hieß der Besucher von OAR Federbeis, besaß ein kleines Antiquitätengeschäft auf der Döblinger Hauptstraße, eigentlich war es eher ein Trödelladen. Er kaufte Erbschaften auf und war bei jedem Flohmarkt auf der Suche nach wertvollen oder zumindest kuriosen Stücken dabei.

Im Gegensatz zu seinem Vater, der den kleinen Laden gegründet und damit einen bescheidenen Wohlstand für seine Familie erwirtschaftet hatte, fehlte Sohn Sebastian jegliches kaufmännische Geschick. Er kaufte zu teuer ein und verkaufte zu billig und hoffte dennoch, von der Differenz leben zu können.

Nach einigen Jahren vordergründig erfolgreichen ›Löcherstopfens‹ war es schlussendlich so weit gewesen: Er hatte sich total verschuldet, verfügte über keinerlei

Kredit mehr, weder bei der Bank noch bei den Lieferanten, und die Exekutoren von Finanz- und Bezirksgericht gingen bei ihm ein und aus.

Seine Frau Milena hatte den steigenden Druck nicht ausgehalten und hatte vor Wochen mit den Kindern die gemeinsame, nach einer ersten Exekutionswelle nahezu leer geräumte Wohnung verlassen.

Klar, dass ebenso sämtliche einigermaßen wertvollen Stücke aus dem Antiquitätengeschäft inzwischen gepfändet worden waren. Das bedeutete, dass Noselli diese verkaufen durfte, den dafür erzielten Erlös aber beim Finanzamt abliefern musste. Oder beim Bezirksgericht, je nachdem, wer seinerzeit schneller mit dem Kuckuck zur Stelle gewesen war.

Ein Kunde hatte ihm bereits früher den Rat gegeben, ein paar der besonders wertvollen Stücke so zu verstecken, dass sie den Häschern des Staates verborgen blieben.

»Man muss sich schließlich eine kleine Reserve schaffen für die Zeit danach«, hatte er gemeint, »irgendwie muss das Leben auch nach einem Konkurs weitergehen.«

Das hatte Sebastian eingeleuchtet und er hatte zwei Bilder, vier Plastiken und einige alte Bücher, Dinge im Gesamtwert von vielleicht 25.000 Euro, in der Wohnung einer alten Tante versteckt.

Dumm war nur, dass eine Bekannte der Tante ... und irgendwie gelangte die Botschaft bis zum Finanzamt, das prompt bei der alten Dame antrat und zu ihrem hellen Entsetzen nicht nur die ›Leihgaben‹ des Neffen abholte, sondern gleich auch ihre Wohnung ausräumte.

Ein Nervenzusammenbruch der Tante, mehr als drei Monate Aufenthalt in einem Sanatorium sowie die Ächtung durch den Rest der Familie waren die Folge dieser Panne.

Zu allem Überfluss drohte ihm jetzt ein Finanzstrafverfahren wegen … doch das hatte Sebastian sich nicht gemerkt.

Da hatte ihm ein anderer Kunde aus besseren Tagen, ein Mann, der selbst einmal Probleme mit der Finanz gehabt hatte, den Rat gegeben, bei Gelegenheit mit OAR Federbeis zu sprechen. »Das ist ein grundvernünftiger Mann, der trotz allem Mensch geblieben ist«, hatte ihm der Bekannte versichert. »Wenn er eine Chance sieht, Ihnen im Rahmen seiner Möglichkeiten zu helfen, so wird er das tun.«

Reinhard Federbeis, dessen Charakterisierung durchaus zutreffend war, fand den überaus nervösen, vor ihm sitzenden Herrn Noselli zwar durchaus sympathisch. Allerdings waren hinsichtlich des möglichen Strafverfahrens dem Oberamtsrat mangels Zuständigkeit völlig die Hände gebunden. Das Einzige, was er dem armen Teufel anbieten konnte, quasi als Zeichen des guten Willens, war eine Woche Zeit. Möglich, dass an den etwas wirr klingenden Plänen des Verpflichteten, aus eigener Kraft wieder aus der Bredouille kommen zu wollen, ja wirklich etwas dran war.

Kurz und gut, nachdem Federbeis Noselli freundlich, aber bestimmt klargemacht hatte, dass er die Macht der Finanzbehörden bestenfalls eine Woche aufhalten konnte, brannte bei dem Steuersünder nicht nur eine Sicherung durch. Nein, der starke Raucher hatte keine Zigaretten mehr und begann langsam, unter dem Entzug zu leiden.

Aus diesem Grund fing er zu brüllen an, bezeichnete die Finanzbehörde als Mafia und den Oberamtsrat als einen miesen Paten. Danach holte er aus seinem Aktenkoffer eine Pistole hervor, richtete sie gegen den erschrockenen Federbeis und teilte ihm mit, dass er ihn eben als Geisel genommen hatte.

*

Baborek war erst 20 Minuten nach dem angekündigten Termin erschienen. Das war immer noch früh genug für die riesige Überraschung, die ihn erwartete und der eine herbe Enttäuschung folgte. Bei diesem Palinski gab es für ihn kein Geld zu holen.

Im Gegenteil, die Polizei nahm ihn darüber hinaus mit aufs Kommissariat, um ihn zum falschen Palinski zu befragen. Um Viertel vor 11 Uhr war der ganze Wirbel jedenfalls längst wieder vorüber und Florian konnte sich erneut seinen Recherchen widmen.

Kurz nach 11 Uhr waren die ersten Aktfotos von Hildi Forderberg im Internet aufgetaucht. Sehr gut gemachte, durchaus auch aus künstlerischer Sicht anspruchs- und geschmackvolle Fotos. Die bislang unbekannte Adresse im Web lautete www.connaisseurs-corner.com; wer dahintersteckte, war, wie nicht anders zu erwarten, zunächst nicht herauszufinden.

Zusätzlich zu dem, was bereits zu sehen war, wurde Hardcore in Aussicht gestellt, falls man gewisse Bedingungen zu erfüllen und vor allem entsprechend zu bezahlen gewillt war.

Es dauerte nicht lange, da hatten, völlig unabhängig voneinander, sowohl Florian Nowotny als auch der Internetspezialist der ›SOKO Hildi Forderberg‹ die Seiten entdeckt und ganz genau in Augenschein genommen.

144

Natürlich nur aus rein professioneller Sicht.

Zusätzlich dazu hatte Florian etwas bemerkt, das ihm bereits vorher auf anderen Seiten aufgefallen war, wie zum Beispiel auf der, die die Hinweise auf Kammersänger Konstantin Boreskov enthalten hatte. Nämlich eine Raute. Fand man es nur gelegentlich, wie zufällig im Text verloren gegangen, dann machte die Seite einfach den Eindruck, von jemandem gestaltet worden zu sein, der es mit der Korrektur von Tippfehlern bei der Texteingabe nicht so genau nahm. Die Häufigkeit und vor allem der Zusammenhang, in dem er das Zeichen auf Connaisseurs Corner fand, ließ in ihm allerdings den Verdacht aufsteigen, dass dem Rautenzeichen eine Aussage, eine bestimmte Symbolkraft zukam.

Mit etwas Fantasie konnte man in ihm … einen Diamanten sehen. Bildete er sich das nur ein oder war es eine Tatsache? Konnte das Rautenzeichen Eingeweihten etwas signalisieren, das Unaussprechliche bedeuten?

Auf jeden Fall musste Florian Palinski so rasch wie möglich auf die Seiten im Internet aufmerksam machen und ihn mit seinem Verdacht konfrontieren. Hastig drückte er die Kurzwahltaste mit der Rufnummer Marios.

Wahrscheinlich war seine Schlussfolgerung übertrieben, haltlos. Florian hoffte es sehr, vor allem für die junge Frau. Aber …

*

»Und du, du meinst allen Ernstes«, Palinski stotterte fast vor Aufregung, »dass der Raub der Leiche des Kammersängers Boreskov mit der Entführung dieser Hildi Forderberg in Verbindung steht?«

»Ja, unbedingt«, bestätigte Juri, »aber auch der Einbruch bei diesem Edelsteingroßchändler vorletzte Woche in Graz chat wahrscheinlich etwas damit zu tun. Das liegt doch auf der Chand.«

Wenn etwas für Palinski auf der Hand lag, dann nur, dass er keine Ahnung hatte, was der alte Russe eigentlich meinte. »Sorry«, erwiderte er daher, »aber das wirst du mir erklären müssen. Wahrscheinlich bin ich einfach zu blöd dafür, ich sehe da keine Zusammenhänge.«

Juri hatte in der Zwischenzeit Doris herbeigewunken und sich die Speisekarte bringen lassen. »Es geht deutlich auf Mittag zu und mein Magen verlangt sein Recht«, brummte er. »Du chast doch sicher nichts dagegen, wenn ich einmal mit einem Süppchen beginne.«

Er bestellte eine klare Rindsconsommé mit einem Griesnockerl. Wie immer, wenn er sich ein Süppchen im Café Kaiser gönnte. Was praktisch jedes Mal der Fall war.

»Als in den 50er-Jahren des vorigen Jahrchunderts die ersten Diamanten aus der Asche Verstorbener gepresst worden sind«, Malatschew hatte sich als Sofortmaßnahme ein Salzstangerl aus dem Körberl geholt, ein Zipferl davon abgebrochen und in den Mund geschoben, »mampf, mampf, chat nat ..., mampf, mampf ...ürlich das ... mampf.«

»Kannst du nicht zuerst hinunterschlucken und anschließend sprechen«, fuhr der sichtlich genervte Palinski sein Gegenüber an, »das ist ja nicht mit anzuhören.«

»Organisierte Verbrechen, die ... mampf, mampf«, Juri malmte ungerührt weiter. Das war eine bewährte Methode, seinen Gesprächspartnern den Eindruck zu vermitteln, dass sie ihm, dem Mann aus Kasan, ausgeliefert waren. Mehr oder weniger zumindest. Und ihn infolgedessen nehmen mussten, wie er war, oder es ganz einfach bleiben ließen. Mampf, so einfach war das. Zu Juris Erstaunen funktionierte es bei jedem. Ausnahmslos. Auch Palinski sagte nichts mehr. Er kannte das Prozedere und wusste, dass jedes Aufbegehren sinnlos war. Am besten, man wartete ab, bis das Salzstangerl Geschichte war.

»… Möglichkeiten dieser neuen Technologie für ihre Geschäfte geprüft. Immerhin sollte es in einer Gesellschaft, die prinzipiell alles sammelt, was rein technisch sammelbar ist, also … mampf … Briefmarken, Bücher, vor allem aber jede Art von Devotionalien prominenter Menschen wie deren Unterschriften, Fotos oder … mampf … Unterwäsche, am besten ungewaschen, möglich sein, Interessenten für Diamant-Prominenz zu finden. Zahlungskräftige Irre, die statt für ein geraubtes Gemälde von Munch für einen Diamanten aus der Asche von zum Beispiel Enrico Caruso oder Maria Callas ein Vermögen chinlegen.«

»Das ist ganz schön pervers«, merkte Palinski an. »Geht das nicht in Richtung Nekrophilie?«

»Mein Gott, was ist schon pervers … mampf … und was nicht?«, entgegnete Malatschew. »Wie nennst du denn Menschen, die sich uralte vertrocknete Leichen ansechen und noch Geld dafür bezahlen? Wie zum Beispiel in der Ägyptischen Abteilung … mampf, mampf«, jetzt war das Salzstangerl endlich weg. »Oder Bleisärge wie in eurer Kapuzinergruft? Auf jeden Fall chat diese neue Technologie für das organisierte Verbrechen nicht genug chergegeben, um …«, Juris Hand fuhr in Richtung Körberl und Palinski fürchtete bereits, der alte Teufel würde sich auch noch an dem zweiten Salzstangerl ver-

147

gehen. Doch Malatschew zog seinen Arm wieder zurück und widmete sich lieber der gerade rechtzeitig servierten Suppe.

»Das chat sicherlich … schlürf, schlürf … damit zu tun gehabt, dass die synthetischen Diamanten teurer sind als die, die in der Natur und dacher auch beim Juwelier vorkommen«, fuhr Juri ungerührt fort. »Und zwar … schlürf … um einiges teurer.«

Palinski war sprachlos über diese einmalige audiovisuelle Inszenierung namens ›Fressender Russe‹. Malatschew war ein ausgesprochen ungemein ungustiöser, absolut … liebenswerter Mensch und ein überwältigendes Naturereignis. Palinski beschloss zu schweigen und sich ebenfalls eine Griesnockerlsuppe zu bestellen. Die sah wirklich köstlich aus.

Wie hieß es frei nach Nestroy[*]? Wenn alles schlürft, dann ist es keine Schande nicht.

*

Ramona Mertens, eine Mitarbeiterin aus Oberamtsrat Federbeis' Truppe, kam mit einem Häferl Milchkaffee aus der Teeküche und betrat nichts ahnend das Büro des Chefs. Um ihm, wie jeden Tag um diese Zeit, seinen Kaffee zu bringen.

Doch auf das, was sich in dem sonst so vertrauten Ambiente, dem kleinen Universum des von ihr heiß verehrten Vorgesetzten, gerade abspielte, war sie nicht vorbereitet. Wie hätte sie das auch sein sollen?

Angesichts des Mannes, der nervös und mit Schweiß-

---

[*] Johann Nestroy, Die schlimmen Buben in der Schule. Zitat: Wenn alles kniet, dann is es keine Schand'.

perlen auf der Stirn den Chef mit einer schwarzen, matt glänzenden Handfeuerwaffe bedrohte, schmiss Ramona nicht nur die Nerven weg. Mit einem spitzen Schrei ließ sie zudem das Häferl fallen und das mittelbraune Gesöff spritzte über den Boden.

Ehe der ebenfalls überraschte Noselli etwas tun oder sagen konnte, war die Mitarbeiterin schreiend aus dem Raum gelaufen. Was bisher noch nicht bekannt gewesen war und möglicherweise ohne nennenswerte Folgen unter den Teppich hätte gekehrt werden können, war schlagartig offiziell geworden und nahm in diesem Augenblick erbarmungslos seinen Lauf.

Obwohl der Oberamtsrat, ein Phlegmatiker der Spitzenklasse, kalmierend eingreifen wollte, um trotz leisen Unbehagens eine Law-and-Order-Orgie zu vermeiden, hatte die Polizei innerhalb von sieben Minuten den Bereich vor dem Finanzamt abgeriegelt sowie im dritten Stock Stellung bezogen. Da kam kein Mäusefurz mehr rein oder raus, geschweige denn ein schießwütiger, zu allem entschlossener Schwerverbrecher.

Weitere zwölf Minuten später hatten Scharfschützen der Sondereinheit WEGA einige der umliegenden Dächer erobert und ihre Präzisionswaffen in Stellung gebracht. Jetzt konnte auch keine Fliege mehr das Gebäude verlassen.

Sebastian Noselli und Reinhard Federbeis bekamen diese Detailentwicklungen naturgemäß zunächst einmal gar nicht mit. Der unglückliche Antiquitätenhändler, dem es sichtbar unangenehm war, Ramona Mertens dermaßen erschreckt zu haben, und der sich wortreich für die dadurch entstandene Sauerei am Boden entschuldigt hatte, war gerade dabei, sich vom Oberamtsrat überzeugen zu lassen, dass es besser sei, die Waffe wegzustecken und aufzugeben.

Just in dem Moment klingelte das Telefon und ein Major Dollinger, der sich Federbeis als Einsatzleiter vorstellte, wollte mit dem Geiselnehmer sprechen.

»Aber so schlimm ist es …«, wollte die Geisel richtigstellen, doch Dollinger fiel ihm mit der Bemerkung »Aha, Stockholm-Syndrom, das ist ja schnell gegangen« brutal ins Wort. »Geben Sie mir jetzt den Geiselnehmer. Bittteeee«, meinte der Major mit größtem Nachdruck. Und er fügte beruhigend hinzu: »Nur keine Angst, wir holen Sie da heraus.«

Federbeis zuckte nur verständnislos mit den Achseln und reichte Noselli den Hörer. »Für Sie, die Polizei.«

Dollinger hatte den Hörer inzwischen gleichfalls weitergegeben, denn es meldete sich jemand anderer.

»Hier Magister Hollunder«, antwortete die Stimme auf Nosellis Frage, wer am Apparat wäre. »Ich bin Ihr heutiger Gesprächspartner. Na, wie geht es uns?«

»Ich weiß nicht, wie es Ihnen geht, mir geht es nicht sehr gut«, erwiderte der Steuersünder zornig. »Man will meine Existenz vernichten und mich vielleicht sogar ins Gefängnis stecken. Wie würde es Ihnen unter diesen Voraussetzungen gehen?«, schnaubte er in den Hörer. »Haben Sie keine intelligenteren Fragen?«

Aggressiv, diagnostizierte der in aller Eile herbeigekarrte Psychologe, der den Auftrag hatte, eine Vertrauensbasis mit dem Verbrecher aufzubauen.

»Doch, ich habe da ein, zwei Fragen«, er lachte, als ob diese Tatsache allein enorm lustig war. »Erstens, hassen Sie oder haben Sie Ihren Vater früher gehasst?« Federbeis, der das Telefon inzwischen auf Lautsprecher gestellt hatte, schüttelte entgeistert den Kopf. »Und zweitens, wollten Sie je mit Ihrer Mama schlafen?« Das Lachen des Idioten wurde immer penetranter.

»Sind Sie verrückt geworden?«, brüllte Noselli, »mit Ihnen spreche ich nicht mehr!«

Mit »Das ist doch ...« unterstützte der Oberamtsrat das Statement seines Peinigers. »Und solche Idioten werden von unseren Steuern bezahlt.«

»Hahaha«, kam es postwendend von der anderen Seite der Leitung. »Sie haben das hoffentlich nicht ernst genommen. Mit diesen Fragen lockere ich anfangs immer das Gesprächsklima ein wenig auf. Gut, was?« Der Mensch war wirklich unerträglich.

Das fand offenbar auch Major Dollinger, der sich wieder meldete. »Was ich als Erstes wissen möchte, ist, welche Forderungen stellen Sie eigentlich?«

Darüber hatte Noselli noch gar nicht nachgedacht. Wie hätte er das auch sollen, seine Einschätzung der Situation, in der er sich befand, wich in wesentlichen Punkten diametral von der der Polizei ab. Was hatten die Bankräuber in dem Krimi letzten Freitag verlangt? Ein Fluchtauto und eine Million Euro.

Das klang nicht schlecht, aber er wollte eigentlich gar nicht weg aus Wien. Und seine Schulden zahlen würden sie ihn mit dem erpressten Geld bestimmt nicht lassen.

Da fiel ihm etwas ein. Eventuell konnte ihm der Herr helfen, der ihm den Tipp mit dem Oberamtsrat gegeben hatte. Der hatte einen vertrauenswürdigen Eindruck gemacht und war selbst in so einer Situation gewesen. Wie hatte er bloß geheißen?

»Ich habe im Moment nur einen Wunsch: Ich möchte, dass Sie einen Herrn Pasansgy, Paletzky oder so ähnlich herbringen. Mit dem muss ich sprechen. Sofort!« Die letzten beiden Worte hatte er gebrüllt, wohl um seiner Forderung den nötigen Nachdruck zu verleihen. »Er wohnt da irgendwo in der Nähe von dem italienischen Restaurant in der Döblinger Hauptstraße. Und er soll Zigaretten mitbringen.«

*

Inzwischen waren Palinski und Juri Malatschew beim Nachtisch angelangt. Der Russe hatte sich für Topfenpalatschinken mit Vanillesoße entschieden und Mario für einen großen Braunen.

»Also gut«, fasste der Chef des Instituts für Krimiliteranalogie zusammen. »Die Leiche des Kammersängers wurde zur Seite geschafft, um aus der Asche einen oder mehrere Diamanten zu pressen und an die Bestbieter zu verkaufen. Pro Stein werden je nach Stellenwert des Toten bis zu 60.000 Euro bezahlt. Wobei kein Stein unter 15.000 Euro zu haben ist, weil die Synthetisierung allein zwischen 5.000 und 12.000 Euro kostet. Trifft das in etwa so zu?«

Juri nickte bedächtig, während er sich die heiße Soße über die noch appetitlich dampfenden Teigrollen mit der süßen Frischkäsefüllung goss. »Das stimmt so, im Prinzip zumindest. Aber da die großen Gewinne damit nicht zu machen sind, chat das organisierte Verbrechen diesen Geschäftszweig nicht weiter ausgebaut, sondern nur am Rand betrieben. Sozusagen auf bestimmte, besondere Geschäftsfälle beschränkt.«

»Inzwischen sind einige ganz Schlaue draufgekommen, dass das Risiko, den Interessenten von Promi-Diamanten

152

ganz normale Steine mit dem entsprechenden Brimborium zu liefern, sehr gering und die Marge dann erheblich größer ist«, setzte Palinski fort und bewies damit, dass er die Sache wirklich kapiert hatte.

»Richtig«, bestätigte der Russe, »denn man kann den Unterschied zwischen einem synthetischen und einem natürlichen Diamanten im Labor feststellen. Aber wer lässt sich ein offizielles Gutachten ausstellen, wenn er chöchst inoffiziell zum Beispiel den Josephine-Baker-Diamanten erworben hat. Das ist also ein risque négligeable.«

»Wichtig ist allerdings, dass, um bei diesem Beispiel zu bleiben, die Urne mit der Asche dieser Dame zu einem bestimmten Zeitpunkt vor Lieferung des Diamanten nachweisbar verschwunden sein muss.« Die Sache war derart verrückt, fand Palinski, doch langsam hatte er alle Zusammenhänge verstanden. Fast zumindest, denn ein Punkt war noch offen.

»Und wie passt die Entführung von Hildi …«, wieder einmal war es dieses unselige Didelidei, Didelidum seines Handys, das Palinskis Rede unterbrach.

Es war Florian, der ihm mitteilte, dass das Foto von diesem Herrn Rosner inzwischen eingetroffen war, der nach Maja Angelis Angaben dem falschen Palinski wie aus dem Gesicht geschnitten aussehen sollte. Ja richtig, per Telefax.

Zudem erzählte er ihm ganz aufgeregt von den im Internet gefundenen Aktfotos Hildi Forderbergs und informierte ihn über das Rautenzeichen und was es seiner Meinung nach damit auf sich hatte.

»Ich sage dir, Mario, ich habe ein ganz dummes Gefühl. Ich glaube, diese Frau befindet sich in großer Gefahr.«

153

Abschließend teilte ihm sein junger Kollege mit, dass die Polizei eben angerufen habe. »Sie brauchen dich. Im Finanzamt soll eine Geiselnahme stattgefunden haben. Als ich dem Major gesagt habe, dass du wahrscheinlich im Café Kaiser sein wirst, hat er gemeint: ›Das trifft sich gut‹, und ...«

Während Florian noch sprach, hatte ein uniformierter Polizist das Café betreten und rief mit lauter Stimme: »Is do a Herr Balinsgy oder so ähnlich. Herr Balinsgy bitte möden.«

»Hier ist so ähnlich«, rief Mario und »mein Name ist Palinski. Verstehen Sie, Palinski. Mit P wie Paula und nicht B wie Berta.«

»No sog i do«, meinte der Staatsdiener. »Bitte kumman S' mit, da Herr Major Dollinger vom LKA wü mit Ihnan redn. Wir hom nämli a Geislnahme im Finanzamt wisawi.«

6.

Dienstag, 9. März, nachmittags

Chefinspektor Helmut Wallner und seine Frau Franka, die Leiterin der Kriminalpolizei im Kommissariat Döbling, hatten angesichts der aktuellen Ereignisse ihren Kurzurlaub in Luzern vorzeitig beendet. Der Nachtzug aus Zürich hatte wegen des im Westen Österreichs überraschend zurückgekehrten Winters erheblich Verspätung gehabt und war erst kurz nach 11 Uhr am Wiener Westbahnhof eingefahren.

Nach einer raschen Dusche und frischer Kleidung in ihrer Wohnung in der Fuchsthallergasse hatten sich die beiden sofort zu ihren Dienststellen begeben. Der Chefinspektor wurde von einem Dienstwagen des Bundeskriminalamtes abgeholt, die Frau Inspektor musste sich ein Taxi auf die Hohe Warte nehmen.

Bereits von Weitem konnte man den Stau erkennen, der sich vor dem großen Bürogebäude auf der rechten Seite der Nußdorfer Straße gebildet hatte, genau gegenüber des traditionsreichen ›Auge Gottes‹-Komplexes. Ein ›Auge Gottes‹ mit Kino, Studentenheim und Apotheke, wahrlich ein Kuriosum typisch wienerischer Prägung. Hier hatte die Polizei das Gebiet entlang des gesamten Gebäudes, also auf einer Länge von rund 30 Metern abgesperrt.

Zwar konnte man über eine provisorisch eingerichtete Umleitung über die Viriotgasse–Liechtensteinstraße–Latschkagasse ausweichen, aber das bekam kaum einer mit. Aus diesem Grund staute sich der Verkehr

155

bald zurück bis zur Canisiusgasse. Als endlich nichts mehr ging, sperrte die aufmerksame Polizei die Nußdorfer Straße bei der Markthalle überhaupt ab und leitete die ungebrochen nachdrängenden Fahrzeuge über die Sechsschimmelgasse und die Alserbachstraße um. Lediglich die Straßenbahnlinien 37 und 38 durften mehr oder weniger ungehindert passieren.

Mit einem Wort, es gab einen riesigen Stau auf einer der Hauptschlagadern im Nordwesten der großen Stadt.

Franka Wallner, deren Taxi es ungefähr bis zu Schuberts Geburtshaus geschafft hatte, beglückwünschte sich zu der Tatsache, dass die Linie 37 direkt am Kommissariat auf der Hohen Warte vorbeiführte, bezahlte ihre Fuhre und stieg aus.

Als sich ihre Straßenbahn einige Minuten später den Weg durch den gesperrten Bereich vor dem Finanzamt bahnte, fiel der erstaunten Inspektorin auf, wie ihr und ihres Mannes Helmut guter Freund Mario Palinski, von einem uniformierten Beamten eskortiert, gerade den von den Mannen der WEGA zernierten* Eingang des Amtsgebäudes passierte. Selten zuvor hatten sich professionelle und weibliche Neugier spontan zu einer derart drängenden Allianz gefunden, wie dies hier und jetzt der Fall war. Ohne nachzudenken, folgte Franka ihrem Impuls, stieg aus und begab sich sofort zu dem leitenden Beamten im Eingangsbereich. Nachdem sie sich ausgewiesen hatte, durfte sie ins Gebäude. Die Inspektorin begab sich stehenden Fußes zur Einsatzleitung.

*

---

* umzingelt

Ehe er mit dem Polizisten das Kaiser verlassen hatte, hatte
Palinski noch Florian angerufen und ihn stante pede ins
Kaffeehaus bestellt.

»Du musst dich unbedingt um Juri kümmern, der alte
Russe weiß noch eine Menge mehr über diesen Diamant-
bestattungs-Scheiß. Also schau, dass du es aus ihm her-
ausbekommst. Vor allem, pass auf, dass er mich nicht
arm frisst und säuft, während ich im Finanzamt zu tun
habe. Er diniert nämlich auf meine Kosten, und das tut
er erfahrungsgemäß exzessiv. Du bist natürlich ebenfalls
herzlich eingeladen.«

Danach hatte er den ehemaligen KGB-Oberst über
die aktuelle Entwicklung informiert und gebeten, auf
ihn zu warten. Mit Florian Nowotny, seinem Assistenten, der gleich da sein und ihm alle seine Wünsche erfüllen würde.

Das war nicht ganz risikolos, denn Juri Malatschew
hatte es bisher immer abgelehnt, mit jemand anderem als
Palinski über gewisse Dinge zu sprechen. Aber in dieser Situation? Vielleicht klappte es ja, das wäre für alle
Zukunft recht nützlich.

Deshalb hatte sich Mario für das Prinzip Hoffnung
entschieden, die Reaktion des Russen gar nicht mehr
abgewartet und war gegangen.

Als Florian knapp zehn Minuten später an Juris Tisch
trat, war der gewichtige Mann gerade dabei, eine Riesen-
portion des von ihm so geliebten Kastanienreises mit sehr
viel Schlagobers zu vertilgen.

Malatschew blickte den jungen Mann interessiert an,
knurrte mit vollem Mund nicht unfreundlich etwas, das
wie »Du musst wohl Florian sein« klang und bedeutete
ihm, sich zu setzen.

Nachdem er hinuntergeschluckt hatte, forderte Juri den Assistenten auf, sich doch ordentlich was zu bestellen, denn »Du bestehst ja nur aus Chaut und Knochen, Knabe. Keine Angst, Brüderchen Palinski zahlt das Ganze.« Das fand er auch noch zum Lachen.

Augenblicklich begann der alte Russe mit dem jungen Polizisten zu plaudern, als ob er ihn seit Jahren kannte.

»Du bist also dieses Wunderkind, das für Palinski die Sachen übernimmt, für die man Intelligenz benötigt?« Der Russe schien Gefallen an seinem Scherz zu finden, denn er lachte schon wieder. Er hatte sich nicht lange mit dem sperrigen Sie aufgehalten und gleich mit dem vertraulichen Du begonnen.

»Nun ja, ganz so darfst du das nicht sehen«, entgegnete der um mindestens 40 Jahre jüngere Florian frech und bediente sich ungeniert ebenfalls des unkomplizierten Dus. Damit versetzte er Juri in einiges Erstaunen, denn als in der Regel Älterer hatte bisher immer er bestimmt, wer und ab wann man mit ihm das Du tauschen durfte. Florians Frechheit schien ihm zu gefallen, denn er lachte aufs Neue.

»Von Mario kommt die große Linie. Die gibt er vor«, erläuterte der junge Mann, »und ich habe ein Talent für die Details. Vor allem für die ungewöhnlichen«, betonte er. »Doch nun sollten wir an der Stelle das Gespräch fortsetzen, an der Mario unterbrechen musste.«

»Ich nehme an, das Thema ist dir vertraut«, meinte Juri, »und du chast eine Meinung dazu.« Der alte Fuchs wollte die Gelegenheit wahrnehmen und sich ein Bild über die intellektuelle Kapazität seines neuen Freundes machen. »Dann lass chören. Aber bitte keinen überflüssigen Scheiß.«

Florian schluckte kurz, nickte und begann: »Ich denke, dass sich diese entführte Frau, Hildi Forderberg, in großer Gefahr befindet. Und zwar in Lebensgefahr. Es gibt Anzeichen im Internet dafür, dass mindestens zwei Interessenten für den Kauf eines aus ihrer Asche gepressten Diamanten existieren. Diese sind auch gewillt, dafür eine Menge Geld auf den Tisch zu blättern. In dem einen Fall sogar 120.000 Euro, falls ich das codierte Zeugs richtig gedeutet habe. Der Stein vom Herrn Kammersänger Boreskov dürfte dagegen für *nur* 55.000 Euro wohlfeil sein.«

»Was bedeutet das?«, bohrte der Russe weiter und erinnerte Florian dabei an einen seiner Lehrer von der Polizeiakademie. »Was sagt uns das für den gesamten Fall?«

»Das bedeutet einmal, dass ein Hildi-Diamant mehr als doppelt so wertvoll ist wie ein echter Boreskov. Zum anderen heißt das vor allem, dass die Ermordung der Sängerin jemandem eine Menge Geld wert sein könnte. Falls die Anbieter nicht schummeln und einen normalen Diamanten nehmen.«

Er schluckte mehrmals, bevor er fortfuhr: »Ich hoffe inbrünstig, dass der Käufer in diesem Fall beschissen wird wie noch nie zuvor. Sonst ... das arme Mädchen.«

Sichtlich beeindruckt von dem glasklaren Befund des Jungen, nickte der Russe mit seinem schlohweißen Schädel. »Da, da, das war sehr gut. Nein, chervorragend. Kennt Palinski deine Schlussfolgerungen?«

»Nicht direkt, ich habe bisher keine Gelegenheit dazu gehabt«, bekannte Florian. »Aber die schreckliche Pointe der Geschichte ist ihm natürlich längst bewusst. Nämlich, dass die lebende Hildi nichts anderes ist als die Vorstufe zu einer toten Hildi, die wiederum die Basis für die Asche wäre, aus der ein Hildi-Diamant gepresst werden kann.« Er schüttelte sich. »Allein der Gedanke ist zum Kotzen.«

Nachdenklich schaute Malatschew aus dem Fenster. Wenige Sekunden später drehte er sich wieder zu Florian. »Was schlägst du vor, wie wir der jungen Frau am besten chelfen können?«

Er hatte wieder seine Prüfer-Miene aufgesetzt, die allerdings in völligem Widerspruch zur nächsten Aussage stand.

»Um ehrlich zu sein, ich chabe nicht die leiseste Idee, wo man in diesem Fall einsetzen könnte. Das kommt selten vor«, bekannte er. »Bei den Tätern scheint es sich offenbar um neue Spieler in einem im Wesentlichen neuen Markt zu chandeln. Gut, ich kann cherumchorchen, aber ...«

Florian hatte langsam den Verdacht, dass sich der Russe in Kürze in einem widerlichen Maße selbst bedauern würde, etwas, das mit Sicherheit mit einem weinerlichen ›Ich werde chalt alt‹ enden würde. So was konnte er absolut nicht ausstehen.

»Ich habe eine Idee«, fiel er Juri ins Wort. »Nicht gerade das Originellste unter der Sonne, allerdings das Beste, was ich im Moment anbieten kann.«

Gespannt starrte ihn Malatschew an.

»Wir machen den Scheißkerlen ein Angebot, das sie nicht ausschlagen können, und geben ihnen gleichzeitig zu verstehen, dass wir Barzahler sind. Sehr gute Barzahler.« Florian grinste, ehe er die Konsequenz dieser Vorgangsweise für die ganz Begriffsstutzigen wiederholte. »Wenn wir mit dem Geldkoffer unterwegs sind, müssen sie sich mit uns treffen. Und bei der Gelegenheit ...«

*

Palinski hatte das Büro des Oberamtsrats Federbeis kaum betreten, als ihm dieser Mann seine Pistole unter die Nase hielt. Oder war es ein Revolver? Komisch, dass er die beiden Arten von Handfeuerwaffen noch immer nicht auseinanderhalten konnte. Er kannte den Unterschied in der Theorie, doch in der Praxis? Na egal, auf jeden Fall wirkte das dunkle, mattmetallisch-glänzende Trum in den zittrigen Händen des Nerverls vor ihm äußerst bedrohlich.

Das wollte er sich auf keinen Fall anmerken lassen. Nun war kühle Überlegenheit gefragt. Einfach Coolness, wie das neudeutsche Wort dafür lautete.

»Palinski«, stellte er sich daher vor und streckte dem darob völlig überraschten Geiselnehmer die Hand zum Gruße hin. »Freut mich. Sagen Sie, ich kenn Sie doch von irgendwo. Helfen Sie mir schnell, mein Gedächtnis für Namen ist nicht mehr das beste.« Er grinste den Mann freundlich an. Ja, war das nicht der Eigentümer des kleinen Trödelladens gleich neben der Apotheke? »Jetzt fällt es mir wieder ein, Sie sind der Herr … Nosberti, nein, Rastelli … oder?«

»Noselli, Sebastian Noselli.« Der Mann hatte die Waffe in die linke Hand genommen und schüttelte mit seiner Rechten fahrig die des Neuankömmlings. »Freut mich, dass Sie sich noch an mich erinnern.«

Nachdem das geklappt hatte, wandte sich Palinski nun dem Hausherrn zu. »Begrüße Sie, Herr Oberamtsrat. Kennen Sie mich noch? Ist ja eine Weile her.«

»Natürlich, Herr Palinski«, erwiderte der Finanzer freundlich. »So einen netten Kunden wie Sie vergisst man nicht. Sie haben sich aber wieder recht gut derfangen nach dem … Tief vor … wie viele Jahre ist das her?«

»Na ja«, Palinski überlegte, »gut fünf, nein, eher sechs Jahre. Die Zeit vergeht so schnell. Ja, ja, mir geht's wieder recht gut. Nur vorsichtiger bin ich geworden, viel vorsichtiger. Übrigens, wie geht's Ihnen denn mit Ihrem Restaurant?«

Palinski blickte Noselli fragend an. »Haben Sie gewusst, dass dieser strenge Herr hier«, er deutete dezidiert auf den Oberamtsrat, »gleichzeitig ein begnadeter Gastronom ist? Sie kennen sicher das Winzerschlössl im 7. Bezirk? Ein toller Betrieb, hat heuer, glaub ich, wieder eine Haube im Restaurantführer bekommen. Oder?«

»Nun ja«, der Oberamtsrat fühlte sich sichtlich geschmeichelt, »heuer haben wir sogar 14 Punkte geschafft. Aber das Gasthaus gehört ja eigentlich meiner Frau. Ich arbeite nur hin und wieder ein bisserl mit, als Weinkellner.«

»Ja, Weinkellner, das klingt so bescheiden«, griff Palinski den Ball auf. Er drehte sich wieder zu dem Mann mit der Waffe. »Hätten Sie gedacht, dass man hier im Finanzamt einen der besten Sommeliers Wiens, was heißt, ganz Österreichs finden kann? Na, da schaun Sie, gelt?«

Noselli, dessen Gier nach einer Zigarette immer ungezügelter wurde, wusste nicht, wie ihm geschah. Irgendwie überkam ihn das Gefühl, dass die Dinge nicht ganz so liefen, wie er gedacht hatte.

»Das ist toll«, konzidierte er und fuhr sich mit dem Taschentuch über die schweißnasse Stirn. »Jetzt mal was anderes«, er gestikulierte mit der Waffe herum, wohl um das Gesetz des Handelns wieder an sich zu reißen. »Haben Sie mir Zigaretten mitgebracht?«

Während des letzten Herumfuchtelns hatte Palinski das kleine Klebeetikett mit der Preisinformation auf dem

Kolben der Waffe deutlich erkennen können. Er glaubte auch, sich erinnern zu können, seinerzeit im Laden Nosellis in einer Vitrine einige Pistolen, oder waren es Revolver gewesen, gesehen zu haben. Er war sich ziemlich sicher, dass es sich dabei ... obwohl man natürlich nie wissen konnte. Andererseits konnte er sich kaum vorstellen, dass ...

»Zigaretten, ach ja, tut mir leid«, erwiderte er, »das hat man mir ausgerichtet. Ich habe sie aber in der Hektik ganz vergessen. Tut mir leid.«

Noselli schien bei der Nachricht fast zusammenzuklappen und Federbeis, der die Entzugserscheinungen des Geiselnehmers die ganze Zeit über beobachtet hatte, machte ein besorgtes Gesicht.

»Ha, ha, das war nur ein Scherz«, entfuhr es Palinski krampfhaft lustig, »natürlich habe ich Ihre Zigaretten hier«, er deutete auf die linke Außentasche seiner Jacke.

Schlagartig verbesserte sich die Laune des Nikotinsüchtigen und sein Zittern wirkte wieder etwas kontrollierter. Auch dem Oberamtsrat, der sich sehr über Palinskis sense of humor wundern musste, schien diese Nachricht gut zu bekommen.

»Wir haben noch ein Problem«, fuhr der vermeintliche Mediator fort, »und kein kleines. Ja, ich würde sagen, ein fast unüberwindbares.« Er wackelte bekümmert mit dem Kopf und meinte zu dem neuerlich gequält aussehenden Noselli: »Ich fürchte, dass es mit dem Rauchen hier nichts werden wird. Also das mit der Zigarette müssen Sie sich abschminken.«

Noselli schien sich bei diesen Worten in Erinnerung zu rufen, dass er dank der Waffe in seiner Hand eigentlich derjenige war, der im Moment zu sagen hatte, was

ging und was nicht. Entschlossen richtete er die Kandl*
auf Palinski und fauchte ihn an: »Zigarette her oder …«

»Was oder?«, fauchte Palinski zurück, »wollen Sie
mich allen Ernstes zu einer Gesetzesverletzung zwin-
gen? Ich denke nicht daran, irgendein Gesetz zu brechen,
nur damit Sie Ihrer Sucht frönen können, Sir.«

Das Sir war wohl scherzhaft gemeint gewesen, klang
jedoch vorwurfsvoll genug, um eine erstaunliche Wirkung
auf den Geiselnehmer auszuüben. Er richtete sich auf, sah
auf die auf sein Gegenüber gerichtete Waffe, senkte sie
und murmelte schließlich: »Ich bedaure.«

Der Oberamtsrat, der immer weniger wusste, was er
von der seltsam-schnoddrigen Art Palinskis halten sollte,
konnte sich nicht länger zurückhalten. »Um Gottes willen, Palinski«, stöhnte er, »geben Sie dem Mann die Zigarette, bevor er noch völlig durchdreht.«

»Ich muss mich schon sehr wundern, Herr Oberamtsrat«, Palinski wirkte wirklich fast ein wenig verstört,
»dass Sie als Beamter, als ein Mann, dessen berufliches
Tun und Lassen ausschließlich auf Gesetzen beruht, mich
ganz offen zum Gesetzesbruch auffordern. Das kann nun
wirklich nicht Ihr Ernst sein.« Er schüttelte energisch
den Kopf. »Nein, kommt gar nicht infrage.« Entschlossen verschränkte er beide Arme vor der Brust und schüttelte mit theatralischem Ernst den Kopf.

»Verdammt noch einmal, Palinski«, es fehlte nicht
mehr viel und der Finanzbeamte würde am Stand durchdrehen, »von welchem Gesetz sprechen Sie eigentlich
andauernd?«

»Die genaue Bezeichnung, die laufende Nummer des
Bundesgesetzblattes und das Datum der Veröffentlichung

---

* Waffe, Pistole, Revolver, Faustfeuerwaffe

kann ich Ihnen nicht sagen«, entgegnete Palinski. »Inzwischen weiß doch jedes Kind, dass das Rauchen in öffentlichen Gebäuden verboten ist. Jawohl, verboten, und ich bin ein gesetzestreuer Mensch.«

Federbeis verdrehte in scheinbarer Verzweiflung, eigentlich jedoch leicht belustigt, die Augen. Was nach Palinskis Interpretation so viel bedeuten konnte wie: ›Na und, was glauben Sie, wie viele Gesetze hier nicht eingehalten worden sind?‹ Allerdings genauso gut: ›Mein Gott, ja, Sie liegen ja völlig richtig. In diesem hehren Tempel von Recht und Gesetz wird nicht geraucht‹. Immerhin wollte er dem Beamten nichts Unehrenhaftes unterstellen. Nein, denn er war sich völlig sicher, dass ein österreichischer Beamter …

»Herr Palinski hat ganz recht«, unterbrach Noselli die Gedanken des Krimiliteranlogen, »das mit dem Rauchverbot habe ich auch gehört. Gibt es vielleicht eine Raucherzone hier im Hause?«

Der Oberamtsrat, der bereits Zeuge vieler skurriler Situationen gewesen war, beschloss, sich nicht mehr zu wundern und sich nicht länger zu fürchten.

Was sich vor seinen Augen abspielte, war das reinste Schmierentheater, inszeniert von diesem Palinski. Das beste war, dieser Noselli schien ihm tatsächlich auf den Leim zu gehen.

»Im zweiten Stock, neben dem Warteraum zur Jahresausgleichsveranlagung, befindet sich ein Raucherzimmer«, erklärte er. »Da können Sie auf dem Weg nach draußen auf ein Zigaretterl hineinschaun.«

Anerkennend nickte Palinski Federbeis zu. In diesem Augenblick hatte der das Drehbuch endlich kapiert und begonnen mitzuspielen.

165

»Na gut, dann suche ich jetzt einmal das Packerl mit den Giftwurzen«, scherzte er. »Mann, Noselli, wollen Sie nicht aufhören zu rauchen? Das ist doch ungesund.«

Der Angesprochene machte ein schuldbewusstes Gesicht. »Ich weiß«, bekannte er, »aber ich fürchte, ohne Hilfe schaffe ich es nicht mehr, davon loszukommen.«

Inzwischen hatte Palinski begonnen, allerhand Zeug aus seinen Jackentaschen zu holen und Noselli in die Hand zu drücken. Erstaunlich, was da alles zum Vorschein kam. So viel, dass sich der Geiselnehmer plötzlich instinktiv veranlasst sah, die Pistole, oder war's ... na, egal, zur Seite zu legen und die zweite Hand zu Hilfe zu nehmen.

Genau und nur auf diesen Moment hatte Palinski gewartet. Mit einem Satz war er an Noselli dran, nahm die Waffe an sich und beendete damit das dramatische Geschehen.

Ehe Federbeis die Polizei hereinrief, erlaubten sie dem völlig geknickten Mann noch, das Gesetz zu brechen und eine Zigarette zu rauchen.

Allerdings nur direkt am offenen Fenster. Im dritten Stock bestand dabei wirklich keinerlei Fluchtgefahr.

Nachdem die Polizei den Geiselnehmer in Gewahrsam genommen und damit begonnen hatte, alles zu Protokoll zu nehmen, genoss es Palinski sichtlich, für heute der Held des Finanzamtes zu sein.

Nach zwei Cognacs, die der Oberamtsrat aus seinen Privatbeständen spendiert hatte, wollte eine der hübschen Beamtinnen aus dem Großraumbüro nebenan von Mario wissen, wie es gekommen sei, dass er so gar keine Angst vor der Pistole gehabt hatte.

»Das war einfach«, räumte der Held bescheiden ein. »Ich habe bald erkannt, dass Noselli uns mit keiner ech-

ten Waffe bedroht hat, sondern nur mit einer Spielzeug-
pistole. Täuschend echt aussehend, aber eben nur ein
Spielzeug. Sehen Sie«, übermütig und verspielt nahm
er die Waffe, die neben dem Protokollführer auf dem
Schreibtisch lag, in die Hand, hielt den Lauf nach oben
und drückte ab.

Nichts, wollte er eben sagen, doch es stimmte nicht.
Ganz und gar nicht. In dem geschlossenen Raum klang
die machtvolle und vor allem völlig unerwartete Entla-
dung der Pistole derart laut, dass Palinski mehr als zehn
Minuten nichts hören konnte.

Was sicher nicht schlecht war, denn die ersten Kom-
mentare der Umstehenden, vor allem der Polizisten,
waren alles andere als schmeichelhaft und relativierten
Palinskis eben erworbenen Ruhm nicht unwesentlich.

Das Projektil der Pistole, oder war es ein Revolver,
hatte eine Deckenbeleuchtung getroffen, das scheußli-
che Ding (endlich) zertrümmert und war am Ende seines
Fluges in der Raumdecke steckengeblieben.

Weiterer Schaden war nicht entstanden. Zum Glück.

*

Hildi Forderberg hatte mit den Aktaufnahmen erheblich
weniger Probleme gehabt, als sie befürchtet hatte. Natürlich war es eine ganz besondere Erfahrung gewesen, das
erste Mal völlig nackt vor fremden Menschen zu posie-
ren. Trotzdem war es nicht unangenehm, ja irgendwie
sogar anregend, prickelnd.

Immerhin war sie sehr gut gebaut: lange, schlanke Beine,
nicht zu große, perfekt geformte Brüste, die noch keine
Probleme mit der Schwerkraft hatten, und ein herrlich

straffer Hintern als krönender Abschluss eines wunderbar lockenden Beckens mit allen Schikanen. Was besonders wichtig gewesen war: Entgegen ihren Befürchtungen hatten sich die beiden Personen mit ihren Skimasken, bei dem etwas dicken Mann musste es sich wohl um diesen Hubsi gehandelt haben und bei der Frau um Carmen, ziemlich professionell verhalten und sie im Wesentlichen in Ruhe gelassen.

Gott sei Dank war dieses brunftige Testosteronpaket, dieser Ungustl* namens Adam, nicht anwesend gewesen. Und natürlich niemand, den sie kannte. Das hätte sie bestimmt verlegen gemacht.

Ja, und dann war der bereits vorangekündigte Vickerl erschienen. Der hatte sich als echte Überraschung entpuppt. Im wahrsten Sinne des Wortes.

Der an die zwei Meter große, prächtig gebaute junge Mann hatte sich ganz höflich, fast schüchtern als Viktor Bohr vorgestellt und gemeint, dass er ein echter Fan von ihr sei und wie sehr er sich freue, sie kennenzulernen.

Als er etwas später seinen Bademantel abgelegt und ihr damit einen Blick auf seine letzten Geheimnisse gewährt hatte, war sie ob der Dimension derselben doch etwas in Sorge geraten. Der Bursche war so was von gut ausgestattet, der reinste Hengst. Einen kurzen Moment fürchtete sie, für dieses Format vielleicht nicht kompatibel zu sein, nicht genug zumindest. Sie verwarf jedoch ihre Bedenken rasch wieder. Ach was, das würde sicher irgendwie in Ordnung gehen. Der Mann machte ja trotz allem einen sanften, liebevollen Eindruck.

In der folgenden Plauderei hatte Vickerl, wie er von den anderen gerufen wurde, den leisen Verdacht bei

---

* ekelhafter Mensch

Hildi geweckt, dass auch im gesündesten Körper mitunter ein Geist steckte, der mit der äußerlichen Pracht nicht ganz mitkam.

Mit einem Wort, der Mann war lieb, aber durchaus ein wenig simpel gestrickt. Na gut, sie wollte sich ohnehin nicht intellektuell mit ihm rittern*.

Andererseits hatte sie so ein Gefühl, als ob sie Vickerl auf ihre Seite ziehen könnte, um mit seiner Hilfe aus dieser Scheißsituation herauszukommen. Und wenn sie dafür mit ihm bumsen musste, dann war das eben so. Menschen in lebensgefährlichen Situationen mussten oft viel schlimmere Sachen machen oder über sich ergehen lassen, um sich zu retten. Insekten essen, mit wilden Tieren kämpfen oder sich mit gebrochenen Gliedern durch irgendeinen Dschungel schleppen.

Im Vergleich dazu war ein wenig Sex mit einem Fremden das reinste Vergnügen. Besonders, wenn der Fremde Vickerl Bohr hieß. Seltsamer Imperativ übrigens.

*

Fast drei Stunden, nachdem er Juri verlassen hatte, kam Palinski aus dem Finanzamt und überlegte, ob er noch einen Sprung ins Café Kaiser machen sollte. Nicht, dass er angenommen hätte, den Russen da noch anzutreffen. Nein, nach so langer Abstinenz hatte er einfach Lust auf einen ordentlichen Cappuccino.

Also kämpfte er sich durch den langsam wieder in Fluss kommenden Verkehr und steuerte seine schräg gegenüberliegende Lieblingsoase an. Schon von der Straße aus war zu erkennen, dass es im Inneren hoch herge-

---

* in einer letzten Entscheidung um etwas kämpfen

hen musste. Der nicht zu überhörende Bass Juris und die weltberühmten Worte »Kalinka, kalinka, kalinka moja! V sadu jagoda malinka, malinka moja!« ließen nur einen einzigen Schluss zu.

Da drinnen war der Bär los, und der hieß Juri Malatschew.

Nachdem Palinski das Café betreten hatte, nahm der Russe nach einer missglückten Prisjadka*, durch die er auf den Arsch gefallen war, gerade Abstand von jedem weiteren Versuch, Kasatschok zu tanzen.

Die anderen Gäste stellten das rhythmische Klatschen ein und setzten sich langsam wieder an ihre Plätze. Mit einem Wort, mit Palinski kehrte die Normalität ins Kaiser zurück. Er kam sich fast vor wie ein Stimmungstöter.

Mühsam kämpfte sich der Russe vom Boden hoch, klopfte seine Sitzfläche ab und ließ sich schwer auf die tapezierte Bank hinter seinem Tisch fallen.

»Chalt ja den Mund«, fuhr er, noch etwas außer Atem, Palinski an. »Du denkst sicher, ich bin zu alt für so etwas. Aber«, er schüttelte energisch den riesigen Schädel, »für Tanzen ist man nie zu alt. Charascho?«

»Wo ist eigentlich Florian?«, wollte Palinski wissen, der auf das andere Thema bewusst nicht einging. »Der Bursche ist doch hoffentlich hier gewesen.« Er versuchte, aus dem Zustand auf Juris Tisch Hinweise auf die Anzahl der Personen zu entdecken, die sich hier die letzten Stunden aufgehalten hatten. Doch die aufmerksame Doris, die das Schmutzgeschirr regelmäßig abgeräumt hatte, hatte diese Möglichkeit von Anfang an planmäßig vereitelt.

---

* Beinewerfen aus der Hocke heraus beim Kasatschok

»Ja freilich«, versicherte der Russe. »Er ist schon wieder im Büro, um alles zu veranlassen, was zu veranlassen ist, um dieser Childi auf die Spur zu kommen. Übrigens, ein prächtiger Bursche, dieser Florian. Ein richtig cheller Kopf. Nimm dir ein Beispiel.«

Frau Doris, die Palinski und seine Bedürfnisse lange kannte, kam mit einem Cappuccino auf Verdacht vorbei und stellte das Häferl vor Mario ab.

»Ich kann mir denken, dass Sie das jetzt brauchen werden, Herr Mario«, meinte sie und Palinski liebte sie für ihre Einfühlsamkeit.

Nach einem ersten Schluck, gefolgt von ein, zwei weiteren war er wieder bereit und imstande, sich auf Juris wortreiche Ausführungen zu konzentrieren.

Zwölf Minuten und einen weiteren Kaffee später wusste Palinski alles, was er über die letzten drei Stunden wissen musste, außer den aktuellen Stand der Rechnung über Malatschews Konsumationen. Dieser Schock stand ihm noch bevor.

Na egal, da er offiziell für die SOKO tätig war, konnte er diese Ausgaben hoffentlich unter dem Titel ›Bewirtung von Informanten‹ verrechnen. Oder sonst wie.

Palinski war fast ein wenig enttäuscht, dass er bei dem Gespräch nicht sonderlich gefehlt zu haben schien. Alles lief ganz so, wie er selbst es auch zum Laufen gebracht hätte. Aber er war natürlich sehr stolz auf Florian, in dem er nicht nur einen talentierten Mitarbeiter, sondern auch einen treuen Freund sah.

Er blickte auf seine Uhr, langsam wurde es Zeit für ihn. Zeit, sich mit der …

Das immer wieder nervende Didelidei, Didelidum seines Handys riss Palinski aus seinen Gedanken. Es war

Florian, Juris neuer Liebling, der ihn über seine Veranlassungen in der Causa Hildi informierte. Er teilte ihm mit, dass Chefinspektor Wallner wieder in Wien war und ihn um 19 Uhr im BK erwartete. Ja, und Franka Wallner ließ schön grüßen und wollte wissen, ob im Falle Karl Lesonic etwas weitergegangen war? Er sollte doch so nett sein und kurz einmal zurückrufen.

Schön, dass die Wallners wieder im Lande waren, freute sich Palinski. Ohne die beiden war's einfach nicht so schön in diesem Sündenbabel.

Ein weiterer Blick auf die Uhr zeigte ihm, dass er mehr als eine Stunde hatte, ehe er bei Wallner erwartet wurde. Zu viel, um schon loszufahren, zu wenig, um vorher noch ins Büro zu gehen. Genau genügend Zeit, um Kaffee zu trinken und etwas mit dem inzwischen wieder nüchtern wirkenden Juri zu besprechen. Der Mann wusste nahezu alles. Möglicherweise hatte er auch etwas über diesen Karl Lesonic auf Lager.

*

Wilma stand vor dem Spiegel in ihrem Schlafzimmer und betrachtete sich in dem Kostüm, das sie heute gekauft hatte. Ganz spontan, als sie es bei einem Bummel durch die Stadt gesehen hatte. Eigentlich hatte sie es nur probieren wollen. Sich dank der Erfahrung, dass ihr Designerstücke aus einer Boutique noch nie auf Anhieb gepasst hatten, immun gegen die Versuchung zu kaufen gefühlt.

Dann war plötzlich alles anders gewesen. Das Schoß* hatte perfekt gepasst, wenngleich das immer der weni-

---

* Damenrock

ger problematische Teil gewesen war. Dass aber zudem die Jacke, wegen Wilmas relativ großen Brüsten meistens der Stein des Anstoßes bei Konfektionsware, wie angegossen saß, war gleichermaßen überraschend wie erfreulich.

Sie beschloss, diesen Umstand als Zeichen zu deuten und erwarb das in einem ganz eigenen Blau gehaltene Stück. Wenngleich es weit mehr kostete, als sie üblicherweise für derlei Sachen auszugeben gewillt war und mit sich führte. Wozu gab es schließlich Kreditkarten?

Sie war gespannt, was Oliver heute Abend zu diesem Traum von einem eleganten Ensemble sagen würde. Marios Kommentar konnte sie sich dagegen ganz genau vorstellen. Der fand nämlich alles ›wunderbar‹, ›sehr schön‹, auf jeden Fall ›prima‹, egal, wie sie damit aussah. Das war aber nicht Kritiklosigkeit, sondern Desinteresse. Ihm war einfach egal, was sie anhatte, und er scheute sich meistens auch nicht, ihr das mitzuteilen.

Das klang meist wie ›Du siehst in allem, was du anhast, wunderschön aus, Schatzi‹ und war von ihm wahrscheinlich als Kompliment gedacht. Dabei ärgerte sie sich jedes Mal fürchterlich über diese standardisierte, wohlwollende Gleichgültigkeit.

Um wie viel netter waren da die kleinen, leisen Untertöne gewesen, mit denen Oliver, also Herr Beckmann, ihr gestern während des Abendessens den Hof gemacht und das Gefühl vermittelt hatte, nach wie vor eine begehrenswerte Frau zu sein. Dabei hatte der Mann richtig schüchtern gewirkt. Einmal war er sogar rot geworden.

Nach dem wirklich unvergleichlichen Diner, ja, Diner, denn bei dieser kulinarischen Höchstleistung schlicht von einem Abendessen zu sprechen, wäre wirklich gastroblasphemisch gewesen, waren sie in diese kleine Bar gegangen.

Oliver war wirklich ein interessanter Mann und für sein Alter ungemein erfahren. Was er ihr gestern im Morrison alles über Haute Cuisine, edle Weine und das richtige Savoir-vivre erklärt hatte, war einsame Klasse gewesen. Gut, er hatte lange als Gastrokritiker für ein Feinschmeckermagazin gearbeitet ... Aber das Wissen war sicher einige Zeit vorher da gewesen, hatte sozusagen die Voraussetzung für diese hoch qualifizierte Arbeit gebildet.

Neben seiner Tätigkeit als Redakteur im Innenressort seines Blattes arbeitete Oliver gelegentlich als Kulturkritiker. ›Ich stamme aus einer Familie, in der der Großvater mütterlicherseits bei den Symphonikern war und jedes Familienmitglied mindestens ein Instrument spielt‹, hatte er beiläufig fallen lassen, ›da wächst die Liebe zur Oper ganz von selbst heran. Oder der Zorn. Bei mir war es Liebe.‹

Und als Oliver sie gebeten, nein, nicht eingeladen, sondern *gebeten* hatte, ihn morgen, also heute Abend zur Premiere von ›La Cenerentola‹ – ›mit der Patschenkov als Aschenbrödel und dem Mandrisio als Don Ramiro, eine Spitzenbesetzung‹ – zu begleiten, hatte sie nicht die Spur einer Chance gesehen abzulehnen. Nein, ganz im Gegenteil, sie hatte mit Freuden zugesagt.

Irgendwie erinnerte Oliver sie an Mario, wie er vor vielen Jahren gewesen war. Oder korrekter: Wie sie vor vielen Jahren geglaubt und gehofft hatte, dass er sein würde.

Na ja, im Grunde genommen hatte sie es nicht schlecht mit ihm getroffen. Auch wenn heute alles ein wenig nüchterner aussah, entbehrte das natürlich nicht einer gewissen fatalen Logik. 26 Jahre hinterließen nun einmal Spuren in jeder Partnerschaft.

Heute hatte sie den Vater ihrer Kinder zum Beispiel überhaupt noch nicht gesehen, geschweige denn mit ihm gesprochen.

Als sie gestern, na ja, heute am frühen Morgen, nach Hause gekommen war, war er nicht in der Wohnung gewesen. Wahrscheinlich hatte er wieder im Institut übernachtet.

Auch den ganzen Tag über hatte er es nicht der Mühe wert gefunden, sie zumindest einmal anzurufen. Gut, sie war nur schwer zu erreichen gewesen und hatte nicht einmal Zeit gehabt, sich über das aktuelle Geschehen in der Stadt zu informieren. Was sie als Lokalpolitikerin sonst immer machte. Jeden Tag.

Doch ein Gespräch mit Mario am Handy entgegenzunehmen, eine Handvoll Minuten hätte sie sich dafür sicher genommen.

Oliver war da anders. Er hatte sich zweimal bei ihr gemeldet und erkundigt, wie es ihr ging. Das hatte nicht nach reiner Höflichkeit geklungen, sondern so, als ob es ihm ein echtes Anliegen gewesen wäre. Wirklich ein reizender Mensch, hoffentlich wurde aus Harry eines Tages ebenso ein Gentleman wie dieser junge Journalist.

Wieso musste sie ausgerechnet jetzt an ihren Sohn denken? Oliver erinnerte sie nun wirklich nicht an Harry. Dazu war er doch mit, na, mindestens 30 Jahren viel zu alt.

Einen Moment lang hatte sie der Gedanke beunruhigt, jedoch ging das schnell wieder vorbei. Ihre Uhr zeigte ihr, dass sie sich in 15 Minuten ein Taxi rufen musste. Demzufolge wurde es langsam Zeit, sich fertig zu machen.

Mit ›Che gelida manina‹ als hörbares Zeichen ihrer Vorfreude auf die Oper auf den Lippen, schlenderte sie ins Bad, um sich die Zähne zu putzen. Na ja, italienische Opern waren nicht unbedingt ihre Stärke.

*

»Na, du hast ja heute für einige Schlagzeilen gesorgt«, brummte Chefinspektor Wallner anerkennend, ehe er seinen alten Mitstreiter Mario Palinski freundschaftlich in die Arme schloss.

»Es ist gut, wieder hier zu sein«, gestand er, »diese Familientreffen gehen einem doch sehr an die Nieren. Auch wenn es nur eine Hochzeit war.« Er grinste verschmitzt. »Ich war direkt froh, eine Ausrede zu haben, einen Tag früher wegzukommen.«

Wie sich nun zeigte, war Wallner in der Zwischenzeit voll informiert worden, ja, er wusste zum Teil sogar mehr als Palinski. So zum Beispiel, dass der zur Entführung verwendete Rettungswagen aller Wahrscheinlichkeit nach vom Stützpunkt des Roten Kreuzes in Wolkersdorf geborgt worden war.

»Am frühen Nachmittag ist ein Rot-Kreuz-Wagen in einem Waldstück in der Nähe von Bad Pirawarth gefunden worden«, fuhr der Chefinspektor fort. »Die Kollegen von der Spurensicherung vom LK sind noch dabei zu überprüfen, ob es sich um den nämlichen Wagen handelt.«

Im Übrigen lagen aber sämtliche Hoffnungen auf eine rasche Auffindung Hildi Forderbergs auf Florian Nowotnys Überlegung, durch ein unwiderstehliches Angebot über das Internet an die Entführer heranzukommen. »Dein Kollege ist beeindruckend«, anerkannte Wallner, »ein wirklich guter Mann. Ich bin froh, dass er für dich und damit auch für uns arbeitet. Wäre schade, wenn ein Kopf wie er in der Verkehrsabteilung versauerte.«

Palinski freute sich über den Anklang, den sein junger Mitarbeiter fand.

»Was hältst du davon, wenn wir eine zweite Option eröffnen?«, meinte er. Ja, das war gut, da konnte wohl keiner etwas dagegen haben. Und er gewann damit einige Sekunden, wertvolle Zeit, um den spontanen, noch etwas vagen Gedanken, der ihm eben gekommen war, zumindest notdürftig zu formulieren.

Wallners Gesichtszüge spiegelten Interesse wider, warum auch nicht? Zwei Chancen waren immer besser als nur eine, zumindest prinzipiell. »Was schwebt dir da vor?«

»Na ja, wir …«, fieberhaft überlegte Palinski, was ihm denn so Elementares einfallen könnte. Da, das war vielleicht etwas.

»Wir könnten ein zweites, unwiderstehliches Offert machen und mit der Bedingung verbinden, die Frau, also das Objekt der Begierde, zu Gesicht zu bekommen, nicht nur im Internet, sondern live. Und bei dieser Gelegenheit …«

Wie es schien, war Wallner nicht ganz überzeugt von dieser Notgeburt palinskischer Provenienz. Eher skeptisch schüttelte er seinen Kopf. »Ich weiß nicht, da müssten die Leute, die hinter dieser Entführung stehen, recht naiv sein. Meinst du nicht?«

Sicher, da konnte Palinski nur schwer widersprechen. »Aber Juri Malatschew hat mir heute noch einen seiner wirklich interessanten Grundsätze mitgegeben«, vertraute er Freund Helmut an. »Allerdings im Zusammenhang mit dem Mord an Karl Lesonic, dem Paraderaucher. Aber das Prinzip gilt natürlich ganz allgemein.«

Der alte Russe hatte etwas genuschelt, da der Einfluss des in Palinskis Abwesenheit reichlich genossenen Alkohols nach wie vor deutlich zu spüren gewesen war, jedoch hatten seine in ihrer äußeren Schlichtheit an Kalendersprüche erinnernden Statements etwas für sich.

»Ihr Europäer chabt die Angewohncheit, euch von zwei Möglichkeiten fast instinktiv auf die kompliziertere Alternative zu stürzen«, hatte er gemeint. »Nimm den vorliegenden Fall: Die Umstände am Fundort der Leiche lassen auf ein besonders raffiniertes Verbrechen schließen«, memorierte er, »oder auf ein besonders dummes. Chast du gesagt«, dabei hatte er Palinski fast mit seinem dicken Zeigefinger aufgespießt, »und dich daraufchin nur mehr mit der komplizierteren Variante befasst. Wie meinen doch meine Freunde, die Amerikanski, so chinreißend: Wenn etwas aussieht wie ein Chündchen und bellt wie ein Chündchen, dann …«

»Ist es sicher auch ein Chünd … ein Hündchen«, vollendete Palinski. »Ich kenne das mit einer Ente. Aber ich habe es immer nur für einen Kalauer gehalten und nicht weiter darüber nachgedacht. Wenn ich dich richtig verstehe, meinst du …«

»Und wie ich meine«, fiel ihm nun Juri seinerseits ins Wort. »Meiner Erfahrung nach sind in mehr als 80 Prozent aller Fälle die einfachen Lösungen zugleich die richtigen. Auch wenn das keine Cherausforderung bedeutet, für die kriminalistische Intelligenz nur schwer zu akzeptieren und dacher chöchst unbefriedigend ist.«

Palinski hatte verstanden, was Juri hinsichtlich des Falls Lesonic damit meinte, und gleichzeitig auch gelernt. Ebenso wie Wallner, wenn man seinen nachdenklichen Blick richtig deutete.

»Na gut«, fasste der Chefinspektor nach einigen Sekunden des Sinnierens zusammen, »dann nehmen wir bis auf Weiteres an, dass wir es nicht mit Verbrechern zu tun haben, die mit einem IQ nennenswert über 100 ausgestattet sind. Allerdings gehen wir vorsichtig vor, solange wir das Gegenteil nicht ausschließen können. Das mit dem zweiten Angebot und der Besichtigung der Ware, kann das vielleicht dein Nowotny veranlassen? Der Bursche spielt ja angeblich mit dem Internet wie der Buchbinder[*] auf einem Bösendorfer.«

*

In einer der zwei Hallen eines kleinen ehemaligen Betriebsgeländes etwa 20 Kilometer nordöstlich von Wien freuten sich die Entführer Hildi Forderbergs über die steigende Nachfrage nach Fotos, Videos und vor allem dem Spitzenangebot, dem ultimativen Diamanten. Die vier vorliegenden Angebote lagen zwischen 120.000 und 250.000 Euro, wobei an zwei noch zusätzliche Bedingungen geknüpft waren.

Na gut, dass da ein Hildi-Fan offenbar sein Schwarzgeld loswerden wollte, störte Hubsi und Carmen, die sich jeweils selbst als Kopf der Gruppe ansahen, diesen Punkt aber noch nicht ausdiskutiert hatten, nicht wirklich. Wirklich nicht.

---

[*] Rudolf Buchbinder: bedeutender österreichischer Konzertpianist der Gegenwart

Zugegebenermaßen wurden Arbeitsaufwand und Risiko geringfügig erhöht, doch bei gleichzeitiger Verdoppelung des Gewinns hatte keiner von beiden ein wirkliches Problem damit. Es war eine Akontozahlung von 50.000 Euro angeboten worden. Na, das klang doch gar nicht schlecht.

»Da kommt gerade wieder etwas herein.« Adam, der Bodyguard mit rudimentären EDV-Kenntnissen, der zum ersten Mal an so etwas teilnahm, war ganz aufgeregt.

»Wow«, meinte er daraufhin. »Das sieht stark rekordverdächtig aus, hier bietet einer sage und schreibe 320.000 Euro«, vor lauter Aufregung musste er schlucken, »erwartet dafür aber ein komplettes Pa … Pagatsche.«

»Ein was?« Carmen musterte ihn böse. »Was liest du da für einen Schas* zusammen?« Sie warf einen Blick auf den Monitor. »Das heißt Package, man spricht es *bägitsch* aus.«

»Was bedeutet das?« Adam war wirklich ein ungebildeter Trottel. Nur Muskeln, jede Menge Testosteron, null Hirn. Eine Gefahr für seine Umwelt. Selbst die abgebrühte junge Frau, die einen Gürtel in einer dieser Kampfsportarten hatte, bekam eine Gänsehaut bei dem Gedanken, diesem Monster allein in der Nacht zu begegnen.

»Das bedeutet …«, begann die Frau zu erklären, »ist ja auch egal. Auf jeden Fall will dieser Bieter Hildi zuerst sehen und sich von der Echtheit bestimmter Vorzüge selbst überzeugen. Dafür zahlt er bei dieser Gelegenheit ein Akonto von 120.000 Euro bar auf den Tisch des Hauses. Nicht schlecht.«

Sie las neuerlich vom Monitor ab. »Und rasch soll es passieren. Wenn's nach dem Lustmolch geht, muss der

---

* Unsinn

erste Teil des Deals bis morgen Abend gelaufen sein. Na ja, warum eigentlich nicht?«

Jetzt gesellte sich auch Viktor Bohr zu den anderen. »Die Frau ist recht nett«, teilte er ihnen mit. »Ich glaube, sie steht ein wenig auf mich. Sie möchte sich nur zuerst, also heute Nacht an mich gewöhnen, damit …«, er setzte ein dummes, selbstzufriedenes Grinsen auf, »morgen bei den Aufnahmen alles nur so flutscht.«

»Heißt das, sie will vorher so was wie einen Probefick mit dir absolvieren?« Hubsi war so richtig munter geworden und lachte dreckig. »Bei der Gelegenheit können wir ja Probeaufnahmen davon machen.«

Auf einmal wurde der sonst eher gutmütige Vickerl sauer. »Nix da mit Probeaufnahmen«, knurrte er. »Ich hab dem Mädel versprochen, dass sie diese Nacht Gelegenheit haben wird, sich erst an mich zu gewöhnen. Ganz privat und ohne Zuschauer. Immerhin ist es nicht jedermanns Sache, dass dabei zugeschaut wird. Und ich bin schließlich nicht irgendwer«, fügte er selbstgefällig hinzu. »Wenn ihr das nicht respektiert, dann spiel ich nicht mit. Kapiert?«

»Oh, oh, der Herr ist aber schnell beleidigt.« Hubsi versuchte den aufsteigenden Ärger über den heute ausnahmsweise widerspenstigen männlichen Star der kleinen Company hinter einem scheinbar scherzhaften Ton zu verbergen. »Unser Mimoserl probt den Aufstand, na so was.«

Damit gab er endlich Ruhe.

»Also gut«, sprach er schließlich weiter, »wie machen wir das mit dem Interessenten, der die Frau zuerst sehen will? Hat jemand einen vernünftigen Vorschlag?«

Carmen, die bereits einige Male bei einer ähnlichen Sache mitwirkt hatte, hatte eine Idee und begann sogleich, sie den anderen vorzutragen.

»Das klingt gut«, räumte Hubsi ein, als sie fertig war. »Ich sehe kein Risiko dabei«, anerkannte Adam und Vickerl grinste nur beifällig.

»Wir machen die Videoaufnahmen spätestens morgen Abend«, stellte Hubsi fest. »Nachdem sich der Interessent der Echtheit unseres *Edelsteins* vergewissert hat.« Er lachte schmutzig und Carmen wollte ihm deshalb eine in die Goschn haun, änderte jedoch wieder ihre Meinung.

»Nachher müssen wir uns überlegen, was wir mit dieser Hildi machen«, sagte sie stattdessen.

»Was soll das heißen, ›was wir mit dieser Hildi machen‹?«, wollte Vickerl irritiert wissen, dessen Fantasie ebenso begrenzt zu sein schien wie sein Verstand.

»Na ja, wir müssen entscheiden, ob wir das Mädel gleich umbringen oder noch etwas leben lassen«, stellte Carmen mit brutaler Offenheit klar.

»Wieso müssen wir sie überhaupt töten? Ich habe gedacht, wir verwenden ganz normale Diamanten, und das Getue mit dem ›Pressen unter hohem Druck und Temperaturen‹ ist nur so ein technologisch verbrämter Verkaufsschmus.« Vickerl schien die eiskalte Vorstellung ganz und gar nicht zu gefallen. Im Gegenteil, er hatte richtig ... tja, Angst davor war wohl das richtige Wort. Entführung war eine Sache, Mord eine ganz andere. Außerdem eine Todsünde. Mit einem Male erinnerte er sich wieder an den Kaplan, der in der Schule versucht hatte, ihm und seinen Klassenkameraden den Unterschied zwischen Gut und Böse aus der Sicht der katholischen Kirche zu vermitteln.

»Wir müssen sie doch nicht töten, um an das Geld zu kommen«, stellte er nochmals trotzig klar, »was soll der Blödsinn?«

»Was sollen wir sonst mit ihr machen?«, entgegnete Carmen. »Wenn wir die Frau am Leben lassen, müssen wir sie tagtäglich füttern, ihr etwas zum Anziehen geben und sie vor allem bewachen. Dazu kommen die Kosten für Hygiene, Klopapier und so weiter. Fürs Heizen, Licht und vieles mehr. Nimm einmal an, das alles zusammen kostet uns pro Tag nun, sagen wir, nicht mehr als zehn Euro, sind das im Jahr immerhin 3.500 ...«

»3.650 Euro«, korrigierte Adam und war ganz stolz auf seine Rechenkünste. »Alle vier Jahre 3.660.«

»Egal, auf jeden Fall kostet uns jeder Tag, den sie länger als unbedingt notwendig lebt, Geld. Viel zu viel Geld«, fasste die Frau zusammen. »Wozu soll das gut sein? Dafür nehmen wir bestimmt nicht die ganze Arbeit und das Risiko auf uns.«

Das leuchtete Vickerl irgendwie ein, vor allem fand er zehn Euro am Tag verdammt wenig. Zu wenig, denn hin und wieder musste man Hildi doch etwas Besseres zum Essen geben, Fleisch zum Beispiel. Dann kleine Geschenke zu Weihnachten und zum Geburtstag. Mit 3.650 Euro im Jahr würde man höchstwahrscheinlich nicht auskommen. Doch die nette junge Frau deswegen gleich umbringen?

»Warum lassen wir sie nicht einfach wieder frei? Nach einer gewissen Zeit zumindest.«

»Er ist und bleibt unser Zucht-Trottel«, moserte Hubsi los. »Langer Schwanz, aber kein Hirn.«

Carmen machte sich dagegen die Mühe, ihrem Star die Dinge zu erklären. »Das ist eine Frage der Glaubwürdigkeit«, stellte sie klar. »Wenn wir sie freilassen, weiß jeder Mensch, der sich dafür interessiert, dass wir bei der Herkunft und Entstehung der Diamanten gelogen, also unsere Kunden beschissen haben. Das wäre sehr schlecht für die Zukunft des Geschäfts. So sinnlos und brutal es auch erscheinen mag, früher oder später werden wir uns von dieser Hildi verabschieden müssen.«

Als sie sein bekümmertes Gesicht sah, fügte sie besänftigend hinzu: »Falls du sie dir vorher noch ein paar Mal richtig vornehmen möchtest, nur zu. Auf ein, zwei Wochen mehr oder weniger soll es uns nicht ankommen.«

Carmen war schon immer ein eher großzügiger Mensch gewesen.

7.

Mittwoch, 10. März, vormittags

Der erste Teil von Hildis Plan hatte anscheinend ganz
gut funktioniert. Bis auf die provozierte und daher mehr
oder weniger freiwillig eingegangene Konfrontation mit
Vickerl Bohr in der vergangenen Nacht war sie nicht weiter belästigt worden. Dadurch, dass sie sich selbst zu diesem Verhalten und den damit verbundenen Konsequenzen entschlossen hatte, fühlte sie sich weder genötigt noch
missbraucht.

Im Gegenteil, die zumindest teilweise Kontrolle über
das Geschehen vermittelte ihr sogar ein durchaus positi-
ves Gefühl. Dazu kam außerdem, dass Vickerl ein recht
netter Kerl war und im Bett ... Pffft. Also wirklich, das
war schon was gewesen.

Sie kam sich ein bisschen nuttig vor. Nein, eher fri-
vol, vielleicht verrucht. Aber genieren wegen ihres Ver-
haltens würde sie sich nicht. Auch wenn sie dieser Epi-
sode in einer Autobiografie wahrscheinlich keine spezielle
Erwähnung schenken würde.

Und überhaupt, schliefen nicht andere Frauen aus viel
unwesentlicheren Motiven mit Männern, mit eigenen wie
fremden? In ihrem Fall ging es immerhin um ihre Freiheit. Wenn das keinen Fick wert war, noch dazu einen so
guten wie den vergangene Nacht, dann wusste sie wirklich nicht, wozu all that sex überhaupt gut sein sollte.

Natürlich war da noch Gerd, aber der war sicher ebenfalls kein Heiliger gewesen die ganze Zeit über. Wenn
man mit jemandem aus dem Showbiz zusammen war, fast

vier Jahre, mit all den kurzzeitigen Trennungen, die das zwangsläufig mit sich brachte, war völlig klar, dass das unmöglich auf Basis strikter sexueller Abstinenz erfolgen konnte, oder körperlicher Treue, wie Romantiker das gerne bezeichneten.

In den letzten Monaten hatte sich der Spinner zunehmend als ihr Verlobter betrachtet und sie war diesem Anspruch bislang wohl zu wenig entschieden entgegengetreten. Nun ja, es war gelegentlich ganz praktisch und schließlich war Gerd wirklich ein ganz Lieber. Mit ihm, mit dem sie sich bereits in der Sandkiste vertragen hatte, konnte man sicher einmal ganz angenehm zusammenleben. Später halt. Und bestimmt war sie ihm mehrfach angegitscht* immer noch lieber als überhaupt nicht, also als tot.

Das würde, nein, das musste er einfach verstehen.

Indes, sie musste ihm ja nicht alles auf die Nase binden. Was er nicht wusste, hatte ihn auch bisher nicht heiß gemacht.

Sie hörte, wie sich leise Schritte der kleinen Kammer näherten, in der sie die Nacht verbracht hatte und in der sie sich wohl auch einen großen Teil des heutigen Tages aufhalten würde. Daraufhin war das Hantieren mit einem Schlüssel zu vernehmen, die Tür ging auf und Vickerl betrat den Verschlag.

»Hier, Liebes«, er stellte ein Häferl auf den kleinen Tisch neben dem Bett, »ich habe dir Kaffee mitgebracht. Und«, er zog etwas in eine Papierserviette Gewickeltes aus seiner Jackentasche, »einen Krapfen. Er ist zwar von gestern und deswegen schon ein bisserl zach**, aber bes-

---

* angestoßen (auch im sexuellen Sinn)
** zäh

ser als gar nichts.« Dazu lächelte er ganz lieb. Alles lief programmgemäß. Der Bursche war offensichtlich in sie verknallt, dachte Hildi. Das würde sie sich bald zunutze machen.

»Wenn ich wieder …«, sie zögerte, »frei sein werde und du mich am Wildberg besuchst, können wir auf der Terrasse vor meinem Zimmer im Freien frühstücken. Die Aussicht auf die Berge, die klare Luft und die zwitschernden Vogerln«, schwärmte sie, »ein unvergessliches Erlebnis.« Ein Blick in Vickerls träumerische Augen ließ sie erkennen, dass bei dem guten Jungen der Film abspulte wie bei der Viennale.

»Ja, das wird schön«, meinte er leise. »Das sollten wir unbedingt machen.« Der Verzicht auf den Konjunktiv im ersten Halbsatz machte Hildi Mut. Wenn ihr unmittelbar Gefahr drohte, hätte Vickerl sicher gesagt: Das wäre schön. Hoffte sie zumindest.

Schnell nahm sie ein paar Schlucke warmen Kaffees, der zwar nicht sonderlich schmeckte, ihr jedoch schiere Lebenslust vermittelte. Sie nahm sich vor, Vickerl noch heute dazu zu bringen, mit ihr abzuhauen.

Der verliebte Gockel würde bestimmt alles machen, was sie von ihm wollte. Sobald sie ihn so weit hatte.

Verspielt und unschuldig schob sie ihr endlos lang wirkendes linkes Bein unter der Decke hervor und fuhr sich verträumt einige Male mit der Hand über diese fleischgewordene Einladung. Dies tat sie bis ganz, ganz oben. Nachdem sie dazu ein-, zweimal leise, aber unüberhörbar gestöhnt hatte, konnte sie Vickerls ungeteilter Aufmerksamkeit wieder völlig sicher sein.

Rasch entledigte sich der so Verführte seines Bademantels, schlüpfte zu Hildi unter die Decke und begann, lustvoll nach dem rechten, ebenso endlos lang wirkenden Bein der jungen Frau zu suchen.

Die Arbeit an ihrem Befreiungsplan konnte in die nächste Runde gehen.

*

Franka Wallner war sauer. Da war am Sonntag der Mord an einem gewissen Karl Lesonic entdeckt worden und heute, drei Tage später, stand man bei der Aufklärung noch immer am Anfang. Mehr oder weniger zumindest.

Sie hatte ihrem Stellvertreter, Inspektor Heidenreich, bereits ihre Meinung gegeigt, der jedoch hatte sich auf Mario ausgeredet. Sie war nun richtig neugierig, welche Ausrede Palinski geltend machen würde. Wobei, der war nur Berater und kein Angehöriger des Polizeiapparates. Und damit war es natürlich nicht Palinskis Sache, im Mordfall zu ermitteln. Franka Wallner konnte lediglich enttäuscht sein, weil er diesmal nicht so erfolgreich war wie sonst. Zumindest bisher nicht.

Seltsam, wie sehr sie alle sich inzwischen daran gewöhnt hatten, sich auf Palinski zu verlassen.

Doch konnte man das ja wirklich. Dass es auch Mario hin und wieder zu viel wurde, war nur zu verständlich, dachte sie, bereits wieder versöhnlicher gestimmt.

Aha, da war ein Foto des falschen Palinski. Sehr gut, endlich eine echte Chance, auch bei diesem Dauerbrenner einen Schritt weiterzukommen.

Was stand da auf der Rückseite? Der … Gesuchte hat … wer immer das geschrieben hatte, besaß eine absolut unleserliche Handschrift. Das letzte Wort schien ›Narbe‹ zu bedeuten.

Sie holte eine starke Lupe aus der Schreibtischlade und betrachtete das Foto nochmals. Ja, Narbe schien zu stimmen, die war in der Vergrößerung klar und deutlich auf der Stirn des Mannes zu erkennen.

Mit einem derartigen unveränderlichen Merkmal war der Kerl wahrscheinlich leicht zu identifizieren.

Daraufhin veranlasste Franka alles Notwendige, damit sämtliche Polizeidienststellen, die an der landesweiten Fahndung nach dem Scheißkerl beteiligt waren, der sich seit Monaten für Mario Palinski ausgab, eine Kopie des Fotos erhielten.

So, und nun musste sie nur noch danach trachten, den echten Mario zu sprechen, ihn zumindest ans Telefon zu bekommen. Sie wusste hingegen, dass er bei dieser SOKO für die verschwundene Volksmusiksängerin, wie hieß die Frau noch gleich, dabei war. Aber einige Minuten für ein paar Auskünfte zum Fall Lesonic würde Palinski hoffentlich erübrigen können.

*

Die Wurminzer war doch tatsächlich auf der Bank im Hof gesessen und hatte ihn abgepasst. Da war sich Palinski völlig sicher. Warum sonst war die alte Frau seit mindestens zehn Minuten vor acht da gehockt? War sofort aufgestanden und gegangen, nachdem er mit ihr gesprochen hatte?

Hatte den Hund, diese dicke, kurzbeinige, mitleiderregende Kreatur, zärtlich unter den Arm geklemmt und ihn die Stiegen hinaufgetragen.

»Die Stufen sind für Drafi einfach zu hoch«, hatte sie verlegen lächelnd erklärt, als Palinski ihr höflichkeitshalber die Türe zur Stiege 3 aufgehalten hatte.

Dass sie schon so früh da gewesen war, wusste er ganz genau, weil er auf die Uhr gesehen hatte, als er der Frau erstmals ansichtig geworden war.

Dabei hatte es bis zum frühen Morgen wie aus Schaffeln geschüttet* und selbst die betonierten Wege im Hof zeigten noch feuchte Flecken. Sicher war auch die Sitzfläche der Bank noch nicht ganz trocken gewesen, als sie darauf Platz genommen hatte, obwohl inzwischen wieder die Sonne schien.

Dass es für die Wurminzer so wichtig zu sein schien, ihn bei diesem komischen Essen dabeizuhaben, war ja irgendwie rührend, gleichzeitig auch beängstigend.

Also gut, er hatte für morgen Abend zugesagt. Wenn sie sich solche Mühe gab, sollte das honoriert werden. Nein, heute ging es auf keinen Fall, hatte er ihr klargemacht, es gab einfach wahnsinnig viel zu tun. Allerdings würde er es sich morgen sicherlich irgendwie einteilen können.

Er musste ihr bei dieser Gelegenheit unbedingt klarmachen, dass das mit dem Schlemmen nicht so weitergehen konnte und dass er den Schmäh mit dem ›Ehrengast‹ sehr wohl durchschaut hatte, obwohl er sich in gewisser Weise durchaus geehrt fühlte. Doch vor allem schmeckte es einfach köstlich bei ihr.

Genau das war der springende Punkt. Die Wurminzer kochte so gut, dass ihm nach einer Woche Essen mit Hermine, wie er die Fressorgien euphemistisch für sich nannte, nichts mehr passen würde.

Ach endlich, das Taxi war beim Bundeskriminalamt angelangt. Palinski zahlte, stieg aus und steuerte das Büro von Chefinspektor Helmut Wallner an.

---

* wie aus Kübeln gießen

Als er kurz nach 9 Uhr erschien, wurde er bereits dringend mit zwei aktuellen Nachrichten erwartet, die in Verbindung mit dem Raub der Leiche des Kammersängers Boreskov standen.

Erstens hatte ein Internetspezialist des BK im Laufe der Nacht herausfinden können, dass es sich bei einem Posten im Angebot des größten Online-Auktionärs ohne Zweifel um einen Edelstein handeln musste, der mit Konstantin Boreskov in Verbindung zu stehen schien.

Natürlich war das Angebot so geschickt spezifiziert und dadurch völlig harmlos zu interpretieren, dass man niemanden direkt darauf festnageln konnte. Aber wenn man wusste, wonach man zu suchen hatte, war die Botschaft eindeutig und das Ergebnis hieb- und stichfest.

Da der Kammersänger, soweit bekannt, abgesehen von kleineren medizinischen Problemen zu Lebzeiten keinerlei Steine sein Eigen genannt hatte, konnte es sich bei dem kryptisch als ›Besondere Rarität – ein Opernereignis, siehe unter Tagesgeschehen‹ angekündigten Ding lediglich um einen synthetisch aus der Asche Boreskovs hergestellten Diamanten handeln.

Oder korrekter formuliert: aus seiner Asche noch herzustellenden Diamanten.

Das Angebot lag derzeit, etwas mehr als 33 Stunden nach Eröffnung der Versteigerung, bei 38.750 Euro und die Angebotsfrist sollte noch mehr als drei Wochen laufen. Da war so viel Platz nach oben, dass Palinski bei dem Gedanken, wohin das führen könnte, ganz schwindlig wurde.

Wie hieß es doch so treffend: Man sollte den Tag nicht vor dem Abend loben. Oder noch besser, man durfte das Fell des Bären nicht verteilen, solange dieser noch am Leben war.

Und genau das war Gegenstand der zweiten aktuellen Nachricht: In einem Außenbezirk von Regensburg war es gestern Abend an einer Kreuzung zu einem schweren Auffahrunfall gekommen. Ein betrunkener Lkw-Fahrer hatte sein Fahrzeug nicht rechtzeitig abbremsen können und war in ein Kühlfahrzeug gekracht, das bei einer roten Ampel hielt.

Nachdem sich im Führerhaus des am Heck schwerbeschädigten Kastenwagens mit österreichischem Kennzeichen der erste Schock gelegt hatte, geschah etwas Sonderbares. Als sich einige Helfer der Fahrerkabine näherten, sprangen der Lenker und sein Beifahrer aus dem Fahrzeug und rannten davon.

Sie suchten einfach das Weite und ließen das Fahrzeug mit laufendem Kühlaggregat zurück. Nach Aussagen mehrerer Zeugen humpelte einer der beiden Flüchtigen stark. Es war allerdings nicht klar, ob der Mann durch den Unfall verletzt worden war oder bereits zuvor an einer Gehbehinderung gelitten hatte.

Die Regensburger Polizei hatte daraufhin gründlichst die Ladefläche untersucht und einen grausigen Fund gemacht. Unter einer Decke und in einige Plastikplanen eingewickelt lag eine männliche Leiche. Der Tote war etwa 50 Jahre alt, trug einen teuren schwarzen Designeranzug und einige hohe Ehrenzeichen, wie zum Beispiel der Republik Österreich und der Stadt Wien, an die Brust geheftet.

Für einen der Beamten, Hans Joachim Bellwitz, einen wahren Fan klassischer Musik und gestandenen Opernliebhaber, der ob dieser Neigung von den Kollegen immer wieder belächelt worden war, schlug nun die große Stunde.

»Mensch«, meinte der erst vor einem knappen Jahr aus Brandenburg zugezogene Oberwachtmeister, »det is doch dieser Kammersänger, den se in Wien jeklaut ham. Der Konstantin Boreskov, jawohl, det is er.«

Damit hatte Bellwitz in zehn Sekunden geschafft, was ihm mehr als elf Monate lang nicht gelungen war. Er hatte sich die Achtung und den Respekt seiner Kollegen verschafft, war mit einem Schlag einer der ihren geworden.

»Na, die Entführer werden ganz schön blöd aus der Wäsche schaun«, freute sich Palinski schadenfroh, als er den Bericht über diesen Vorfall vernommen hatte. »Mit so was muss man eben rechnen. Dann bestehen ja beste Chancen, diesen Vögeln auf die Spur zu kommen. Es werden sich sicher jede Menge Fingerabdrücke im Wagen finden lassen.«

»Vor allem wird es spannend werden, wie sich diese Geschichte auf die Internetauktion auswirken wird«, mutmaßte Wallner. »Sobald die Nachricht erst durch alle Medien gegangen ist.«

Er grinste schadenfroh. »Da zeichnet sich die Achillesferse dieser Art Verbrechen deutlich ab. Wir sollten uns überlegen, inwieweit es bei solchen Geschichten in Zukunft hilfreich sein wird, ganz einfach möglichst wirkungsvoll Zweifel zu säen. Die Seriosität solcher Angebote grundsätzlich infrage zu stellen. Wer kauft schon gerne die Katze im Sack?«

Palinski nickte. »Das klingt gut«, bestätigte er, »in diesem Fall läuft alles auf die Frage der Glaubwürdigkeit hinaus. Die der Anbieter, aber natürlich auch die der Polizei.«

Danach begaben sich die beiden in den ›Kleinen Besprechungsraum‹, in dem die restlichen Mitglieder der SOKO

193

bereits mit der Vorbereitung der ersten Falle für die Entführer Hildi Forderbergs befasst waren.

Die Reaktion auf das zweite fingierte Angebot, das, in dem die Besichtigung des noch lebenden ›Rohstoffes‹ zur Bedingung gemacht worden war, stand allerdings noch aus.

Palinski war zuversichtlich. »Das Offert ist so gut, dass diese Leute nicht widerstehen werden können.«

Wallner nickte, war dennoch etwas skeptisch. Dieser Plan war für die Entführer mit unverhältnismäßig großem Risiko verbunden.

Und dann, wozu sollten sie sich aus ihrer Position des Stärkeren heraus darauf einlassen? Echte Profis gingen sicher nicht darauf ein.

Möglicherweise hatte Palinski ja doch recht und es handelte sich um dilettierende Anfänger oder überhaupt um schlichte Idioten.

*

Hildi mochte Vickerl inzwischen richtig gerne. Ja, unter anderen Umständen hätte man wahrscheinlich sogar sagen können, sie war gerade dabei, sich in diesen großen Buben zu verlieben.

Gut, er war keine Geistesgröße. Aber intelligent war sie ohnehin selbst. Er dafür war zuvorkommend, höflich und, na eben lieb. Zudem schien er sich nicht viel aus der Tatsache zu machen, dass sie dank ihres künstlerischen Erfolges inzwischen stinkreich war. Also, wenn er sie begehrte, bestimmt nicht wegen ihres Geldes. Hildi wusste, wie sich Männer verhielten, die hinter Geld her waren und Vickerl gehörte definitiv nicht zu dieser Spezies.

Ja, und zusätzlich war der Bursche natürlich ein Wahnsinn im Bett. Jetzt erst wusste sie, was ein richtiger Orgasmus war. Der Unterschied zwischen dem, was sie bisher dafür gehalten und nunmehr erlebt hatte, war wie der zwischen einem lauen Frühlingslüftchen und einem tropischen Wirbelsturm. Sturmwarnung für die gesamte Küste. Sie lächelte. Ein, nein, ihr persönlicher Hurrikan namens Viktor.

»Kannst du eigentlich singen?«, flüsterte sie ihrem gerade im Auge des Tornados ermattet vor sich hindösenden Helden ins Ohr.

»Na ja, nein, eigentlich habe ich es seit der Volksschule nie mehr probiert«, murmelte Vickerl verschlafen. »Wieso willst du das wissen?«

Eine gute Frage, die ihr einfach so herausgerutscht war. Eigentlich war es nicht Hildis Art, dass ihr etwas herausrutschte. Demzufolge musste sie für die Frage sehr wohl einen Grund gehabt haben. Einen versteckten, den sie im Moment noch nicht kannte. Aber sie würde sicher später irgendwann draufkommen.

»Ach, nur so. Mir ist gerade durch den Kopf gegangen, wie gut du in einer Krachledernen und Wadlschützern auf einer Bühne aussehen würdest.«

Hoppla, jetzt war sie echt ein wenig erschrocken. Der Gedanke ging wirklich ein bisschen zu weit. Das war ja fast schon Planung für die Zukunft.

»Na, vielleicht sollten wir es einfach einmal versuchen.«

Das war nochmal so ein Gedanke gewesen, der laut Form angenommen hatte. Was war heute bloß mit ihr los?

Vickerl hatte sich im Bett aufgesetzt und Hildi kuschelte sich an seine breite Brust. Es war irgendwie … ja, fast schon beängstigend, wie sehr seine Nähe sie erregte und gleichzeitig ungemein beruhigte. Für diesen scheinbaren Widerspruch gab es nur eine Erklärung: Auch wenn sich ihr Verstand dagegen wehrte, sie mochte den Kerl eben. Nein, korrigierte sie selbstkritisch, das war durchaus mehr. Sie hatte sich offensichtlich in einen in ihre Entführung verwickelten Pornodarsteller verliebt.

Wer war dieser Viktor Bohr eigentlich?

Und warum wirkte er plötzlich so ... abwesend?

Tatsächlich machte der junge Mann im Augenblick einen nachdenklichen Eindruck. »Ich denke, ich muss dich so rasch wie möglich von hier wegschaffen«, flüsterte er ihr zu und bedeutete ihr, ebenfalls leise zu sprechen.

»Das wäre schön«, wisperte sie zurück, »denn auf Dauer gehen mir deine Kumpel ganz schön auf die Nerven«, sie lachte etwas zu laut.

»Hast du eigentlich eine Ahnung, warum man dich entführt hat?«, fuhr er fort und versuchte, ihr zartes Streicheln der Innenseite seines linken Oberschenkels zu ignorieren.

Der Tonfall seiner Frage schien Hildi den Ernst ihrer Situation signalisiert zu haben. Auf jeden Fall stellte sie ihre Verführungsversuche vorerst einmal ein.

»Na ja, ich nehme an, ihr wollt ein Lösegeld für mich erpressen«, meinte sie. »Keine Angst, meine Leute zahlen ganz bestimmt. Gegen so etwas bin ich sogar versichert. Bis fünf Millionen Euro«, klärte sie ihn in fast schon wieder normaler Tonlage auf. »Wie viel habt ihr denn verlangt?«

»Nicht so laut«, ermahnte er sie und legte den Finger auf seine Lippen. »Ich weiß nicht, ob wir hier nicht abgehört werden.« Dann näherte er sich mit seinem Mund ihrem rechten Ohr, küsste es zärtlich und flüsterte: »Du hast keine Ahnung, was die mit dir vorhaben. Also pass auf. Ich werde dir den ganzen Plan erklären, so gut ich kann. Und keine Angst, ich werde das alles nicht zulassen.« Daraufhin erzählte er ihr die Sache von dem Diamanten, den man aus der Asche herstellen wollte, die entstand, wenn man ihre Leiche verbrannte. Was das bedeutete, musste er ihr wohl nicht erklären. »Aber, wie gesagt, ich lasse das auf keinen Fall zu«, beteuerte er nochmals.

Hildi hielt das alles zunächst für einen schlechten Scherz. Nachdem Vickerl keinerlei Anzeichen machte, zu schmunzeln oder gar zu lachen, bekam sie es mit der Angst zu tun. Und das ganz schrecklich.

*

In den 11-Uhr-Nachrichten war die Meldung, dass der Leichnam des Kammersängers Konstantin Boreskov in einem in Regensburg in einen Unfall verwickelten Kühlwagen gefunden worden war, über den Rundfunk gegangen. Und dass sich Fahrer und Beifahrer des Fahrzeuges nach wie vor auf der Flucht befanden. Nach beiden wurde in ganz Europa gefahndet.

Als Florian Nowotny kurze Zeit später nachschaute, ob und wie sich diese Entwicklung auf die bereits im Gange befindliche Online-Auktion des Boreskov-Diamanten ausgewirkt hatte, war diese spezielle Versteigerung bereits abgesetzt worden. ›Aus technischen Gründen abgebrochen‹, wie es in einem kurzen Hinweis lapidar hieß.

Rein durch Zufall, er hatte in Gedanken den Namen Lesonic anstelle von Forderberg in die Suchmaschine eingetippt, war Florian auf einen eigenartigen Artikel in den Wiener Zeiten gestoßen.

Unter der Schlagzeile ›Hundemörder zu 1.200 Schilling Schadenersatz verurteilt‹ wurde hier von einem hartnäckigen Rachefeldzug berichtet, den eine ältere Hundeliebhaberin vor einigen Jahren gegen einen notorischen Raucher, einen gewissen Karl L., geführt hatte.

Der arbeitslose Mann hatte sich als Kleintiersitter etwas Geld zu seiner kargen Notstandshilfe dazuverdient und vor allem auf die Hunde und Katzen aus seinem Grätzel* aufgepasst.

Als nach nur wenigen Jahren ein überraschend hoher Prozentsatz dieser Tierchen einging, und das unter schrecklichen Umständen, brachte das zunächst noch niemand mit L. in Verbindung.

Bis zu dem Tag, an dem eine Frau ihr geliebtes Viecherl früher als vereinbart abholen wollte und dabei Zeuge wurde, wie Karl L. die ihm anvertrauten Tiere in einem klitzekleinen Raum, einem Kammerl in seiner Wohnung eingesperrt hielt, dabei eine Zigarette nach der anderen pofelte und sich mordsmäßig darüber amüsierte, wie die armen Kreaturen unter dem dichten Rauch litten.

Als ihr Hund knapp zehn Monate später elendiglich an mehreren bösartigen Gewächsen im Bereich der Atemwege zugrunde gegangen war, hatte die schockierte Frau die Initiative ergriffen und Strafanzeige gegen Karl L. erstattet.

---

* Teil eines Wohnviertels, Häuserblock

Wegen Hundemordes oder alternativ wegen grob fahrlässiger Tötung eines ihm zeitweise anvertrauten Tieres, also eines Schutzbefohlenen, durch zwangsweises Passivrauchen.

Dazu hatte die Frau die nicht unbeträchtlichen Kosten der tierärztlichen Behandlung sowie ein Schmerzensgeld von 50.000 Schilling (ca. 3.580 Euro) im Zivilrechtswege eingeklagt.

Es kam, wie es kommen musste in einem Gemeinwesen, in dem ein Hund straf- wie auch zivilrechtlich den gleichen Status hatte wie ein Auto oder ein Paar Schuhe. Nämlich eine Sache war. Nicht mehr und nicht weniger.

Der ›unzuständige‹ Staatsanwalt hatte die Anzeige natürlich sofort zurückgelegt, sobald sich sein Lachanfall gelegt hatte. Die Richterin am Bezirksgericht hatte der Frau den Betrag von 1.200 Schilling (ca. 80 Euro) zugesprochen. Für das Gericht war ›Totalschaden‹ vorgelegen. Und der Wert der ›besonderen Vorliebe‹, den die Klägerin ins Treffen geführt hatte, war für die Bemessung des Schadenersatzes nun einmal nicht zu berücksichtigen gewesen.

Angesichts des Stammbaumes des Hundes, direkt links vor dem Haupteingang zum Tierschutzhaus und der charmanten Mischung aus verschiedenrassigen Vorfahren, ohnehin ein großzügig bemessener Betrag, wie Kenner der Szene meinten. Allerdings war Karl L. nicht ganz ohne Strafe davongekommen.

Wegen Tierquälerei im Wiederholungsfalle war der Mann neben einer bedingten Haftstrafe immerhin zu einer Geldstrafe von 800 Schilling (ca. 58 Euro) verdonnert worden.

Für die wehrhafte Hundefreundin war der Glaube an die Gerechtigkeit allerdings schwer unter die Räder gekommen. Und dass ihre vierbeinigen Lieblinge im juristischen Sinne nur Sachen sein sollten in diesem Lande, ließ sie kurz an Auswanderung und nachhaltig an Rache denken.

Florian schüttelte leicht den Kopf. Sachen gab es. Dieser Lesonic war wirklich ein mieser Kerl gewesen.

Doch deswegen ermordet zu werden, das war wieder eine ganz andere Sache.

Er beschloss, den Artikel auszudrucken und den Lesonic-Unterlagen beizufügen. Man konnte ja nie wissen, wann man was wo gebrauchen konnte.

*

Wilma saß in einer Besprechung mit einigen Kollegen des gymnasialen Lehrkörpers in der Klostergasse. Es fiel ihr schwer, sich auf die Lösung des Problems ›Provisorische Vertretungsregelung aus Anlass massiver grippebedingter Absenzen‹, das Gegenstand dieses Treffens war, zu konzentrieren.

Mein Gott, dachte Wilma, die Angelika, das war Magistra Berenitz, ihre Administratorin, verstand es wirklich immer wieder, die Trostlosigkeit dieser Art Veranstaltung durch besonders sperrige Umschreibungen des zur Diskussion stehenden Themas und die daraus resultierende Langeweile bereits in der Einladung zum Ausdruck zu bringen.

Aber was sollte diese leichte Wehleidigkeit, als Direktorin der Schule zählte es nun einmal zu Wilmas Pflichten, solche Meetings bei Bedarf einzuberufen und ihnen vorzusitzen.

Abgesehen davon war sie heute so überhaupt nicht bei der Sache. In Gedanken lief der gestrige Abend nochmals vor ihrem geistigen Auge ab.

Da war vor allem diese wirklich einmalige Opernpremiere, die durch das erste gemeinsame und sensationelle Auftreten der Newcomerin Eva Patschenkov in der Titelrolle und des ungekrönten Wiener Tenorlieblings Ernesto di Mandrisio einen zusätzlichen Höhepunkt erfahren hatte.

Spontaner Szenenapplaus sowie 17, ja, *17* Vorhänge nach Beendigung der Aufführung hatten Wilma das Gefühl vermittelt, Zeugin eines musikhistorischen Ereignisses gewesen zu sein.

»… Katzbacher in der vierten Stunde in die 6b zu schicken?« Erwartungsvoll blickte Kollege Hernsberger, der die Frage formuliert hatte, seine Chefin an.

Die reagierte aber nicht. Kein Wunder, war sie in Gedanken doch noch beim 14. Vorhang. Erst nachdem der Englisch und Turnen unterrichtende Pädagoge zweimal gehüstelt hatte, merkte Wilma, dass man irgendetwas von ihr erwartete.

»Ja, ja, machen Sie das ruhig so«, meinte sie automatisch und in der sicheren Erwartung, den ihr unbekannten Gegenstand ihrer Zustimmung später im Sitzungsprotokoll nachlesen zu können. Auf Angelika war Verlass in diesen Dingen.

Dann die Premierenfeier in der Kantine der Oper.

Also, wenn das eine typische Kantine gewesen war, so wollte sie den gastronomischen Rest ihres Lebens nur mehr in Kantinen verbringen. Erstklassige Qualität und geschmackvolle Ausstattung in Kombination mit einem Hauch unsterblicher Kultur an allen Ecken und Enden, was für eine Atmosphäre.

Schließlich hatte ihr Mandrisio persönlich die Hand geküsst und angeboten: »Saggene Sie docke Ernesto to me, gnädicke, eh Signora.«

Den tiefen Blick aus seinen blauen in ihre braunen Augen, der diesem Angebot gefolgt war, würde sie nie im Leben vergessen.

Unvergesslich würde ihr, trotz des leicht schlechten Gewissens danach, auch das Abschiedsbussi Olivers bleiben. Die sanfte Berührung seiner geschlossenen Lippen auf ihrem Ohr hatte ihr eine Gänsehaut über den Rücken laufen lassen.

Wenn sie ganz ehrlich war, hatte sie eigentlich mit einer etwas anderen Verabschiedung gerechnet und wahrscheinlich auch erwartet. Ja, sie war sogar ein wenig enttäuscht gewesen.

Bei Tageslicht betrachtet war Wilma froh, dass Oliver die Situation nicht ausgenützt hatte. Was war eigentlich in sie gefahren? War das Vierteljahrhundert mit Mario plötzlich nichts mehr wert? Ihrem Mario, der gestern wieder einmal eine seiner Heldennummern abgezogen hatte. Diesmal im Finanzamt, wie sie aus den Nachrichten vernommen hatte.

Waren es die paar romantischen Stunden in der Oper, mit einem jungen Mann, der ihr Sohn sein könnte, fast zumindest, wirklich wert, ihr bisheriges Leben über Bord zu werfen, ihr Familienglück aufs Spiel zu setzen?

Sie musste diese Affäre unbedingt beenden, bevor sie richtig anfing. Wilma nahm sich ganz fest vor, noch heute …

»… die Neue in die Klasse von Iris geben, bis Kollege Maroltinger von der Schulung zurück ist. Ich glaube, das wäre am einfachsten.«

Beifall heischend sah Professorin Marthe Lene, eine

Samin mit deutscher Mutter, jawohl, so etwas gab es nur in Wien, außer noch in Lappland vielleicht, ihre Direktorin an, die das wieder nicht richtig mitbekommen hatte, aber dennoch automatisch routinemäßige Zustimmung signalisierte.

Wozu hatte sie mit Magistra Berenitz so eine zuverlässige Protokollführerin.

*

»Wir müssen los«, ermahnte Hubsi seine Komplizin Carmen, »wenn wir um 13 Uhr in der Tiefgarage am Schwedenplatz sein wollen. Bei dem Verkehr brauchen wir mindestens 45 Minuten. Außerdem sollten wir auf jeden Fall einige Minuten vor den anderen da sein.« Er machte eine unbestimmte Bewegung mit der rechten Hand. »Lage sondieren, Positionen beziehen, Rückzug sichern. Na, du weißt doch«, gab er sich ganz professionell. »Das ganze Programm eben.«

Carmen, die ganz genau wusste, dass sich Hubsi zum ersten Mal in einer solchen Situation befand und seine ganze Klugscheißerei bestenfalls aus einschlägigen Filmen und Serien bezogen haben konnte, lachte nur verächtlich. Sie wollte die ohnehin schon angespannte Stimmung vor der Abfahrt zu dieser heiklen Mission nicht noch zusätzlich mit spöttischen Statements belasten.

»Ist klar«, ließ sie dann doch etwas herablassend hören, was an Hubsi allerdings abzuprallen schien. »Komm, wir müssen los, damit wir rechtzeitig wieder zurück sind. Vergiss nicht, um Mitternacht haben wir den nächsten Auftritt. Mit unserer Schönen am Parkplatz vor dem Haupteingang zum Messegelände.«

203

»Sollten wir nicht noch auf Vickerl warten?« Hildis neuer Sexpartner und männlicher Star des noch zu drehenden Hardcore-Pornos hatte sich gegen 10 Uhr empfohlen, um einen dringenden privaten Weg zu erledigen. Er hatte gegen 11.30 Uhr wieder zurück sein wollen. Mittlerweile ging es bereits auf 12 Uhr zu und weit und breit war nichts von ihm zu sehen.

»Na ja, bei dem Verkehr kann er sich natürlich etwas verspäten«, beruhigte Hubsi, »aber wir sollten fahren. Adam reicht völlig aus, um die Tussi unter Kontrolle zu halten. Die läuft uns mit Sicherheit nicht davon«, er lachte wie über einen guten Witz. »Sie hat ja nicht einmal mehr was zum Anziehen außer ein paar Decken. Und vergiss nicht, ihren Führerschein mitzunehmen. Damit uns diese Fuzzis auch glauben, dass wir das Weib wirklich haben.«

Nachdem sie Adam über seine Aufgaben für die nächsten Stunden peinlich genau instruiert hatten, verließen Carmen und Hubsi das Versteck.

»Komm ja nicht auf die Idee, dich an der Frau zu vergreifen«, hatte ihn Hubsi noch ermahnt. »Wir brauchen sie heute Nacht noch unbeschädigt. Ab morgen kannst du mit ihr machen, was du willst.«

Der Gedanke daran gefiel dem testosterongesteuerten Jüngling nicht schlecht, wie sein dümmliches Grinsen zu beweisen schien. Andererseits wusste man bei Adam nie genau, woran man war.

Carmen machte sich etwas Sorgen um ihre wertvolle Geisel. Vor allem hasste sie Männer, die Frauen Gewalt antaten. Gut, dass diese Hildi irgendwann demnächst sterben würde, war eine Sache. Geschäft war eben Geschäft.

Doch bis es so weit war, würde sie, Carmen, darauf achten, dass ihre Geschlechtsgenossin mit einem Minimum an Respekt behandelt wurde.

*

Viktor Bohr wartete bereits seit 20 Minuten auf die Abfahrt Hubsis und Carmens. Er war lediglich kurz im Ort gewesen, um Geld aus dem Automaten sowie etwas zum Anziehen für die Entführte zu besorgen.

Er verließ seinen hinter einem dichten Gebüsch versteckten Golf sofort, nachdem der Wagen mit den beiden Komplizen in Richtung Wien verschwunden war.

Jetzt hatte er es richtig eilig, denn er wollte Hildi, in die er sich mit aller Macht verliebt hatte, keine Minute zu lange allein mit Adam lassen. Gott allein wusste, wozu diese Sau fähig war.

Zärtlich dachte er an die herrliche Frau, deren Zuneigung das althergebrachte Vorurteil von ›Crime doesn't pay‹ auf so wundersame Weise widerlegte.

Kaum hatte er das Gelände betreten und strebte gerade auf das Gebäude zu, in dem sich Hildi eingesperrt in einer kleinen Kammer befand, als er von drinnen einen ersten Hilferuf hörte. Augenblicklich ließ er das Plastiksackerl mit den Bekleidungsstücken fallen und rannte los.

*

Als Carmen und Hubsi das Gebäude verlassen hatten, machte sich Adam ohne Umstände auf den Weg zum verschlagartigen Kammerl mit der gefangenen jungen

Frau. Ihm war völlig egal, ob und was ihm diese beiden Wichtigtuer erlaubten, die meinten, hier das Kommando zu haben. Er wusste genau, was er wann wollte, und das war das Entscheidende.

Über das ganze Gesicht grinsend, schob er sich die Ärmel seines Hemdes bis zum Ellbogen hoch. Die Kleine hatte einen durchtrainierten Körper, so viel hatte er bereits erkennen können. Diese jungen Weiber heute lernten oft die eine oder andere Kampfsportart und machten einem dann unerwartet Schwierigkeiten. Ihm war das einmal mit einer Studentin passiert, die ihn ziemlich böse zwischen den Beinen erwischt hatte und anschließend davongelaufen war. Schlampe, die verdammte, das würde ihm nie wieder passieren, hatte er sich damals geschworen.

Seither gab es immer erst einen kräftigen Hieb auf den Kopf, der das Mädel bewusstlos machte. Na gut, ein einziges Mal hatte er zu hart zugeschlagen und die Kleine war tot gewesen. Aber so eine Panne war ihm seither nie mehr unterlaufen.

War ja auch zu ärgerlich, mit einer Toten zu bumsen. Völlig unsexy, wenn sie später, nachdem sie normalerweise wieder bei der Sache sein sollte, nicht schrie, stöhnte oder zumindest um Gnade winselte.

Wie gesagt, jetzt hatte er den Dreh heraus, beherrschte die richtige Dosierung beim Schlagen.

In der Kammer konnte Hildi die sich nähernden Schritte und das erregte Schnaufen hören. Die junge Frau wusste sofort, dass das nichts Gutes zu bedeuten hatte. Rasch blickte sie sich in dem kleinen Raum nach einem Gegenstand um, den sie als Waffe verwenden konnte. Nur da war nichts.

Leicht panisch riss sie den kleinen Kasten in der Ecke auf, in dem sich noch alte Aktenordner, Papier und sonstige Reste früheren Bürolebens befanden. Ganz hinten in der Ecke, halb versteckt unter alten Zeitungen und schmutzigen Wischtüchern, fand sich doch tatsächlich ein Ding, das zumindest besser als nichts war. Das Ablaufdatum auf der äußeren Hülse war allerdings seit Langem überschritten, aber sie wollte das Zeug ja nicht fressen.

Inzwischen war der Mann vor der Tür eingetroffen und begann, mit ihr zu sprechen. »Keine Angst, Kleine«, versuchte er sie mit öliger Stimme zu beruhigen. »Wir werden uns bestimmt gut vertragen. Warum sollst du nach diesem scheiß Vickerl nicht auch einmal einen richtigen Mann in Aktion erleben.« Er lachte dreckig. »Damit du siehst, wie gut ficken wirklich sein kann.«

Hildi fand, dass es nun langsam an der Zeit war, Angst zu zeigen. Auch wenn das lediglich dazu gut sein sollte, den Kerl da draußen in die Irre zu führen, dachte sie kämpferisch. Tatsächlich zitterte sie am ganzen Körper und hatte schreckliche Angst, als sie mit dem Ding in der Hand hinter der Türe Stellung bezog und einen ersten Hilfeschrei ausstieß.

»Ruhig, Kleines«, kam es heftig atmend von der anderen Seite der Türe zurück. Es war offensichtlich, dass sich das Schwein da draußen an der Angst seiner Opfer aufgeilte, ehe er sie vergewaltigte.

Nicht mit mir, nahm sich Hildi vor und glaubte fest daran. Sie hörte, wie sich der Schlüssel langsam im Schloss drehte. Erst einmal und schließlich ein zweites Mal.

Bereits nach der ersten Umdrehung hatte sie gellend zu schreien begonnen, auf eine Art und Weise, von der

207

sie hoffte, dass sie dem Arsch das Gefühl vermittelte, sie würde vor Angst durchdrehen.

Dabei war sie ruhiger geworden und registrierte dieses Gefühl mit einigem Erstaunen. Das Brüllen schien sie befreit zu haben. Auf jeden Fall ging es ihr gerade besser als noch vor drei Minuten.

Langsam schob sich die Türe auf und Hildi konzentrierte sich darauf, einen Kopf zu sehen. Auf den sie mit aller Kraft einschlagen konnte. Mit dem alten, längst nicht mehr funktionsfähigen Feuerlöscher, den sie im Kasten gefunden hatte. Der mit seinen, na, mindestens fünf Kilogramm Gewicht hervorragend geeignet war, ihrem Angreifer …

Da war auch schon Adams Kopf, dann der Schlag und gleich darauf nur mehr der erstaunte Ausdruck in den Augen des Monsters. Plötzlich tauchte da Vickerl auf, der den bereits bewusstlos wirkenden Angreifer von hinten umschlang, ihn mit seinen kräftigen Armen gleichsam fesselte und seinen Kopf mit aller Wucht gegen den Türstock drosch.

Vor Erleichterung war Hildi auf den Boden gesunken und fing an zu weinen.

»Hör endlich auf, Viktor«, forderte sie schließlich ihren Beschützer auf, der noch immer den Kopf seines Widersachers demolierte, »ich glaube, Adam ist tot.«

»Tot?«, Vickerl merkte erst jetzt, was er in seiner Wut angerichtet hatte. Er ließ den leblosen Körper zu Boden sinken, wo sich längst eine große Blutlache gebildet hatte.

Hildi, die einmal aus PR-Gründen an einem Erste-Hilfe-Kurs teilgenommen hatte, war froh darüber. Sie wusste nämlich ganz genau, wo sie einen Puls hätte finden müssen, falls einer da gewesen wäre. Was jedoch nicht der Fall war.

»Und?« Vickerl hing förmlich an ihren Lippen, er hoffte, sie würde ihm irgendwie zu verstehen geben, dass Adam doch noch lebte. Aber Hildi starrte nur stumm vor sich hin.

»Es war Notwehr oder so etwas Ähnliches«, versuchte sie, ihn nach Überwinden des Schweigens zu trösten. »Sonst hätte er mich vergewaltigt oder vielleicht sogar umgebracht.«

»Ja, ja«, Vickerl war völlig durcheinander, »aber ich wollte ihn bestimmt nicht umbringen. Ich wollte dich nur retten, nicht ihn töten. Ich bin doch kein Mörder.«

»Das eine ist eben passiert, weil dir das andere gelungen ist«, versuchte Hildi, ihn zu beruhigen. »Oder wäre es dir andersrum lieber gewesen?« Das war ganz schön provokant gewesen, dennoch wirksam, da Vickerl nach einigen Sekunden ein wenn auch nur müdes Lächeln aufsetzte und den Kopf schüttelte.

»Da hast du recht«, räumte er ein. »Komm, wir gehen. Verschwinden wir endlich von hier.« Er legte ihr eine Decke über die nackten Schultern. »Draußen habe ich ein paar Kleidungsstücke für dich. Hose und Pullover, nicht gerade elegant, aber warm. Du kannst dich im Auto umziehen.«

Er machte wieder einen einigermaßen normalen Eindruck und Hildi war froh darüber.

»Er war ganz einfach ein schlechter Mensch, der sein Schicksal herausgefordert hat«, versuchte sie, ihn weiterhin aufzurichten. Doch das war gar nicht mehr notwendig.

»Schon gut«, meinte er im Hinausgehen, »es geht wieder. Übrigens, du warst auch nicht übel«, anerkannte er. »Der Schlag auf Adams Schädel war nicht von schlechten Eltern.« Er zögerte einen Moment, ehe er fortfuhr. »Wer weiß, vielleicht ist er ja danach schon tot gewesen.«

Komisch, dachte Hildi, diese Möglichkeit war ihr vorhin ebenfalls durch den Kopf gegangen.

8.

Mittwoch, 10. März, nachmittags

Chefinspektor Wallner hatte im dritten Untergeschoss der Parkgarage am Schwedenplatz fünf Mann unauffällig um den vereinbarten Treffpunkt links neben dem Zugang zum Hauptstiegenhaus postiert. Bei der Ausfahrt standen zwei weitere Männer mit einem schweren Geländewagen bereit, um diese bei Bedarf sofort zu blockieren.

Darüber hinaus warteten zwei motorisierte Teams darauf, sich unauffällig auf die Spur der Entführer zu heften, sobald diese die Garage wieder verließen.

Das Team im dritten Untergeschoss stand unter der unmittelbaren Leitung von Hauptmann Bachmayer, der mit Wallner in der Kommandozentrale in ständiger Sprechverbindung stand.

Der Plan war natürlich nicht, die zu dem Treffen erscheinenden Entführer zu verhaften, damit hätte man lediglich das Leben Hildi Forderbergs in Gefahr gebracht.

Nein, vielmehr war der Aktenkoffer mit der Akontozahlung mit einem Minisender präpariert worden, der seinen aktuellen Aufenthaltsort jederzeit erkennen lassen würde.

Zusätzlich sollten der oder die Gangster beschattet und nach Möglichkeit bis zu ihrem Versteck verfolgt werden. Natürlich völlig unauffällig, denn die Sicherheit der entführten Person hatte oberste Priorität.

Mit den Erkenntnissen dieses ersten Treffens sollte das zweite, das in der Nacht am Parkplatz vor dem Eingang zur Messe angesetzt war, optimal abgesichert werden.

Also so, dass eine gefahrlose Befreiung der Entführten und die Verhaftung der Entführer mit maximaler Wahrscheinlichkeit gewährleistet werden konnte.

Für die unmittelbare Kontaktaufnahme mit den Entführern hatten sich die Wiener zwei Undercover-Spezialisten der Münchner Polizei ausgeborgt. Man wollte nicht riskieren, dass die beiden Männer in Wien bekannt waren. Obwohl, es stand ja noch gar nicht fest, aus welchen Kreisen die Entführer Hildi Forderbergs stammten, oder aus welcher Ecke dieser Welt.

Allerdings war es besser, auf Nummer sicher zu gehen, soweit das eben möglich war. Und vor allem war es eine gute Gelegenheit, den jüngsten Kooperationsvertrag mit den Polizeibehörden der Nachbarstaaten einem ersten Praxistest zu unterziehen.

Der Chefinspektor blickte auf seine Uhr. Die zeigte 12.42 Uhr an, demnach blieben noch 18 Minuten bis zum Treffen. Langsam kam leichte Nervosität auf. Komisch, jetzt machte Wallner diese Arbeit schon so lange und noch immer war er aufgeregt. Wahrscheinlich gehörte das eben dazu, so wie ein gewisses Lampenfieber bei einem guten Schauspieler, der vor jeder Vorstellung dieses bestimmte Fuzerl* an Nervosität benötigte, um so richtig Spannung und Konzentration aufbauen zu können.

*

Palinski saß ausgelaugt in Wallners Dienstfahrzeug, das gleichzeitig als mobile Kommandostelle für diese Operation diente. Die herrschende Ruhe vor dem Sturm gab

---

* kleines Stück, hier: ein bisschen

ihm Gelegenheit zu erkennen, wie müde er eigentlich war. Die Hektik der letzten Tage war de facto außergewöhnlich gewesen.

Gut, solange man unmittelbar unter Strom stand, merkte man nicht, dass Körper und Geist längst auf Reserve fuhren. Kaum hatte man einige beschaulichere Minuten, wurde einem dieser Umstand hingegen schlagartig bewusst.

Vor allem wurde ihm plötzlich klar, dass er Wilma, seine geliebte Wilma, seit zwei Tagen nicht nur nicht gesehen, ja nicht einmal gesprochen hatte. Und dann wunderte er sich, dass diese herrliche, unvergleichliche Frau hin und wieder sauer auf ihn war. In letzter Zeit leider immer öfter.

Ja, sie war stolz auf ihn und seine Arbeit. Zudem hatte sie Spaß daran, seinen Namen gelegentlich in den Nachrichten zu finden. Natürlich nur in Zusammenhang mit positiven Meldungen.

So wie zum Beispiel gestern diese Sache mit dem vertrottelten Noselli. Dem ›Gefährlichen Geiselnehmer‹, wie die Medien ihn apostrophiert hatten, der von dem ›bekannten Verhandlungsspezialisten‹ Mario Palinski zur Aufgabe überredet worden war.

Kein Witz, so hatten sie ihn in den wichtigen Tageszeitungen genannt, einen bekannten Verhandlungsspezialisten der Wiener Polizei. Dabei war das nur eine arme Sau, dieser Noselli. Er konnte einem wirklich leidtun.

Aber was hatte Wilma eigentlich davon, wenn er in den Nachrichten gefeiert wurde und alle, die sie kannten, fragten: »Sind Sie nicht …?« Und sie musste dazu lächelnd mit dem Kopf nicken und sich gleichzeitig fragen: Warum hat er mich nicht einmal angerufen?

Plötzlich fühlte sich Palinski beschissen und war von dem übermächtigen Drang erfüllt, mit der Mutter seiner Kinder zu sprechen. Nicht nur generell, sondern jetzt und hier, um ihr auf der Stelle zu sagen, wie sehr er sie liebte und dass sie heute Abend unbedingt etwas gemeinsam unternehmen sollten. Koste es, was es wolle.

Hastig holte er sein Handy heraus und drückte die entsprechende Kurzwahltaste.

Als er nach dem dritten Versuch innerhalb von fünf Minuten noch immer nur Wilmas Mailbox erreichte, ließ Palinski seinen Moralischen eben nach dem Signalton heraus.

Das war sicher nicht das Wahre, aber besser als gar nichts. Zumindest würde Wilma wissen, dass er an sie gedacht hatte. Immerhin führte es dazu, dass er sich schlagartig besser fühlte. Ein wenig zumindest.

*

Carmen und Hubsi hatten während der Fahrt heftig diskutiert, um nicht zu sagen gestritten, wo sie ihren Variant am besten abstellen sollten. Direkt im dritten Untergeschoss, wo das Treffen vereinbart war, oder auf einer anderen Etage?

Hubsi, der vor allem die Möglichkeit einer raschen Abfahrt, also einer Flucht im Auge hatte, plädierte für einen Parkplatz auf derselben Ebene.

Carmen, die es für wichtiger hielt, dass der Wagen unerkannt blieb und die anderen keine Chance bekamen, unbemerkt einen Sender anzubringen, sprach sich für ein anderes Stockwerk aus. Und zwar für das vierte, was dem Superstrategen Hubsi nur ein müdes Lächeln entlockte.

»Mein Gott, Mädchen«, meinte er gönnerhaft, »das ist doch gegen die Laufrichtung. Wenn wir wirklich fliehen müssen, dann am besten nach oben und nicht nach unten.«

»Und damit genau das tun, was diese Leute von uns erwarten«, konterte Carmen kühl. »Tue immer das Unerwartete«, zitierte sie, konnte sich jedoch nicht erinnern, woraus. Egal, es klang sehr überzeugend und passte gut in dieser Situation. »Also, der Wagen wird auf der vierten Parkebene im Untergeschoss abgestellt, gleich neben dem zentralen Stiegenaufgang.«

Das klang wider Erwarten gar nicht schlecht, fand Hubsi, und da er nicht weiter diskutieren wollte, gab er mit einem huldvollen Kopfnicken seine Zustimmung.

Wenige Minuten später hatten die beiden die Garage erreicht und waren tatsächlich im vierten Untergeschoss gelandet. Ja, Carmens Argumentation hatte Hubsi anscheinend überzeugt. Oder lag es einfach daran, dass die Frau am Steuer saß?

Bei der Einfahrt waren die beiden unbemerkt von einem von Wallners Leuten fotografiert worden. Ebenso wie alle anderen in diesen Minuten ankommenden Wagen und ihre Insassen. Dass um diese Tageszeit relativ wenige Einfahrten stattfanden, sollte die Arbeit der Polizei spürbar vereinfachen.

Kaum waren Carmen und Hubsi am Treffpunkt angelangt, als sich ihnen die beiden Münchner Undercover-Spezialisten auch schon näherten. In ihren tadellosen Geschäftsanzügen, mit den verspiegelten Sonnenbrillen in den braun gebrannten, gut geschnittenen Gesichtern sahen ›Ginger und Fred‹, wie die beiden von den Kollegen liebevoll genannt wurden, weil beide beim TSK Schwabing Ost mit Leidenschaft dem Turniertanz frönten, aus wie Mafiosi aus einem Hollywoodschinken.

Ginger, das war der links, stellte den Geldkoffer vor sich auf den Betonboden der Garage. Fred wiederum richtete einen Revolver auf Hubsi, was vor allem diesen, jedoch auch Carmen einigermaßen einschüchterte.

»Los«, rief Fred zu Ginger und deutete mit der Waffe auf Hubsi, »nach Waffen absuchen.«

»Aber ich habe ...«, wollte das selbst ernannte strategische Gehirn der Entführer protestieren, hatte allerdings keine Chance.

»Schnauze«, fuhr ihn der Mann an, packte Hubsi hart am Kragen, drehte ihn um 180 Grad, drückte ihn an die Wand und forderte ihn auf, die Beine zu spreizen.

Das hatte der geniale Frauenentführer bereits mehrmals im Kino gesehen und daher kein Problem, der Aufforderung gekonnt Folge zu leisten.

Während Ginger Hubsi abfummelte, zog Fred seine galanten Seiten auf, faselte etwas von ›Madam‹ und ›bestechendem Aussehen‹. Und vor allem, er öffnete kurz sein Köfferchen, gestattete ihr einen kurzen Blick und sicherte sich dadurch für einige Sekunden die völlig ungeteilte Aufmerksamkeit der ›Tussi‹.

Zeit genug für den darauf wartenden Ginger, ganz unauffällig einen weiteren Sender unter dem Revers von Hubsis Sakko anzubringen. Für alle Fälle, sicherheitshalber eben.

»Clean«, meinte er dann kurz zu seinem Partner. Und zu Hubsi: »Wo ist der Beweis, dass ihr die Dame wirklich bei euch habt?«

»Wir kö... können Ihnen ihren Führerschein zeigen«, stotterte Hubsi aufgeregt. »Gelt, Carmen«, wandte er sich an seine Partnerin. »Komm, zeig ihnen ihren Führerschein.«

Rasch holte die Frau das begehrte Beweisstück aus der Tasche ihrer Jacke und hielt es Fred hin. »Hier«, bot sie an, »Hildi Forderbergs Führerschein.«

Der Mann nahm den Lappen in die Hand, studierte ihn ganz genau und gab ihn wieder an Carmen zurück.

»Danke«, sagte er plötzlich scheißfreundlich, »alles bestens. Sie müssen die unfreundliche Begrüßung entschuldigen, aber man weiß ja nie, ob ...«

»Ist doch klar«, fiel ihm Hubsi erleichtert ins Wort. »Wir hätten das umgekehrt genauso gemacht«, räumte er großmütig ein. Dadurch ging er Carmen inzwischen in einem Maße auf die Nerven. Wirklich unbeschreiblich. Der Schleimscheißer war einfach unglaublich.

Brrr, was für ein fürchterlicher Kerl.

»Hier, euer Geld«, Fred hatte das Kofferl wieder geschlossen und reichte es Carmen. Bevor die es an sich nehmen konnte, zog er den Arm wieder zurück.

»Wir haben nur noch eine Frage«, fügte er hinzu. »Und zwar folgende: Wann bekommen wir den Hildi-Diamanten?«

Während Carmen fieberhaft überlegte, was sie zum Thema ›Zeitlicher Ablauf‹ gelesen hatte, meinte Hubsi keck: »Nun ja, mit vier bis fünf Wochen müssen Sie auf jeden Fall rechnen.«

Schön, dass der Kerl auch einmal für etwas gut war, ging es ihr dankbar durch den Kopf.

»Uns wäre es eine Menge wert, wenn Sie die Lieferung beschleunigen könnten«, fuhr Fred fort. »Sehen Sie da irgendwelche Möglichkeiten?«

»Und ... wie viel wäre Ihnen das wert?«, stieß Hubsi

ganz begeistert hervor. »Wenn wir Ihnen den Stein, sagen wir, in ... 14 Tagen liefern?«

»In diesem Fall legen wir glatt noch einen Zwanziger drauf«, jetzt war es an Ginger, zu antworten. »Oder was denkst du, Partner?«

Der nickte nur, entgegnete noch: »Wir melden uns wieder bei Ihnen«. Kurze Zeit später waren die beiden wie vom Erdboden verschwunden.

Das Kofferl mit dem Geld war dagegen noch da, zur großen Freude der beiden enorm erleichterten Schwerverbrecher. Die ihr neues Lebensgefühl in einem spontanen Tanz im dritten Untergeschoss, eigentlich mehr einem wilden Herumgehopse, Ausdruck verliehen.

»Bestens gelaufen«, bestätigte ein höchst zufriedener Helmut Wallner, der das gesamte Treffen über Funk mitbekommen hatte. »Die Absicht, tatsächlich einen synthetischen Diamanten aus der Asche von Frau Forderberg zu schaffen, besteht offenbar nicht«, erklärte er zufrieden. »Dazu würden sie mindestens vier Wochen brauchen.« Er schüttelte den Kopf. »In 14 Tagen, so ein Blödsinn. Ich glaube, du hast recht und wir haben es wirklich mit nicht allzu intelligenten Leuten zu tun.«

»Wie schön, dass du mir endlich beipflichtest«, räumte Palinski ein. »Obwohl das noch keine Garantie dafür ist, dass die junge Frau nicht doch umgebracht wird. Ich befürchte, die Entführer werden nicht wissen, was sie sonst mit ihr anfangen sollen.«

*

Nachdem sich Hildi in Vickerls Auto angezogen hatte, überlegten die beiden, wie es nun weitergehen sollte. Ihren

ersten Gedanken, nämlich in die Wohnung Gerds in Sievering zu fahren, wo sie Kleidung zum Wechseln auf-
bewahrte, hatte sie angesichts der besonderen Situation
sowie ihres aktuellen Begleiters gleich wieder verwor-
fen. Ihr ›Verlobter‹ war zwar nicht der größte Gneißer[*],
aber eins und eins zusammenzählen konnte er dennoch.
Vor allem, wenn sich diese Addition direkt vor seinen
Augen abspielte.

Vickerl hatte vorgeschlagen, zuallererst die nächste
Polizeistation aufzusuchen und sich zu melden. Doch
Hildi hatte abgewunken. Erstens wollte sie sich nicht ver-
dreckt, wie sie war, in einem alten Pullover und einer zu
großen Jeanshose, in der Öffentlichkeit zeigen. Und zweitens, und das war vor allem im Interesse Viktors, sollten
sie besser noch ihre Aussagen aufeinander abstimmen.

»Weder du noch ich wollen gerne ins Gefängnis, nur
weil uns so ein Idiot möglicherweise etwas anderes als
Notwehr nachweisen will«, stellte sie bestimmt fest.

Dem konnte man sich nicht entgegenstellen, hatte auch
Vickerl gefunden und sich schließlich bereit erklärt, Hildi
ins heimatliche Gschaid, einen kleinen Ort in der Nähe
von Birkfeld[**], zu fahren.

»Die 150 Kilometer schaffen wir in knapp zwei Stunden und können dabei alles nochmal durchsprechen«,
hatte sie entschieden und Vickerl damit überzeugt.

In diesem Moment war ihm ein alter Kinderspruch in
den Sinn gekommen, der gerade genau passte: Warum soll
ich dagegen sein, mir fällt ja doch nichts Bessres ein.

*

---

[*] Schnellmerker
[**] Ort in der Oststeiermark

Nachdem Hubsi und Carmen den unmittelbaren Bereich um den Schwedenplatz hinter sich gelassen und sich über die Weißgerber Lände Richtung Flughafenautobahn entfernt hatten, gab die am Lenkrad sitzende Frau endlich dem Drängen ihres Begleiters nach. Nach dem Linksabbiegen hielt sie das Fahrzeug in der Franzensbrückenstraße endlich an.

Augenblicklich starrten beide einige Sekunden lang gierig auf den Koffer, ehe sie ihn aufrissen und sich wie kleine Kinder zu Weihnachten auf die fünf Banknotenbündel zu je 10.000 Euro stürzten.

»Jaaaaa«, kam es aus einem euphorischen Hubsi heraus, »so gefällt mir das.« Er riss die Banderole von einem Bündel ab und warf die hundert Einhunderteuroscheine mit dem vollen Schwung beider Arme wie verrückt in die Luft.

Was in dem Variant mit maximal zehn Zentimetern Abstand zu dem aus massivem Stahlblech bestehenden Dach natürlich bedeutete, dass er mit seinen Händen kräftig gegen den Himmel über seinem Kopf donnerte. In seiner infantilen Freude merkte er zunächst gar nicht, dass er sich dabei einen Daumen gebrochen hatte.

»Bist du völlig verrückt geworden?«, fuhr ihn Carmen an, die sich bei aller Gier noch einen Rest praktischer Vernunft bewahrt hatte. »Willst du unbedingt die Polizei auf uns aufmerksam machen?« Sie deutete auf eine auf der Gegenfahrbahn daherkommende Funkstreife.

Mit einem Schlag wurde Hubsi wieder etwas klarer im Kopf. Und in dem Ausmaß, in welchem seine Bauernschläue wiederkehrte, stellte sich immer mehr ein stechender Schmerz im Daumen seiner rechten Hand ein.

»Verdammt«, jammerte er, »ich glaube, ich habe mich

verletzt.« Er hielt Carmen die Hand mit dem in einem seltsamen Winkel abstehenden Daumen hin. »Verdammt, das schmerzt. Ich fürchte, ich muss zu einem Arzt.«

»Du bist so ein Trottel!« Das zu sagen war Carmen ein echtes Anliegen. »Ich fürchte, du wirst noch etwas leiden müssen. Bevor wir nämlich zu einem Arzt gehen können, müssen wir noch einiges erledigen.«

Sie holte das restliche Geld aus dem Aktenkoffer und legte es in das Plastikeinkaufssackerl einer großen Handelskette. »Als Erstes müssen wir diesen Koffer loswerden«, bestimmte sie.

»Nein, nicht«, jammerte Hubsi los, »der ist so schön, der Koffer, den möchte ich behalten.« Er bedachte Carmen von der Seite mit einem waidwunden Augenaufschlag. »Natürlich nur, wenn du einverstanden bist.«

»Ja, bist du denn von allen guten Geistern verlassen?«, fuhr ihn seine Kumpanin an. »Du tust doch immer so gescheit. Und dann weißt du nicht, dass in diesen Aktenkoffern meistens Minisender versteckt sind, damit man verfolgt werden kann? Hubsi, diese Männer sind Profis und gefährlich, wenn die einmal wissen, wo sich Hildi befindet, sind wir aus der Sache draußen. Warum sollen sie uns etwas bezahlen, wenn sie sie kostenlos bekommen können?«

Das leuchtete Hubsi ein und es wurmte ihn maßlos, dass er, der große Stratege, das nicht selbst erkannt hatte.

»Gut aufgepasst, Carmen«, meinte er goschert*, »du hast viel gelernt. Ich weiß das natürlich alles und wollte sehen, ob du das auch schon durchschaust. Reif bist du für Führungsaufgaben. Du hast den Test bestanden. Wie

---

* vorlaut

gesagt, sehr gute Arbeit.« Verdammt, der Schmerz im Daumen war kaum mehr auszuhalten.

Das war wirklich eine bodenlose Frechheit, ärgerte sich Carmen, da führte sich dieser Trottel auf wie ein ... na, eben wie ein Trottel. Und danach versucht er seine Blödheit noch als eine Art Test zu verkaufen. Das war doch wirklich der Gipfel. Einen Moment lang dachte sie ernsthaft daran, den Idioten einfach aussteigen und auf die Fahrbahn hinsetzen zu lassen. Um dann einfach über ihn drüberzufahren. Immer wieder hin und her, hin und her. So lange, bis das Problem gelöst war. Sie kannte da eine einsame Sackgasse in der Nähe von Bockfließ*, da wäre sie sicher ungestört. Und 50.000 Euro für sie allein? So viel Geld hatte sie noch nie im Leben besessen. Bis heute noch nicht einmal gesehen. Wenn sie damit einfach verschwand ...

Nach wenigen Minuten hatte sie ihre unheiligen Gedanken wieder überwunden. Nein, sie war ganz bestimmt keine Heilige. Aber trotz allem, was in ihrem Leben schiefgelaufen war, war sie keine Mörderin.

Sie nahm den leeren Aktenkoffer, stieg aus und warf ihn in einen Container mit Bauschutt, der sich praktischerweise am Straßenrand befand.

*

Die Signale waren auf dem Monitor ganz deutlich zu sehen. Beide Sender bewegten sich gleichzeitig in exakt dieselbe Richtung, befanden sich aller Wahrscheinlichkeit nach noch immer in dem Variant, der als Fahrzeug der Entführer identifiziert worden war.

---

* Ort im Weinviertel (Niederösterreich)

Nach einem kurzen Halt trennten sich die beiden Signale. Der eine Punkt bewegte sich munter weiter in Richtung Praterstern, Lassallestraße und Reichsbrücke, während der andere stationär-traurig in der Franzensbrückenstraße zurückblieb.

Wallner wies die beiden Überwachungsteams an, dem zu observierenden Fahrzeug in sicherem Abstand zu folgen.

»Da wir dank des Senders jederzeit in der Lage sind, den aktuellen Aufenthaltsort des Objektes zu kennen, demzufolge verifizieren können, wo sich das observierte, möglicherweise von observierten Subjekten besetzte Objekt befindet«, erklärte er Palinski, der erstmals bei einer derartigen Verfolgung dabei war, »brauchen wir nicht das Risiko eingehen, die Aufmerksamkeit der Observierten durch zu knappes Aufrücken an das observierte Objekt übermäßig auf uns zu lenken, sie gewissermaßen auf das Faktum des Observiertwerdens aufmerksam zu machen.«

Mario betrachtete den alten Freund liebevoll, fast wie ein Vater seinen etwas zurückgebliebenen Ältesten.

»Klar«, meinte er, »leuchtet mir vollkommen ein. Bloß eines verstehe ich nicht. An und für sich bist du ein völlig normaler Mensch und sprichst normalerweise auch völlig normal.« Er grinste. »Das sind ganz schön viele normal auf einem Haufen, was? Was ich nicht kapiere, ist, warum du in speziellen Situationen wie dieser ein völlig absurdes, gestelztes, gekünsteltes Deutsch sprichst, das bei einem nor... also bei einem Durchschnittsbürger sofort einen Lachkrampf hervorruft. Warum ist das so?«

Der Chefinspektor blickte zunächst etwas betroffen, bevor er grinste und knapp formulierte: »Das muss dieses verdammte Amtsdeutsch sein. Immer wieder werde ich damit konfrontiert, hier im Kriminalamt noch viel öfter als früher am Kommissariat.« Er seufzte hörbar. »Obwohl ich es einfach nicht beherrsche, dazu muss man offenbar in einer Amtsstube geboren worden sein. Das heißt, ich spreche Amtsdeutsch wie ein Ausländer, der sich in ›Amtsdeutschland‹ aufhält. Der den einen und anderen Ausdruck aufschnappt und in seine Sprache einbaut. Daraus entsteht schließlich so ein seltsamer Spruch. Es ist eigentlich schrecklich.«

Gleichzeitig fing er hellauf an zu lachen. Fast schon ein wenig hysterisch, fand Palinski.

Inzwischen hatte der Punkt und damit das Auto Deutsch Wagram erreicht und war im Ortszentrum zum Stillstand gekommen.

Nachdem sich dieser Stillstand über mehr als eine Minute erstreckte, konnte eine auf Rot geschaltete Ampel als Ursache für das Anhalten ausgeschlossen werden.

Wallner, der mit seinem Wagen sozusagen die Nachhut bei diesem Einsatz bildete, befand sich zu diesem Zeitpunkt kurz hinter Aderklaa. Während er den Wagen rechts am Straßenrand anhielt, setzte er sich mit dem Überwachungsteam in Verbindung, das dem Variant unmittelbar folgte.

»Das Objekt hat wie bekannt vor einem gemischten Wohn- und Bürohaus angehalten«, teilte ›Basilius‹ vulgo Inspektor Wagenreiher mit. »Die beiden Verdächtigen haben den Pkw verlassen und das Haus betreten. Sollen wir ihnen folgen?«

»Kann das Haus möglicherweise das Versteck der Entführer sein?«, wollte Wallner wissen. »Oder was machen die beiden da?«

»Eher negativ«, meinte Wagenreiher, »aber es ist natürlich nicht auszuschließen, dass sich die entführte Frau in einer der Wohnungen befindet. Möglicherweise ist der männliche Verdächtige verletzt, er hat seinen Arm so eigenartig gehalten. Und möglicherweise wurde bei einer Arztpraxis geklingelt.«

»Gut, warten Sie fürs Erste einfach ab. Wir werden in einigen Minuten bei Ihnen sein und anschließend sehen wir weiter. Anatol Ende.«

»Verstanden, Basilius Ende.«

Anatol und Basilius, wie schön. Irgendwie süß. Palinski hatte diesen Codenamen-Unsinn stets für die Erfindung irgendwelcher halblustiger Schreiberlinge gehalten. Und nun das. Das klang fast wie ein verliebtes Pärchen auf ›Eingetragener Lebenspartnerschaftsreise‹ im Vatikan.

Na, ihm sollte es recht sein.

*

Wilma hatte ein schlechtes Gewissen.

Kurz nach dem Essen hatte Oliver sie angerufen und zu überzeugen versucht, dass sie heute Abend mit ihm zuerst in ein neues In-Beisel und dann ins Casino in Wien, also ins Circle privé auf der Kärtner Straße kommen musste. Hier sollte er eine Reportage über den Weltmeister im Seven Card Stud schreiben. Alec Greesbain wollte an diesem Abend, genauer gesagt, exakt um Mitternacht, gegen zwölf der besten europäischen Pokerspieler antreten. Nebenbei hatte er eine zusätzliche Wette über 40.000 Dollar laufen, dass er gegen mindestens neun seiner Gegner auch gewinnen würde. Um dieses einmalige Event noch spektakulärer zu machen, wollte der Amerikaner gegen alle zwölf Herausforderer gleichzeitig antreten, vergleichbar einer Simultanpartie beim Schach.

Wilma spielte weder Poker noch Schach, ihr Wissen über beide Spiele reichte gerade aus, sie unterscheiden zu können, aber das klang wirklich interessant. Vor allem aus dem Mund Olivers. Nur deshalb hatte sie zugesagt, obwohl sie heute ursprünglich einen ruhigen Abend zu Hause verbringen wollte. Sie hatte sich gleichzeitig vorgenommen, die ganze ... Bekanntschaft mit Oliver wirklich bald zu beenden. Schluss zu machen, ehe noch etwas möglicherweise Irreversibles geschah.

Und nun das. Sie hatte Marios Nachricht, nein, seine Bitte, sie doch wieder einmal zu sehen, gerade erst entdeckt. Daher wusste sie nicht recht, was sie tun sollte.

Einerseits hatte sie Mario diese Woche noch gar nicht zu Gesicht bekommen, oh Gott, konnte das wirklich stimmen? Andererseits, das war das eigentlich Erschreckende, hatte sie ihn, wenn sie ehrlich war, nicht einmal vermisst.

Waren sie wirklich bereits so weit, nur mehr nebeneinander und nicht mehr miteinander zu leben? Der Gedanke schmerzte sie wiederum mehr, als sie erwartet hätte. Und das tatsächlich und nicht nur akademisch. Im Sinne von: Oje, oje, schon wieder zwei, die nicht mehr miteinander können.

Nein, das wollte sie nicht. Sie würde um ihre Beziehung mit Mario und damit um ihre Familie kämpfen. Mehr als 26 Jahre waren nicht so leicht aus der Welt zu schaffen.

Allerdings trug natürlich Mario ebenfalls ein bisschen Schuld an dieser Misere. An solchen Situationen sind immer beide Partner beteiligt. Immerhin hätte ja auch er ... aber er hatte ja versucht sie zu erreichen, wenngleich er nur die Mailbox ...

Wie auch immer, sie würde ihre Partnerschaft nicht einfach so aufgeben. Aber vielleicht ... erst ab morgen. Heute würde sie Abschied mit und von Oliver feiern, ihm Adieu sagen und diese Beziehung beenden, ehe sie sich überhaupt noch richtig entwickelt hatte.

Am besten, sie schickte Mario eine SMS mit einer freundlichen Ausrede. Sprechen wollte sie im Moment nicht mit ihm. Sie wollte ihn nicht direkt anlügen. Ja, und bei der Gelegenheit konnte sie ihn gleich darauf vorbereiten, dass der falsche Palinski wieder einmal zugeschlagen zu haben schien.

Diesmal war es eine bekannte Bar in der Innenstadt, die den ›Sehr geehrten Herrn Palinski‹ ein letztes Mal aufforderte, den bislang offenen Betrag von 243,80 Euro für Konsumation sofort auf ein unten näher spezifiziertes Konto zu überweisen. Andernfalls ... aber damit konnte man Mario nicht mehr schrecken.

Rasch griff sie in ihre Manteltasche und holte das Handy heraus.

*

Im Laufe des Nachmittags erhielt Franka Wallner die Meldung, dass in Salzburg ein Mann in seinem Büro festgenommen worden war, der dem auf dem Fahndungsfoto abgebildeten und mit dem Namen Mario Palinski auftretenden Betrüger wie ein Ei dem anderen glich. Die als besonderes Merkmal speziell angeführte ›Narbe, circa 3 cm Länge, auf der Stirn oberhalb des linken Auges‹ war bei dem Festgenommenen exakt anzutreffen.

Laut Führerschein lautete der Name des Mannes Franz Ferdinand Rosner, angeblich wohnhaft in Werfenweng, Am Anger 123.

Wie die ersten Überprüfungen ergeben hatten, war Rosner stellvertretender Leiter einer Bankfiliale in der Salzburger Innenstadt, bei Kunden wie Mitarbeitern gleichermaßen beliebt und völlig außerhalb jedes Verdachtes stehend.

Rosner räumte ein, der Mann auf dem Foto zu sein, das angeblich an seinem Geburtstag vor einem Jahr geknipst worden war. Ja, und die Narbe war auch echt, sie war die bleibende Erinnerung an einen wilden Ritt mit dem Mountainbike vor etlichen Jahren.

Von einem Mario Palinski hatte er dagegen noch nie gehört und daher auch keine Ahnung, wo sich dessen Reisepass befinden könnte. Ja und überhaupt, in der Bundeshauptstadt war er das letzte Mal vor sechs Jahren im Rahmen eines Fortbildungskurses gewesen.

Er verwehrte sich mit aller Entschiedenheit ... etcetera, etcetera, blablabla. Man kannte das ja, clevere Verbrecher waren nie um eine Ausrede verlegen.

Nachdem der Anwalt Rosners eine Amtshaftungs- und darüber hinaus eine Kreditschädigungsklage in Aussicht gestellt und der für das Filialnetz zuständige Vorstandsdirektor mit der Intervention seines Schwagers, des amtierenden Präsidenten des Salzburger Landtages, gedroht hatte, »sah ich mich zu meinem größten Bedauern gezwungen, den mir persönlich bekannten und bestens beleumundeten Verdächtigen wieder auf freien Fuß zu setzen. Gezeichnet Revierinspektor Arthur Mausgansl/PolDion Salzburg«.

Verdammt, da war möglicherweise etwas danebengegangen, fürchtete eine plötzlich arg verunsicherte Franka

Wallner und versuchte ein weiteres Mal, endlich den echten Palinski ans Telefon zu bekommen.

Inzwischen war sie richtig sauer auf Mario.

*

Hildi und Vickerl hatten inzwischen Birkfeld erreicht. Bis zu dem kleinen Blockhaus im Wald, ihrem Refugium, in dem sie sich vorerst verstecken und zur Ruhe kommen wollten, waren es nur noch wenige Kilometer.

Die Fahrt war flotter vorangegangen als vermutet.

Zunächst hatten sich die beiden eine Art Leitlinie für das Treffen mit der Polizei festgelegt, dann war die junge Frau eingeschlafen. Die Tage oder besser die Nächte seit ihrer Entführung waren überaus stressig und kaum erholsam gewesen. Jetzt, als die ungeheure Anspannung nachgelassen hatte, merkte Hildi, wie müde sie war.

Bis Birkfeld hatte sich Vickerl allein zurechtgefunden, aber nun war er langsam auf die kundigen Anweisungen einer Einheimischen angewiesen. Er wollte Hildi eben ganz sanft wachküssen, als ein Hinweisschild ›Gschaid‹ in seinem Blickfeld auftauchte.

Na gut, dorthin mussten sie ohnehin, glaubte er sich zu erinnern. Sie hatte gesagt, dass die Zufahrt zu ihrem Häuschen rund einen halben Kilometer außerhalb des Ortes in Richtung Krieglach von der Straße abging. Das konnte er vielleicht noch selbst finden.

Zehn Minuten mehr Schlaf würden seinem Liebling nur guttun, dachte er zärtlich und bog nach rechts Richtung Gschaid ab.

*

Da der wehleidige Hubsi wegen seines gebrochenen Daumens vom Arzt ein kräftiges Sedativum erhalten und im Halbschlummer auf die Mitnahme seines Sakkos verzichtet hatte, verzögerte sich die Ankunft der beiden Entführer in ihrem Versteck um gut eine halbe Stunde.

Denn kurz vor ihrem Ziel hatte sich Hubsi kerzengerade aufgesetzt und gebrüllt: »Halt, alles retour! Wir müssen nochmal zurück nach Deutsch Wagram, ich hab mein Sackl beim Doktor liegen lassen.«

Carmen, die mit so etwas nicht gerechnet hatte und sich angenehmen Gedanken hingab, zum Beispiel, was sie alles mit dem Geld anfangen wollte, schreckte auf und hätte den Wagen um ein Haar in den Graben gelenkt.

»Verdammt noch mal, du Depp«, herrschte sie ihn an. »Schrei nicht so. Und was soll das. Vergiss den alten Fetzen, du hast jetzt genug Marie, um dir alle Sakkos der Welt zu kaufen.«

Aber Hubsi hatte gejammert, das gute Stück sei ein Geschenk seiner verstorbenen Mutter gewesen, dann gedroht und schließlich fast geflennt, sodass sie zähneknirschend den Wagen wendete und die knapp zwölf Kilometer zurückfuhr.

Nur um dieses scheiß Sackl von dem Idioten abzuholen. Warum hatte der Dolm[*] nicht versucht, das Bündel mit den Geldscheinen mit einem Kopfstoß in die Luft zu befördern? Stattdessen hatte er die Hände benutzt und sich damit nur den Daumen gebrochen.

Ach, scheiß drauf, sie war viel zu konziliant, fand Carmen.

*

---

[*] Idiot

Die Nachrichten um 17 Uhr waren von zwei Meldungen dominiert.

Erstens hatte Bundespräsident Dr. Schiefer endgültig die Geduld mit den ständig streitenden und nur halbherzig verhandelnden Führern der beiden großen Parteien verloren.

»Das Österreichische Volk hat vor mehr als fünf Monaten gewählt und langsam ein Recht darauf, eine Regierung zu bekommen, die den geänderten Kräfteverhältnissen Rechnung trägt. Die beiden für die Bildung einer stabilen Regierung infrage kommenden Parteien bzw. ihre maßgeblichen Vertreter scheinen jedoch nicht imstande oder auch willens zu sein, diesem Anspruch des Souveräns zu entsprechen. Vielmehr entsteht der fatale Eindruck, dass hier parteipolitische, ja sogar private Interessen vor jenen des Staates verfolgt werden«, meinte das Staatsoberhaupt mit ernster Stimme.

Um seiner Verantwortung gerecht zu werden, sah sich UHBP daher gezwungen, den beiden Verhandlungsteams die ultimative Rute ins Fenster zu stellen[*].

»Ich erwarte aus diesem Grund bis spätestens morgen Mittag den mit der Regierungsbildung beauftragten Parteivorsitzenden mit der definitiven Ministerliste bei mir. Wird dieser Termin nicht oder nicht entsprechend wahrgenommen, werde ich den Herrn Dr. Wasberger von seinem Auftrag entbinden.«

Das waren harte, aber auch gute Worte für die überwiegende Mehrheit der Österreicher, die sich seit Längerem von ihren angeblichen politischen Vertretern gefrotzelt fühlte. Nicht wenige waren der Ansicht, dass Dr. Schiefers Worte völlig richtig waren, doch viel zu spät kamen.

---

[*] jemanden deutlich und drohend warnen

Na, besser viel zu spät als gar nicht, dachte Palinski und nickte Helmut Wallner zu.

Und dann kam der Hammer schlechthin.

»Wie die Wiener Zeiten in ihrer morgigen Ausgabe berichten, hat der Solarplex Musikverlag für sachdienliche Hinweise, die zur Auffindung ihres Stars Hildi Forderberg führen, eine Belohnung von einer halben Million Euro ausgesetzt.«

Wallner hatte sich aufgesetzt und konzentrierte sich voll auf den Meldungstext.

»Wie Gerd Robledal, Manager und Verlobter Hildi Forderbergs ausdrücklich versicherte, würde der Verlag sämtliche Hinweise auf Wunsch völlig vertraulich behandeln und auf die Einschaltung der Polizei verzichten. Wie Robledal weiter betonte, ging es den hinter diesem Angebot stehenden Personen nicht um die Aufklärung des Kapitalverbrechens, sondern ›einzig und allein darum, meine …, unsere Hildi‹, dabei hatte der sympathische Mann leise geschluchzt, ›wieder zurückzubekommen‹.«

»Die wollen ihre Cashcow einfach freikaufen«, war nicht nur dem Chefinspektor, sondern ebenso Palinski klar. »Verständlich, damit steigen ihre Chancen, ihren Star im Ganzen wiederzusehen.«

Helmut hatte manchmal eine etwas trockene Art, Dinge beim Namen zu nennen, fand Palinski leicht indigniert. Im Kern seiner Aussage hatte der Chefinspektor natürlich recht.

Er blickte aus dem Auto auf den auf der anderen Seite der Straße stehenden Wagen des Observierungsteams. Die Kollegen schienen ebenso angespannt den aktuellen Nachrichten zu lauschen. Seine Augen tasteten automatisch den Platz vor der Arztpraxis ab, wo der Variant parkte. Oder zumindest noch bis vor Kurzem geparkt hatte. Denn augenblicklich war der Wagen …

»Helmut, der Wagen ist weg. Die beiden sind verschwunden«, stammelte Palinski leise. Beim zweiten Mal lauter: »Helmut, die beiden Entführer sind weg. Die müssen sich während der Nachrichten aus dem Staub gemacht haben.«

»Macht nichts, wir haben sie ja auf dem Monitor«, wollte der Chefinspektor erwidern, als er erkannte, nein, betroffen erkennen musste, dass das vom Sender erzeugte Signal nach wie vor stationär war. Und zwar unverändert hier in Deutsch Wagram.

»So ein Mist«, zischte er, »die haben den Sender in der Ordination gelassen. Man hat uns entdeckt und klassisch ausgetrickst. Verflucht noch einmal.«

Dann rief Wallner ›Basilius‹ an, aber die Kollegen hatten auch nichts gesehen und waren daher in der Situation auch nicht zu mehr zu gebrauchen als zum Krenreibn*.

Verdammt, was sollten sie jetzt tun? In die Stadt zurück waren die beiden sicher nicht gefahren. Und falls der Mann hier seinen Arzt hatte, lag das Ziel wahrscheinlich irgendwo in einem Halbkreis von, na ja, maximal 15 Kilometern nördlich von Deutsch Wagram.

Sowie sie einige Minuten beratschlagt hatten, was in dieser Situation getan werden konnte, beauftragte Wallner die Kollegen von ›Basilius‹, in der Ordination Auskünfte über den Mann oder beide Entführer einzuholen. Vielleicht war wenigstens die Frau bekannt.

Kaum waren die beiden Polizisten im Haus verschwunden, als Palinski seinen Augen nicht zu trauen glaubte. Was da die Straße herunterkam, war zweifel-

---

* zu nichts zu gebrauchen

los ein hellbrauner Variant. Das Fahrzeug der Entführer war ebenfalls ein hellbrauner Variant. Konnte es eventuell sein, dass …

»Helmut, schau einmal, wer da kommt«, Palinski stieß den Freund etwas derb in die Seite. »Ich glaube, wir haben mehr Glück als Verstand. Diese Leute haben uns nicht abgehängt«, er war nun völlig überzeugt davon und klang auch so, »die haben das Sakko einfach beim Arzt vergessen. Ich habe dir doch gleich gesagt, das sind Deppen.«

»Basilius bitte melden, hier Anatol. Basilius bitte dringend melden«, röhrte Wallner ins Sprechfunkgerät.

Jetzt ging das halberotische Gesäusel zwischen den beiden wieder los, fürchtete Palinski, aber Basilius war rasch bei der Sache. Für langes Hin-und-her-Geschwätz war Gott sei Dank keine Zeit, da nun das Wichtigste war, dass sich die beiden schnell aus der Ordination zurückzogen, um nicht gesehen zu werden, und rasch ihre Position wieder einnahmen. Diese zweite Chance durfte wirklich nicht ebenso vergeigt werden.

Palinski wollte bereits erleichtert loslachen, als sich der Eingang einer SMS auf seinem Handy akustisch ankündigte.

Schade, dass Wilma wieder einmal nicht verfügbar war. Sie war eben beruflich sehr erfolgreich und er der Letzte, der ihr dieses Glück nicht gönnte. Na, vielleicht klappte es morgen Abend. Zumindest nach dem komischen Essen mit der Wurminzer. Oder Wilma kam überhaupt mit. Das wäre schön.

Irgendwie ging sie ihm doch ziemlich ab.

*

In der Casa del Sole, wie Hildi ihr kleines Blockhaus am Waldrand etwas außerhalb Gschaids nannte, hatte die nunmehr Befreite zunächst ausgiebig geduscht. Lieber hätte sie gebadet, aber für einen Whirlpool, wie sie ihn sich vorgestellt hatte, war kein Platz in dem kleinen Badezimmer gewesen.

Zum opulenten Duschen hatte auch gehört, dass ihr Vickerl den Rücken gewaschen hatte und ihr zudem bei der einen oder anderen heiklen Säuberungsaktion hilfreich gewesen war. Es war wirklich erstaunlich, wie sehr es dieser im Grunde genommen einfache Bursche verstand, sie mit seiner prallen Männlichkeit immer wieder davon zu überzeugen, wie schön es war, eine Frau zu sein.

Wenn Hildi es recht überlegte, hatte sie durch die Ereignisse der letzten Tage eigentlich nur gewonnen.

Da war einmal dieses Naturwunder Viktor, das sie auf jeden Fall behalten wollte. In welcher Form und auf welcher Basis würde sich noch zeigen. Sie bezweifelte allerdings ernsthaft, dass Gerd einer derart offenen Beziehung zustimmen würde. Wenn überhaupt, dann ganz bestimmt nicht auf Dauer.

Falls sie sich entscheiden musste, wusste sie freilich ganz genau, wie diese Entscheidung ausfallen würde. Mit Vickerls Talenten konnte Gerd nun einmal nicht mithalten, bei Weitem nicht. Na, und als Assistent, oder Manager, wie er es lieber nannte, war er auch nicht gerade das Gelbe vom Ei, und alles andere als unersetzlich.

Zweitens war da noch die unbezahlbare Publicity, die so eine Entführung nun einmal mit sich brachte.

Wenn sie Freitag Abend völlig überraschend beim ›Grand Prix des volkstümlichen Liedes‹ auftauchen, plötzlich auf der Bühne in der Lüdenscheider Sporthalle erscheinen und ihr berühmtes ›Wo der Steinbock 's Graserl find‹ anstimmen würde, würden ihr Tausende Fans zujubeln und sich mit ihren brennenden Wegwerffeuerzeugen in den Händen im Rhythmus hin und her bewegen. Und nicht nur die Welt der volkstümlichen Musik hätte ihre Sensation.

Ihre Position wäre auf Monate, möglicherweise sogar auf ein, zwei Jahre hinaus unantastbar und diese lästige Susi Grenzbach, die mit ›Wo da Enzian und da Almrausch woxn‹ einen für Hildi völlig unverständlichen Erfolg gelandet hatte, würde wieder bis auf Weiteres verdammt alt aussehen.

Ja, und zudem überlegte sie ernsthaft, Vickerl in ihren Auftritt zu integrieren. Sozusagen als Held, als Retter in höchster Not, natürlich in Lederhosen, roten Stutzen und genagelten Schuhen und ein freches Hiatl am blonden Schopf.

Der Bursche war wirklich zum Anbeißen.

Das bisschen Lalala, um ihn als Backgroundsänger einsetzen zu können, würde sie ihm demnächst noch beibringen.

Diese Zukunftsaussichten gefielen ihr, gefielen ihr sogar sehr. Angeregt fing sie an, den neben ihr liegenden Blondschopf in der Leistengegend zu kraulen.

Der Anruf bei der Polizei würde wohl noch ein wenig warten müssen.

*

Endlich war es Franka Wallner gelungen, Mario Palinski zu erreichen. Nicht auf seinem Handy – nein, die Leiterin der Kriminalabteilung am Kommissariat Döbling hatte ihren Mann angerufen, wie das unter Eheleuten zumindest einmal am Tag eben so der Fall sein sollte. Dabei hatte sie sich nicht direkt beschwert, doch durchscheinen lassen, dass »Mario dank dieser ›SOKO Hildi Forderberg‹ offenbar überhaupt nichts anderes mehr macht und wir daher im Fall Lesonic noch keinen Schritt weiter sind. Ja, ich kann ihn nicht einmal ans Telefon bekommen.«

Der Chefinspektor nahm seinen Freund Palinski in Schutz, wies auf den Druck der Öffentlichkeit und des Ministers hin, unter dem sie alle standen. »Aber ich hab eine Überraschung für dich, Schatz«, sprach er launig in das Telefon. »Mario ist hier bei mir, und für ein kleines Gespräch mit dir nimmt er sich sicher gerne Zeit. Oder?« Er sah Palinski fragend an und hielt ihm den Hörer des Funktelefons hin.

Der hatte einerseits ein schlechtes Gewissen, weil er sich noch nicht bei Franka gemeldet hatte, vor allem aber kaum eine Alternative und nahm den Hörer folglich entgegen.

»Hallo, schöne Frau«, säuselte er ins Mikrofon, »tut mir leid, aber ich weiß gar nicht, wo mir der Kopf steht. Was immer ich für Euch tun kann, ist bereits so gut wie geschehen. Eröffnet mir ohne Zögern Eure Wünsche, hochedle Herrin.«

Manchmal half dieser Quatsch zumindest, solchen Situationen die ärgste Peinlichkeit zu nehmen. Vielleicht dadurch, dass der Blödsinn, den er verbal verzapfte, wesentlich peinlicher war als die zugrunde liegende Situation.

Und es schien auch diesmal wieder funktioniert zu haben, denn Frankas »Du bist doch wirklich ...« klang viel freundlicher, als es sich las.

Doch anschließend wusch sie ihm recht deutlich die Leviten, machte ihm den Kopf und las ihm die Schnecke. Oder so ähnlich, auf jeden Fall war für Palinski nicht zu überhören, dass die Inspektorin langsam Ergebnisse von ihm erwartete.

»Ich kann dir ja keinen dienstlichen Rüffel erteilen«, meinte sie halb ernst, »enttäuscht sein darf ich hingegen schon. Von deiner sonstigen Brillanz ist im Fall Lesonic wirklich nicht viel zu merken. Du wirst wohl langsam alt.«

Jetzt begann es, haarig zu werden, auf eine Frage der Ehre hinauszulaufen. Er musste nun etwas Bedeutsames sagen, um nicht ganz unter die Räder zu kommen. Das eigentliche Problem war nämlich, dass Franka völlig recht hatte.

Er hatte keine Ahnung, wer den ›Raucherkönig von Wien‹ hamdraht, also heimgedreht, soll heißen, um die Ecke gebracht hatte.

Das Schlimmste war, es interessierte ihn eigentlich auch überhaupt nicht.

»Ich bin da auf einige interessante Punkte gestoßen«, keck log er Franka etwas vor, »die ich bis morgen verifiziert haben sollte. Es sieht gut aus, mit ein wenig Glück können wir den Fall alsbald abschließen.«

Das war allerdings seeehr weit aus dem Fenster gelehnt, lieber Mario, dachte sich Palinski, selbst etwas irritiert über die eben gemachte Ansage. Aber Angriff war ja die beste Verteidigung und in 24 Stunden konnte viel geschehen.

»Na, so gefällst du mir schon besser«, gab sich Franka wieder versöhnlich. »Ich hab ja immer gewusst, dass du mich nicht hängen lässt.«

»Na, das ist doch völlig klar«, versicherte Palinski voll Inbrunst. Fühlte sich dennoch nicht gut dabei.

Also bis morgen sollte, nein, musste ihm wirklich etwas Gescheites einfallen.

*

Kurz bevor Carmen und Hubsi das Versteck erreichten, zum zweiten Mal bereits und diesmal mit seinem Sakko, hörten auch die beiden in einer Lokalnachrichtensendung von dem Angebot des Solarplex Musikverlages.

»Habe ich das richtig verstanden«, murmelte Hubsi verträumt, »die zahlen 500.000 Euro, wenn man ihnen sagt, wo sie Hildi finden können?«

»Wenn ich die etwas kryptischen Zusatzanmerkungen richtig deute, bekommen wir diese Summe, wenn wir Hildi ins Auto packen und unversehrt bei diesem Solar-wieauchimmer Verlag abgeben«, korrigierte die deutlich cleverere Carmen.

»Na, lass uns das doch tun«, platzte es aus ihrem Komplizen heraus, »bis wir so viel Geld mit dem Diamanten-schmäh zusammenbekommen, bin ich alt und grau. Wenn wir das überhaupt schaffen.«

»Das ist zweifellos eine inter..., korrigiere, eine sehr interessante Alternative«, gab Carmen zu. »Wir sollten die Zeit bis zu unserem Mitternachtstermin nutzen, um darüber nachzudenken.«

Knapp zehn Minuten später sah alles ganz anders aus. Während Carmen hektisch nach Hildi und Vickerl suchte, die verschwunden waren, und in ihrer Verzweiflung an Plätzen nachschaute, an welchen sich die beiden nie und nimmer befunden haben konnten, stol-

perte Hubsi wie von selbst über die einigermaßen ram-
ponierte Leiche Adams.

In diesem Moment war es mit der nach dem Bruch und
der Verarztung des Daumens schon stark strapazierten
Gelassenheit des ›kaltblütigen Verstandesmenschen‹, als
der er sich selbst gerne sah, völlig vorüber. Laut schreiend rannte er in die Richtung, in der er Carmen vermutete. Nachdem er sie endlich gefunden hatte, brachte er
nur mehr ein gestammeltes »Er ist tot, tot« zustande und
bekreuzigte sich.

Drei Minuten später wusste auch Carmen, wen Hubsi
damit gemeint hatte.

*

Wenige Zeit später arbeiteten sich Wallner, Palinski und
die beiden Beamten des Observierungsteams vorsichtig an das Gebäude heran, in dem die beiden Entführer zuvor verschwunden waren. Die Kavallerie war noch
etwas mehr als 50 Meter von dem ehemaligen Büro- und
Lagerkomplex entfernt, als plötzlich die Eingangstüre aufgerissen wurde und sich zwei Personen raschen Schrittes, um nicht zu sagen, laufend, zu dem davor geparkten
Auto bewegten. Zwischen ihnen befand sich ein leblos
wirkender Körper, den die beiden, ohne weiter Rücksicht
zu nehmen, mit sich schleiften. Dabei wechselten sie aufgeregt einige Worte, wobei, soweit die Polizei das mitbekommen konnte, die Stimme des Mannes eher weinerlich
und die der Frau kalt und berechnend klang.

Als sie den Körper Hildis – für Wallner und die anderen stand fest, dass es sich dabei um die hoffentlich nur
bewusstlose Sängerin handeln musste – auf der hinteren

Sitzbank verstaut hatten, stiegen die beiden ein und verließen den Parkplatz mit Vollgas.

Fünf Minuten darauf hatten der Chefinspektor und Palinski die Blutspuren in dem im Übrigen menschenleeren Gebäude entdeckt und die Spurensicherung alarmiert.

Kurz darauf folgten Wallner und Palinski der Spur des offenbar verletzten Opfers, was dank des perfekt arbeitenden Senders am Sakko des Entführers kein Problem bereitete.

*

Wallner hatte das zweite Treffen mit den Entführern, das exakt um Mitternacht am Parkplatz vor dem Haupteingang des Wiener Messegeländes im Prater stattfinden sollte, sorgfältig geplant. Im Gelände um den Treffpunkt waren zwölf Beamte gut versteckt im Einsatz und bereit, auf Befehl des Chefinspektors jederzeit einzugreifen. Sogar in den Wipfeln einiger Bäume hatten gut getarnte Scharfschützen der WEGA Position bezogen, um gegebenenfalls den finalen Rettungsschuss abzugeben. Natürlich nur, wenn die Situation und die Sicherheit der Geisel keine andere Lösung mehr zuließen.

Die Rollen der Interessenten sollten diesmal von drei normalerweise verdeckt arbeitenden Beamten des Landeskriminalamtes Oberösterreich wahrgenommen werden, die man sich ausgeborgt hatte, da sie in Wien so gut wie unbekannt waren.

Sicherheit hatte demnach oberste Priorität. Aber eines war genauso klar. Wallner ließ keinen Zweifel daran aufkommen, dass »wir Frau Forderberg nicht mehr mit den Verbrechern von hier weggehen lassen werden.«

Das war genau um 23.42 Uhr, 18 Minuten vor dem für Mitternacht vereinbarten Treffen mit den Entführern.

*

Im ersten Schrecken hatten Carmen und Hubsi keinen klaren Gedanken fassen können. Bloß weg, hatte ihnen der Fluchtinstinkt geraten, und die Leiche Adams irgendwo deponieren, wo sie nach Möglichkeit nie, zumindest aber nicht so bald gefunden wurde.

Nach einigen Kilometern hatte sich bei Carmen wieder der Verstand eingesetzt, und der sagte ihr, dass sie, wenn sie nicht alles bekommen konnten, so doch zumindest so viel mitnehmen sollten wie nur möglich.

»Also die 120.000 Euro Akontozahlung, die uns der jetzige Interessent zugesagt hat, sollten wir unbedingt noch einkassieren«, meinte sie und blickte zu ihrem nach wie vor unter Schock stehenden Beifahrer.

»Uuuund wie soll das klappen, ohne diese Hildi«, Hubsi stotterte wie ein Weltmeister. »Dddie wollten sich dddoch vergewissern, dddass ...«

»Können sie ja auch«, Carmen hatte eine Idee, und daher ging es ihr von Minute zu Minute besser. »Bis jetzt weiß sicher noch niemand, dass wir Hildi nicht mehr haben. Außer vielleicht die Polizei. Deshalb ist die Chance, dass diese Interessenten kommen, nach wie vor intakt.«

Je länger sie sprach, desto ruhiger wurde sie.

»Wir sagen ganz einfach, Hildi sitzt im Wagen, weil sie verletzt ist. Ich hab da einen Schal, den drapieren wir so um Adams Kopf, dass man nicht sofort bemerkt, dass er ein Mann ist. Ein toter Mann. Und sobald sich der Mann, oder die Frau mit dem Koffer«, fügte sie politisch völlig korrekt dazu, »nach hinten in den Wagen beugt, um nachzusehen, peng und aus.«

Sie deutete etwas an, das sowohl temporären K. o. als auch nachhaltigen Exitus hätte bedeuten können. Im Moment wollte Hubsi das aber gar nicht so genau wissen.

»Uuund was ist mmmit der zweiten Person? Der Mann mit dem Koffer kommt wahrscheinlich nicht allein«, warf er nicht unberechtigt ein.

»Den überlass nur mir«, wies Carmen an und bekam einen harten Zug um den Mund. »Um den kümmere ich mich.«

»Klasse«, der Gedanke gefiel dem Mann. »Und danach setzen wir uns ins Ausland ab. Vielleicht Paris?«

»Spinnst du, da müssten wir ja quer durch ganz Österreich.« Die Frau schüttelte energisch den Kopf. »Nein, nein, wir fahren nach Osten. Entweder Bratislava oder Sopron. Ich kenne einen grünen Übergang, da kommen wir auch in der Nacht zu Fuß hinüber. Den Wagen müssen wir ohnehin stehen lassen, mit einer Leiche drin. Oder gar mit zwei«, fügte sie hässlich lächelnd dazu.

»Ja«, bestätigte Hubsi, der sich wieder ganz gut im Griff hatte, »den Wagen müssen wir wohl hier lassen. Morgen kaufe ich mir gleich einen neuen. Vielleicht sogar ein Coupé.«

*

Der heutige Abend war bisher nicht ganz frei von Pannen gewesen. Zunächst war ihr Professor Heberlein, ein Kollege aus ihrer früheren Schule, begegnet. Der kannte Mario und wusste darüber hinaus um ihre partnerschaftliche Beziehung. Wilma hatte den Eindruck gehabt, dass Herbert Heberlein durch Olivers Gegenwart und ihre offenbar recht amikale Beziehung doch etwas irritiert war. Auf jeden Fall hatten er und seine Frau sich rasch wieder verabschiedet.

Als Nächstes hatte sich Oliver, dieser Kindskopf, etwas seltsam berührt gezeigt. Weil sie ihn Heberlein gegenüber als Pressekontakt ausgegeben hatte, als Konsequenz ihrer politischen Tätigkeit als Grüne Bezirksrätin. Um Himmels willen, was hatte er eigentlich erwartet? Dass sie ihn als ihren Lover vorstellte? Der Gedanke daran hatte Wilma richtig erschreckt.

Zudem war das Essen im Gegensatz zu den Preisen und den vom Lokal erzeugten Erwartungen eher mäßig gewesen. Dazu hatten ihr noch einige junge Freunde Olivers mit der – unausgesprochenen – Frage, was denn die alte Tante in seiner Begleitung sollte, den Appetit auf das wirklich ganz ordentliche Mousse au Chocolat verdorben.

Last, but not least hatte sie beim Betreten des Casinos in der Kärntner Straße feststellen müssen, dass sie ihren Reisepass und auch den Führerschein zu Hause vergessen hatte.

»Wir bedauern, Madame«, hatte es sehr höflich, aber bestimmt geheißen, »ohne entsprechenden Nachweis Ihrer Personalien müssen wir Ihnen leider den Zutritt verwehren.«

Da hatte auch Olivers ach so großer Einfluss nichts geholfen. Sie musste rasch mit einem Taxi nach Hause und eines der wichtigen Papiere holen.

Sie war nahe daran gewesen, gleich zu Hause zu bleiben und den Abend unter Erfahrungen abzuhaken. Aber Olivers gekränkter Ausdruck beim Andeuten dieser Absicht hatte sie ihre Meinung wieder ändern lassen. Das konnte sie dem großen Buben doch nicht antun.

Und so steuerte Wilma, genau eine Minute vor Mitternacht, auf ein Neues die Rezeption des Casinos im wunderschönen Palais Esterházy an, dem ältesten Gebäude in der Kärntner Straße. Da knapp vor ihr einige neue Besucher gekommen waren, musste sie ein wenig warten, bis ihre Gästekarte ausgestellt wurde. Also bis Mitternacht – zu dem Zeitpunkt sollte sie Oliver in der Bar wieder treffen – würde sie es sicher nicht schaffen. Das war nicht so schlimm, ein paar Minuten konnte er ruhig warten. Doch es war typisch für diesen insgesamt, zumindest aber bisher eher verunglückten Abend. Ganz so, als ob sie irgendwelche dunklen Mächte daran erinnern wollten, dass …

Wilma fuhr hoch. Etwas hatte sie aus dem einsetzenden Anflug an weinerlichem Selbstmitleid aufschrecken lassen. Hatte da nicht jemand eben …

»Wie schön, Sie wieder begrüßen zu dürfen«, freute sich nun auch ein neu hinzugetretener, offenbar gehobener Mitarbeiter des Casinos und adressierte damit den kleinen, kahlköpfigen Herrn unbestimmten Alters, der eben an der Rezeption verarztet wurde. »Hoffentlich ist Ihnen Fortuna heute wieder so günstig gesinnt wie vergangene Woche, *Herr Palinski*.«

245

9.

Donnerstag, 11. März, vormittags

Die Entführer hatten sich etwas verspätet und waren erst sieben Minuten nach Mitternacht am vereinbarten Treffpunkt angelangt. Ihr Wagen hielt direkt in der Mitte des großen, im Übrigen völlig leeren Platzes vor dem beeindruckenden Hauptportal der Wiener Messe an.

Als sich zwei Herren aus dem Dunkel der umgebenden Bäume lösten und sich gemessenen Schrittes dem Fahrzeug näherten, öffnete sich die Fahrertüre. Carmen stieg aus und ging den beiden entgegen.

»Zuerst möchte ich das Geld sehen«, forderte sie den größeren der beiden Männer auf. »Sie wissen schon, die 120.000 Euro Akontozahlung.« Carmen war eindeutig darauf aus, das Gesetz des Handelns an sich zu reißen. Und es schien zu klappen. Auf ein Zeichen des kleineren hob der andere Mann den Koffer etwas an, brachte ihn in die Waagrechte, öffnete den Deckel und gewährte der Frau Einsicht.

Der Blick auf zwölf Bündel mit je hundert Einhunderteuroscheinen zauberte einen verträumten Ausdruck in Carmens sonst so versteinerte Züge und ließ sie kurze Zeit direkt schön aussehen.

Hubsi, der auf der Rückseite des Autos mit einem Wagenheber in der Hand auf seinen Einsatz wartete, wurde ganz kribbelig bei dem Gedanken an das viele Geld.

»Wo ist Hildi Forderberg?« Der Mann hatte den Koffer wieder geschlossen und pochte nun auf die Einhaltung des anderen Teils der Vereinbarung.

»Hildi hat sich am Bein verletzt«, flunkerte Carmen ungeniert los. »Nichts Gefährliches, aber es behindert sie beim Gehen. Am besten wird sein, Sie bemühen sich selbst zum Auto.« Sie deutete einladend in die Richtung.

Unmerklich zögerten die beiden V-Männer, setzten sich nichtsdestotrotz langsam in Bewegung.

In dem etwa 150 Meter entfernt und gut getarnt geparkten Dienstwagen gaben Wallners Funktelefon und Palinskis Handy fast gleichzeitig Laut.

»Ja«, meldete sich der Chefinspektor, Palinski ließ ein »Palinski« hören.

»Na wie schön, dass wir das auch schon erfahren«, meinte Wallner knapp und legte auf. Danach sprach er nur drei energische Worte in schneller Abfolge in das Mikrofon, das ihn mit allen Einsatzkräften verband: »Zugriff, sofortiger Zugriff.«

»Gut, danke, ich komme so schnell wie möglich«, murmelte inzwischen Palinski, der einen etwas abwesenden Eindruck machte.

»Na bravo. Die Forderberg hat sich kurz nach 21 Uhr telefonisch bei der Polizei in Birkfeld gemeldet. Es ist ihr gelungen zu fliehen. Sie ist frei und in Sicherheit.« Wallner studierte seine Uhr. »Wohlgemerkt, das war gestern. Und jetzt, fast dreieinhalb Stunden nach ihrem Anruf, erreicht auch uns diese frohe Kunde. Ein Triumph moderner Nachrichtentechnik.« Man konnte sehen, wie zornig Helmut war.

»Wilma hat wahrscheinlich den Mann entdeckt, der die ganze Zeit über mit meinem gestohlenen Pass Unfug treibt«, brummte Palinski. »Endlich. Wir sollen die Polizei hinschicken, damit man ihn festnimmt.«

»Na, das ist doch schön. Ich werde gleich das Nötige

veranlassen«, erwiderte Wallner bereits ruhiger. »Wo hat sich denn das Ganze zugetragen?«

»Im Casino Wien, auf der Kärntner Straße.« Man konnte sehen, dass es Palinski schwerfiel, das zu glauben. »Ich frage mich nur, was Wilma um Mitternacht im Casino macht? Das kann doch wohl kaum das neue Stammlokal der Wiener Grünen sein?«

*

Wilma war erst langsam bewusst geworden, was ihr spontaner Anruf Marios bedeutete, nachdem sie den Namen Palinski in Zusammenhang mit dem kurz geratenen Glatzkopf an der Casino-Rezeption vernommen hatte. Was sie damit möglicherweise ausgelöst hatte.

Er würde sich natürlich die Frage stellen, was die Mutter seiner Kinder um diese Tageszeit in einem Casino verloren hatte, noch dazu mit einem jüngeren Mann.

Würde er ihr abnehmen, dass sie spielsüchtig war und Oliver *nur* ihr Mentor von den Anonymen Gamblern? Und das ganze lokale Rundherum Bestandteil einer neuartigen, noch im Erprobungsstadium befindlichen Konfrontations-Therapie? Definitiv nicht. Was für ein blöder Gedanke.

Doch welches Recht hätte Mario überhaupt, ihr Vorwürfe zu machen? War es nicht er bzw. sein Verhalten gewesen, das sie in diese Situation gebracht hatte? Hätte er sich früh genug mehr Zeit für sie genommen, wäre sie vielleicht ebenfalls im Casino gelandet, aber mit ihm und nicht mit diesem Oliver.

So ein Mist, als ob das, was Mario denken würde, Gegenstand logischen Wägens und Messens sein würde.

Wilma war sicher, dass er die Zusammenhänge erkennen und verletzt sein würde. Das war das Letzte, das sie gewollt oder beabsichtigt hatte.

Andererseits, was war eigentlich groß geschehen, dessen sie sich genieren musste?

Gut, sie war an drei Abenden hintereinander mit einem attraktiven und geistreichen jüngeren Mann ausgegangen. Immer demselben. Und sie hatte es sehr genossen.

Außer ein, zwei eher kameradschaftlichen Busserln auf die Wange, na gut, der eine Kuss war etwas weiter im Zentrum gelandet, aber das war nur in der Hitze des Gefechts, nichts Ernstes gewesen, war da nichts, wofür sie sich bei Mario hätte entschuldigen müssen.

Ob das allerdings ihr Verdienst gewesen war?

Augenblicklich wurde Wilma eines klar: Sie konnte die Dinge drehen und wenden, wie sie wollte. Sich richten, wie es ihr am besten passte. Doch das hatte alles nichts zu bedeuten. Entscheidend für ihre weitere Beziehung mit Mario war nicht, wer recht hatte und wer nicht, sondern einzig und allein, ob seine Liebe noch stark genug war, das Geschehene richtig einzuordnen, zu verstehen und die treffenden Schlüsse daraus zu ziehen.

Gott, wie geschwollen das alles klang. Wilma wunderte sich, wie ein an sich unkomplizierter Mensch wie sie so fürchterlich geschwollen denken konnte.

Letztlich konnte sie ja nur eines tun: abwarten und hoffen, dass alles wieder gut wurde.

Inzwischen hatte sie Oliver in der Bar entdeckt und seinen Versuch, sie zur Begrüßung zu küssen, freundlich, aber bestimmt abgewehrt. Anschließend begann sie, ihm von ihrem Leben zu erzählen, von dem Palinski, der in Kürze hier erscheinen würde, und dem, den sie vorhin am

Roulettetisch gesehen hatte. Außerdem bereitete sie ihn darauf vor, was sich in Kürze hier wahrscheinlich abspielen würde. Immerhin, für einen Journalisten konnte das durchaus eine gute Story abgeben.

So wie Oliver darauf reagierte, schien er nicht unbedingt dieser Meinung zu sein. Zumindest war ihm die Aussicht darauf offenbar kein sonderlich großer Trost.

*

Einerseits war Franka Wallner, die gerade aus der Badewanne gekommen war, nicht allzu erfreut über den Anruf ihres Mannes gewesen, bedeutete er doch Arbeit statt der verdienten Nachtruhe.

Als sie indessen den Grund des mitternächtlichen Einsatzes erfahren hatte, war sie als Freundin Wilmas und Marios froh darüber, dass Helmut sie und nicht irgendjemanden über die Vorgänge im Casino Wien informiert hatte. Nachdem er ihr auch einige private Beobachtungen dazu, sozusagen off the records, mitgegeben hatte, sah sie sich sogar fast als eine Art Mediatorin.

Sobald sie im Casino angekommen war, hatte Franka sofort Kontakt mit dem Sicherheitschef Jorge Falun, einem naturalisierten Basken, aufgenommen und ihn gebeten, mit ihr bei einem der Gäste eine Ausweiskontrolle vorzunehmen.

Mario Palinski, der Falsche, hatte eben mit der 30 Glück gehabt. Er hatte, wie immer, 200 Euro auf Rouge und 100 auf die dritte Kolonne gesetzt und damit insgesamt 400 Euro gewonnen. Das war zwar nicht sehr viel, aber sein relativ stupides System, nein, man musste es wohl eher als Verhaltenskodex beim Setzen bezeichnen, hatte ihm

250

vor einigen Abenden sage und schreibe 4.900 Euro eingebracht. Im Februar waren es insgesamt 23.840 gewesen.
Von Kleinvieh zu sprechen, das eben auch Mist machte,
war in diesem Fall etwas untertrieben.

Seine Überlegung war ebenso simpel wie logisch:
Gewann Rouge und verlor die dritte Kolonne gleichzeitig,
so stieg er mit einem Plus von 100 Euro aus. Verlor Rouge
dagegen und gewann die dritte Kolonne, so blieben ebenfalls 100 Euro über. Kamen beide Optionen, na wunderbar, dann gab es 400 Gute. Dass sich in der dritten Kolonne
acht rote Zahlen gegenüber nur vier schwarzen fanden, verbesserte die Chancen auf diese Kombination noch weiter.
Nur bei ›weder-noch‹ gab es nichts außer der Erfahrung,
dass man eben nicht immer gewinnen konnte.

Immerhin hatte Franz Kronmeier, so hieß der falsche
Palinski wirklich, wie sich bald herausstellen sollte, damit
in den letzten Monaten seinen Lebensunterhalt verdient
und nicht schlecht davon profitiert. Er erinnerte sich
immer wieder gerne daran, wie sich am ersten Abend
die zunächst überheblich arroganten Gesichter der Crou-
piers und anderen Gäste mit der Zeit in höchst freundliches Interesse für den kauzigen Systemspieler verwan-
delt hatten. Spätestens nach den 300 Netsch[*] ›pour les
employés‹.

Damit war es jetzt vorüber. Zweifelsfrei stellte sich heraus, dass der Pass, mit dem sich Mario Palinski, geboren
am und zu Wien, auswies, ident mit jenem war, den der
echte vor einigen Monaten einem Taxler als Pfand über-
lassen hatte. Daraufhin wurde der Mann vorläufig festgenommen und zur weiteren Vernehmung ins Kommissariat gebracht.

---

[*] Kröten (Geld)

Franka war froh und stolz, dass die ganze Angelegenheit so problemlos über die Bühne gegangen war. Nur eine Sache, an die sie sich noch ganz genau erinnerte, bereitete ihr Kopfzerbrechen. Laut Steckbrief hatte der falsche Palinski eine etwa drei Zentimeter lange Narbe auf der Stirn über dem linken Auge. Der glücksspielende Mann, der dem auf dem Fahndungsfoto abgebildeten wie ein Ei dem anderen glich, mochte vieles haben, aber eines definitiv nicht: nämlich eine Narbe. Weder auf der Stirn noch sonst wo. Dem würde sie wohl nachgehen müssen.

Der echte Mario Palinski kam geradeso rechtzeitig im Casino an, dass er noch Zeuge wurde, wie er verhaftet, abgeführt und ins Polizeiauto verfrachtet wurde.

Es war schon ein seltsames Gefühl, sich bei so etwas zuzusehen.

*

Carmen Sebelik und Hubert Vostenau, genannt Hubsi, hatten bei ihrer ersten, noch in der Nacht stattgefundenen Einvernahme zunächst versucht, alle Schuld an der Entführung Hildi Forderbergs auf einen gewissen Viktor Bohr sowie den toten Adam Lesowitsch zu schieben und sich selbst als relativ unbedarfte Mitläufer darzustellen. Das stand natürlich in krassem Widerspruch zu ihrem Auftreten bei den Treffen in der Tiefgarage am Schwedenplatz und am Parkplatz vor dem Messehauptportal und wurde von Chefinspektor Wallner rasch als reine Schutzbehauptung abgetan.

Ebenso unglaubwürdig war der Versuch der Verdächtigten, die Absicht, Lösegeld zu erpressen, als ausschließliches Motiv für die Entführung Frau Forderbergs darzustellen.

Dem Vorwurf, die junge Frau zwecks Herstellung eines synthetischen, sogenannten Hildi-Diamanten töten und ihre Leiche verbrennen zu wollen, widersprachen die beiden erwartungsgemäß vehement.

Beide Einschätzungen Wallners und seines Teams waren in der Zwischenzeit durch von der Spurensicherung im Versteck der Entführer aufgefundene Unterlagen, Computerdateien und E-Mails eindeutig bestätigt worden.

So hatte vor allem Carmen Sebelik in den letzten Wochen intensive Recherchen im Internet betrieben, sich genau über die im Prinzip gleichen, in ihren Details aber differierenden Systeme zur Synthetisierung der wertvollen Kohlenstofferhärtungen informiert und regen E-Mail-Austausch mit potenziellen Herstellern gepflegt.

Ja, und da war natürlich auch noch die supergeheime Homepage, über die der ›echte Hildi‹ geschickt verklausuliert offeriert wurde. Dazu kam der unbestreitbare Kontakt zu dem großen Internetauktionshaus, über das das Geschäft möglicherweise zusätzlich abgewickelt hätte werden sollen.

Fairerweise musste Wallner jedoch einräumen, dass es genug Hinweise darauf gab, dass die Bande dazu tendiert hatte, die Hildi-Interessenten systematisch zu betrügen. Indem sie, selbstverständlich erst nach Ablauf einer technologisch angemessenen Frist, natürliche Steine separat als ›den einen, einzigen, echten Hildi‹ anboten.

Ein Indiz dafür war ja die Einlage des zweifellos nicht sonderlich intelligenten Komplizen Hubert Vostenau. Der gegen die Zusage einer Prämie wahrscheinlich ebenso

253

ernsthaft versprochen hätte, die Dauer einer Schwangerschaft auf sechs Monate zu reduzieren.

Tja, ohne diesen Komplizen wäre Carmen Sebelik zweifellos eine harte Nuss gewesen.

In den nach 3 Uhr am Morgen folgenden Einzelverhören tendierten die beiden Verbrecher verstärkt dazu, neben dem verschwundenen Bohr und dem erschlagenen Lesowitsch auch den jeweils anderen zu belasten und sich selbst in die völlige Bedeutungslosigkeit zu reden. Wobei sich, wie nicht anders zu erwarten gewesen war, die Frau wieder einmal als wesentlich vifer erwiesen hatte als dieser minderbegabte Tropf.

Gleichzeitig belastete jeder Intelligenzbeweis diese Frau, wusste Wallner, denn jemand mit so einem IQ war mit Sicherheit keine Mitläuferin. So jemand war zweifellos das Haupt der Bande. Falls sie diese Position ihren Komplizen gegenüber nicht expressis verbis* eingefordert hatte, dann zweifellos wieder aus reiner Taktik.

Kurz nach 4 Uhr beendete Wallner die ersten Einvernahmen und gönnte sich einige Stunden Ruhe.

*

Etwa um diese Zeit war Hildi längst wieder aus dem ersten Schlaf aufgewacht und hatte aufs Häusl gehen müssen. Obwohl sie nach den Geschehnissen der letzten Tage todmüde war, konnte sie danach nicht mehr einschlafen. Und da sie Vickerl nach seinem tollen Einsatz in den letzten Stunden nicht wecken, andererseits aber nicht allein nicht schlafen können wollte, rief sie ganz einfach den guten Gerd an.

---

* ausdrücklich; mit ausdrücklichen Worten

Irgendwann hätte sie ihn ohnehin informieren müssen, dass sie wieder frei war und am Samstag, das war schließlich übermorgen, auf der Bühne stehen wollte. Demzufolge konnte sie diesen Anruf genauso gut gleich erledigen.

Der gute Gerd wirkte zunächst gar nicht sonderlich erfreut oder gar erleichtert ob der ›frohen Kund zur frühen Stund‹. Allerdings lag das daran, dass er erst vor knapp zwei Stunden ins Bett gegangen war.

Nachdem er so richtig munter geworden war und verstanden hatte, wer eigentlich am anderen Ende der Telefonleitung sprach, war seine Freude riesengroß. Erst Sorge, anschließend aber vor allem Erleichterung über den glücklichen Ausgang schwappten förmlich herüber von Sievering bis ins steirische Gschaid. Das tat anfänglich ganz gut. Ab einem bestimmten Punkt ging Hildi das süßliche Gesülze des Kerls ganz einfach total auf die Nerven.

Gerd hatte angeboten, sich sofort ins Auto zu setzen und sie abzuholen, wo immer sie auch war. Oder er würde gleich morgen früh einen Wagen schicken, ganz wie sie wollte.

Sie hatte beide Angebote abgelehnt.

»Beruhige dich endlich«, hatte sie ihn schließlich … ja, fast angeschnauzt. »Ich schlafe jetzt einmal aus und komme morgen, nein«, ihr war eingefallen, dass es bereits nach Mitternacht war, »das heißt natürlich heute, im Laufe des Tages nach Wien. Du buchst inzwischen für morgen, Freitag, zwei Plätze in der ersten Klasse auf der letzten Maschine und ein Zwei… nein, zwei Einbettzimmer in einem First-Class-Hotel in Frankfurt oder Köln oder wohin wir sonst fliegen. Ist das klar?«

255

»Aber ich muss vorher nach Zürich und kann erst direkt vor dem Grand Prix nach Lüdenscheid kommen. Ich hatte keine Ahnung, ... ich kann versuchen ...«, der Arme war total verwirrt. »Also werde ich jeweils nur für eine Person buchen. Die Reiseunterlagen lasse ich bei der Information am Flughafen hinterlegen. Ist dir das recht?«

»Nein, Gerd, du buchst zwei Plätze. Wie ich gesagt habe«, befahl Hildi. »Der zweite Platz ist nicht für dich gedacht, du Simpel, sondern für meinen ... Bodyguard. Ja, für meinen neuen Bodyguard Viktor Bohr. Ist das klar?«

»Klar«, bestätigte Gerd, der aus Erfahrung wusste, dass Widerspruch in solchen Situationen ohnehin nichts brachte. »Wo hast du so schnell einen Bodyguard gefunden? Hoffentlich ist der Mann auch gut.«

»Der Mann ist hervorragend«, bestätigte Hildi, »und das in jeder Beziehung, ein wahrer Glücksfall. Aber das ist eine lange Geschichte, die ich dir bei Gelegenheit ...« Sie hatte den Satz nicht einmal vollendet und bereits wieder aufgelegt.

Gerd war Kummer gewöhnt und dennoch schmerzte es immer wieder aufs Neue, wenn seine geliebte Hildi derart mit ihm umsprang. Er beschloss aufzustehen, denn an Schlaf war im Augenblick ohnehin nicht mehr zu denken. Zu sehr hatte sich sein Leben innerhalb der letzten zehn Minuten gewendet, und das beflügelte ihn förmlich. Er hatte ausgesprochen viel zu tun.

Ohne auf die Uhr zu schauen, wusste er, dass es kurz nach 4 Uhr morgens sein musste. Über das Telefon hatte er vorhin ganz deutlich den Kuckuck aus der Wohnzimmeruhr in Hildis Casa del Sole gehört. Diese hatte er selbst erst vor wenigen Tagen gestellt, nachdem sie drei Minuten nachgegangen war.

Langsam schlurfte er ins Bad. Eine kalte Dusche war genau das, was er gerade brauchte. Anschließend ein kräftiges Frühstück. Na, vielleicht würde er das besser unterwegs einnehmen, um Zeit zu sparen.

✳

»Das ist Oliver Beckmann, ein befreundeter Journalist«, hatte Wilma vorgestellt, »und das ist Mario Palinski, der echte Mario Palinski wohlgemerkt. Mein ... Mann.« Sie hatte gelacht und es hatte etwas gekünstelt geklungen. Immerhin besser, als sie befürchtet hatte. Der schreckliche Moment des ersten Aufeinandertreffens der beiden war damit vorüber gewesen.

Und er hat gar nicht gebohrt, war ihr dabei erleichtert in den Sinn gekommen.

»Ich habe immer geglaubt, ich führe ein aufregendes Leben«, hatte Oliver zu witzeln und damit die Stimmung zu lockern versucht. »Aber gegen das, was Sie offenbar so alles mitmachen, ist das bloß die reinste Langeweile. Würden Sie mir bitte ein Interview geben?«

Jetzt hatte auch Mario über die Freundlichkeiten des anderen pflichtgemäß gelächelt und gedankt. Noch gut eine Stunde hatten sie Champagner auf Kosten des Hauses getrunken. Während Palinski Beckmann alles, oder zumindest das Wichtigste, über diese leidige Geschichte mit dem Reisepass anvertraut hatte.

Kurz darauf war es jedoch wirklich an der Zeit gewesen, dass sich der Journalist endlich seiner ursprünglichen Verpflichtung, nämlich der Simultan-Pokerrunde mit dem Weltmeister im Seven Card Stud, widmete. Der Moment der Wahrheit war unwiderruflich näher und näher gerückt, letztendlich war es definitiv so weit gewesen. Nach einem besonders herzhaften Gähner war Mario Palinski aufgestanden, hatte sich gestreckt und angekündigt, nach Hause und ins Bett zu gehen.

Dem war ein kurzer Blick zu Wilma sowie die erst angedachte Frage »Kommst du mit oder hast du noch hier zu tun?« gefolgt.

Wilma war bereits aufgestanden, ehe Mario überhaupt den Mund aufgemacht hatte.

»Gute Nacht, Oliver. Und vielen Dank für den schönen Abend … und überhaupt«, hatte sie hinzugefügt. »Wir hören bei Gelegenheit voneinander.« Sie hatte dem Journalisten ein Bussi links und noch eines rechts verpasst, sich bei Palinski eingehakt und mit ihm die Arena verlassen.

Zurückgeblieben war ein junger, talentierter und wirklich sympathischer Journalist, der neben einer leidlich guten Story für die nächste Ausgabe das Gefühl hatte, ebenfalls Opfer der missbräuchlichen Verwendung dieses verdammten Reisepasses geworden zu sein. Irgendwie zumindest.

Auf der Fahrt nach Döbling hatte Schweigen die Atmosphäre bestimmt. Erst kurz vor dem Aussteigen hatte Mario gemeint, sie sollten sich in Zukunft doch etwas mehr Zeit füreinander nehmen.

Wilma hatte ihm mit einem leichten Druck ihrer Hand zu verstehen gegeben, dass sie genauso dachte.

Es war schön, wieder zu Hause anzukommen.

*

Einer der Internetspezialisten aus Wallners Truppe hatte eine Nachtschicht eingelegt und war dabei auf Carmen Sebeliks PC auf etwas Interessantes gestoßen.

Vor mehr als acht Monaten, genau gesagt am 4. Juli vorigen Jahres, war es in einem Weblog zum Thema ›Neues und Perverses‹ zwischen den beiden Nicknames ›männerauto‹ und ›oakwood‹ zu einem langen Diskurs zu den Themen Diamantbestattung sowie synthetische Steine und ihrem Wert als Sammlerobjekt gekommen. Diese eher prinzipiell geführt wirkende Diskussion gipfelte zu guter Letzt in einer konkreten und daher ernst zu nehmenden Frage von ›oakwood‹ an ›männerauto‹: »Glaubst du, du könntest mir einen Diamanten aus der Asche einer ganz bestimmten Persönlichkeit beschaffen? Etwa der eines Popstars?«

Die lapidare Antwort darauf lautete: »Why not.«

Was dem Spezialisten dabei besonders ins Auge stach, war die Tatsache, dass ›männerauto‹ zunächst keine Ahnung von der ganzen Materie gehabt zu haben schien. »Ja, der ist von ›oakwood‹ überhaupt erst auf diese Thematik und die speziellen kriminellen Möglichkeiten, die da drinnen stecken, aufmerksam gemacht worden. Und kurz darauf dieses herzlose ›Why not‹. Das sieht weniger nach Spinner und mehr nach gefährlichem Psychopathen aus.«

Es war für Chefinspektor Wallner und seinen Stellvertreter Hauptmann Bachmayer nicht schwer, eine Verbindung zwischen ›männerauto‹ und einer im Zuge der Entführung Hildis verhafteten Person herzustellen.

»Dass die Verbrecher so oft an ihren unoriginellen, oberflächlich oder einfältig gewählten Decknamen scheitern«, hatte sich Wallner des Öfteren gewundert,

»ist erstaunlich. Für uns gut, dass sie so wenig oder nur eine infantile Fantasie haben und sich fast ausschließlich darauf beschränken, ihren wirklichen Namen auf irgendeine läppische Art und Weise zu verhunzen. In Deutsch oder auch in einer Fremdsprache.«

Er hatte recht. Von ›männerauto‹ auf Carmen zu kommen war trotz der äußerst subtilen Technik, nämlich dem Umstellen der beiden Wortteile und ihrer Übertragung ins Englische, tatsächlich keine Meisterleistung gewesen.

Immerhin bestand der starke Verdacht, dass die ganze Sache nicht auf dem Mist der eigentlichen Entführer gewachsen war, sondern hinter der ganzen Geschichte noch ein Auftraggeber steckte. Eine Person, die sich ›oakwood‹ nannte.

Weiter stand zu befürchten, dass ›männerauto‹ keine Ahnung haben würde, wer sich hinter diesem ›Eichenwald‹ verbarg. Nun, das würde sich demnächst herausstellen, dachte Wallner. Schon bald, da die neuerliche Vorführung Carmen Sebeliks für 11 Uhr vorgesehen war.

Doch wenn ihnen die Frau nicht weiterhelfen konnte, wer vermochte ihnen sonst zu sagen, who the hell was ›oakwood‹?

*

Palinski hatte letzte Nacht endlich wieder einmal gut geschlafen. Oder zumindest die wenigen Stunden, die er sich nach dem langen Abend im Casino Wien noch an Nachtruhe gegönnt hatte.

Zu Hause angekommen, hatten Wilma und er sich

zunächst noch etwas in nonverbaler Kommunikation geübt. Ein überaus beglückendes Erlebnis übrigens, diese Körpersprache.

Deshalb war es auch nicht weiter erstaunlich, dass es bereits weit nach 9 Uhr morgens war, als Palinski die Augen aufmachte und etwas abwesend in das lichtdurchflutete Schlafzimmer in Wilmas Wohnung blickte. Ein wenig unausgeschlafen, aber sehr, sehr zufrieden.

Wilma wiederum hatte heute etwas geschafft, was ihr in mehr als 20 Jahren Berufstätigkeit noch kein einziges Mal gelungen war. Sie hatte schlicht und ergreifend verschlafen und, oh Wunder, im Gegensatz zu ihren bisherigen Befürchtungen hatte sich die Welt problemlos weitergedreht. Auch ohne die Frau ›Wichtig‹ funktioniert. So einigermaßen zumindest.

Kühn geworden durch diese Erfahrung, hatte sie ganz einfach in der Schule angerufen, sich eine entsprechende Ausrede zusammengelogen und den Rest des Tages freigenommen. Warum nicht, man musste alles einmal ausprobieren.

Da saßen die beiden nun beim Kaffee, sahen sich glücklich in die Augen und warteten darauf, dass der andere endlich etwas sagte. Bei beiden hatte im Moment jedoch die alte Regel von Reden ist Silber, Schweigen ist Gold anscheinend höchste Priorität.

Das einzige Geräusch, das neben dem gelegentlichen dezenten Kaffeeschlürfen nach mehreren Minuten die Stille durchbrach, war schließlich das penetrante Klingeln von Wilmas Festnetzanschluss. Palinski hatte bereits mehrmals angeregt, sich lieber ein anderes, menschenfreundlicheres Gebimmel zuzulegen. Doch manche Dinge ließen sich offenbar nicht ändern.

261

Wilma hatte das Gespräch angenommen und brachte ihm den Apparat. »Florian«, flüsterte sie und nutzte die Gelegenheit, ihrem Mario ein feuchtes Küsschen auf die Wange zu hauchen. »Er wirkt etwas aufgeregt.«

»Was ist denn los, mein Bester?«, meldete sich Palinski gut gelaunt, um sich gleich darauf kerzengerade aufzusetzen und einen angespannten Gesichtsausdruck anzunehmen. »Was? Das gibt es doch gar nicht«, rief er aufgewühlt in den Hörer. »Gut, ich bin gleich unten.«

Wilma starrte ihn fragend an.

»Tut mir leid, Schatz«, entschuldigte sich Mario, »doch wie es aussieht, kann ich den Rest des Tages doch nicht mit dir verbringen. Hildi Forderberg ist heute Morgen beim Verlassen ihres Hauses angeschossen worden.« Er deutete mit einer Handbewegung an, dass Wilma sich nicht über Gebühr aufregen musste. Was sie ohnehin nicht vorgehabt hatte, aber es war nett, dass er sich offenbar Sorgen machte.

»Nein, nein, es ist Gott sei Dank nichts passiert«, betonte er. »Zumindest nichts wirklich Schlimmes. Ein Geschoss hat sie an der Schulter gestreift, ein zweites ging seitlich von ihr in die Mauer neben der Türe. Durch wegfliegendes Mauerwerk ist Hildi darüber hinaus noch leicht an der Stirn verletzt worden.«

Er lachte erleichtert auf, was in der Situation irgendwie blöd wirkte. »Wie es aussieht, hat sie gute Chancen, zu überleben.«

Wilma war enttäuscht, dass Mario nicht, wie versprochen, den Tag mit ihr verbringen würde. Andererseits war sie gleichermaßen entsetzt wie auch fasziniert von der nicht enden wollenden Dynamik, die dieser Fall entwickelte.

Zum Glück waren ihre Kinder bisher noch nie in derart schreckliche Ereignisse verwickelt gewesen und würden es hoffentlich nie werden. Sie musste an Hildis Mutter denken und überlegte, wie sich die Frau fühlen musste, wenn sie solche Nachrichten hörte.

Dass ihr Mann maßgeblich daran beteiligt war, den Verantwortlichen für solche Verbrechen das Handwerk zu legen, machte Wilma stolz. Wenn das Opfer von ihr verlangte, so war das das Mindeste, was sie beitragen konnte.

»… ich muss da hin, ich kann Helmut in der Situation nicht allein lassen. Immerhin hat mich Miki, unser Herr Minister selbst, darum gebeten.« Palinski hatte sie mit seiner Suada wieder aus ihren Gedanken gerissen.

»Das geht in Ordnung, mein Lieber«, unterbrach ihn Wilma, »mir ist natürlich klar, dass du die anderen nicht hängen lassen kannst. Ich habe ja auch einiges zu erledigen. Hauptsache, wir haben am Abend ein bisschen Zeit füreinander.«

War heute nicht dieses komische Essen bei der Wurminzer? Da sollte er schon noch hin, sonst gab die Alte nie mehr Ruhe. Falls er gegen 19 Uhr bei der Frau antrat, konnte er um 21 Uhr wieder bei Wilma sein. Oder sollte er …?

»Übrigens, ich muss um 7 Uhr abends zu dieser alten Dame auf der Dreierstiege«, meinte er so, dass es wie nebenbei klang. »Wegen des Mordes an diesem Karl Lesonic. Den habe ich für die Hildi Forderberg ganz vernachlässigt, Franka ist schon sauer deswegen. Aber das dauert höchstens eine, maximal zwei Stunden. Demnach müsste ich allerspätestens um neun zu Hause sein. Ist das o. k.?«

»Ich habe am späteren Nachmittag ohnehin eine Sitzung im Bezirksamt«, ermunterte ihn Wilma, »die wird sicher nicht vor halb acht, acht zu Ende sein. Also geh, wir sehen einander am Abend.« Zum Abschied spitzte sie den Mund und sandte ihm ein Bussi.

*

Ein Revierförster, der nach seinem morgendlichen Rundgang in etwa 100 Metern Entfernung an Hildi Forderbergs Casa del Sole vorbeigekommen war, hatte plötzlich zwei Schüsse gehört. Für den im Umgang mit Waffen erfahrenen Mann stand eindeutig fest, dass diese Schüsse aus einer Jagdwaffe abgegeben worden waren. Er tippte auf ein Mannlicher 96, schloss allerdings nicht aus, dass es sich auch um ein Modell Classic gehandelt haben konnte.

Kurz danach hatte er zunächst die Schreie einer Frau und danach die eines Mannes gehört. Und gleich darauf das röhrende Aufheulen eines starken Autos, das sich rasch entfernte.

Wenige Sekunden später sah er weiter unten einen dieser großen Luxusgeländewagen, mit denen die Schickimicki-Generation so gerne in den Städten herumkurvte und brav ihren überproportionalen Beitrag zur CO_2-Belastung der Atmosphäre leistete. Die Farbe des Wagens konnte er nicht präziser als ›dunkel, aber nicht schwarz‹ beschreiben.

Auf die Frage nach der Marke hatte der wackere Mann lediglich mit den Schultern gezuckt und gemeint, dass diese Schlitten alle gleich aussehen würden.

Auf einer vielleicht 200 Meter vom Standort des Försters zum Zeitpunkt der Schüsse entfernten Waldlichtung fand die Polizei die Spuren eines großen Fahrzeuges, das hier einige Zeit gehalten haben musste. Besonders die am nassen Boden gut erkennbaren Reifenprofile ließen die Experten hoffen, auf diesem Wege die Frage nach Marke und Typ des Fahrzeuges rasch klären zu können.

Die mit modernster digitaler Technik gemachten Aufnahmen standen dem Labor in Wien bereits knapp eine Stunde nach dem Attentat zur weiteren forensischen Auswertung zur Verfügung.

Über ein entsprechendes Programm wurden die Abdrücke kurz darauf als die eines speziellen Reifentyps identifiziert, der serienmäßig sowohl von Honda, Nissan als auch VW bei ihren sport utility vehicles, den berühmt-berüchtigten SUVs, aufgezogen wurde.

Das war der aktuelle Stand der Ermittlungen zu dem Zeitpunkt, als Palinski von seinem Büro aus mit Helmut Wallner telefonierte. Während beide Kriminalisten rätselten, ob und wie die jüngste Entwicklung, also das Attentat, mit der vorangegangenen Entführung zu tun hatte, erwies sich Florian Nowotny, Palinskis Assistentengenie, wieder einmal als unbezahlbarer Jolly Joker.

»Eines ist für mich klar«, stellte der karenzierte Polizist und erfolgreiche Jusstudent fest, ungefragt wie immer, dieses Privileg hatte ihm sein Chef bereits früh eingeräumt, um ja keinen Genieblitz zu versäumen, »den Leuten, die hinter der Entführung Hildis standen, ist es gar nicht um den Diamanten gegangen, sondern um Frau Forderbergs Tod. Wer zieht einen Vorteil aus dem Ableben Hildi Forderbergs?«

Präziser hätte die aktuelle Fragestellung nicht formuliert werden können.

Palinski war erneut fasziniert vom messerscharfen Verstand seines Mitarbeiters und auch der Chefinspektor zeigte sich äußerst beeindruckt. »Eines Tages werde ich dir diesen Burschen abwerben«, prophezeite er, aber das tat er jedes Mal, wenn sich die Gelegenheit dazu ergab.

Mit einem Schlag hatte sich damit die komplette Problemstellung völlig verändert, ebenso wie der Kreis der infrage kommenden Täter.

Schlagartig fiel ihm wieder ein, was Juri Malatschew bei ihrem Gespräch sinngemäß gesagt und vor allem gemeint hatte. Nämlich dass jeder Wunsch nach einem aus der Asche eines noch lebenden Menschen hergestellten Diamanten gleichzeitig auch ein verkappter Mordauftrag sei.

Dies traf umso mehr zu, wenn das Interesse an so einem synthetischen Edelstein nur vorgetäuscht war, mit dem eigentlichen Ziel, dadurch den Tod einer bestimmten Person zu erreichen. Damit war aber der Tatbestand der Anstiftung zum Mord eindeutig erfüllt.

Eine riesengroße, höchst raffinierte Sauerei, die sich da vor seinen, ihren Augen auftat. Augenblicklich waren es demzufolge nicht mehr die ausgeflippten Millionäre mit ihrer ausgefallenen, ja perversen Sammlerleidenschaft, nach denen gesucht wurde.

Nein, jetzt ging es wahrscheinlich um ganz ordinäre Motive wie Geld, Hass oder Eifersucht. Damit kamen natürlich eine ganze Menge mehr Leute als Täter oder Täterinnen in Betracht. Leute, an die bisher noch niemand gedacht hatte.

Während er auf den Wagen wartete, der ihn im Auftrag Wallners ins Polizeipräsidium bringen sollte, blätterte Palinski den Stapel Post und Unterlagen auf seinem Schreibtisch durch. Dabei sprang ihm der Artikel über den sogenannten Hundemörder Lesonic in die Augen, den ihm Florian hingelegt hatte.

Das klang interessant, dachte er beim kurzen Hineinlesen, und schien gut geeignet, sich wieder voll auf diesen Fall einzustellen. Dass Lesonic ein Arschloch gewesen war, wusste Palinski. Aber dass es sich gleich um ein so riesiges gehandelt hatte, das war ihm neu.

Er überflog das Blatt bis zum Ende, faltete es und steckte es in seine Jackentasche. Er wollte diese Information zu einem späteren Zeitpunkt etwas genauer studieren, um alle Details zu erfassen.

Dann war auch schon sein ›Taxi‹ da und Palinski verließ das Büro. Nicht ohne Florian mit einem freundlichen »Nur weiter so« zu neuen intellektuellen Höchstleistungen anzuspornen.

*

Die kurze Nacht und die für sie neuen, völlig ungewohnten Umstände, unter denen sie die endlos scheinenden Stunden im Polizeiarrest verbringen hatte müssen, hatten Carmen Sebeliks Selbstbewusstsein arg zugesetzt. Die auf ihr Äußeres ziemlich bedachte junge Frau sah ohne ausreichende Zeit in einem angemessen ausgestatteten Badezimmer und die Segnungen der Kosmetikindustrie nicht wie gewohnt aus, na ja, zum Kotzen war wohl nicht übertrieben. Das Schlimmste war, dass sie es wusste und schrecklich darunter litt.

Statt eines kräftigen Bohnenkaffees, dessen belebende Wirkung ihr normalerweise den Start in den jungen Tag erleichterte, hatte es heute ein Häferl heißen Wassers gegeben sowie die Auswahl zwischen einem Beutel russischen oder Kamillentee. Und anstelle der frischen Croissants, zwei Stück bitte, nur ein Scherzel* trockenen Brotes.

Uaaah. Sie fühlte sich … ja, ganz genau so.

Aus diesem Grund dauerte es nicht lange, bis Chefinspektor Wallner mit seiner auf einem permanenten Wechsel von Drohungen, Schmeicheleien und neuen Einschüchterungen beruhenden Verhörtechnik die dann doch nicht mehr ganz so junge Frau recht alt aussehen ließ. Aber vor allem, und das war das Wichtigste, zum Reden brachte.

Nachdem sie einmal damit begonnen hatte, war Carmen gar nicht mehr zu stoppen gewesen. Kein Wunder, gab es ja nach kurzer Zeit derart interessante Vergünstigungen wie einen recht ordentlichen Kaffee, zwar nicht ganz ihrer, jedoch immerhin, und dazu endlich auch eine Zigarette. Carmen war keine starke Raucherin, doch die Situation, einfach nicht rauchen zu dürfen, hatte sie halb verrückt gemacht.

Schließlich bestätigte sie auch den Chat mit ›oakwood‹ sowie Wallners Annahme, dass die Initiative zur Entführung Hildi Forderbergs eigentlich vom ›Eichenwald‹ ausgegangen war. Zumindest indirekt.

»Er hat mich überhaupt erst auf die Idee gebracht, wie man mit den Möglichkeiten der Diamantbestattung Geld machen kann«, räumte sie ein. »Wir hatten nie vor, Hildi wirklich umzubringen«, fügte sie sofort hinzu. »Wir wollten das Geschäft mit mehreren Interessenten und mit

---

* Brotanschnitt

natürlichen Steinen machen. Die sind übrigens wesentlich billiger zu bekommen.«

Ihr das zu glauben, war Wallner durchaus bereit, denn dieser Teil der Aussage deckte sich mit den bei den fingierten Kontakten gemachten Erfahrungen.

»Wissen Sie eigentlich, wer sich hinter dem Nickname ›oakwood‹ verbirgt?« Langsam näherte sich Wallner dem zentralen Kern seines Interesses. »Oder haben Sie irgendetwas Spezielles vereinbart, um mit ihm in Kontakt treten zu können?«

Carmen überlegte nur kurz und schüttelte daraufhin heftig den Kopf. »Nein, der Kontakt lief über das Internet. Darüber sollten wir auch weiter in Verbindung bleiben. Tut mir leid.«

Die Rückverfolgung der Postings und E-Mails ›oakwoods‹ war noch im Gange, würde allerdings mit Sicherheit zu keinem Ergebnis führen. Solche Fährten endeten immer irgendwo bei einem Server in einer entlegenen Ecke der Welt und waren von dort aus nicht mehr weiterzuverfolgen. Das war eben Fluch und Segen dieses verdammten, wunderbaren World Wide Webs.

»Was hätten Sie eigentlich sonst mit Frau Forderberg angefangen, wenn Sie sie nicht umgebracht hätten?«, wollte er nun wissen.

»Wir hätten sie festgehalten, bis die Geschäfte über die Bühne gegangen wären«, kam es wie aus der Pistole geschossen. »Danach hätten wir sie wieder freigelassen. Na ja, vielleicht hätten wir am Ende noch versucht, an das für ihre Freilassung ausgesetzte Geld zu kommen«, räumte sie ein.

Wallner musste lachen. »Das denke ich mir auch.« So viel Ehrlichkeit hatte eine Belohnung verdient. »Was halten Sie von einem Stück Torte? Vom Geburtstag eines Kollegen. Sie ist zwar von gestern, soll aber ausgezeichnet sein.«

Der Kieberer war gar kein übler Typ, fand Carmen und akzeptierte das Angebot gerne. Sie hatte nämlich ganz schön Hunger.

*

Florian Nowotny, der das Internet beherrschte wie seinerzeit Lionel Hampton sein Vibrafon, hatte sich neuerlich in den Fall Hildi Forderberg verbissen. Die geänderten Parameter bedeuteten eine neuerliche Herausforderung, etwas, das der junge Mann liebte.

Als Erstes hatte er sich, überwiegend aus öffentlich zugänglichen Quellen, zum Teil auch durch Tricks, einen Überblick über das geschäftliche und das private Umfeld Hildi Forderbergs verschafft.

Bei den insgesamt über einhundert Namen, die den beiden Sektoren zuzuordnen waren, gab es sechs Überschneidungen. Somit Namen, die sowohl im privaten als auch im geschäftlichen Bereich der Prinzessin der volkstümlichen Musik eine Rolle spielten.

Dabei handelte es sich um Burghard Forderberg, den Bruder der Sängerin, der gleichzeitig als ihr Chauffeur agierte und vom Solarplex Verlag bezahlt wurde. Elke Reisbach, geb. Forderberg, die ältere Schwester, die als Steuerberaterin für sie tätig war. Charly Beeringer, genannt Bobo, ein ehemaliger Schulkollege Hildis und seinerzeitiger Redakteur der Schülerzeitung. Bobo arbeitete heute als PR- und Pressemann für den Star. Gerd Robledal, Jugendfreund, Geliebter und seit Neuestem angeblicher Verlobter von Hildi. Nach Aussagen von Insidern ihr ›Schlackenschammes‹[*], in seiner Selbsteinschätzung ihr Manager. Wim von der Gaade, holländischer Fernsehproduzent und erster Liebhaber Hildis, von dem sie nie ganz losgekommen war. Federführend bei diversen Volksmusikproduktionen für das Deutsche Fernsehen. Klarabella Exinger, eine aus Bayern stammende Schneiderin und Nenntante, die Hildi seit Jahren die Kostüme anfertigte.

Auf den ersten Blick schien keine der sechs Personen einen Grund zu haben, sich an der Sängerin derart exzessiv rächen zu wollen.

Schließlich barg Mord immer auch das Risiko für den Mörder, entlarvt zu werden. Die Konsequenzen waren selbst ohne Todesstrafe nicht sonderlich angenehm. Selbst Menschen ohne sonstige moralische und ethische Bedenken gegen die Tötung anderer Menschen mordeten üblicherweise nicht einfach drauflos.

Auf der anderen Seite war die optisch wie auch in ihrer offiziellen Biografie als eine Art ›Engel von Birkfeld‹ präsentierte Sängerin eine ziemliche Krätzen[**]. So gar keine Heilige, eigentlich das Gegenteil von dem charakterlich und moralisch vorbildhaften Menschen, den Bobo in den Medien darzustellen bemüht war.

Eventuell hatte die junge Frau in ihrer rücksichtslosen Egozentrik den einen oder die andere vereinzelt oder wiederholt derart verletzt, dass der- oder diejenige letzten Endes ausreichend voll des Zornes gewesen war, um sich auf diese raffinierte Art rächen zu wollen.

So kam er nicht weiter, fand Florian, dieses ›hätte,

---

[*] Bezeichnung für jemanden, der nur untergeordnete Arbeiten zu erledigen hat
[**] sehr unangenehme Person

wäre, könnte vielleicht‹ im rein hypothetischen Raum brachte überhaupt nichts. Was er im Moment brauchte, hatte bereits vor mehr als 2.000 Jahren der alte Archimedes formuliert. Nämlich einen festen Punkt, um die Erde aus den Angeln zu heben.

Plötzlich hatte er eine Idee, wie er möglicherweise dazu kommen konnte.

Vor einigen Tagen war er im Internet auf ein sehr interessant wirkendes Open-source-Programm gestoßen und hatte es heruntergeladen. Das Spannende für Kriminologen an diesem Programm war, dass Nicknames, Passworte und andere Codes, die gerne auf dem eigentlichen Namen des Betroffenen basierten oder in kunstvollen Verballhornungen desselben bestanden, in diese Richtung hin analysiert, zunächst aber vor allem aufgespürt wurden. Ja, selbst fremdsprachige Relevanzen konnten mit dem Programm gefunden und dargestellt werden.

Florian spekulierte einfach damit, dass ihm dieses Programm Hinweise liefern konnte, welche dieser sechs Personen ›oakwood‹ sein konnte. Zu welcher Person noch am ehesten eine plausible Korrelation zwischen dem unbekannten echten Namen und dem bekannten Internetnicknamen bestand.

Eventuell brachte das nichts, allerdings war es auf jeden Fall einen Versuch wert.

Nachdem er das Programm aufgerufen, die entsprechende Datei geöffnet und ›oakwood‹ eingegeben hatte, konnte es losgehen.

Kaum hatte er die Operation gestartet, schloss Florian die Augen und hielt die Luft an. Die Sache war nicht sehr aussichtsreich, machte aber irgendwie Spaß, und mit seiner Herangehensweise wurde es noch spannender.

Nach einigen Sekunden öffnete er vorsichtig wieder seine Augen und wandte sie dem Unerwarteten zu. Dabei ging ihm in Abwandlung eines Spruches aus seiner Kindheit am Land durch den Kopf: Komm heiliger Sankt Florian, zeig doch einen Treffer an.

Zu seinem Erstaunen zeigte sein Namensvetter, obwohl für Polizisten nicht unbedingt zuständig, freundliches Entgegenkommen. Da wurde tatsächlich ›1 Treffer‹ angezeigt.

Wer hätte das gedacht? Ausgerechnet in Spanisch hatte ›oakwood‹ eine Entsprechung gefunden. Und was für eine prachtvolle noch dazu. Die passte perfekt, konnte demzufolge einfach kein Zufall sein.

Das musste er sofort Mario mitteilen. Florian blickte auf die Uhr, es war drei Minuten vor 12 Uhr mittags. Die klassische Zeit, die Colts erstmals rauchen zu lassen und richtig Flagge zu zeigen. Wie man sehen konnte, war aus dem ehemals schüchternen Burschen ein höchst selbstsicherer, seines Wertes voll bewusster junger Mann geworden.

Palinski war bestimmt noch bei Helmut Wallner im Büro. Umso besser, denn der Chefinspektor sollte natürlich ebenfalls informiert werden.

Eine Minute später hatte er seinen Chef am Telefon. »Hör einmal gut zu.« Er liebte es, in solchen Situationen Palinski ein wenig zu häkeln. »Ich denke, ich weiß jetzt, wer dieser ›oakwood‹ wirklich ist.«

Er informierte ihn kurz über das neue Programm. Selbstverständlich auch über den Treffer. Aber: »Um es ein wenig spannend zu machen, gebe ich dir nur einen

Hinweis. Was glaubst du, wie das spanische Wort für Eichenwald, also für ›oakwood‹ lautet?«

Offenbar regte sich Palinski etwas über diese als Scherz getarnte Impertinenz seines ›Zauberlehrlings‹ auf. Auf jeden Fall waren aus dem Hörer einige aufgeregte, wenig freundlich klingende Satzfragmente zu hören. Florian tangierte das wenig, wusste er sich doch am längeren Hebel. Und ab morgen würde Mario eine schöne neue Anekdote zu erzählen haben. So in der Art: Kennt ihr schon die Geschichte, wie mich Florian, dieser freche Kerl, anruft … Dazu würde er schallend lachen.

»Du brauchst dich nicht so zu echauffieren«, keppelte der junge Polizist zurück. »In dem ganzen riesigen Polizeipräsidium wird sich sicher ein Mensch finden, der Spanisch sprechen kann. Gönne dem Kollegen auch ein Erfolgserlebnis.«

10.

Donnerstag, 11. März, nachmittags

Da Wallner keinen Spanisch sprechenden Kollegen kannte
und dem Assistentengenie gedroht hatte, ihn wegen Behinderung der Strafverfolgung anzuzeigen, nur im Scherz
natürlich, wie er später vorgab, vor allem aber, weil die
Sache eilte, hatte sich Florian nach einigen Minuten bereit
erklärt, das große Geheimnis zu lüften. Klar, das war auch
nicht anders zu erwarten gewesen.

Robledal – Eichenwald, wer hätte das gedacht, ging es
Palinski durch den Kopf. Gerd Robledal war ›oakwood‹,
vermutlich oder mit ziemlicher Sicherheit, ganz genau
würde man das erst später wissen. Komisch, er hätte bei
diesem Namen eher böhmische oder sonstige slawische
Wurzeln vermutet, niemals spanische.

Jetzt, da man wusste, wer aller Wahrscheinlichkeit nach
hinter der Entführung der Forderberg steckte, galt es nur
noch so unbedeutende Details zu klären wie das Motiv,
die Frage, ob der Anschlag heute Morgen damit in Verbindung stand, und natürlich, wo der Verdächtigte seine
Festnahme abwartete.

Die Fahndung lief bereits auf Hochtouren, ein Team
der Spurensicherung, aber auch Hauptmann Bachmayer
waren unterwegs zu Robledals Wohnung in der Sieveringer Straße, um das zu tun, was das Team besonders
gut konnte.

Der Fall war so gut wie gelaufen, fand Palinski. Seine
Arbeit in der SOKO war damit beendet und er hatte wieder Zeit für etwas anderes.

Nun musste er nur noch danach trachten, Licht in diese seltsame Geschichte mit dem toten Kettenraucher am Dachboden, diesem Lesonic, zu bringen. Und danach, endlich, wieder einmal Freizeit, Zeit für Wilma und für eine Reise nach Südtirol, zu diesem neuen Zweig seiner Familie. Das Leben hatte auch ohne Kriminalfälle vieles zu bieten.

Als Erstes wollte er ins Café Kaiser, auf eine Gulaschsuppe und … Oder vielleicht sollte er zuerst schauen, was es heute als Mittagstisch gab. Das Menü zu 6,50, ohne Nachtisch 5,20 Euro.

Da waren manchmal richtig gute Sachen dabei.

*

Michael ›Miki‹ Schneckenburger, der einzige von Palinskis Freunden, der es bisher zu Ministerehren gebracht hatte, und gleichzeitig der einzige, dem er das nie zugetraut hätte, war auf dem Weg vom Innenministerium zur Präsidentschaftskanzlei.

Der Anruf des Präsidialchefs, der ihn heute Morgen erreicht hatte, überraschte ihn völlig. Dr. Schiefer benötigte seinen Rat in einer heiklen Angelegenheit und bat den Herrn Minister, ihn in der Hofburg aufzusuchen. Ob 14.30 Uhr für den Herrn Minister in Ordnung ging?

Automatisch hatte Schneckenburger den alten Schmäh von wegen ›Moment bitte, ich muss erst kurz in meinem Terminkalender nachsehen‹ anbringen wollen, als ihm bewusst wurde, mit wem er eigentlich sprach.

»Ssselbstverständlich, ich wwerde pünktlich sein«, hatte er fast gestottert, um eine feste Stimme und einen unaufgeregten Tonfall bemüht.

Das Wetter war schön, die Sonne schien bereits recht kräftig vom Himmel und ein sanfter Ostwind sorgte für eine leichte Verwirbelung der laut Meteorologen bis zu 17 Grad warmen Luft. Man konnte es drehen und wenden, wie man wollte, das Frühjahr hatte heuer schon früh im Jahr begonnen.

Weil es Wien war und Schneckenburger kein sonderlich furchtsamer Mensch, hatte er beschlossen, den kurzen Weg von der Herrengasse zum Ballhausplatz zu Fuß zurückzulegen. Nach den langen, düsteren Winterwochen war der Spaziergang in Sonne und lauer Luft der reinste Balsam.

Die beiden für seinen Schutz verantwortlichen Beamten hatten zunächst gar nicht mitbekommen, dass der Chef das Haus verlassen hatte. Sein Dienstwagen stand ja nach wie vor im Hof.

Der Portier wusste es besser, und so begannen die beiden etwas in Ehren ergrauten Beschützer, dem Boss erst nachzuwieseln, als der bereits den Michaelerplatz erreicht hatte und in die Schauflergasse einbog. Ei, war das ein Gejapse und Gestöhne. Nach wenigen Metern ging dieses verdammte Seitenstechen los und die Luft wurde knapp. Noch 200 Meter in dem Tempo und sie würde völlig wegbleiben.

Das war eben der Nachteil, für die Sicherheit eines nicht dezidiert unbeliebten Ministers in einem Lande verantwortlich zu sein, in dem selbst die ärgsten politischen Gfraster ungefährdet Gesichtsbäder in der Masse nehmen oder an Marathonläufen teilnehmen konnten. Wenn einmal einer in dem Land mit etwas beworfen wurde, dann nur mit einer Torte. Nicht unbedingt von Demel oder Sacher, aber in der Regel von ordentlicher Qualität.

Dieses Fehlen an echter, existenzieller Gefahr hatte natürlich Konsequenzen. Es wurde heftig beim Training gespart, bei der körperlichen Ertüchtigung, und das nicht nur von Amts wegen.

Der in Gedanken versunkene Schneckenburger, der sich eine der wichtigsten Pflichtübungen eines Politikers, nämlich das automatische, von einem freundlichen Lächeln begleitete Begrüßen des Stimmvolkes sehr rasch angeeignet und zur Perfektion entwickelt hatte, hatte die Präsidentschaftskanzlei fast erreicht, als ihn die Anstrengungen seiner beiden ›Schutzengel‹, zu ihm aufzuschließen, vorerst akustisch einholten.

Genau in dem Augenblick, in dem sich der Minister umdrehte, um zu sehen, was denn hinter ihm los war, stürzte der ältere seiner beiden Beschützer, ein Alfred Beranek, der bis dahin einen Rückstand von etwa 50 Metern gegenüber seinem jüngeren Kollegen aufgerissen hatte, mit einem gewaltigen, vorläufig letzten Schnaufer wie ein gefällter Baum zu Boden.

Nun befand sich der zweite Bodyguard, dessen Namen Schneckenburger im Moment partout nicht einfallen wollte, in einem Dilemma. Sollte er sich als Beamter weiterhin pflichtgemäß um seinen Minister kümmern, der keine erkennbaren Probleme hatte? Oder sollte er sich als Mensch dafür entscheiden, seinem am Boden liegenden Kollegen zu Hilfe zu eilen?

Er entschied sich als Mensch und das brachte ihm Pluspunkte beim Minister ein. Kurz darauf bemühten sich beide um den Bewusstlosen. Gernot …, der Nachname wollte Schneckenburger noch immer nicht einfallen, und der Minister knieten neben dem am Boden Liegenden und leisteten ihm gemeinsam Erste Hilfe.

Die meisten Passanten waren, wie's eben so üblich war, stehen geblieben, um ihre Neugierde zu befriedigen. Nachdem sie den Minister erkannt hatten, spendeten ihm einige spontan Applaus.

Als die Rettung nach wenigen Minuten erschien, atmete Beranek wieder und auch sein Puls fühlte sich einigermaßen normal an.

»Gute Arbeit«, lobte der Rettungsarzt und klopfte dem Minister, den er allerdings erst danach als solchen erkennen sollte, anerkennend auf die Schulter. Ein Ritterschlag hätte den ehemaligen Pfadfinder Michael nicht stolzer machen können.

Auf der Treppe zum Allerheiligsten erkannte er einige Journalisten, die ihn freundlich interessiert grüßten. Auch der würdige ältere Herr, der ihm entgegenkam und ihm höflich zunickte, kam ihm bekannt vor. War das nicht der Rektor der Uni gewesen? Oder der Dekan der juridischen Fakultät? Na egal, auf jeden Fall irgendein ehrenwerter Universitätsprofessor halt.

Der Zwischenfall hatte bedauerlicherweise eine Verspätung von gut 15 Minuten zur Folge. Und das ausgerechnet bei seinem ersten Treffen mit dem Herrn Bundespräsidenten.

Dieser zeigte sich wider Erwarten voll informiert und sah das Ganze nicht so eng. »Respekt, Herr Doktor Schneckenburger, das haben Sie toll gemacht.«

Das Bedauern Mikis über die Verspätung wischte das Staatsoberhaupt einfach zur Seite. Im Gegenteil, er klopfte dem Minister sogar lobend auf die Schulter. Fast genau auf dieselbe Stelle wie der Rettungsarzt kurz zuvor.

»Ich bitte Sie«, meinte Dr. Schiefer daraufhin, »die paar Minuten sind nicht der Rede wert. Was kann denn wich-

tiger sein, als ein Menschenleben zu retten?« Er lächelte
verschmitzt. »Na ja, vielleicht zwei oder drei. So, jetzt
lassen Sie uns zum eigentlichen Anlass dieses Treffens
kommen.«

*

Im Café Kaiser hatte sich Palinski mit einem großen Braunen und einer Portion Schokoladenpalatschinken begnügt.
Ihm war gerade noch rechtzeitig eingefallen, dass er am
Abend ohnehin von Frau Wurminzer verwöhnt werden
würde. Es war wirklich erstaunlich, wie gut diese Frau
kochte. Nicht nur im Gegensatz zu Wilma, die ja auch
kochen konnte, es leider nur sehr selten tat.

Nein, die alte Dame auf der Stiege 3 war tatsächlich eine exzellente Köchin, die ihn nun einmal gerne
mochte. Allerdings durfte er das nicht einreißen lassen.
Sonst würde er sich in ein, zwei Monaten mindestens
zehn Kilo angefressen haben.

Spätestens dann würde er, Palinski, den man mit Nach-
sicht aller Taxen gerade noch als stattliche Erscheinung
bezeichnen konnte, nur mehr blad sein.

Auf dem Weg nach Hause hatte er überlegt, dass es
eine nette Idee wäre, seine Gastgeberin mit einem schönen Strauß zu überraschen.

Im Blumengeschäft hatte sich dazu noch der Genieblitz gesellt, diese Gelegenheit wahrzunehmen und auch
Wilma wieder einmal eine Freude zu machen. Gerade
nach den etwas heiklen letzten Tagen war das bestimmt
nicht verkehrt.

Deshalb war Palinski, beide Hände voll mit Blermerln[*],

---

[*] Blumen

in den dritten Stock gestiegen, in der Hoffnung, Wilma anzutreffen. Allein, die Liebe seines Lebens war nicht anwesend. Was bei kritischer Betrachtung nicht weiter erstaunte, war sie doch um diese Tageszeit fast nie zu Hause. Außer vielleicht an Wochenenden oder im Krankheitsfalle.

Auch gut, dachte Palinski, somit wollte er sich jetzt eben den seltenen Luxus eines ausführlichen Mittagsschläfchens gönnen. Damit er abends in Form war. Nicht unbedingt für die Wurminzer, sondern für danach.

*

Über Gerd Robledal war inzwischen bekannt geworden, dass er einen Renault Scénic fuhr, sein Vater dafür einen VW Touareg. Den hatte man zwar in der väterlichen Garage in Mürzzuschlag gefunden, aber in einem verschmutzten Zustand und mit Dreck im Profil der Reifen. Im Wagen selbst war obendrein eine Mannlicher Classic entdeckt worden, aus der erst vor Kurzem geschossen worden war.

Weitere Untersuchungen wie die der reichlich gefundenen Fingerabdrücke auf der Waffe und im Wagen sowie der bei der Casa del Sole gefundenen Projektile liefen noch, jedoch stand für die untersuchenden Beamten so gut wie sicher fest, dass es Gerd ›oakwood‹ gewesen war, der den Wagen gelenkt und die Waffe abgefeuert hatte.

Die Wiener Kollegen waren auch nicht untätig geblieben und hatten in Robledals Sieveringer Wohnung einen interessanten Fund gemacht. Nämlich eine auf Hildi Forderberg laufende Lebensversicherungspolizze über sage und schreibe 1,5 Millionen Euro. Der Begünstigte war ein gewisser Gerd Robledal, der auch, wie die penibel abge-

281

hefteten Einzahlungsbelege bewiesen, die vierteljährlich vorgeschriebene Prämie über sein im Übrigen schwindelerregend im Minus befindliches Privatkonto bezahlt hatte. Wahrhaftig ein Schelm, der da Böses denkt.

Florian Nowotny hatte Wallner darüber hinaus einige aus diversen Regenbogengazetten stammende Meldungen zur Verfügung gestellt, denen man unschwer entnehmen konnte, dass die ungekrönte Prinzessin der volkstümlichen Musik ihren langjährigen Freund und Verlobten wie den letzten Dreck behandelt haben musste.

Selbst wenn man die zwischen den Zeilen verborgenen Andeutungen im Zweifel zugunsten Hildis interpretierte, reichte das Maß an Verletzungen, Beleidigungen und Erniedrigungen, das ›oakwood‹ erlitten haben musste, völlig aus, um den Gedanken an Rache zu erklären.

Einen Moment lang hatte der Chefinspektor sogar so etwas wie Mitleid, auf jeden Fall aber Verständnis für ›oakwood‹ verspürt. Nur in Grenzen natürlich.

Damit war eigentlich alles klar, bloß eines nicht. Nämlich, wo sich der Täter befand. Trotz intensivster Suche der Polizeikräfte in Wien, Niederösterreich, dem Burgenland und der Steiermark fehlte von Gerd Robledal nach wie vor jede Spur.

Um 18 Uhr dehnte Chefinspektor Helmut Wallner daher die Fahndung nach dem Mann auf ganz Österreich und das benachbarte Ausland aus.

*

Kurz nach 18.30 Uhr begann Palinski, sich für Hermine Wurminzer schön zu machen. Doch Spaß beiseite, Zähneputzen und Kämmen musste auch für eine weit über

70 Jahre alte Dame drin sein. Noch dazu für jemandem, der so außerirdisch gut kochte.

Mit frischem Atem und gezähmtem Haar baute er noch die schöne Kristallvase mit den Rosen so auf, dass sie Wilma gleich beim Eintreten in die Augen stechen musste. Dazu platzierte er eine Nachricht mit dem Inhalt: ›Bin bis 21 Uhr zurück. Liebe dich und freue mich auf dich. Dein Schweindi.‹

Das mit dem Schweindi hatte er schon lange nicht mehr ins Treffen geführt. Der Kosename, denn um einen solchen handelte es sich dabei, reichte in die ersten Wochen ihrer Liebe zurück. Seine damals schier unerschöpfliche Neugier nach allem, was Wilma war und mit ihr zu tun hatte, hatten ihn und schließlich auch sie zu höchst interessanten, möglicherweise etwas abwegig wirkenden, aus heutiger Sicht eher nicht mehr wiederholbaren Experimenten veranlasst. Die dabei gemachten Erfahrungen hatten Wilma eines schönen Tages zu der entzückt-entrückten Anerkennung ›Du bist mir aber ein Schweindi‹ veranlasst. Seit damals bis, so genau wusste er das gar nicht mehr, jedenfalls ziemlich lang, war er eben ihr Schweindi gewesen. Wahrscheinlich bis sie beide nicht mehr beweglich genug gewesen waren. Oder fit. Vielleicht sogar beides.

So, das war's dann. Noch auf einen Sprung ins Büro geschaut, was sich tat und getan hatte. Eine, höchstens zwei Stunden ›Diner with Hermine‹ und danach hatte das Schweindi endlich Zeit für seine Wilma. Bester Laune und ein Lied auf den Lippen, verließ Palinski exakt zwölf Minuten vor 19 Uhr die Wohnung.

*

Robledal kauerte am Boden der kleinen Hütte, in der er sich seit mindestens … Er hatte jegliches Gefühl für Zeit verloren, schätzte jedoch, seit gut drei Stunden in diesem komischen Häuschen zu sein. Es gehörte der Familie eines Schulkollegen, die ihn vor einigen Jahren einmal hierher zum Baden eingeladen hatte. Jahreszeitlich bedingt war das Badehäuschen natürlich unbewohnt. Schön, dass es wenigstens einige Decken gab, es war wirklich verdammt kühl hier drinnen.

Von hier aus konnte er gut den gewaltigen Strom sehen, der sich träge durch die Landschaft wälzte. In einigen Wochen, sobald erst die Schneeschmelze in den Bergen eingesetzt haben würde, konnte man sich hier sicher leicht nasse Füße holen. Die Gefahr von Hochwasser war demnach auch der Grund, warum die Hütte auf etwa drei Meter hohen Stelzen stand.

Schade, er hatte fest damit gerechnet, zu diesem Zeitpunkt bereits im Ausland und damit in Sicherheit zu sein. In der angenehmen Atmosphäre einer klimatisierten Hotelhalle einen ebenso gut gekühlten Drink zu schlürfen und darüber nachzudenken, was er mit dem vielen Geld alles anfangen könnte, das er in Kürze erhalten sollte.

Doch auf einmal war alles schiefgegangen.

Zuerst hatten diese Trottel um den Angeber ›männerauto‹ versagt, ja nicht einmal verhindern können, dass Hildi fliehen und sich in Sicherheit bringen konnte. Dabei war die Idee mit diesem synthetischen Diamanten aus der Asche Prominenter als Sammlerobjekt so genial geeignet gewesen, jemand Bestimmten ausknipsen zu lassen.

Aber was wunderte er sich überhaupt, dass die Sache schiefgegangen war, nachdem sich nun herausgestellt hatte, dass ›männerauto‹ anscheinend eine Frau war.

Nachdem ihn dieses blöde Hildi-Weib tatsächlich angerufen hatte, tat sich eine zweite Chance auf.

Ja, es stimmte. Die dümmsten Schafe suchten sich ihre Schlächter selbst aus. Irgendwie war der Schlächter aber zu aufgeregt oder zu unruhig gewesen, um zu treffen. Wie hatte es ihm, der sonst so ein sicherer Schütze war, passieren können, gleich zweimal danebenzuschießen?

Gut, die Distanz war ziemlich groß gewesen, doch für ihn normalerweise überhaupt kein Problem. Hatte ihn vielleicht der Mann irritiert, der hinter Hildi aus dem Haus gekommen war? Komisch, er hatte eigentlich gedacht, bereits darüber hinweg zu sein. Dem war offenbar nicht so.

Das alles zusammen war ganz schön beschissen. Himmel, Schimmel, wie er diese Frau hasste! Und wie es aussah, konnte sie weitermachen wie bisher. Das alles machte ihn schrecklich zornig. Weiter herumvögeln, ohne auf die Gefühle anderer Menschen Rücksicht zu nehmen. Und damit jeden, der ihrer vordergründig ach so lieben Art auf den Leim ging, früher oder später verletzen.

Dazu kassierte sie noch Länge mal Breite für den Scheiß ab, den sie den Leuten als volkstümliche Musik verkaufte.

›Wo da Jaga 's Herzerl loswiad‹ und andere Verbrechen gegen den guten Geschmack hatten diese Frau bereits im Alter von 22 Jahren zur vielfachen Millionärin gemacht.

Dafür gönnte sie ihm, ihrem Manager, nicht einmal fünf Prozent des Kuchens. Die Manager anderer Stars heimsten das Doppelte bis Dreifache davon ein. Sicherlich noch mehr.

Aber nein, sie speiste ihn mit einem Fixum von 2.500 Euro im Monat ab. Wenigstens durfte er die Spesen extra verrechnen. Großzügigerweise gab's obendrauf eine einmalige Jahresprämie. Dafür, dass er seine Arbeit ohne viele Fragen und viel Aufbegehren zu ihrer Zufriedenheit erledigte. Das hatte ihm doch für das vergangene Jahr eine einmalige Bonifikation von unschlagbaren 3.000 Euro eingebracht. Eine bodenlose Frechheit. Eigentlich hätte er den Bettel ablehnen sollen.

Dabei kannte er Hildi von frühester Kindheit an. Hatte mit ihr in der Sandkiste gespielt. Sie hatte bereits damals genau gewusst, was sie einmal werden wollte. Nämlich Popstar. Gerd musste unwillkürlich lächeln, da bei der kleinen Hildi das immer wie ›Popsch dar‹ geklungen hatte und beide hatten fürchterlich kichern müssen. Wegen des ›Popsch‹.

Mit seiner maßgeblichen Hilfe hatte sie ihr Sandkistenziel auch erreicht. Und das war der Dank dafür.

Auf der Flucht, mit knapp mehr als 20.000 Euro in der Tasche, von denen nur 6.500 ihm gehörten. Man musste sich das einmal vorstellen: mehr als drei Jahre harte Arbeit, mindestens 14 Stunden jeden Tag, und in der ganzen Zeit hatte er sich nicht mehr als müde 6.500 Euro ersparen können.

Na, wenigstens hatte er noch die 15.000 aus ihrer ›Portokasse‹ mitgehen lassen. Wahrscheinlich würde Hildi das gar nicht bemerken. Das war Trinkgeld für die junge Dame. Der verzogene Trampel, der. Also wirklich abgehen würde ihr so ein Betrag nicht.

Gut, dass er sich vor einem halben Jahr dieses Gerät gekauft hatte, mit dem man den Polizeifunk abhören konnte. In den Nachrichten war die Geschichte seines

Wissens nach noch gar nicht gekommen. Er wusste aber bereits seit kurz nach 14 Uhr, dass intensiv nach ihm gefahndet wurde.

Nun gut, er sollte erst einmal versuchen, ein, zwei Stunden zu schlafen und sein Glück später erneut probieren.

Bis zur slowakischen Grenze war es nicht weit und von Bratislava konnte er hinfliegen, wohin er wollte.

Oder sollte er lieber versuchen, vom Franz-Josefs-Bahnhof einen Zug nach Tschechien zu bekommen?

*

In seinem Büro hatte Palinski nichts und niemanden vorgefunden, das oder der seine längere Anwesenheit erforderlich gemacht hätte. Florian war offenbar wieder einmal auf dem Kriegspfad der Liebe unterwegs, unterwegs zu glorreichen Taten oder zu neuen Wunden, die den Jungen zum Mann reifen lassen würden.

Manchmal dachte er schon in schrecklich kitschigen, rührseligen Bildern, fand Palinski selbstkritisch. Vielleicht machte er sich unbewusst auch nur lustig darüber, einfach um nicht neidisch zu werden. Die Jugend war etwas Herrliches.

Außerdem hatte Florian heute, aber nicht nur heute, hervorragende Arbeit geleistet. Sich alles verdient, was er sich wünschte. Vor allem auch eine nette junge Frau.

Beim Verlassen des Instituts für Krimiliteranalogie, in dem sich sein Büro befand, liefen Palinski wieder einmal seine neuen Nachbarn, die von oben, über den Weg.

Maja Angeli und Jan Kröger kamen eben nach Hause, voll beladen mit Sackerln mit der Aufschrift einer großen Lebensmittelhandelskette.

Die jungen Leute schienen sich zu freuen, Palinski zu sehen, und auch er fand das zufällige Zusammentreffen gleichfalls sehr nett.

»Haben Sie nicht Lust …«, begann Maja, doch Palinski unterbrach sie sofort.

»Was soll das«, begehrte er scherzhaft auf, »wir haben uns das letzte Mal auf du geeinigt. Also noch einmal von vorne.«

»O. k.«, die junge Frau lachte, »hast du nicht Lust, mit uns zu Abend zu essen? Wir haben eben ein paar gute Sachen eingekauft.«

»Das ist lieb von euch«, freute sich Palinski, »aber ich bin gerade auf dem Weg zu einer Einladung. Sehr heikel«, meinte er und senkte dabei verschwörerisch die Stimme. »Bei der alten Dame auf der Dreierstiege. Die mit dem dicken Hund, ihr werdet sie vielleicht schon einmal gesehen haben.«

Maja nickte leicht und Jan beließ es bei einer nichtssagenden Geste, die alles bedeuten konnte.

»Schade«, bedauerte die junge Frau. »Wir sollten das ein andermal unbedingt nachholen.«

Nach dieser von Palinski bestätigten Absichtserklärung und der beiderseits zum Ausdruck gebrachten Hoffnung, der andere möge einen schönen Abend verbringen, machten sich alle Beteiligten wieder auf den Weg.

Als Palinski die Türe zur Stiege 3 öffnen wollte, kam ihm ein großer Mann mit einem freundlichen »'n Abend« entgegen. Der hielt ihm sogar die Türe auf und lud ihn zum Eintreten ein.

So wie Frau Wurminzer ihren Enkel beschrieben hatte, musste das Bernie sein. Ein wirklich freundlicher, wohlerzogener junger Mann, eine Freude für jede Großmutter. Wobei, mit 32 Jahren war er eigentlich gar nicht mehr so jung.

Auf dem Plateau oberhalb des ersten Treppenabsatzes, genau dort, wo die Briefkästen an der Wand hingen, lagen einige Glasscherben am feuchten Boden. Dem Geruch nach schien hier jemand die Kontrolle über ein, zwei volle Bierflaschen verloren zu haben.

Das wirklich Interessante und das, was Palinskis Aufmerksamkeit schlagartig fesselte, war ein wunderbar deutlich erkennbarer Abdruck einer Schuhsohle am Boden. Dem Profil nach die eines großen Sportschuhes. Mindestens Größe 47, eher 48, schätzte Palinski. Mit einem besonders charakteristischen Profil, nämlich im Karree verlaufende Linien mit einem großen X genau in der Mitte.

Der Träger dieses Schuhs musste vor kurzer Zeit durch die Bierlache gegangen und sich dabei die Sohle nass gemacht haben. Da sich der Abdruck zwischen der reichlich großen Lache und der Eingangstüre befand, hatte der betreffende Mann das Haus offenbar gerade verlassen.

Palinski kam lediglich eine Person in den Sinn, die dafür infrage kam.

Gleichzeitig fiel ihm ein, wo er einen Abdruck dieses Profils zuvor gesehen und auch beschrieben gefunden hatte. Der Schluss, den Palinski aus den beiden Erkenntnissen zog, faktisch ziehen musste, erschreckte ihn doch sehr.

Was er augenblicklich unbedingt benötigte, war ein Fotoapparat zur Beweissicherung. Rasch verließ er die Dreierstiege wieder und lief in sein Büro zurück, um seine Kamera zu holen. Er war ganz aufgeregt, denn endlich hatte er etwas, mit dem er Franka Wallners drängende, nicht unberechtigte Kritik an seiner bisherigen Vorgangsweise im Fall Lesonic entkräften konnte.

Als er vier Minuten später wieder zurück war, konnte er allerdings nur mehr die inzwischen eingetretene Katastrophe dokumentieren.

Sein entsetztes »Nein, Frau Pitzal, nicht« konnte auch nicht mehr verhindern, dass der wunderschöne Abdruck der Schuhsohle dem vernichtenden Einfluss des Putzfetzens einer wirklich pflichtbewussten Hausbesorgerin zum Opfer gefallen war. Es war allein seine Schuld, er hätte das Areal irgendwie sichern müssen. Frau Pitzal hatte lediglich ihre Pflicht getan, und das ausgesprochen vorbildlich.

Angefressen und böse auf sich selbst, stieg Palinski in den zweiten Stock hoch. Alles in allem kam er um etwa 15 Minuten zu spät. Darüber hinaus hatte er, wie ihm erst an der Türe bewusst wurde, auch noch die Blumen für Frau Wurminzer vergessen.

Immerhin hatte er einen begründeten Verdacht, wer Karl Lesonic umgebracht hatte. Beweisen konnte er allerdings noch nichts.

Wie auch immer, good old Hermi schien hocherfreut, ihn endlich wieder bei sich zu Gast zu haben.

Palinski war sich jedoch nicht ganz sicher, ob diese Freude den ganzen Abend über anhalten würde.

*

Im Laufe des Nachmittags hatte sich der Präsidialchef der Präsidentschaftskanzlei mit dem Obersten Nachrichtenchef der TV Austria in Verbindung gesetzt und den dringenden Wunsch des Herrn Bundespräsidenten nach fünf Minuten Sendezeit vor Beginn des Hauptabendprogrammes übermittelt.

Das Staatsoberhaupt habe dem österreichischen Volk eine wichtige Mitteilung hinsichtlich der zukünftigen Regierung zu machen. Der Herr Bundespräsident bedauerte die Umstände, die sein kurzfristig geäußerter Wunsch möglicherweise für die Fernsehanstalt bedeutete, und dankte für das freundliche Entgegenkommen.

Das war kein Problem für die Verantwortlichen. Als politische Menschen und Journalisten, die sie zum größeren Teil auch waren, hatten sie stets mit dieser Möglichkeit gerechnet und sie eingeplant.

Darüber hinaus war bereits einen Tag vor dem offiziellen Ersuchen ein inoffizielles Aviso erfolgt, um allen Eventualitäten vorzubeugen. Die TVA war demzufolge bestens vorbereitet und brauchte nur mehr die bereits vorbereiteten Hinweise auf die Sondersendung zu bringen, die exakt von 20.08 Uhr bis 20.14 Uhr stattfinden sollte.

*

Kaum hatte Palinski die kleine Wohnung betreten, als ihm Frau Wurminzer ein Glas mit einem rötlich gefärbten Inhalt aufnötigte, der nach Alkohol roch.

»Komm, mein Junge«, rief sie fröhlich, »heute wollen wir alle lästigen Formalitäten beiseitelassen. Sag einfach Du und Tante Hermine zu mir. Du bist der Mario«, sie kicherte. »Das habe ich ganz allein herausgefunden.«

Daraufhin knallte sie ihr Glas gegen seines, rief nochmals ›Prost‹, stürzte den Inhalt in sich hinein und feuerte ihn an, es ihr nachzumachen.

Verdammt, schmeckte das Zeug süß und klebrig, einfach widerlich. Aber das Schlimmste stand ihm erst bevor. Ehe er überhaupt so richtig wusste, was los war, hatte sich

291

Tante Hermine vor ihm aufgebaut und sich auf die Zehenspitzen gestellt. Sie nahm seinen Kopf mit beiden Händen, zog ihn zu sich herunter und … drückte ihm einen feuchten Schmatz mitten ins entsetzte Zentrum.

»Na, ist das nicht wunderbar«, schwärmte sie. »So, jetzt komm endlich herein ins Wohnzimmer, mein lieber Bub, wir müssen essen, ehe alles verkocht.« Sie führte ihn zu einem Sessel, vor dem ein mit Blumen dekorierter Platzteller am Tisch stand. »Komm, setz dich, Mario.« Sie schubste ihn leicht. »Nun setz dich endlich«, knurrte sie schließlich.

Kaum hatte Palinski Platz genommen, war sie unterwegs in die Küche und gleich wieder zurück mit einer Schüssel mit dampfendem, herrlich duftendem Inhalt.

»Das ist ein Alt-Wiener Suppentopf«, klärte sie ihn auf. »Ich bin sicher, du wirst ihn lieben.« Und schon teilte der Suppenschöpfer die eintopfartige Konsistenz dieser Köstlichkeit und verpasste ihm fürs Erste einmal gut tausend Kalorien auf den Teller.

»Hier«, sie holte eine Flasche hervor, »das soll ein sehr guter Rotwein sein«, meinte sie. »Ein Lammbruzzler oder so ähnlich, aus Italien. Bernie hat ihn mitgebracht. Schade, dass du Bernie nicht gesehen hast. Er ist erst ein paar Minuten vorher gegangen. Bernie ist so ein lieber Bub.« Sie stellte die Weinflasche vor Palinski auf den Tisch.

Aha, der Lammbruzzler – übrigens per se keine uncharmante Bezeichnung, die Frage war bloß, wofür – erwies sich als Lambrusco der billigeren Art. Eine Okkasion aus dem großen Angebot an Weinen der bis Zwei-Euro-pro-Liter-Preisklasse, wie das noch auf der Flasche klebende Preispickerl einer namhaften Supermarktkette verriet. Dazu kam noch, dass er brühwarm war. Alles in allem wirklich kein überzeugender Beweis für Bernies vinarischen Geschmack.

»Frau Wurm… ich meine Hermine, ehe ich zu essen beginne, muss ich Ihnen, dir etwas sagen.« Es widerstrebte Palinski einfach, sich zuerst anzuwamsen und die gute Frau nachher, so quasi zum Nachtisch, beiläufig mit der Tatsache zu konfrontieren, dass ihr Enkel höchstwahrscheinlich ein Mörder war. Das musste er ihr gleich sagen. Falls sie ihm anschließend weiterhin etwas zu essen geben wollte, sollte ihm das recht sein. Aber zuerst heiß fressen und dann die kalte Dusche aufdrehen, das war nicht richtig. So konnte man mit netten alten Leuten nicht umspringen.

»Nein, nein, mein Junge, was du mir zu sagen hast, sagst du mir später«, widersprach sie vehement. »Du musst die Suppe essen, ehe sie kalt wird. Danach machen wir meinetwegen eine Pause und du erzählst mir, was du so Dringendes am Herzen hast.«

Sie griff zum Suppenlöffel und machte auf Palinski den Eindruck, als ob sie ihn notfalls selbst füttern wollte.

Alles, bloß das nicht. Jede Faser in Palinski sträubte sich gegen diese Art Zwangsernährung. Da aß er lieber freiwillig. Außerdem hatte er ja Hunger. Und enormen Appetit, denn das Zeug roch einfach himmlisch. Also gut, auf Hermines Kompromissvorschlag konnte er sich wohl einlassen.

Ergeben tauchte er seinen Löffel in die dampfende Brühe ein, führte ihn zum Mund und verteilte die Ladung liebevoll auf die bereits sehnsüchtig darauf wartenden Geschmacksknospen seiner Zunge. Einfach herrlich.

»Während du isst, möchte ich dir etwas zeigen, mein lieber Mario.« Frau Wurminzer war aufgestanden und zum Wandverbau getreten. In diesem Augenblick wurde

293

Palinski bewusst, was ihn seit seinem Eintreten unbewusst irritiert hatte. Irgendetwas hatte sich in dem Raum verändert. Nun erkannte er auch, was das war: Das Fach im Wandregal, in dem sich bei seinem letzten Besuch die Urne mit der Asche des oder eines Hundes der Frau befunden hatte, sein Name war wohl Seppi oder Sippi, nein, Pippi gewesen, war heute mit einem dunkelblauen Samtvorhang abgedeckt. Das Ganze sah ein wenig aus wie der Vorhang einer Miniaturbühne der Festivalabteilung im unendlichen Universum der Hermine Wurminzer.

Genau diesen kleinen Vorhang hatte die Frau zur Seite gezogen und damit den Blick auf die dahinterliegende Bühne freigegeben. Auf ein Bühnenbild, das Palinski nicht den Atem raubte, dennoch in Erstaunen versetzte.

»Das hier habe ich gestern endlich bekommen«, sie strahlte über das ganze Gesicht. »Hat einige Zeit gedauert und viel Geld gekostet, sich jedoch ausgezahlt. Findest du nicht auch?«

Palinski nickte zustimmend. Nicht weil er auch fand, was, er hatte keine Ahnung, sondern weil er einfach keine Diskussion riskieren wollte. Er stand auf, um sich das im Zentrum des wie eine Art Hausaltar wirkenden Arrangements befindliche Heiligtum genauer anzusehen.

Dabei handelte es sich um einen etwa 25 × 15 × 3 Zentimeter großen Stein, offenbar aus poliertem Granit, in dem in der Mitte der oberen Hälfte eine Glasperle, nein, eher ein auf Diamant geschliffenes Stück Glas, vielleicht ein Zirkon …

Palinski stockte. Das Kreuz über dem Stein, darunter die Worte ›Pippi, in Ewigkeit unvergessen‹ und im unteren Drittel das eingelassene Bild eines ziemlich hässlichen Hundes – das war ein Denkmal, eine Art Hunde-

294

grabstein für diese Pippi. Palinski glaubte, sich erinnern zu können, dass ihm die Wurminzer davon erzählt hatte. Er liebte Hunde ebenfalls, doch das hier war krank. Es fehlte nur noch, dass …

»… hat ohne den Diamanten fast 1.600 Euro gekostet«, berichtete Hermine unverdrossen, »mit dem Stein an die 6.300. Viel Geld, aber es ist es auch wert. Oder?« Sie war sichtlich stolz auf ihren kleinen Heldenfriedhof. »Jetzt können wir endlich in angemessener Form der Pippi gedenken«, bei den letzten Worten hatte sie leicht geschluckt.

»Und du meinst, das da …«, Mario deutete fast scheu auf den erbsengroßen glasklaren Stein auf Granit, »ist wirklich ein echter Diamant?«

Dass es so was auch schon von Tieren gab. Na ja, warum eigentlich nicht? Wenn sich Geld damit verdienen ließ.

»Nun, das sage ich doch die ganze Zeit«, der junge Mann war wirklich ein wenig begriffsstutzig, fand die Wurminzer. »Bei deinem letzten Besuch habe ich dir die Sache doch ganz genau erklärt. Erinnerst du dich nicht mehr?«

Palinski konnte sich zwar erinnern, dass sie ihm die ganze Zeit über etwas vorgequatscht hatte. Aber was das gewesen war? Keine Ahnung.

Sein Gehörgang war damals völlig auf ›Freie Fahrt‹ gestellt gewesen. Rein und sofort wieder raus und das ganz ohne Geschwindigkeitsbeschränkung.

»Nein, nein, ich bin nur etwas abwesend heute.« Zugeben durfte er nicht, dass er ihr überhaupt nicht zugehört hatte. »Die letzten Tage waren verrückt«, er zuckte mit den Achseln. »Zu wenig Schlaf und zu viel Kaffee, du verstehst.«

295

»Ach, du armer Bub«, Hermine blickte ihren Ehrengast voll Mitleid an. »Na gut, wenn das so ist, werde ich dir alles noch einmal erklären.«

Um Himmels willen, nein, das war es nicht, was Palinski wollte. »Nein danke, sehr lieb«, winkte er ab. »Aber ich kenne das mit den künstlichen Diamanten. Besser, als mir lieb ist«, fügte er leise hinzu. »Dann ist das hier so eine Art ... Gedenkfeier für einen toten Hund. Oder?«

Die Wurminzer nickte verhalten. »Na ja, eher eine Art Leichenschmaus für den Pippi-Diamant, vielleicht.«

»Ein Diamantenschmaus also«, stellte Palinski fest und musste grinsen.

»Ein Diamantenschmaus?« Hermine schien zu überlegen. »Ja, so kann man das sagen. Diamantenschmaus, nicht schlecht. Nein, das ist sogar gut, das gefällt mir.«

Sichtlich zufrieden stand sie auf. »So, jetzt gibt es den Schweinslungenbraten Florentin. Das ist ganz was Feines. Du wirst sehen, das wird dir schmecken. Hmmmm.«

»Warte bitte einen Moment«, Palinski war ebenfalls aufgestanden und drückte die Frau sanft auf ihren Sessel zurück. »Ich muss dir unbedingt etwas sagen. Vorher bringe ich keinen Bissen mehr hinunter.«

*

Am Nachmittag hatte ein junges Paar den völlig leeren Parkplatz beim Donaustrandbad Klosterneuburg aufgesucht und in einer wie eine Zunge ins Badegelände hineinragenden Parkbucht einen gut geschützten Platz gefunden. Hier wollten sie ihren BMW wieder einmal für etwas anderes benützen als zum simplen Spritverbrennen. Den PS-starken Boliden sozusagen der umweltfreundlichsten Nutzung zuführen, die mit einem Auto überhaupt möglich war. Sofern man sich dabei gegen eine unerwünschte Schwangerschaft schützte.

Rund eine Viertelstunde später war ein dunkelblauer Renault Scénic auf dem Parkplatz erschienen und hatte sich gleichfalls ein Platzerl gesucht. Allerdings am anderen Ende der riesigen Parkfläche.

Zwei Stunden und mehrere durchaus erfreuliche Alternativnutzungen ihres Autos später wollten sich die jungen Leute wieder in die Öffentlichkeit begeben.

In der Zwischenzeit hatten sie im Rundfunk auch zweimal von dem Attentäter gehört, der auf diese ›Volksmusik-Fifi‹, die beiden hielten offenbar nicht viel von dieser ihrer Ansicht nach akustischen Umweltverschmutzung und deren Interpreten, geschossen hatte.

Dieser befand sich seither aller Wahrscheinlichkeit nach mit einem dunkelblauen Renault Scénic mit dem amtlichen Kennzeichen W 21 GERD 08 B auf der Flucht.

Als die beiden beim Verlassen des Parkplatzes langsam den einsam abgestellten Renault passierten, zupfte sie, Helga, ihn, Gerd, am Ärmel. »Du, Schatzi, ist das nicht der Wagen, der gesucht wird?«

In der Tat, er war es und als gute Staatsbürger machte das liebende Paar noch einen kurzen Umweg über die nächste Polizeistation, ehe sie zur Party aufbrachen, zu der sie heute eingeladen waren.

*

»Also gut, wenn es sein muss, sag mir halt, was du zu sagen hast«, willigte Hermine spröde ein. »Aber tummel dich ein bisserl, damit uns der Schweinslungenbraten nicht zach wird. Sonst schmeckt er ledrig und ist nicht mehr zum Derkiefeln.«

Die absolute Norm dieser Frau, an der sich offenbar ihr ganzes Leben orientierte, konnte doch nicht wirklich der ideale Garzustand ihrer jeweils gerade am oder im Herd befindlichen Speisen sein, wunderte sich Palinski. Aber bitte, jeder, wie er mochte.

»Ich werde es auch so schnell wie möglich machen«, erklärte er bereitwillig, »allerdings wird es sicher ein paar Minuten dauern.«

Wie brachte man einer fürsorglichen Großmutter bei, dass ihr geliebter Enkel aller Wahrscheinlichkeit nach ein Mörder war? Und das auch noch möglichst rasch, damit der Braten nicht anbrannte?

Er versuchte es, indem er begann, behutsam über den Fall Karl Lesonic zu sprechen, über Sohlenabdrücke am Tatort bzw. am Ort, an dem die Leiche gefunden worden war. Und schließlich kam er auf den Abdruck zu sprechen, den er heute im Eingangsbereich der Dreierstiege entdeckt hatte, kurz nachdem …

»So, Schluss damit. Jetzt müssen wir unbedingt einen Schnaps trinken«, fiel die Wurminzer Palinski energisch ins Wort, »sonst schlägt sich diese schreckliche Geschichte noch auf deinen Magen und ich bleibe auf meinem Schweinslungenbraten sitzen.« Diese Vorstellung schien ihr wesentlich mehr Probleme zu bereiten als der noch nicht ausgesprochene Name der Person, welche …

Sie wusste natürlich ganz genau, wann ihr Herzibinki Bernie das Haus verlassen haben musste. Vielleicht sogar mit zwei, drei Flaschen Bier in den Händen.

Bei dieser Frau hätte sogar der Vogel Strauß noch Nachhilfeunterricht in Politik nehmen können.

Und schon war sie wieder da und brachte ihm ein halb volles Wasserglas mit einer leicht gelblichen Flüssigkeit, die entfernt nach Marillenbrand roch. Gar nicht so schlecht, dachte Palinski, dem sich die letzten Minuten ein wenig aufs Gemüt gelegt hatten, und nahm ein, zwei kräftige Schlucke.

Dann hatte ... auch ... Hermine plötzlich ein Glas in der Hand und ... prostete ihm zu. Sonderbar, ihr Schnaps schien viel gelber zu sein als seiner. Viel ch... chinesischer. Ups, das war ja ... beinahe rassistisch gewesen.

Also gut, zum Wohl, ein Hoch auf Bernie, den Killerenkel. Palinski schüttete den Rest des Schnapses in sich hinein. Komisch, dass ... der Marillenbrand einen leicht bitteren Nachgeschmack hatte. War ihm noch gar nicht ... aufgefallen.

Plötzlich sah er Wilma vor sich, nein, das war ... Wo blieb eigentlich der Braten? Er sollte was essen, sonst ... zu viel Alkohol.

»Heb einmal den Arm hoch, du Scheißer«, fauchte die Wurminzer Palinski böse an. Der schaffte es mit dem rechten ganze 20 Zentimeter, mit dem linken eventuell zehn Zentimeter mehr. Also ... viel war das ... nicht gerade. Er lachte dümmlich und murmelte etwas, das wie »'tschuldigung« klang.

»Na, das wirkt ja schneller, als ich gehofft habe«, freute sich die ganz und gar nicht mehr freundliche Tante Hermine. »Na ja, doppelte Menge. Bist zwar ein ausgewachsener Kerl, aber man weiß ja nie. Tja, ich war früher Hilfskrankenschwester und hab viel dabei gelernt. Die Ärzte haben mir eine Menge beigebracht in den langen Nachtdiensten. Aber das hast du nicht gewusst, gelt, du Klug-scheißer. Und damit hast du auch nicht gerechnet. Aber meinem Bernie einen Mord anhängen, das kannst du. Du hast allerdings nicht die geringste Ahnung.«

Daraufhin schlug sie ihm ins Gesicht. Haute ihm eine runter, und recht ordentlich. So viel Kraft hätte man einer alten Frau gar nicht zugetraut.

»So, jetzt werde ich dir erzählen, wie das alles wirk-lich gewesen ist.« Sie hatte sich wieder hingesetzt. »Und genieße die nächste Stunde, denn …« Sie sprach es nicht aus, doch die weltweit bekannte eindeutige Geste, nämlich die Kante der rechten Hand von links nach rechts am Hals vorbeigeführt, ließ kaum irgendwelche Zweifel offen.

Ob Linkshänder diese Geste mit der linken Hand und entsprechend von rechts nach links machten?, ging es Palinski plötzlich durch den Kopf. Und das, nachdem man ihm eben unverhohlen mit dem Tode gedroht hatte. Was er für Sorgen hatte. Er war wirklich ein eigenartiger Vogel.

»… Bundespräsident beginnt auf beiden Programmen des TVA«, tönte es aus dem Radio. Palinski, der auf sei-nem Sessel zusammengesunken war, versuchte, sich etwas aufzurichten. Was ihm mit größtmöglicher Konzentra-tion und übermäßiger körperlicher Anstrengung auch gelang.

»Kann … Fernsehen, bitte«, lallte er in Richtung Wur-minzer.

»Was, du willst hören, was der Herr Doktor Schiefer uns zu sagen hat?« Hermine hatte sofort kapiert, was er wollte, und bewies dazu noch einen fast schon britisch anmutenden Sinn für Humor.

»Na gut, jeder Mensch hat das Recht auf einen letzten Wunsch.« Sie lachte herzlich auf. »Mich interessiert das eigentlich auch. Also schaun wir uns das einmal an, ehe ich mit dir weitermache.«

*

Mithilfe einer Thermografiekamera hatten die Spezialisten der Sondereinheit Cobra rasch herausgefunden, in welchem der Badehäuser auf dem Gelände des Donaustrandbades Klosterneuburg sich eine Person verborgen hielt.

Vorsichtig hatte sich die unter der Leitung von Oberleutnant Helmut Haselherz stehende Einheit an das betreffende Haus herangeschlichen und zwei starke Scheinwerfer in Position gebracht.

Der Name des Oberleutnants war immer Gegenstand mehr oder weniger lustiger Scherze gewesen, die häufig nicht ganz nach dem Geschmack des Betroffenen waren. Aber er war hart im Nehmen und beliebt bei seinen Leuten.

Lautlos hatten die acht schwerbewaffneten Elitepolizisten ihre Positionen bezogen und warteten auf das Signal zum Einsatz.

Damit hatte das letzte Kapitel in der Fahndung nach Gerd Robledal vulgo ›oakwood‹ definitiv begonnen.

*

»... habe ich dem Vorsitzenden der stimmenstärksten Partei heute Mittag das Mandat zur Bildung einer Bundesregierung endgültig entzogen. Etwas mehr als zwei Stunden später habe ich einen sehr verdienten Beamten, der noch dazu bereits über Regierungserfahrung verfügt, mit der Bildung einer Beamten- und Expertenregierung beauftragt.« Der Bundespräsident machte eine kurze Pause und nahm vom Monitor aus Palinski direkt ins Visier, konnte ihm aber auch nicht helfen.

»Dabei handelt es sich um Ministerialrat Dr. Michael Schneckenburger, der bereits der letzten Regierung kurze Zeit als Innenminister angehört hat. Dr. Schneckenburger hat mir versichert, dass einer Vereidigung seiner Regierung am Freitag nächster Woche nichts im Wege stehen wird.«

»I…chke …neihn«, quetschte Palinski mühsam heraus, doch Tante Hermine interessierte das nicht.

Das war schon sensationell, schoss es Palinski trotz des nach wie vor anhaltenden Nebels im Hirn durch den Kopf. Miki als Bundeskanzler, der Bursche hüpfte einem wirklich vor, wie man Karriere machte. Beeindruckend.

Der hätte wohl kaum seinen Doktor Juris geschafft, hätte Mario Palinski seinerzeit nicht mit ihm gebüffelt wie mit einem Irren. Chapeau, Herr Palinski!

Trotz der äußerst unfreundlichen Begleitumstände fühlte sich Mario plötzlich sauwohl. Mario, der Kanzlermacher, das hatte was für sich.

Hermine hatte inzwischen mit ihrer Lebensgeschichte begonnen und war gerade bei ihrer Verlobung anno dazumal angelangt, der ersten wohlgemerkt. Insgesamt hatte es die Wurminzer ja auf drei feierliche Eheversprechen gebracht, das wusste Palinski noch von vorgestern.

Obwohl er nach wie vor so gut wie gelähmt war – diese Hexe musste ihn mit irgendeiner teuflisch rasch wirkenden Droge schachmatt gesetzt haben – und bis auf unkoordinierte Krächzer kein Wort herausbrachte, fühlte sich Palinski langsam besser. Wenigstens sein Verstand fing an, wieder zu funktionieren.

Wahrscheinlich hing das mit dem Alkohol zusammen,

den er zunächst reichlich konsumiert, in der letzten halben Stunde völlig weggelassen hatte. Zwangsläufig, aber immerhin.

Fieberhaft überlegte er, wie er in dieser – beschissen war wohl noch geprahlt, um seine Situation zu beschreiben –, also wie es ihm gelingen konnte, mit der Welt außerhalb Kontakt aufzunehmen und um Hilfe zu bitten.

Auf einmal war ihm ein Film eingefallen, in dem einer der Helden sich in einer ähnlich misslichen Lage befunden hatte. Der hatte sich damit geholfen, dass er mit einem Schraubenschlüssel auf einer Metalltüre, oder war es eine Belüftungsröhre gewesen, na egal. Auf jeden Fall hatte er seinen Notruf im Morsealphabet abgesetzt. Immer und immer wieder, bis endlich einer gehört und darüber hinaus kapiert hatte.

Wenn einer gut im Hören *und* Kapieren war, war es wohl Florian.

Günstig für einen Versuch dieser Art mit dem Handy, etwas anderes stand ihm gerade nicht zur Verfügung, war auch, dass die Kurzwahlnummer seines Büros auf die erste Taste links oben programmiert war. Diese sollte sich in der Tasche doch ertasten lassen.

Danach würde es davon abhängen, ob Florian inzwischen zu Hause war, ob er überhaupt das Telefon abnehmen, und letztlich, ob er auch kapieren würde.

Viele Wenn und Aber, doch mehr hatte er eben nicht. Die Hoffnung starb schließlich zuletzt.

Kanzlermacher, das war schon was. Vielleicht wurde er sogar noch Minister?

Würde er das eigentlich wollen?

*

Florian Nowotny war eben nach Hause gekommen. Nach Hause, das bedeutete für ihn sein Zimmer im Institut für Krimiliteranalogie.

Im Gegensatz dazu war das kleine Haus seiner Eltern in der Nähe von Korneuburg, wo er aufgewachsen war und seine Mutter mit den Schwestern heute noch lebte, ›daheim‹.

Von da, also von ›daheim‹, war er eben zurück nach Hause gekommen.

Offenbar war Mario zwischendurch im Büro gewesen und wieder gegangen. Früher hatte Florian immer gewusst, wo sich sein Chef gerade befand, natürlich nur, soweit es den beruflichen Bereich betraf. Seit ein paar Wochen hingegen sagte ihm der Alte fast überhaupt nichts mehr.

Florian fand das mehr als ärgerlich, nicht aus persönlicher Eitelkeit, sondern aus durchaus praktischen Überlegungen. Wie sollte er, bei dem die Informationen meistens zentral zusammenliefen, seiner elementaren Aufgabe, diese so rasch wie möglich weiterzugeben, nachkommen, wenn er nicht jederzeit wusste, wo er seinen Chef antreffen konnte.

Diese Problematik war im Zeitalter des Handys nur schwer verständlich. Nicht aber, wenn man berücksichtigte, dass Palinski es sich ebenso zur Gewohnheit gemacht hatte, sein mobiles Kommunikationsgerät meistens auszuschalten. Oder noch besser, überhaupt zu Hause, im Büro oder sonst wo liegen zu lassen.

Während Florian so vor sich hinmurrte, meldete sich der Festnetzanschluss. Wer rief denn auf diesem Relikt aus vergangenen Zeiten überhaupt noch an, und dann zu dieser Stunde?

Zu seiner größten Überraschung konnte er am Display feststellen, dass es der eben geschmähte Mario Palinski war, der da Kommunikation begehrte.

»Ja, Mario«, meldete sich Florian, »was kann ich für dich tun?« Nach 18 Uhr war es üblich, sich auch auf der offiziellen Leitung nicht mehr mit dem gesamten offiziellen Brimborium zu melden.

Zu seiner großen Überraschung hörte der junge Polizist zunächst gar nichts, kurz darauf ein Rauschen und etwas entfernt eine weibliche Stimme. Was diese zu sagen hatte, konnte er allerdings nicht verstehen.

Zusätzlich war der Empfang von einem seltsam rhythmischen Klopfen überlagert, dessen Ursprung sich Nowotny nicht erklären konnte.

»Chef, Chef«, brüllte er in den Hörer, und noch einmal lauter »Hallo, hallo, hallo.« Und mit einem herzhaften »Wer nicht will, der hat eben schon« knallte er schließlich den Hörer zurück auf die Gabel.

Seltsam, was sollte das? Aber das passte genau zu den Veränderungen der letzten Monate, fand Florian. Mario Palinski wurde halt langsam alt.

*

In diesem Moment verstand Palinski erst so richtig, was ihm die Wurminzer eben erzählte. Nämlich genau das, was in dem Artikel über den ›Hundemörder‹ gestanden hatte. Demnach war Wilhelmine die Frau, deren Hund, vermutlich hatte es sich um die legendäre Pippi gehandelt, an Lungenmetastasen eingegangen war, an deren Entstehung Lesonic … na zumindest nicht ganz unschuldig gewesen sein sollte.

Die paar Hundert Schilling Schadenersatz und die lächerliche Bestrafung Lesonics wegen Tierquälerei mussten von ihr als arge Provokation empfunden worden sein.

Ihr Enkel Bernie hatte eines Tages einfach nicht mehr zusehen können, wie seine Großmutter unter dieser Ungerechtigkeit litt. Noch dazu, wo sie durch den lediglich eine Stiege weiter wohnenden ›Hundemörder‹ und seine penetrante Allgegenwart tagtäglich an den Tod der geliebten Pippi erinnert worden war.

Wen das nicht irgendwie berührte, dem war echt nicht zu helfen. Die Frau konnte einem eigentlich leidtun. Was für eine Befriedigung musste ihr da der Anblick des verhassten Toten, nein, eigentlich des toten Verhassten in der Waschküche verschafft haben?

Man musste sich nur vorstellen, wie sie von ihrem Hund Drafi nach oben, an den Ort gezogen worden war, den Bernie für Lesonics letzten Auftritt ausgesucht hatte. Plötzlich hatte sie das Objekt ihrer jahrelangen Albträume da sitzen sehen, mausetot, endlich ereilt von einem gerechten Schicksal.

Während Palinskis an Theatralik nicht gerade arme Gedanken auf der instinktiven Flucht vor Frau Wurminzers minutiös genauer Lebensgeschichte nur so dahingaloppierten, hatten sich die Finger seiner rechten Hand wieder vorsichtig an das Rettungsfloß in seiner Jackentasche herangetastet und die erste Kurzwahltaste gedrückt. Danach begann er, so gut ihm das möglich war, mit dem Nagel des Mittelfingers das international übliche SOS-Zeichen auf das Gehäuse des Handys zu klopfen. Zu morsen, wie der Fachausdruck wohl lautete.

Drei kurz, drei lang, drei kurz, Mario hoffte nur, dass

er sich richtig erinnerte und es nicht drei lang, drei kurz, drei lang lauten musste.

Halt, etwas an dem Bild, das Palinski vor Augen hatte, stimmte nicht. Konnte nicht stimmen. Aber was war das?

Noch einmal: Nach ihren eigenen Angaben hatte Frau Wurminzer ihren Hund Drafi zum Äußerln ausführen wollen. Doch das Viech wollte, angelockt von der unwiderstehlichen Geruchsmischung aus Blut, Urin und Erbrochenem, partout nicht an die frische Luft, sondern zum Ursprung dieser olfaktorischen Köstlichkeiten.

Gut, bis dahin war's nur extrem unappetitlich, aber denkbar. Wer konnte in einen Hund hineinschauen und wissen, was er in einer Extremsituation wirklich wollte.

Danach sollte das Tier, also diese fette, ausgefressene Sofarolle mit ihren vier Stummelbeinchen, die von der Wurminzer gestern, oder war's vorgestern gewesen, zum Pieseln in den Hof hatte getragen werden müssen, diese Frau ein, zwei Tage vorher tatsächlich veranlasst haben, statt nach unten nach oben zu gehen?

Nein, der exakte Wortlaut ihrer Aussage war gewesen, dass sie der Hund förmlich *hinaufgezogen* hatte.

Na klar, und gleich danach war ein Rollstuhlfahrer der Straßenbahn nachgelaufen.

So ein Mist. Das war bei dem Hund schon anatomisch gar nicht möglich. Dieses Viech konnte einfach nicht mehr ziehen, musste im Gegenteil froh sein, wenn es noch gezogen wurde.

Die richtige Antwort musste demnach lauten, die Wurminzer hatte ganz genau gewusst, was sie da oben erwartete. Warum wohl?

Gestorben war Karl Lesonic wahrscheinlich in dieser Wohnung, ebenso wie Palinski hier sterben würde, wenn Florian nicht endlich …

Wie wild hämmerte sein Fingernagel dreimal kurz, dreimal lang, dreimal kurz auf das Gehäuse des Handys.

Wieso war ihm dieser völlig klar zutage liegende Widerspruch nicht längst aufgefallen? Dann säße er jetzt nicht hier bei dieser verrückten alten Frau, die den Tod ihrer geliebten Pippi gerächt hatte. Und der es auf einen Mord mehr scheinbar auch nicht mehr ankam.

Wenn er das richtig sah, war nicht Bernie, der gute, geistig etwas zu kurz geratene Bernie, der Mörder. Nein, der liebe Bub hatte seiner Großmutter lediglich bei den Dingen geholfen, die sie selbst nicht erledigen konnte. Wie zum Beispiel, die Leiche eines Mannes nach oben zu tragen.

Das Töten selbst hatte sich die Alte nicht nehmen lassen. Na ja, mit Gift, das war ja auch eine typisch weibliche Art zu morden. Das wusste jeder, der sich nur ein wenig damit befasste.

Obwohl, woran war Lesonic letztlich überhaupt gestorben? Palinski versuchte krampfhaft, sich an die spezielle Passage im Bericht der Gerichtsmedizin zu erinnern.

»… hat der Karl schön blöd aus der Wäsche geschaut, als er sich nicht mehr bewegen hat können.« Vereinzelt drangen nach und nach wieder Wortfetzen, ja ganze Satzteile an Marios Ohr.

»Der ist genauso im Sessel ghängt wie du, nur hat er wesentlich armseliger ausgschaut, der Mistkerl. Nach drei Stunden ist er endlich eingegangen, wie ein Ratz im Keller. Nachdem ich ihm die Injektion gegeben hab.

Nichts als Luft und dann diese traumhafte Embolie. Bingo, Ende, Out. Und es gab ein Schwein weniger auf dieser Welt.«

Nach den letzten Sätzen hatte ihr Gesicht einen ungemein zufriedenen Ausdruck angenommen.

Bis dahin hatte sich Palinski schon sehr ungut gefühlt, ja sogar ein wenig, na, eigentlich ziemlich gefürchtet.

Als ihm in diesem Moment noch siedend heiß einfiel, dass er vor zwei Tagen eine Spritze im Regal liegen gesehen hatte, bekam er das erste Mal an diesem Abend Angst. Richtige, kalten Schweiß auf die Stirn treibende Scheißangst. Angst um sein Leben.

Das war keine Situation mehr, aus der er sich so ohne Weiteres wieder herausschwindeln konnte. Und erst recht kein amüsantes Abenteuer mehr, über das sich im Nachhinein trefflich anekdotisieren ließ.

Er musste sich konzentrieren, um nicht in Panik zu geraten.

Wie wild trommelte sein Mittelfinger weiter auf das harte Gehäuse des Handys. Drei kurz, drei lang, drei kurz; drei kurz, drei lang, drei kurz, und so weiter und so fort, in Ewigkeit Amen. ›Verdammt, mein guter Florian, schütz endlich mich, zünd andre an.‹

*

Auf das Kommando des Oberleutnants hin wurden die beiden Scheinwerfer, die auf das Haus gerichtet waren, eingeschaltet und tauchten die gespenstisch wirkende Szenerie in grelles Licht.

Gleichzeitig forderte der Offizier den im Haus befindlichen Attentäter, den Mann, der vor knapp zwölf Stunden zwei Schüsse auf Hildi Forderberg abgegeben und sie Gott sei Dank verfehlt hatte, verstärkt durch einen Handlautsprecher auf, sich zu ergeben.

Als höflicher Mensch stellte er sich dabei zunächst vor, was in etwa so klang: »Hier Haselherz, das Haus ist umstellt. Sie haben 30 Sekunden Zeit, mit erhobenen Händen heraus...«, er begutachtete das in drei Metern über Niveau befindliche Haus und korrigierte sich, »herunterzukommen.«

Gerd Robledal, der generell übermüdet, kurz vorher etwas eingenickt und durch die barsche Aufforderung aus dem Dösen gerissen worden war, hatte allerdings ›Hasenherz‹ verstanden und dieses Synonym für Feigling auf sich bezogen. Und wenn Gerd etwas nicht mochte, also wirklich nicht ausstehen konnte, dann das, als Feigling angesehen oder bezeichnet zu werden.

In seiner Familie hielt sich hartnäckig die Legende, dass ein Urururwasimmerauch sogar ein illegitimer Spross von El Cid, dem legendären spanischen Helden, gewesen sein soll.

Und einen Nachkommen von El Cid nannte man nicht Feigling, zumindest nicht ungestraft. Empört zog er die Pistole seines Vaters, eine Steyr M-A1, die er heute Morgen aus dem Handschuhfach des Touareg hatte mitgehen lassen, und schlich zu einem Fenster.

Vorsichtig blickte er hinaus und sah, wie der Polizeioffizier vor dem Haus aufs Neue den Lautsprecher an den Mund hob.

»Haselherz hier«, meinte er wieder völlig überflüssigerweise, »die 30 Sekunden sind um. Ich fordere ...«

Weiter kam er nicht, denn der übermüdete, verwirrte und verängstigte Gerd Robledal hatte neuerlich

›Hasenherz‹ verstanden. Das war eindeutig einmal zu viel gewesen.

Vorsichtig versuchte er, sich in eine bessere Schussposition zu bringen, um den impertinenten Kerl …

Aber die Burschen von der Cobra waren Profis. Deshalb blieb natürlich der Arm mit Pistole, der sich langsam aus dem Fenster schob, nicht ohne Reaktion.

Lange Rede, kurzer Sinn. Nach einem kurzen, extrem einseitigen Schusswechsel war Oberleutnant Haselherz angeschossen und an der Schulter verletzt worden.

Die Polizei, die das Schießen besser beherrschte, war da erfolgreicher gewesen. Wie der Gerichtsmediziner später, nach Obduktion der Leiche Robledals, zu Protokoll geben sollte, hätte jeder der fünf Treffer unabhängig von den anderen zum sofortigen Tode Gerd Robledals geführt.

*

Endlich hatte es bei Florian Nowotny geklingelt. Nach dem vierten Anruf von Marios Handy, auf dem sich sein Freund und Brötchengeber nicht gemeldet hatte, aber dieses seltsame Klopfen zu vernehmen war, hatte er überrissen, was ihm da signalisiert wurde.

Palinski brauchte dringend Hilfe und befand sich in einer Situation, in der es ihm nicht möglich war, sich ganz normal mitzuteilen. Auf gut Deutsch, sein Chef war sprach- und hilflos.

An sich eine bestechende Vorstellung, schoss es Florian durch den Kopf, der dem schwarzen Humor nicht abgeneigt war. Aber nun waren derartig unernste Gedanken fehl am Platz.

Die Frage war vielmehr: Wo war Mario hilflos? Oder besser ausgedrückt, wo befand sich dieser hilflose Palinski?

Jetzt rächte es sich bitter, dass Mario in letzter Zeit so ein Geheimnis aus seinem ganz normalen Tagesablauf und seinen Mitarbeitern damit das Leben schwer machte.

Als Erstes versuchte er daher, Wilma zu erreichen. Wenn jemand wusste ... Doch das war anscheinend sehr blauäugig gedacht und reines Wunschdenken. Vor allem, Wilma hatte ihr Handy abgeschaltet und war somit nicht erreichbar.

Seine Kollegin Margit Waismeyer, ihres Zeichens Bürochefin im Institut, konnte er ausschließen, da sie die ganze Woche auf Urlaub und nicht in Österreich war.

Was war mit Frau Pitzal, der umtriebigen Hausbesorgerin? Die wusste doch immer alles! Wo wohnte die gute Frau überhaupt? Oder wie lautete zumindest der Vorname ihres Mannes?

Er konnte unmöglich alle 41 Pitzals in Wien anrufen. Bis dahin war das Schiff längst gesunken.

Halt, was war mit diesen jungen Leuten im ersten Stock? Mario schien einen recht guten Draht zu ihnen zu haben. Und sie waren ja wirklich nett. Vielleicht hatten die zufälligerweise etwas mitbekommen.

Gerade war erneut ein Anruf gekommen, mit dem inzwischen unmissverständlichen Hilferuf: Drei kurz, drei lang, drei kurz, und das immer wieder.

*

Maja hatte sich sofort daran erinnert, dass der ›geschätzte Nachbar‹, wie sie zunächst, ohne den Ernst der Lage zu kennen, scherzte, zum Essen zu einer alten Dame auf der Dreierstiege gehen wollte. Mit Hund, nicht Palinski, sondern die Dame.

Richtig, Florian konnte sich justament wieder erinnern, dass sein Chef dieses Essen bei Gelegenheit erwähnt hatte. Ohne allerdings ein konkretes Datum genannt zu haben.

»Du bist doch Arzt«, die als Feststellung getarnte Frage war an Jan gerichtet, der nicht Ja und auch nicht Nein sagte. »Ich werde einmal Arzt sein«, korrigierte er schließlich, »allerdings kenne ich mich ein wenig aus.«

»Würdest du bitte mitkommen? Ich fürchte, Palinski steht irgendwie unter Drogen. Dein Wissen könnte entscheidend helfen.« Florian informierte die beiden, die sich natürlich sofort mit ihm auf den Weg machten und kurz darauf im zweiten Stock der Stiege 3 standen, vor einer Wohnungstüre mit dem Schild ›Wurminzer‹ darauf.

Spätestens jetzt war es an der Zeit, sich kurz Gedanken über die weitere Vorgangsweise zu machen.

»Kannst du die Türe nicht einfach eintreten?« Falls das Jans Empfehlung war, so hatte er zu viele Polizeifilme aus New York gesehen.

»Können vielleicht«, relativierte Florian, »doch dürfen nicht so ohne Weiteres. Zudem ist diese Türe äußerst massiv. Ich bin nicht sicher, ob wir die ohne mechanische Hilfe aufkriegen.«

Während die drei dastanden und überlegten, hörten sie aus dem unteren Stockwerk ein Baby schreien.

Maja lief schnell die Stiegen hinunter, kam aber sofort wieder zurück.

313

»In der Wohnung darunter wohnen die Pfisterers, mit Baby«, flüsterte sie. »Ich hab eine Idee. Sobald die Türe offen ist, müsst ihr sofort einen Fuß hinstellen. Wenn die Frau merkt, dass das nur ein Trick war, macht sie nie mehr auf.«

Die beiden Männer sahen sich fragend an, dann nickten sie nur und Maja drückte auf die Klingel.

Erst nach dem dritten Sturmläuten waren hinter der Türe vorsichtige Schritte zu hören. Jemand rief: »Wer ist da? Was ist los?«

»Frau Wurminzer, hier Pfisterer. Wir haben einen Wasserrohrbruch in der Wohnung, das Baby schreit wie verrückt und mein Mann ist wieder einmal nicht da«, jammerte Maja gekonnt los. »Das Wasser scheint aus Ihrer Wohnung zu kommen. Ich wollte nur schaun, ob wir nicht den Hauptwasserhahn zudrehen können, bevor ich die Feuerwehr alarmiere.«

Drinnen war es plötzlich wieder still geworden und Maja befürchtete bereits, dass alles vergebens gewesen war. »Hallo, Frau Wurminzer, sind Sie noch da?«

»Sie wollen ins Bad, um den Haupthahn abzudrehen?«, vergewisserte sich die alte Frau vorsichtig. »Bevor Sie die Feuerwehr anrufen.« Das mit der Feuerwehr schien ihr nicht so recht zu gefallen.

»Ja«, bestätigte Maja, »bitte machen Sie auf, unsere Wohnung steht schon halb unter Wasser.«

»Sonst wollen Sie nichts von mir?«, wollte die Wurminzer nochmals wissen.

»Aber nein«, beruhigte Maja, »Sie brauchen keine Angst zu haben.«

Nach etwa einer Minute hörten die drei, wie ein Zusatzriegel geöffnet, die Sicherheitskette entfernt und ein Schlüssel im Schloss umgedreht wurde. Jetzt endlich wurde die Türe ganz langsam geöffnet und das Gesicht der alten Frau lugte neugierig durch den entstandenen Spalt.

Da hatte sich Florian Nowotny, der vorsorglich seinen Polizeiausweis mitgenommen hatte, bereits in die Wohnung und an der lautstark lamentierenden, nach der Polizei rufenden Frau vorbeigedrängt.

»Die Polizei ist schon da«, meinte er energisch zur Hausfrau, »und ein Arzt auch. Kommen Sie, Doc«, forderte er Jan auf, der das Gefühl hatte, in einer B-Produktion aufgewacht zu sein.

Schließlich erblickten sie endlich das Häufchen Elend, das der Grund für diese spektakuläre Aktion gewesen war.

Mario Palinski hing wie eine überdimensionierte Stoffpuppe auf einem Sessel, mit verquollenem Gesicht, ein dümmliches Lächeln um den Mund, jedoch mit strahlenden Augen.

»Nna God…thaid…ang«, kam es gequält und doch erleichtert aus seinem Mund. »Iff dd…angee…uchh.«

Hier war Jans Wissen gefragt und das sah auch er so. Entschlossen trat er zu dem über den Stuhl förmlich zu Boden rinnenden Palinski, warf einen kritischen Blick auf dessen Pupillen und erforschte seinen Puls. Sobald er festgestellt hatte, dass offenbar keine akute Lebensgefahr bestand, begann er mit der Ursachenforschung.

Er drehte sich suchend um, nahm ein kleines Fläschchen aus dem Wandregal und unterzog das Etikett einer kritischen Überprüfung.

»Augentropfen«, erkannte er. »Na, sicher nicht«, diagnostizierte er, stellte das Behältnis wieder hin und sah sich weiter um.

»Gck…üchhe«, Palinski quälte sich beim Hinweisgeben und versuchte, zusätzlich mit dem Kopf in die Richtung zu deuten.

Florian hatte die alte Frau inzwischen in einen Fauteuil gezwungen und ihr verboten, ohne seine Erlaubnis wieder aufzustehen. Bis jetzt schien sie sich tatsächlich an das Verbot zu halten.

Als Nächstes hatte er die Polizei und einen Notarztwagen gerufen und Maja gebeten, ein paar Sachen für Frau Wurminzer zusammenzupacken.

Inzwischen hatte Jan gefunden, wonach er suchte. Eine Karaffe mit Schnaps, der offenbar mit einer muskellähmenden und bewusstseinsverändernden Substanz versetzt worden war. »Ich tippe auf etwas von dieser Art«, meinte er und hielt ein anderes Fläschchen in die Höhe. »Rohypnol, landläufig K.-o.-Tropfen genannt«, gab er ganz fachmännisch von sich. Das Ganze hier taugte ihm, vielleicht sollte er sich später doch einmal auf Gerichtsmedizin spezialisieren.

Aber auch Palinski hatte Bedürfnisse. Nachdem er bereits zwei Minuten lang verzweifelt »Llu…lluuu, pronto, i…cchschiffmi…chso…nstan« gestammelt hatte, war es erstaunlicherweise die junge Frau gewesen, die endlich kapiert hatte, was den Nachbarn konkret drückte. Während ihn die beiden Männer hinaus aufs Häusl schleiften, blickte Palinski Maja gleichermaßen dankbar wie peinlich berührt an.

20 Minuten später war alles vorbei.

Bevor die Wurminzer abgeführt wurde, fiel ihr noch etwas ein. »Nehmen S' den Rest vom Suppentopf und den Schweinslungenbraten mit, do is nix drinnen. Ich versprech's. Es wär schad um das gute Essen.«

»Eththe…nissi…cheri…nordnung«, versuchte Palinski zu bestätigen und nickte, für seine derzeitigen Verhältnisse fast schon wieder heftig, mit dem Kopf. Bei dem Gedanken an die Suppe rann ihm sogar das Wasser im Mund zusammen. Ein gutes, nein, ein hervorragendes Zeichen, fand Mario, dem nach und nach der Trenzerling nur so aus dem Mundwinkel tropfte.

Die größte Sorge der alten Frau galt ihrem Drafi. Maja erklärte sich dazu bereit, sich um das blade Viech kümmern zu wollen, woraufhin ihr die Wurminzer sogar ihren Verrat verzieh, den sie ihr bis dahin lautstark vorgeworfen hatte.

Daraufhin ließ sie sich widerstandslos von der Polizei abführen.

Auch Drafi standen harte Zeiten bevor. Maja hatte sich vorgenommen, das Tier auf dem kürzestmöglichen Wege auf sein Normalgewicht zu reduzieren.

*

Zwei Stiegen weiter und einen Stock höher saß Wilma da und starrte zornig auf die Uhr. Gleich dreiviertel zehn und von Mario weit und breit nichts zu sehen.

Das war wieder einmal typisch für diesen Mistkerl. Machte auf ganz besonders lieb, sparte nicht an roten Rosen und versprach ihr das Blaue vom Himmel. Und wenn sie sich dann Zeit für ihn nahm, wer war nicht anwesend? Richtig.

Fast bereute sie es, Oliver Beckmann gestern eine so deutliche Abfuhr erteilt zu haben. Palinski sollte sich bloß nicht aufspielen.

Das Selbstbewusstsein, das sie in den letzten Tagen

gewonnen hatte, konnte ihr niemand so rasch wegneh-
men. Und auch nicht das Gefühl, noch begehrt zu werden.

Schon gar nicht dieser ... verkorkste Krimiliteranaloge
von der Viererstiege.

Schweindi, dass sie nicht lachte, jetzt hatte es sich ein
für alle Mal ausgeschweinderlt.

Verärgert schenkte sie sich ein zweites Glas Prosecco
ein und begann, vom Shrimpscocktail zu naschen. Der
war wirklich exzellent. Sie zog den Teller zu sich heran
und begann zu essen. Sollte er doch schaun, wo er blieb,
wenn er Hunger bekommen würde.

Der Prosecco war aber auch nicht schlecht. Also,
Wilma, wir sind nicht abhängig von diesen Männern.
Die Zeiten sind vorbei, diese Typen können uns gern-
haben. Prost.

Vor dem Haus fuhr ein Rettungswagen ab, wie man
unschwer an dem typischen Tatütata des Signalhorns
erkennen konnte.

Als gleich darauf das Telefon klingelte, sprintete Wilma
los, als ob es galt, einen 100-Meter-Finalplatz bei den
Olympischen Spielen zu erringen.

Na, dem Scheißkerl würde sie ordentlich die Meinung
sagen. »Ja«, meldete sie sich betont barsch, um gleich
darauf mit sanfter Stimme fortzufahren. »Tut mir leid,
ich dachte ... Was? Was sagst du da? Mein Gott, ist er
gefährlich ... nein, Gott sei Dank. Nein, nein, ich komme
sofort. Wohin? Aha, ins Allgemeine Krankenhaus. Ich
bin schon unterwegs.«

Daraufhin legte sie auf und weinte.

*

Hildi erscheint mit Vickerl am Grand Prix – die Sensation.

ENDE

Weitere Krimis finden Sie auf den
folgenden Seiten und im Internet:
www.gmeiner-verlag.de

PIERRE EMME
Pizza Letale
....
276 Seiten, Paperback.
ISBN 978-3-8392-1055-0.

HENKERSMAHLZEIT »Hilfe, ich wurde ... vergiftet, der ... Pizzamann ...« Wilhelm Sanders Anruf bei der Notrufzentrale in Wien-Döbling kommt zu spät – die alarmierten Polizisten können nur noch seinen Tod feststellen. Der Pizzabote ist schnell ausfindig gemacht. Es sieht nicht gut für ihn aus, als man auch noch ein ominöses Fläschchen in seiner Jackentasche entdeckt. Doch dann wird eine stadtbekannte Politikerin ermordet und Kriminologe Mario Palinski findet heraus, dass beide Fälle zusammenhängen ...

   Aber auch privat hat Palinski alle Hände voll zu tun: Nach 27 Jahren wilder Ehe will er seiner Wilma endlich das Ja-Wort geben.

PIERRE EMME
Pasta Mortale
....
273 Seiten, Paperback.
ISBN 978-3-8392-1018-5.

KALT ABSERVIERT Skandal im Restaurant »Desiree«: Ein Gast fällt tot vom Stuhl, er starb an einer vergifteten Portion Mohnnudeln. Was Kriminologe Mario Palinski, der sich neuerdings auch als Gastro-Kritiker versucht, zu diesem Zeitpunkt noch nicht weiß: Die tödlichen Nudeln waren eigentlich für ihn bestimmt. Und kurz darauf kommt es zu weiteren mysteriösen Vorfällen in der Wiener Gastronomie-Szene ...

Wir machen's spannend

PIERRE EMME
Schneenockerleklat
....

424 Seiten, Paperback.
ISBN 978-3-89977-803-8.

MORD AM SEMMERING Noch fünf Tage, dann kann sich Mario Palinski endlich wieder etwas Ruhe gönnen. Die Organisation der in den nächsten Tagen im »Semmering Grand« stattfindenden 50. Jahresversammlung der »Federation Européenne des Criminalistes Investigatives« hat den Chef des Instituts für Krimiliteranalogie in den vergangenen Wochen ganz schön in Anspruch genommen.

Auf der Fahrt mit dem Sonderzug von Wien zum Semmering wird ein ungarischer Journalist tot in der Zugtoilette aufgefunden. Der erste einer ganzen Reihe von Morden, wie sich schon bald herausstellen wird.

PIERRE EMME
Florentinerpakt
....

277 Seiten, Paperback.
ISBN 978-3-89977-770-3.

SIEBEN FREUNDE MÜSST IHR SEIN Es ist wirklich kein guter Tag für Hans Garber, so kurz vor Weihnachten: Erst wird der Wiener Bankdirektor der versuchten Vergewaltigung beschuldigt, dann erfährt er, dass seine Villa in Klosterneuburg in die Luft geflogen ist. In den Trümmern wurde seine tote Frau entdeckt.

Gleichzeitig wird der Kriminologe Mario Palinski mit einem merkwürdigen Fall beauftragt: Dr. Axel Rossbach bittet ihn um Schutz. Vor 30 Jahren hatten er und sechs Schulfreunde einen Pakt geschlossen und sich zur »Siebener-Tontine« zusammengefunden, um ihre Freundschaft über die Schule hinaus für das ganze Leben zu besiegeln. Doch mittlerweile sind fünf der sieben Freunde auf höchst fragwürdige Weise verstorben. Axel Rossbach hat Angst, der nächste zu sein.

Wir machen's spannend

PIERRE EMME
Ballsaison
....
329 Seiten, Paperback.
ISBN 978-3-89977-744-4.

DAS SPIEL DES JAHRHUNDERTS Wenige Tage vor Beginn der Fußball-Europameisterschaft 2008 wird der Schiedsrichter Arthur Mellnig in einem Schlafwagen in Zürich ermordet aufgefunden. Am Sitz der UEFA in Nyon herrscht große Aufregung: Mellnig wollte den Funktionären über einen streng vertraulichen, äußerst besorgniserregenden Vorfall berichten, der die gesamte EM gefährden könnte. Wer wusste davon?

Auch die Deutsche Nationalmannschaft scheint in Gefahr: Zunächst verzögert sich der Abflug der Mannschaft von Frankfurt nach Wien wegen eines verdächtigen Gepäckstücks. Dann wird in der Nähe ihres Quartiers ein schwer verletzter Mann entdeckt, der wenig später stirbt. Und mittendrin steckt wieder einmal Wiens skurrilster Kriminologe Mario Palinski.

PIERRE EMME
Tortenkomplott
....
276 Seiten, Paperback.
ISBN 978-3-89977-734-5.

SÜSSER TOD Das Viertel, in dem Mario Palinski lebt, ist in Aufruhr: Auf offener Straße wurde ein Liebespaar erschossen! Hauptverdächtiger ist der pensionierte Kriminalbeamte Albert Göllner, der normalerweise nachts mit seiner Schreckschusspistole für Sicherheit sorgt.

Gleichzeitig erfährt Palinski, dass er eine Tochter hat, die im fernen Südtirol lebt: Silvana Sterzinger-Godaj stammt aus der berühmten Budapester Konditorendynastie der Godajs, deren süße Wunderwerke schon das österreichische Kaiserhaus verzückten. Als hervorragende Köchin und Patisseuse soll Silvana an der in Wien stattfindenden »Internationalen Kochkunstausstellung« mitwirken. Doch seit ihrer Ankunft vor zwei Tagen ist sie wie vom Erdboden verschluckt. Als erfahrener Ermittler und besorgter Vater wittert Palinski ein Komplott – und er soll Recht behalten!

Wir machen's spannend

PIERRE EMME
Killerspiele
....
277 Seiten, Paperback.
ISBN 978-3-89977-708-6.

WENN KILLER UM MEDAILLEN KÄMPFEN Singen am Hohentwiel. Zwei bizarre Morde erschüttern die Stadt. Doch auch im fernen Wien haben sie eine schockierende Wirkung: Mario Palinski muss feststellen, dass die Tötungen exakt so abgelaufen sind, wie er sie in seinem noch unveröffentlichten Kriminalroman beschrieben hat.

Erschrocken über diese Entdeckung, geht er mit seinem Freund Anselm Wiegele, Hauptkommissar bei der Kripo Singen, diesem absurden Zufall auf den Grund. Dabei stolpern sie über eine für den Herbst geplante »Killer-Olympiade« in Las Vegas. Verwirrt von dieser unwirklich scheinenden Idee, geraten Palinski und Wiegele immer weiter in den Sog des Organisierten Verbrechens.

PIERRE EMME
Würstelmassaker
....
273 Seiten, Paperback.
ISBN 978-3-89977-700-0.

WIENER MASSAKER Das sommerliche Wien wird von einem offenbar geisteskranken Mörder in Atem gehalten, der die Körperteile seiner Opfer in Döbling und den angrenzenden Bezirken ›verstreut‹.

Um Inspektor Wallner und sein Team zu entlasten, übernimmt der kriminalistische Berater Mario Palinski die Ermittlungen in einem seltsamen Todesfall im Seniorenheim. Dort stößt er auch auf erste Hinweise zum ›Schlächter von Döbling‹. Der entscheidende Tipp kommt jedoch vom Besitzer eines Würstelstandes, der damit nicht nur sich selbst in größte Gefahr bringt …

Wir machen's spannend

PIERRE EMME
Heurigenpassion
....
277 Seiten, Paperback.
ISBN 978-3-89977-691-1.

AUF EIN GLAS WEIN IM HEURIGEN Mit dem Fund der Leiche einer jungen Frau fängt das neue Jahr für Inspektor Wallner und seinen »kriminalistischen Berater« Mario Palinski nicht gerade gut an. Als sich herausstellt, dass die Frau vor kurzem entbunden hat, beginnt die hektische Suche nach dem unversorgten Säugling. Die Spur führt in ein bekanntes Wiener Heurigenlokal ...

PIERRE EMME
Schnitzelfarce
....
277 Seiten, Paperback.
ISBN 978-3-89977-644-7.

WIENER SCHNITZELJAGD Den Samstag im September, an dem das traditionelle Döblinger Hauptstrassenfest stattfindet, wird Palinski nicht so schnell vergessen. Eigentlich will er sich nur den Preis für seinen 2. Platz im Schnitzelwettbewerb einer Fast-Food-Kette abholen, an dem er aus Jux teilgenommen hat. Stattdessen wird in seiner unmittelbaren Nähe eine Frau im Rollstuhl erschossen. Der anscheinend von einem Terroristen abgegebene Schuss hat allerdings dem Stadtrat für Tourismus gegolten, der die Siegerehrung vornehmen sollte. Eine Aufgabe, zu der sich der Politiker im gerade herrschenden Wahlkampf nur zu gerne bereit erklärt hatte. Dass am selben Tag auch der linke Ringfinger des entführten Kommerzialrats Eugen Filzmayer mit einer Lösegeldforderung bei der Familie aufgetaucht ist, geht im Trubel der Ereignisse auf dem Fest fast unter ...

Wir machen's spannend

PIERRE EMME
Pastetenlust
....

278 Seiten, Paperback.
ISBN 978-3-89977-640-9.

SÜSSER TOD Neben der Erpressung eines großen Lebensmittelkonzerns beherrscht der Mord an dem berühmten deutschen Schauspieler Jürgen Lettenberg die Medien des Landes.

Seine Freundschaft mit dem für den Fall zuständigen Inspektor Wallner führt den »literarischen Kriminologen« Palinski, vor dessen Wohnung in Wien die Leiche gefunden wurde, ins Zentrum der Ermittlungen. Mit seiner unkonventionellen, überwiegend auf Inspiration beruhenden Art findet er Zugänge zu dem Mordfall, die der Polizei verwehrt bleiben.

Ein »wasserdichtes Alibi«, das fast nicht angreifbare »Geständnis« eines vergifteten »Sündenbocks« und die Erkenntnis, dass nicht immer alles so ist, wie es zu sein scheint, sind markante Stationen auf dem Weg zur Lösung dieses ungewöhnlichen Falls.

MANFRED BAUMANN
Jedermanntod
....

372 Seiten, Paperback.
ISBN 978-3-8392-1089-5.

BÜHNENREIF Salzburg im Sommer, belagert von Touristenscharen und Festspielgästen. Auf der »Jedermann«-Bühne vor dem Dom liegt ein Toter. Ein prominenter Toter. Der Tod höchstpersönlich. Hans Dieter Hackner, der gefeierte Darsteller des Todes in Hofmannsthals »Jedermann«. In seiner Brust steckt die Kopie eines Renaissance-Dolches, an seinen Füßen fehlen die Schuhe. Alles viel zu theatralisch, denkt Kommissar Martin Merana, und beginnt seine Ermittlungen in einer Welt, die ihm fremd ist: die Welt der Salzburger Festspiele mit ihren extrovertierten Künstlern und fädenziehenden Managern ...

Wir machen's spannend

ANNI BÜRKL
Ausgetanzt
....

374 Seiten, Paperback.
ISBN 978-3-8392-1023-9.

TANZTEE Berenike Roithers neuer Teesalon im beschaulichen Kurort Altaussee im Salzkammergut verlangt ihre volle Aufmerksamkeit. Doch bald wird sie aus der gewohnten Arbeit herausgerissen: Ihre Tanzlehrerin Caro, die am mystischen Hallstätter Gräberfeld ein keltisches Tanzritual abhalten wollte, wird tot aufgefunden – in der Mitte entzwei gesägt und in einem Friseursalon zur Schau gestellt. Auch Berenike fragt sich, wer so viel Hass gegen die engagierte Frauenhausmitarbeiterin hegte. Und plötzlich steckt sie selbst mitten in den Ermittlungen ...

FRIEDERIKE SCHMÖE
Wieweitdugehst
....

227 Seiten, Paperback.
ISBN 978-3-8392-1098-7.

WIESN-MORDE Auf dem Münchner Oktoberfest wird ein 14-jähriger Junge in der Geisterbahn ermordet. Ghostwriterin und »Wiesn-Muffel« Kea Laverde begleitet ihren Freund Nero Keller, Hauptkommissar im LKA, bei den Ermittlungen. Dabei trifft sie auf Neta, die beruflich Kranken und Trauernden Geschichten erzählt, um deren Schmerz zu lindern. Als auf Neta ein Mordanschlag verübt wird, versucht Kea den Hintergründen auf die Spur zu kommen. Sie stößt auf einen Sumpf aus Gier, Lügen und unerfüllter Liebe ...

Wir machen's spannend

Das neue KrimiJournal ist da!

**2 x jährlich das Neueste
aus der Gmeiner-Krimi-Bibliothek**

In jeder Ausgabe:

- Vorstellung der Neuerscheinungen
- Hintergrundinfos zu den Themen der Krimis
- Interviews mit den Autoren und Porträts
- Allgemeine Krimi-Infos
- Großes Gewinnspiel mit ›spannenden‹ Buchpreisen

*ISBN 978-3-89977-950-9
kostenlos erhältlich in jeder Buchhandlung*

KrimiNewsletter
Neues aus der Welt des Krimis

Haben Sie schon unseren KrimiNewsletter abonniert?
Alle zwei Monate erhalten Sie per E-Mail aktuelle Informationen aus der Welt des Krimis: Buchtipps, Berichte über Krimiautoren und ihre Arbeit, Veranstaltungshinweise, neue Krimiseiten im Internet, interessante Neuigkeiten zum Krimi im Allgemeinen.
Die Anmeldung zum KrimiNewsletter ist ganz einfach. Direkt auf der Homepage des Gmeiner-Verlags (www.gmeiner-verlag.de) finden Sie das entsprechende Anmeldeformular.

Ihre Meinung ist gefragt!
Mitmachen und gewinnen

Wir möchten Ihnen mit unseren Romanen immer beste Unterhaltung bieten. Sie können uns dabei unterstützen, indem Sie uns Ihre Meinung zu den Gmeiner-Romanen sagen! Senden Sie eine E-Mail an gewinnspiel@gmeiner-verlag.de und teilen Sie uns mit, welches Buch Sie gelesen haben und wie es Ihnen gefallen hat. Alle Einsendungen nehmen automatisch am großen Jahresgewinnspiel mit ›spannenden‹ Buchpreisen teil.

Wir machen's spannend

Alle Gmeiner-Autoren und ihre Romane auf einen Blick

ANTHOLOGIEN: Tatort Starnberger See • Mords-Sachsen 4 • Sterbenslust • Tödliche Wasser • Gefährliche Nachbarn • Mords-Sachsen 3 • Tatort Ammersee • Campusmord • Mords-Sachsen 2 • Tod am Bodensee • Mords-Sachsen 1 • Grenzfälle • Spekulatius **ARTMEIER, HILDEGUND:** Feuerross • Drachenfrau **BAUER, HERMANN:** Verschwörungsmelange • Karambolage • Fernwehträume **BAUM, BEATE:** Weltverloren • Ruchlos • Häuserkampf **BAUMANN, MANFRED:** Jedermanntod **BECK, SINJE:** Totenklang • Duftspur • Einzelkämpfer **BECKER, OLIVER:** Das Geheimnis der Krähentochter **BECKMANN, HERBERT:** Mark Twain unter den Linden • Die indiskreten Briefe des Giacomo Casanova **BEINSSEN, JAN:** Goldfrauen • Feuerfrauen **BLATTER, ULRIKE:** Vogelfrau **BODE-HOFFMANN, GRIT / HOFFMANN, MATTHIAS:** Infantizid **BOMM, MANFRED:** Kurzschluss • Glasklar • Notbremse • Schattennetz • Beweislast • Schusslinie • Mordloch • Trugschluss • Irrflug • Himmelsfelsen **BONN, SUSANNE:** Die Schule der Spielleute • Der Jahrmarkt zu Jakobi **BODENMANN, MONA:** Mondmilchgubel **BOSETZKY, HORST [-KY]:** Promijagd • Unterm Kirschbaum **BOENKE, MICHAEL:** Gott'sacker Krieg **BÖCKER, BÄRBEL:** Henkersmahl **BUEHRIG, DIETER:** Schattengold **BUTTLER, MONIKA:** Dunkelzeit • Abendfrieden • Herzraub **BÜRKL, ANNI:** Ausgetanzt • Schwarztee **CLAUSEN, ANKE:** Dinnerparty • Ostseegrab **DANZ, ELLA:** Schatz, schmeckt's dir nicht • Rosenwahn • Kochwut • Nebelschleier • Steilufer • Osterfeuer **DETERING, MONIKA:** Puppenmann • Herzfrauen **DIECHLER, GABRIELE:** Glaub mir, es muss Liebe sein • Engpass **DÜNSCHEDE, SANDRA:** Todeswatt • Friesenrache • Solomord • Nordmord • Deichgrab **EMME, PIERRE:** Diamantenschmaus • Pizza Letale • Pasta Mortale • Schneenockerleklat • Florentinerpakt • Ballsaison • Tortenkomplott • Killerspiele • Würstelmassaker • Heurigenpassion • Schnitzelfarce • Pastetenlust **ENDERLE, MANFRED:** Nachtwanderer **ERFMEYER, KLAUS:** Endstadium • Tribunal • Geldmarie • Todeserklärung • Karrieresprung **ERWIN, BIRGIT / BUCHHORN, ULRICH:** Die Gauklerin von Buchhorn • Die Herren von Buchhorn **FOHL, DAGMAR:** Die Insel der Witwen • Das Mädchen und sein Henker **FRANZINGER, BERND:** Zehnkampf • Leidenstour • Kindspech • Jammerhalde • Bombenstimmung • Wolfsfalle • Dinotod • Ohnmacht • Goldrausch • Pilzsaison **GARDEIN, UWE:** Das Mysterium des Himmels • Die Stunde des Königs • Die letzte Hexe – Maria Anna Schwegelin **GARDENER, EVA B.:** Lebenshunger **GEISLER, KURT:** Bädersterben **GIBERT, MATTHIAS P.:** Schmuddelkinder • Bullenhitze • Eiszeit • Zirkusluft • Kammerflimmern • Nervenflattern **GRAF, EDI:** Bombenspiel • Leopardenjagd • Elefantengold • Löwenriss • Nashornfieber **GUDE, CHRISTIAN:** Kontrollverlust • Homunculus • Binärcode • Mosquito **HAENNI, STEFAN:** Brahmsrösi • Narrentod **HAUG, GUNTER:** Gössenjagd • Hüttenzauber • Tauberschwarz • Höllenfahrt • Sturmwarnung • Riffhaie • Tiefenrausch **HEIM, UTA-MARIA:** Totenkuss • Wespennest • Das Rattenprinzip • Totschweigen • Dreckskind **HERELD, PETER:** Das Geheimnis des Goldmachers **HUNOLD-REIME, SIGRID:** Schattenmorellen • Frühstückspension **IMBSWEILER, MARCUS:** Butenschön • Altstadtfest • Schlussakt • Bergfriedhof **KARNANI, FRITJOF:** Notlandung • Turnaround • Takeover **KAST-RIEDLINGER, ANNETTE:** Liebling, ich kann auch anders **KEISER, GABRIELE:** Gartenschläfer • Apollofalter

GMEINER

Wir machen's spannend

Alle Gmeiner-Autoren und ihre Romane auf einen Blick

KEISER, GABRIELE / POLIFKA, WOLFGANG: Puppenjäger **KELLER, STEFAN:** Kölner Kreuzigung **KLAUSNER, UWE:** Die Bräute des Satans • Odessa-Komplott • Pilger des Zorns • Walhalla-Code • Die Kiliansverschwörung • Die Pforten der Hölle **KLEWE, SABINE:** Die schwarzseidene Dame • Blutsonne • Wintermärchen • Kinderspiel • Schattenriss **KLÖSEL, MATTHIAS:** Tourneekoller **KLUGMANN, NORBERT:** Die Adler von Lübeck • Die Nacht des Narren • Die Tochter des Salzhändlers • Kabinettstück • Schlüsselgewalt • Rebenblut **KOHL, ERWIN:** Flatline • Grabtanz • Zugzwang **KOPPITZ, RAINER C.:** Machtrausch **KÖHLER, MANFRED:** Tiefpunkt • Schreckensgletscher **KÖSTERING, BERND:** Goetheruh **KRAMER, VERONIKA:** Todesgeheimnis • Rachesommer **KRONENBERG, SUSANNE:** Kunstgriff • Rheingrund • Weinrache • Kultopfer • Flammenpferd **KRUG, MICHAEL:** Bahnhofsmission **KURELLA, FRANK:** Der Kodex des Bösen • Das Pergament des Todes **LASCAUX, PAUL:** Gnadenbrot • Feuerwasser • Wursthimmel • Salztränen **LEBEK, HANS:** Karteileichen • Todesschläger **LEHMKUHL, KURT:** Dreiländermord • Nürburghölle • Raffgier **LEIX, BERND:** Fächertraum • Waldstadt • Hackschnitzel • Zuckerblut • Bucheckern **LIFKA, RICHARD:** Sonnenkönig **LOIBELSBERGER, GERHARD:** Reigen des Todes • Die Naschmarkt-Morde **MADER, RAIMUND A.:** Schindlerjüdin • Glasberg **MAINKA, MARTINA:** Satanszeichen **MISKO, MONA:** Winzertochter • Kindsblut **MORF, ISABEL:** Schrottreif **MOTHWURF, ONO:** Werbevoodoo • Taubendreck **MUCHA, MARTIN:** Papierkrieg **NEEB, URSULA:** Madame empfängt **OTT, PAUL:** Bodensee-Blues **PELTE, REINHARD:** Kielwasser • Inselkoller **PUHLFÜRST, CLAUDIA:** Rachegöttin • Dunkelhaft • Eiseskälte • Leichenstarre **PUNDT, HARDY:** Friesenwut • Deichbruch **PUSCHMANN, DOROTHEA:** Zwickmühle **RUSCH, HANS-JÜRGEN:** Gegenwende **SCHAEWEN, OLIVER VON:** Räuberblut • Schillerhöhe **SCHMITZ, INGRID:** Mordsdeal • Sündenfälle **SCHMÖE, FRIEDERIKE:** Wieweitdugehst • Bisduvergisst • Fliehganzleis • Schweigfeinstill • Spinnefeind • Pfeilgift • Januskopf • Schockstarre • Käfersterben • Fratzenmord • Kirchweihmord • Maskenspiel **SCHNEIDER, BERNWARD:** Spittelmarkt **SCHNEIDER, HARALD:** Wassergeld • Erfindergeist • Schwarzkittel • Ernteopfer **SCHNYDER, MARIJKE:** Matrjoschka-Jagd **SCHRÖDER, ANGELIKA:** Mordsgier • Mordswut • Mordsliebe **SCHUKER, KLAUS:** Brudernacht **SCHULZE, GINA:** Sintflut **SCHÜTZ, ERICH:** Judengold **SCHWAB, ELKE:** Angstfalle • Großeinsatz **SCHWARZ, MAREN:** Zwiespalt • Maienfrost • Dämonenspiel • Grabeskälte **SENF, JOCHEN:** Kindswut • Knochenspiel • Nichtwisser **SEYERLE, GUIDO:** Schweinekrieg **SPATZ, WILLIBALD:** Alpenlust • Alpendöner **STEINHAUER, FRANZISKA:** Gurkensaat • Wortlos • Menschenfänger • Narrenspiel • Seelenqual • Racheakt **SZRAMA, BETTINA:** Die Konkubine des Mörders • Die Giftmischerin **THIEL, SEBASTIAN:** Die Hexe vom Niederrhein **THÖMMES, GÜNTHER:** Der Fluch des Bierzauberers • Das Erbe des Bierzauberers • Der Bierzauberer **THADEWALDT, ASTRID / BAUER, CARSTEN:** Blutblume • Kreuzkönig **ULLRICH, SONJA:** Teppichporsche **VALDORF, LEO:** Großstadtsumpf **VERTACNIK, HANS-PETER:** Ultimo • Abfangjäger **WARK, PETER:** Epizentrum • Ballonglühen • Albtraum **WICKENHÄUSER, RUBEN PHILLIP:** Die Seele des Wolfes **WILKENLOH, WIMMER:** Poppenspäl • Feuermal • Hätschelkind **WYSS, VERENA:** Blutrunen • Todesformel **ZANDER, WOLFGANG:** Hundeleben

Wir machen's spannend